中華民國新聞史

（1912～1949）

倪延年　主編

第 7 冊

| 第四卷 |

民國南京政府中期的新聞業

（1937～1945）（上冊）

劉　亞　等著

花木蘭文化事業有限公司

國家圖書館出版品預行編目資料

民國南京政府中期的新聞業（1937～1945）·第四卷／劉亞
等著 — 初版 — 新北市：花木蘭文化事業有限公司，2020〔
民 109〕
目 6+300 面；19×26 公分
（中華民國新聞史（1912～1949）；第 7 冊）
ISBN 978-986-518-137-6（上冊：精裝）
1. 新聞業 2. 民國史
890.9208　　　　　　　　　　　　　　　　109010354

ISBN-978-986-518-137-6

9 789865 181376

中華民國新聞史（1912～1949）

第 七 冊　第 四 卷

ISBN：978-986-518-137-6

民國南京政府中期的新聞業
（1937～1945）（上冊）

作　　者　劉亞等著
叢書主編　倪延年
出　　版　花木蘭文化事業有限公司
發 行 人　高小娟
總 編 輯　杜潔祥
副總編輯　楊嘉樂
編　　輯　許郁翎、張雅淋　美術編輯　陳逸婷
聯絡地址　235 新北市中和區中安街七二號十三樓
　　　　　電話：02-2923-1455／傳眞：02-2923-1452
網　　址　http://www.huamulan.tw 信箱 hml810518@gmail.com
印　　刷　普羅文化出版廣告事業
初　　版　2020 年 9 月
全書字數　517601 字
定　　價　共 10 冊（精裝）新台幣 30,000 元

中華民國新聞史（1912～1949）
第四卷·民國南京政府中期的新聞業
（1937～1945）（上冊）

劉亞 等著

作者簡介

劉亞，原解放軍南京政治學院軍事新聞傳播系教授，博士研究生導師。1975 年復旦大學新聞系畢業，1984 年參加軍隊新聞教育工作，從事新聞史教學與研究。發表《中國軍事新聞事業的產生與發展》《加強軍事新聞宣傳的發展戰略研究》《20 世紀中國軍事新聞學研究》等 30 多篇論文。出版和參與編撰 10 部論著與教材。主持和參加 6 項國家社科基金課題研究，獲國家級教學成果二等獎、軍隊級教學成果一等獎各一次。

提　　要

　　國民黨報業撤退內地進行整合。《中央日報》由寧遷渝，在多地出地方版。縣級黨報有所發展。加強海外報刊力量。在「孤島」、香港開展報紙宣傳鬥爭。共產黨報業，以延安《解放日報》為核心，《新華日報》是國統區的抗戰旗幟，在敵後抗日根據地獲得長足發展，成功地進行新聞改革。民營報業奮力抗戰。《救亡日報》由上海經廣州至桂林。《重慶各報聯合版》頂著日軍轟炸出版。《大公報》成為中國輿論重鎮。《新民報》在轟炸中拓展。《力報》《大剛報》顛沛流離不改初衷。《文匯報》屢遭襲擊不屈不撓。海外華文報業投身抗戰。日偽報業由盛而衰。

　　國民黨廣播業大損之後有所恢復，共產黨新創廣播，日偽廣播業佔據數量規模優勢。中央社、新華社獲得發展，民營通訊業雲集西南，日偽通訊業小有規模。出版抗戰畫報，開展「漫畫戰」，抗戰新聞電影風行。「滿鐵」攝製「教育」紀錄等影片。少數民族報業仍有一定規模。軍隊新聞業快速發展。外國在華新聞業萎縮。民國政府實施戰時新聞統制與新聞檢查。日偽施行新聞統制體制。新聞業在戰爭中慘淡經營。中國青年記者學會、中國新聞學會積極開展活動。重慶新聞學院是國統區新聞教育的「最高學府」。「戰時新聞學」受到關注。

此項研究得到國家社會科學基金重大項目
「中華民國新聞史」（編號：13&ZD154）資助

《中華民國新聞史》學術顧問委員會

主任委員

方漢奇　中國人民大學榮譽一級教授，中國新聞史學會創會會長，中國人民大學新聞學院教授，博士研究生導師。

執行主任委員

趙玉明　中國傳媒大學教授，博士生導師，中國新聞史學會第二任會長，北京廣播學院原副院長。

副主任委員

朱曉進　南京師範大學教授，博士生導師，副校長，中國民主促進會江蘇省主委，政協江蘇省副主席。

程曼麗　北京大學教授，博士生導師，中國新聞史學會會長，北京大學華文傳媒研究中心主任。

委員（按姓氏漢語拼音為序）

顧理平　南京師範大學教授，博士生導師，南京師範大學新聞與傳播學院院長。

黃　瑚　復旦大學教授，博士研究生導師，復旦大學新聞學院常務副院長，中國新聞史學會副會長。

李　彬　清華大學教授，博士研究生導師，清華大學新聞與傳播學院學術委員會主任。

劉光牛　新華通訊社高級編輯，新華社新聞研究所副所長。

劉　昶　中國傳媒大學教授，博士研究生導師，中國傳媒大學新聞傳播學部新聞學院院長。

馬振犢　中國第二歷史檔案館副館長，研究員，中國近現代史史料學會副會長。

倪　寧　中國人民大學教授，博士研究生導師，中國人民大學新聞學院執行院長。

秦國榮　南京師範大學教授，博士研究生導師，南京師範大學社會科學學術委員會秘書長，南京師範大學社會科學處處長。

吳廷俊（常設）華中科技大學二級教授，博士生導師，中國新聞史學會副會長，中國新聞史學會新聞教育史分會會長。

二〇一四年三月

《中華民國新聞史》編纂委員會

主任委員

吳廷俊　華中科技大學二級教授，博士研究生導師，中國新聞史學會副會長暨新聞教育史分會會長。項目常設顧問。

執行主任委員

倪延年　南京師範大學教授，博士研究生導師，中國新聞史學會特邀理事，南京師範大學民國新聞史研究所所長。主編《中華民國新聞史》（第 1 卷），協助主任委員完成項目研究組織協調工作。

副主任委員

張曉鋒　南京師範大學教授，博士研究生導師，中國新聞史學會常務理事，中國新聞史學會臺灣與東南亞華文新聞傳播史研究會副會長，南京師範大學新聞與傳播學院執行院長。協助主任委員完成項目組織協調工作。

委員（以姓氏漢語拼音為序）

艾紅紅　中國傳媒大學教授，博士研究生導師，中國新聞史學會常務理事，主編《中華民國新聞史》（第 5 卷），負責全書「民國時期的新聞廣播業」特約專題稿和《民國新聞專題史研究叢書·民國時期的新聞廣播業》分冊撰稿。

白潤生　中央民族大學教授，中國新聞史學會特邀理事，負責全書「民國時期的少數民族新聞業」特約專題稿和《民國新聞專題史研究叢書·民國時期的少數民族新聞業》分冊撰稿。

鄧紹根　中國人民大學教授，博士生導師，中國新聞史學會副秘書長。負責全書「民國時期的外國在華新聞業」特約專題稿和《民國新聞專題史研究叢書·民國時期的外國在華新聞業》分冊撰稿。

方曉紅　南京師範大學教授，博士研究生導師。負責全書「民國時期的新聞管理體制」特約專題稿和《民國新聞專題史研究叢書·民國時期的新聞管理體制》分冊撰稿。

郭必強　中國第二歷史檔案館研究室主任，研究員，中國近現代史史料學會常務理事、副秘書長。負責協助有關史料的查閱和審核工作。

韓叢耀　南京大學教授，博士研究生導師。負責全書「民國時期的圖像新聞業」特約專題稿和《民國新聞專題史研究叢書・民國時期的圖像新聞業》分冊撰稿。

何　村　渤海大學教授。協助首席專家完成相關工作。

李建新　上海大學教授，博士研究生導師，中國新聞史學會常務理事。負責全書「民國時期的新聞教育」特約專題稿和《民國新聞專題史研究叢書・民國時期的新聞教育》分冊撰稿。

李秀雲　天津師範大學教授，博士生導師，新聞傳播學院副院長，中國新聞史學會常務理事。參加全書「民國時期的新聞學研究」特約專題稿和《民國新聞專題史研究叢書・民國時期的新聞學研究》分冊撰稿。

劉　亞　南京政治學院教授，博士研究生導師。主編《中華民國新聞史》（第4卷），負責全書「民國時期的軍隊新聞業」特約專題稿和《民國新聞專題史研究叢書・民國時期的軍隊新聞業》分冊撰稿。

劉繼忠　南京師範大學副教授，博士。南京師範大學民國新聞史研究所副所長。主編《中華民國新聞史》（第3卷）。

徐新平　湖南師範大學教授，博士研究生導師，中國新聞史學會常務理事。負責全書「民國時期的新聞學研究」特約專題稿和《民國新聞專題史研究叢書・民國時期的新聞學研究》分冊撰稿。

萬京華　新華通訊社新聞研究所研究員，新聞史論研究室主任，中國新聞史學會常務理事。負責全書「民國時期的新聞通訊業」特約專題稿和《民國新聞專題史研究叢書・民國時期的新聞通訊業》分冊撰稿。

王潤澤　中國人民大學教授，博士研究生導師，新聞學院副院長，中國新聞史學會副會長兼會刊《新聞春秋》主編。主編《中華民國新聞史》（第2卷）。

張立勤　華南師範大學副教授，博士。負責全書「民國時期的新聞業經營」特約專題稿和《民國新聞專題史研究叢書・民國時期的新聞業經營》分冊撰稿。

二〇一八年十二月

目

次

上　冊
附　圖
第一章　民國南京政府中期新聞業發展的社會
　　　　背景 …………………………………………… 1
　第一節　民國南京政府中期新聞業發展的政治
　　　　　背景 ………………………………………… 1
　　一、國共合作與民主憲政運動 …………………… 1
　　二、中國抗戰重塑了大國地位 …………………… 5
　　三、全面抗戰進程的多維呈現 …………………… 7
　第二節　民國南京政府中期新聞業發展的經濟
　　　　　背景 ……………………………………… 10
　　一、國統區的經濟動盪 ………………………… 10
　　二、根據地的經濟自救 ………………………… 13
　　三、淪陷區的經濟掠奪 ………………………… 14
　第三節　民國南京政府中期新聞業發展的文化
　　　　　背景 ……………………………………… 15
　　一、抗戰文化的繁榮興盛 ……………………… 15
　　二、中國教育的動盪分離 ……………………… 19
第二章　民國南京政府中期的國民黨報業 ……… 25
　第一節　國民黨黨營報刊的撤退和整合 ………… 25
　　一、國民黨中央黨報的停刊與播遷 …………… 25
　　二、國民黨地方黨報的停刊與播遷 …………… 29
　　三、國民黨黨報在後方的整合 ………………… 33
　　四、地方黨報的戰時翹楚 ……………………… 50
　第二節　抗戰中的《中央日報》 ………………… 65
　　一、重慶《中央日報》的新聞宣傳 …………… 65
　　二、重慶《中央日報》的報業經營 …………… 81
　第三節　抗戰中的《中央日報》地方版 ………… 83
　　一、《中央日報》在雲貴川地區的地方版 …… 83
　　二、《中央日報》在湘閩皖地區的地方版 …… 84
　第四節　國民黨黨報在租界與海外 ……………… 87
　　一、國民黨黨報在上海租界抗戰 ……………… 87
　　二、國民黨海外黨報的抗戰 …………………… 94
第三章　民國南京政府中期的共產黨報業 ……… 105
　第一節　陝甘寧邊區的共產黨報業 ……………… 105

一、陝甘寧邊區共產黨報業概述⋯⋯⋯⋯⋯ 105

二、陝甘寧邊區的中央和西北局機關報刊 ⋯ 110

第二節 各抗日根據地的共產黨報業⋯⋯⋯⋯ 120

一、晉察冀抗日根據地的共產黨報業⋯⋯⋯ 120

二、晉冀魯豫抗日根據地的共產黨報業⋯⋯ 128

三、晉綏抗日根據地的共產黨報業⋯⋯⋯⋯ 132

四、山東抗日根據地的共產黨報業⋯⋯⋯⋯ 135

五、華中抗日根據地的共產黨報業⋯⋯⋯⋯ 138

六、華南抗日根據地的共產黨報業⋯⋯⋯⋯ 144

第三節 國民黨統治區的共產黨報業⋯⋯⋯⋯ 145

一、國民黨統治區共產黨報業概述⋯⋯⋯⋯ 145

二、《新華日報》：共產黨在國統區團結抗戰的
旗幟⋯⋯⋯⋯⋯⋯⋯⋯⋯⋯⋯⋯⋯⋯ 150

第四節 延安整風運動與共產黨報業改革⋯⋯ 164

一、《解放日報》改版⋯⋯⋯⋯⋯⋯⋯⋯ 164

二、中共其他報紙的改版⋯⋯⋯⋯⋯⋯⋯ 174

第四章 民國南京政府中期的民營報業⋯⋯⋯⋯ 181

第一節 抗日戰爭戰略防禦階段的民營報業⋯⋯ 181

一、上海地區的民營報業⋯⋯⋯⋯⋯⋯⋯ 181

二、湖北地區的民營報業⋯⋯⋯⋯⋯⋯⋯ 190

第二節 抗日戰爭戰略相持階段的民營報業⋯⋯ 195

一、上海「孤島」時期的民營報業⋯⋯⋯⋯ 195

二、重慶各報出「聯合版」⋯⋯⋯⋯⋯⋯ 204

三、《救亡日報》的聯合抗戰⋯⋯⋯⋯⋯ 207

四、廣東地區的民營報業⋯⋯⋯⋯⋯⋯⋯ 215

五、桂林地區的民營報業⋯⋯⋯⋯⋯⋯⋯ 217

第三節 抗日戰爭戰略反攻階段的民營報業⋯⋯ 221

一、四川地區的民營報業⋯⋯⋯⋯⋯⋯⋯ 221

二、《新民報》入蜀逆勢發展⋯⋯⋯⋯⋯ 223

三、重慶《大公報》的抗戰⋯⋯⋯⋯⋯⋯ 228

四、湖南地區的民營報業⋯⋯⋯⋯⋯⋯⋯ 237

五、其他地區的民營報業⋯⋯⋯⋯⋯⋯⋯ 250

第四節 民國南京政府中期的海外及香港地區報業 260

一、民國南京政府中期的海外華文報業⋯⋯ 260

二、民國南京政府中期的香港地區報業⋯⋯ 267

下　冊

第五章　民國南京政府中期的淪陷區報業………… 275

　　第一節　偽「滿洲國」地區的報業 ……………… 275

　　　一、偽「滿洲國」地區報業概況……………… 276

　　　二、偽「滿洲國」地區的日文報刊…………… 278

　　　三、偽「滿洲國」地區的其他文字報刊 …… 283

　　第二節　華北、華中和華南淪陷區的報業 …… 287

　　　一、華北淪陷區的報業 ……………………… 287

　　　二、華中淪陷區的報業 ……………………… 294

　　　三、華南淪陷區的報業 ……………………… 303

　　第三節　臺港澳地區淪陷後的報業 …………… 304

　　　一、淪陷時期臺灣地區的報業 ……………… 305

　　　二、淪陷時期香港地區的報業 ……………… 313

　　　三、抗戰時期澳門地區的報業 ……………… 315

　　第四節　淪陷區秘密出版的抗日報刊………… 316

　　　一、東北地區的地下抗日報刊 ……………… 316

　　　二、北平地區的地下抗日報刊 ……………… 318

　　　三、天津地區的地下抗日報刊 ……………… 318

　　　四、南京地區的地下抗日報刊 ……………… 321

**第六章　民國南京政府中期的新聞廣播業、新聞通
　　　　　訊業和圖像新聞業**…………………………… 323

　　第一節　民國南京政府中期的新聞廣播業 …… 323

　　　一、國民黨官辦廣播的抗戰宣傳 …………… 324

　　　二、上海民營電臺和「蘇聯呼聲」的戰時生存
　　　　………………………………………………… 328

　　　三、淪陷區的日偽廣播業 …………………… 330

　　　四、戰火中降生的延安新華廣播 …………… 337

　　第二節　民國南京政府中期的新聞通訊業 …… 341

　　　一、國民黨統治區的新聞通訊業 …………… 341

　　　二、共產黨的新聞通訊業 …………………… 347

　　　三、民營商業性新聞通訊業 ………………… 354

　　　四、外國在華新聞通訊業 …………………… 357

　　　五、日偽政權的新聞通訊活動 ……………… 361

　　第三節　民國南京政府中期的圖像新聞業 …… 366

　　　一、民國南京政府中期的新聞攝影 ………… 366

二、民國南京政府中期的新聞漫畫 ………… 370
三、民國南京政府中期的新聞電影 ………… 375
四、民國南京政府中期的圖像新聞出版 …… 380

第七章　民國南京政府中期少數民族新聞業、軍隊
　　　　新聞業和外國在華新聞業 ………… 389
第一節　民國南京政府中期的少數民族新聞業 … 389
一、民國南京政府中期的朝鮮文報刊 ……… 389
二、民國南京政府中期的蒙古文報刊 ……… 392
三、民國南京政府中期的新疆少數民族報刊 394
四、民國南京政府中期的西康省少數民族新聞
　　事業 ………………………………………… 394
五、民國南京政府中期甘南地區的藏文報業 399
六、民國南京政府中期國民黨創辦的蒙古文時
　　事政治期刊 ……………………………… 399
七、朝鮮友人創辦的漢文時政期刊《東方戰友》
　　……………………………………………… 400
第二節　民國南京政府中期軍隊新聞業 ………… 400
一、國民黨軍新聞業的體系化發展 ………… 401
二、共產黨軍隊新聞業的地域性發展 ……… 411
三、民國南京政府中期的外軍新聞業 ……… 416
第三節　民國南京政府中期的外國在華新聞業 … 422
一、孤島時期的外國在華新聞業 …………… 422
二、日本在華新聞業由盛轉衰 ……………… 426
三、蘇聯在華新聞業及其記者採訪活動 …… 433
四、美國在華新聞業及其記者採訪活動 …… 436
五、德國等在華通訊業的播遷 ……………… 439
六、外國記者在大後方及延安的聯合採訪活動
　　……………………………………………… 440

第八章　民國南京政府中期的新聞管理體制和新
　　　　聞業經營 ………………………………… 443
第一節　民國南京政府中期的新聞業管理體制 … 443
一、民國南京政府的新聞業管理體制 ……… 443
二、中國共產黨新聞業的管理體制 ………… 449
三、日偽在淪陷區的新聞統制體制 ………… 455
第二節　民國南京政府中期的新聞業經營 ……… 459

　　一、國民黨新聞業的經營 ……………………… 460
　　二、共產黨新聞業的經營 ……………………… 465
　　三、民營報業的廣告與企業化經營 ………… 473
　　四、日僞報業的整合與壟斷經營 …………… 477
第九章　民國南京政府中期的新聞團體、新聞教育
　　　　和新聞學研究 ………………………… 481
　第一節　民國南京政府中期的新聞團體 ………… 481
　　一、國民黨統治區的新聞團體及其活動 …… 481
　　二、日僞統治區的新聞團體及其活動 ……… 492
　第二節　民國南京政府中期的新聞教育 ………… 495
　　一、國民黨的新聞教育概況 ………………… 495
　　二、日僞統治區的新聞教育 ………………… 502
　第三節　民國南京政府中期的新聞學研究 ……… 505
　　一、國民黨報人的新聞理論研究 …………… 505
　　二、共產黨報人的新聞理論探討 …………… 512
　　三、民營報人的新聞理論解讀 ……………… 519
　　四、左翼報人的新聞理論研究 ……………… 525
　　五、漢奸報人的「新聞理論」 ……………… 530

引用文獻 ………………………………………… 533
後　記 …………………………………………… 551

圖 4-1-1 《中央日報》1937 年 7 月 20 日刊出蔣介石廬山講話全文

圖 4-1-2　日本報紙報導向井、野田百人斬比賽

圖 4-1-3　日本向中國政府投降的簽字儀式在南京中央軍校禮堂舉行，
　　　　　1945 年 9 月 9 日

圖 4-2-1　《武漢日報》1938 年 10 月 10 日號外

圖 4-2-2　《東南日報》在雲和、麗水出版的報頭

圖 4-2-3　《廣西日報》昭平版報頭，1944 年 11 月 1 日

圖 4-2-4　《中央日報》1937 年 8 月 14 日第 3 版（局部）

圖 4-3-1　延安《解放日報》1941 年 5 月 16 日創刊號第 1 版

圖 4-3-2　冀東《救國報》四烈士（左起）：馬宗周、呂光、顧寧、傅惠軒

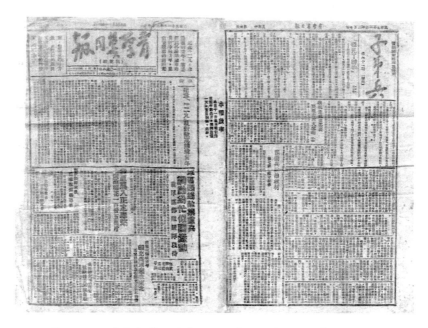

圖 4-3-3 《晉察冀日報》1942 年 12 月 10 日第 1、4 版

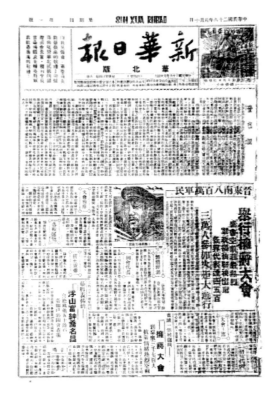

圖 4-3-4 《新華日報》華北版創刊號第 1 版

圖 4-3-5　《新華日報》華北版印刷廠工人反「掃蕩」時在野外排字印報

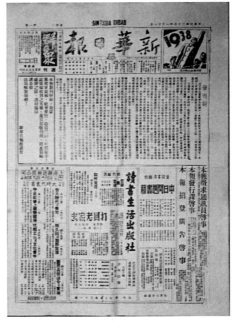

圖 4-3-6　《大眾日報》1939 年 1 月 1　　圖 4-3-7　《新華日報》1938 年創刊號
日創刊號第 1 版　　　　　　　　　第 1 版

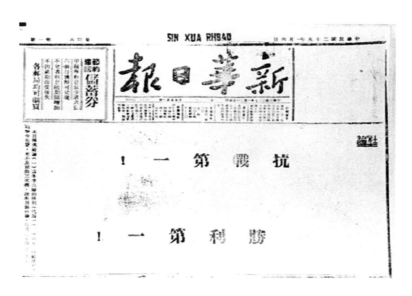

圖 4-3-8 《新華日報》1940 年 1 月 6 日第一版「開天窗」

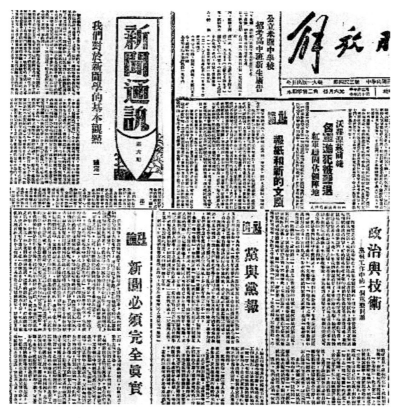

圖 4-3-9 延安《解放日報》發表的黨報理論文章

圖 4-4-1　《申報》1937 年 7 月 24 日第 3 版頭條

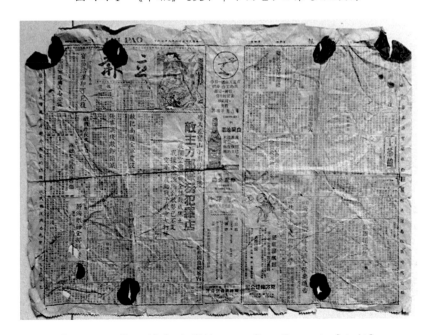

圖 4-4-2　佛山讀者珍藏的 1937 年 8 月 26 日《立報》

圖 4-4-3　溫州讀者後人捐贈的全套《譯報週刊》

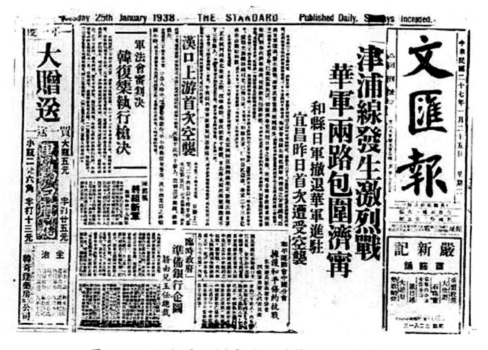

圖 4-4-4　上海《文匯報》創刊號第 1 版（局部）

圖 4-4-5　《重慶各報聯合版》1939 年 5
　　　　　月 6 日第 1 版

圖 4-4-6　《救亡日報》創刊號第 1 版

圖 4-4-7　桂林《大公報》1943 年 12
　　　　　月 3 日刊載《開羅宣言》

圖 4-4-8　《蜀話報》1938 年 11 月 17
　　　　　日第 1 版

圖 4-4-9　新民報文藝叢書之六《延安一月》

圖 4-4-10　重慶《大公報》館舍被日軍飛機炸毀，在岩石開鑿的地下堅持辦報

圖 4-4-11　1938 年 4 月，大公報記者范
長江（右 1）和陸詒（右 4）
採訪臺兒莊戰役

圖 4-4-12　《大剛報》1940 年
2 月 1 日第 1 版

圖 4-4-13　《美洲華僑日報》1940 年 7
月 8 日創刊號第 1 版

圖 4-4-14　《星島日報》1938
年 8 月 1 日創刊號

圖 4-5-1　日本南滿州鐵道株式會社，1924 年

圖 4-5-2　《新民報》1938 年 1 月 3 日第 1 版（局部）

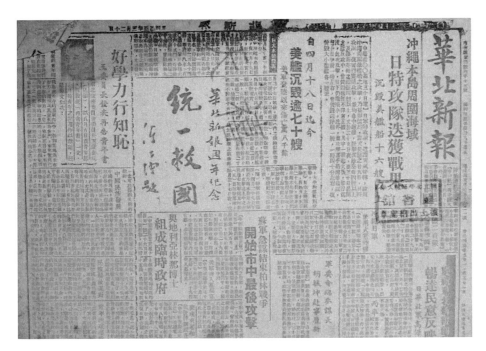

圖 4-5-3　《華北新報》1945 年 5 月 1 日第 1 版（局部）

圖 4-6-1　1938 年 4 月 27 日，日本朝日新聞社隨軍記者在山東兗州和俘虜交談

圖 4-6-2　日軍隨軍記者拍攝的轟炸重慶渝中半島的照片

圖 4-6-3　《戰事畫報》報導我軍與日軍巷戰，王小亭攝

圖 4-6-4 《抗戰漫畫》第 1、12 期封
　　　面。1。

圖 4-6-4 《抗戰漫畫》第 1、12 期
　　　封面。2。

圖 4-6-5《汪逆之夢想與實
　　　際》，江敉，重慶
　　　《中央日報》
　　　1940 年 4 月 16 日

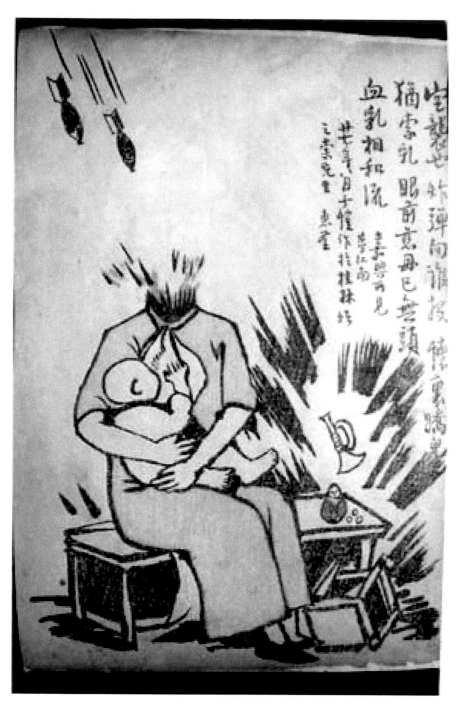

圖 4-6-6　空襲也，炸彈向誰投，懷裏嬌兒猶索乳,眼前慈母已無頭，血
　　　　　乳相和流，豐子愷

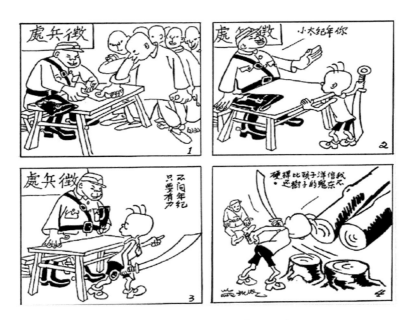

圖 4-6-7　《三毛的大刀》，張樂平

圖 4-6-8　徐靈在敵佔區村莊牆壁繪製漫畫

圖 4-6-9　李宗仁在看封面照片是他本人的《良友》畫報

圖 4-6-10　《良友戰事畫刊》第三、四
期封面。1。

圖 4-6-10　《良友戰事畫刊》第三、四
期封面。2。

圖 4-6-11　《晉察冀畫報》第 1 期封面

圖 4-7-1　青年軍第 602 團《銅營旬刊》
第 9 號第 1 版，1944 年 5 月
30 日

圖 4-7-2　第五戰區《陣中日報》第 248 號報頭

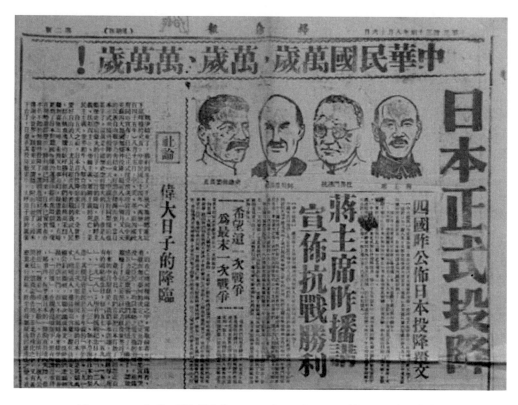

圖 4-7-3　重慶《掃蕩報》1945 年 8 月 16 日第 2 版（局部）

圖 4-7-4　《八路軍軍政雜誌》創刊號封面

圖 4-7-5　新四軍《抗敵報》1939 年 8 月 1 日第 1、4 版

圖 4-7-6　上海戰線的日軍士兵在看報紙，1937 年 10 月 6 日

圖 4-7-7 《中緬印戰區新聞綜合報》
1944 年 5 月 25 日第 1、12
版（2）

圖 4-7-7 《中緬印戰區新聞綜合報》
1944 年 5 月 25 日第 1、12
版

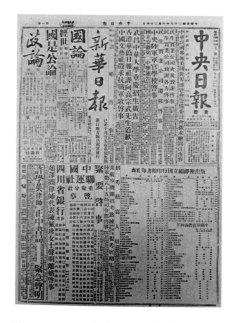

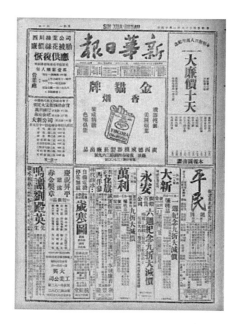

圖 4-8-1 重慶《中央日報》1938 年
10 月 26 日第 1 版

圖 4-8-2 第一版刊載廣告的《新華
日報》

圖 4-8-3　四川《自貢新報》1942 年 6 月 4 日第 1 版

圖 4-9-1　范長江、陳儂菲、胡蘭畦（左起）1938 年在武漢討論「青記」工作

圖 4-9-2　《戰時新聞工作入門》封面

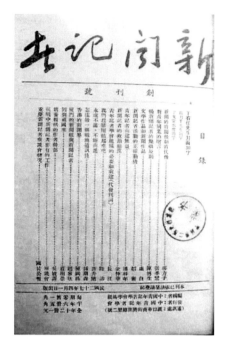

圖 4-9-3　《新聞記者》創刊號封面

圖 4-9-4　《新聞戰線》第二卷第九十期合刊封面，1943 年 1 月 16 日

第一章　民國南京政府中期新聞業發展的社會背景

　　全面抗戰爆發，國共兩黨再度合作，共同抗擊侵略。國統區工廠內遷，物價飛漲，根據地經濟自救，淪陷區經濟掠奪。抗戰文化繁榮興旺。中國教育動蕩分離。國民黨軍隊主導正面戰場，共產黨軍隊主導敵後戰場，日本侵華戰爭被迫放棄速決戰略，改行長期作戰，最終簽字投降。抗戰重塑中國大國地位。民主憲政運動接連興起。

第一節　民國南京政府中期新聞業發展的政治背景

　　由於日本軍國主義的全面武裝入侵，使得「中華民族到了最危險的時候」，中國政治舞臺上的兩大力量——中國共產黨和中國國民黨——都面臨著如何對付日本侵略的根本問題。由此形成了這一階段新聞事業發展的特定政治背景。

一、國共合作與民主憲政運動

（一）國共合作抗戰的形成

　　全面抗戰之前，國共雙方的談判在紅軍編制、領導權、邊區政府地位等問題上的巨大分歧，未能達成實質性共識。

　　1937 年 7 月 8 日，中共中央發出《中國共產黨為日軍進攻盧溝橋通電》，指出平津、華北危急，提出國共兩黨合作抵抗日寇的新攻擊。同日，周恩來、

秦邦憲、林伯渠等再上廬山，與蔣介石、張沖、邵力子談判。7 月 15 日，中共代表團向蔣介石提交《中共中央爲公布國共合作宣言》，提出發動全民族抗戰、實行民權政治和改善人民生活等三項政治主張，作爲國共合作的總綱領和全國人民的共同奮鬥目標。鄭重聲明：「（一）孫中山先生的三民主義爲中國今日之必需，本黨願爲其徹底的實現而奮鬥；（二）取消一切推翻國民黨政權的暴動政策，及赤化運動，停止暴力沒收地方土地的政策；（三）取消現在的蘇維埃政府，實行民權政治，以期全國政權之統一；（四）取消紅軍名義及番號，改編爲國民革命軍，受國民政府軍事委員會之統轄，並待命出動，擔任抗日前線之職責。」[1]

8 月上旬，國民政府邀集各地區將領、負責人赴寧開會，研討和確定抗戰大計。中共應邀派朱德、周恩來、葉劍英參加，並同國民黨繼續談判。8 月 18 日，國共雙方就陝甘寧邊區人事、紅軍改編和設立總指揮部及在若干城市設辦事處、出版《新華日報》等問題達成協議。9 月中旬，國共兩黨代表在南京再次會談，就發表中共中央的國共合作宣言取得一致意見。9 月 22 日，中央社發布經過修改的《中共中央爲公布國共合作宣言》。9 月 23 日，蔣介石發表《對中國共產黨宣言的談話》，承認中共合法地位和國共合作。以國共兩黨合作爲基礎的抗日民族統一戰線正式形成。

（二）多次掀起反共高潮

全面抗戰進入戰略相持階段，正面戰場壓力相對減輕。1939 年 1 月，國民黨召開五屆五中全會，確定「溶共、防共、限共」方針。11 月，國民黨召開五屆六中全會，通過了軍事限共爲主、政治限共爲輔的方針。國民黨頑固派由連續製造摩擦，發展到掀起三次反共高潮。

1、第一次反共高潮

1939 年 12 月，閻錫山在晉西南、晉西北、晉東南、晉中，進攻新軍和八路軍。八路軍第 129 師集中兵力打擊閻錫山部，避免與中央軍衝突。消滅閻錫山的部分部隊後，毛澤東致信閻錫山，停止雙方軍事行動和敵對宣傳，繼續擁護閻錫山抗日。經過談判，晉西北爲八路軍和新軍活動地域，晉西南爲晉綏軍舊軍活動地區。

---

1 《中國共產黨爲公布國共合作宣言》，《解放週刊》，第 1 卷第 18 期，轉引張憲文：《中華民國史》（第三卷），南京大學出版社，2005 年版，第 22 頁。

國民黨軍胡宗南部 1939 年 12 月和 1940 年初進攻陝甘寧邊區關中地區，佔據 5 座縣城。八路軍實行有限度的自衛反擊，制止了胡部的進攻。冀察戰區第 97 軍朱懷冰部 1939 年 12 月進入冀西地區，摧殘抗日政權。國民黨軍第 69 軍石友三部 1940 年 1 月下旬，進攻冀南八路軍。2 月，朱石兩部再次進犯。3 月，八路軍第 129 師痛擊石友三部，殲滅朱懷冰部主力，主動談判，停止衝突，劃界駐防。

2、第二次反共高潮

1940 年 7 月 16 日，國民黨向中共提出大幅度壓縮八路軍、新四軍數量，遷至黃河以北狹小的冀察地區。10 月 19 日，國民政府軍委會正副參謀總長發出「皓電」，指責八路軍、新四軍不服從中央命令，限令在一個月內全部開赴黃河以北的指定地區。11 月 9 日，朱德、彭德懷、葉挺、項英聯名發出「佳電」，拒絕強令華中八路軍、新四軍全部集中黃河以北的無理要求，表示新四軍皖南部隊將「遵令北移」。

1941 年 1 月 4 日，新四軍軍部及皖南部隊 9000 餘人，離開駐地涇縣雲嶺前往蘇南抗日根據地，再北渡長江轉移江北。7 日，轉移途中的新四軍在茂林地區，遭到國民黨軍 7 個師約 8 萬人的攔截圍攻。新四軍除 2000 多人突圍，其餘犧牲、被俘。1 月 17 日，蔣介石宣布新四軍「叛變」，下令取消番號；在重慶的周恩來電話怒斥何應欽，你們做了日寇想做而做不到的事。1 月 20 日，中共中央發布重建新四軍軍部的命令。

3、第三次反共高潮

1943 年 5 月 15 日，共產國際執委會主席團作出《關於提議解散第三國際的決定》。5 月 26 日，中共中央表示同意共產國際解散的決定。6 月 18 日，國民黨軍胡宗南部準備閃擊延安。6 月 21 日，西安勞動營訓導處長張滌非召開座談會，以群眾團體名義致電毛澤東，要求「解散」中國共產黨，「取消邊區割據」。社會流傳「馬列主義已經破產」，「共產主義不適用於中國」。

7 月 4 日，毛澤東急電重慶的董必武，立即向外界傳播，通知英美有關人士，蔣介石調集重兵包圍陝甘寧邊區，戰事有數日內爆發的可能，發動制止內戰運動；朱德分別致電胡宗南、蔣介石，抗議胡宗南部的挑釁，呼籲團結，停止內戰。7 月 9 日，延安舉行 3 萬人集會，發出團結抗日、反對內戰的通電。7 月 10 日，蔣介石命令胡宗南停止行動。

（三）民主憲政運動的興起

1、民主憲政運動的初起

國民黨一黨專政的負面效應隨著全面抗戰的深入逐漸顯現，國人逐漸改變對於戰時憲政延期的諒解。1939 年 9 月，國民參政會一屆四次會議一致通過《召集國民大會實行憲政案》。11 月 17 日，國民黨五屆六中會議通過《定期召集國民大會並限期辦竣選舉案》，決定明年 11 月 12 日召集國民大會。[1]

11 月 19 日，重慶各界憲政促進會成立。關於憲政的座談會、促進會、研究會等，在重慶、成都、昆明、延安和廣西、廣東、山西成立。潘公展說：「憲政不但不是黨治之結束，相反，正是黨治之開始」，「憲政時期的黨治理，自然是以國民黨治國」。[2]1940 年 9 月 20 日，國民黨以交通不便、無法召開國民大會爲由，終止憲政運動。

2、民主憲政運動的再起

1941 年 3 月 19 日，中國民主政團同盟在重慶成立。10 月 10 日發表《中國民主政團同盟成立宣言》，指出：「國事好轉誠在最近之四五年……必須軍隊國家化，政治民主化」。[3]1943 年 9 月 8 日，國民黨五屆十一中全會通過《關於實施憲政總報告之決議案》，規定國民政府應於戰爭結束後一年內，召集國民大會制定頒布憲法。同年底，蔣介石成立憲政實施協進會。9 月 18 日，民主政團同盟主席張瀾在國民參政會三屆二次會議言辭激烈的表示，中國需要眞正主權在民的民主政治，黨即國家與朕即國家毫無二致，黨治行，民治亡。1944 年，中國青年黨李璜元旦在《新中國日報》刊文表示：如果有野心家奪去四萬萬人的皇冠戴在一個人或幾個頭上，「以四萬萬人打倒少數人是很容易的事，袁世凱是一個例，張勳也是一個例。」[4]國家社會黨張君勱 1 月 3 日在《新中華日報》發表文章《人民權利三項之保證——人身自由、結社集會自由、言論出版自由》。5 月，中國民主政團同盟發表《對目前時局的看法與主張》，要求繼續主張訓政的諸公反省，中國必須成爲十足道地的民主國家。

1　張憲文：《中華民國史》（第三卷），南京大學出版社，2005 年版，第 282 頁。
2　張憲文：《中華民國史》（第三卷），南京大學出版社，2005 年版，第 286 頁。
3　張憲文：《中華民國史》（第三卷），南京大學出版社，2005 年版，第 286 頁。
4　張憲文：《中華民國史》（第三卷），南京大學出版社，2005 年版，第 293 頁。

　　國民黨軍遭到日軍打通「大陸交通線」的攻擊大潰敗，進一步激發了民主運動。羅隆基指出「軍事上吃敗仗，完全是政治上不民主的緣故」。[1]李濟深、黃旭初、龍雲等地方實力派，呼籲剷除失敗主義，加強民主。各界人士的民主呼聲，在國民黨內部激起共鳴。孫科提出我們是民主陣線四大盟邦之一，對外既與盟邦攜手同法西斯作戰，國內政治建設當然只有走向民主的方向。邵力子針對有人推崇曾國藩，發出感歎「今天還有人歌頌舊時代，以及舊時代的人物，我真不懂是什麼道理」。[2]

　　9 月 5 日，董必武在國民參政會提出，應著重討論國共談判、召開國是會議、成立各黨派聯合政府，成為了此次會議的主題。中國民主政團同盟在會後更改名稱，通過《中國民主同盟綱領草案》，和其他民主人士集會，響應中共關於成立聯合政府的號召。10 月 10 日，周恩來發表講話，主張召開緊急國是會議，成立聯合政府；中國民主同盟發表《抗戰最後階段的政治主張》，要求立即結束一黨專政，建立聯合政權，實行民主政治。

二、中國抗戰重塑了大國地位

（一）國際反法西斯陣線形成

1、德日意結成法西斯戰線

　　1937 年 11 月 6 日，德、日、意三國在羅馬簽訂《關於意大利加入反共產國際協定的議定書》，「柏林──羅馬軸心」擴大為「柏林──羅馬──東京軸心」。意大利 1937 年 11 月、德國 1938 年 2 月，正式承認日本扶植的「滿洲國」。1939 年 2 月、4 月，匈牙利、西班牙加入《反共產國際協定》。5 月 22 日，《德國和意大利同盟條約》在柏林締結。

2、世界形成反法西斯戰線

　　日本全面侵華和中國全面抗戰影響了世界格局的變化。英、法、美等國恪守綏靖主義，反對制裁日本，不願援助中國，仍向日本輸出戰略物資。1938 年 9 月，英、法與德、意簽訂《慕尼黑協定》，出賣捷克斯洛伐克。1939 年 9 月，德國進攻波蘭，第二次世界大戰在歐洲展開。英、法、美等國推行的綏靖主義政策破產。法國參加英國與波蘭的互助協定，建立實質性的軍事同盟

1　張憲文：《中華民國史》（第三卷），南京大學出版社，2005 年版，第 295 頁。
2　張憲文：《中華民國史》（第三卷），南京大學出版社，2005 年版，第 296、297 頁。

關係，宣布對比利時、荷蘭等國提供保證，標誌著以英、法爲核心的反對德、意法西斯陣線的形成。

英、法、美和中、蘇在反法西斯侵略的共同利益基礎上逐步靠攏，明確反對日本的「大東亞新秩序」，逐漸加大對中國的援助。1941 年 12 月 8 日，日本發動太平洋戰爭。美、英、中第二天對日宣戰，世界反法西斯陣線形成。中國堅持了四年之久的單獨對日作戰，變成了中、美、英、荷、澳等國的聯合對日作戰。

（二）中國重返世界大國行列

1、成立中國戰區統帥部協同對日作戰

1941 年 12 月 23 日，中、美、英三國軍事代表聯合會議在重慶召開。羅斯福與邱吉爾在華盛頓舉行軍事聯席會議，決定在南太平洋成立最高統帥部，在中國戰區（包括越南、泰國）成立最高統帥部，蔣介石爲統帥，統一指揮現在或將來在中國境內活動的聯合國軍隊。1942 年 1 月 3 日，中國戰區統帥部正式成立。

中、美、英協同對日作戰。中國第 9 戰區應盟方要求，調 2 個軍南下策應在港英軍。日軍進入越南，緬甸危如累卵，滇緬國際交通線受到威脅。1941 年 12 月 10 日，英國駐華軍事代表團團長請求蔣介石按照中英《共同防衛滇緬路協定》出兵緬甸。1942 年 3 月，中國 10 萬遠征軍入緬。中美英首次大規模軍事合作的緬甸戰役，中方損失 6 萬人，節衣縮食置辦的機械化裝備全部損失。1943 年 2 月至 1944 年 4 月，羅斯福 5 次致電蔣介石，要求將中國遠征軍投入緬甸戰場。5 月，中國遠征軍發起滇西反攻作戰。9 月，收復騰沖、松山、龍陵等地，完全驅逐侵入廣西的日軍。1945 年 1 月 27 日，中國駐印軍與遠征軍會師芒友，中印交通線完全打通。

2、廢除不平等條約美英中聯署開羅宣言

國民政府多次向英美提出修改不平等條約。英美政府 1939 年至 1941 年三次表示在遠東戰事結束後的適當時期，與中國商討取消領事裁判權等問題。1941 年 10 月 5 日，蔣介石授意陳布雷以新聞稿的方式，表明中國政府敦促美國政府率先自動廢約。1943 年 1 月 1 日，美國和中國在華盛頓簽訂廢除美國公民在華享有治外法權、交還美國在華租界爲主要內容的新約。1 月 11 日，在汪僞政府與日本簽訂廢除治外法權協定後的第二天，中英新約在重慶簽訂。

美國竭力主張中國在戰後世界政治格局中扮演大國角色。1943 年 10 月 30 日，中蘇美英簽署《關於普遍安全的宣言》。11 月，蔣介石應羅斯福總統之邀前往開羅，出席美英中三國首腦會議，討論聯合對日作戰及戰後遠東新秩序的安排。12 月 3 日《開羅宣言》發表。蘇美英三國舉行德黑蘭會議，確定先歐後亞原則，羅斯福得到了斯大林出兵中國東北，進攻日本關東軍的承諾。英國以緬甸海軍需用於對德戰爭為由，放棄反攻緬甸的承諾。

三、全面抗戰進程的多維呈現

（一）日本發動全面侵華戰爭

1、日軍速占華北華中廣大地區

1937 年 7 月 7 日，日本挑起盧溝橋事變，發動全面侵華戰爭。7 月 11 日，日本內閣五相會議把盧溝橋事變稱為華北事變。9 月 2 日，日本內閣會議將華北事變改稱中國事變。9 月 4 日，日本召開第 72 屆臨時帝國會議，以天皇在開幕式的敕語代替宣戰詔書。

7 月 29 日、30 日，平津陷落。日軍以主要兵力向華北展開戰略進攻，一部進犯上海，向華中發動戰略進攻，展開全面侵華戰爭。8 月初至 12 月下旬，日軍從國內、關東軍和朝鮮軍調兵，以平津為依託，沿平綏、平漢和津浦三大鐵路線實施華北會戰，佔領鐵路沿線廣大地區。日軍違反國際公約，使用化學武器作戰。日軍激戰三月攻佔上海。繼占中國首都南京，實行慘絕人寰的大屠殺。1938 年 10 月，日軍攻佔廣州、武漢。

2、日軍放棄速戰改行長期作戰

1938 年，日本被迫調整侵華政策，放棄速戰速決的初衷，對中國國民政府採取政治誘降為主、軍事打擊為輔的方針，將戰略重心轉向敵後戰場，實行以保守佔領區為主的「長期戰」的戰略方針。日軍在晉冀魯豫和蒙疆地區實施「治安肅正」作戰，「掃蕩」中國軍隊。日軍使用「活體實驗」製造細菌武器，並在作戰中大量使用細菌武器。在日軍扶持與控制下，中國出現了晉北自治政府（1937 年 10 月，山西大同），上海大道政府（1937 年 12 月），中華民國臨時政府（1937 年 12 月，北平），中華民國維新政府（1938 年 3 月，南京），蒙疆聯合自治政府（1939 年），中華民國政府（1940 年 3 月，南京）等偽政權，並組建了滿洲國軍、華北治安軍、和平建國軍等偽軍。

1941 年初開始，爲把中國佔領區變成準備進行太平洋戰爭的兵站基地，日軍對敵後抗日根據地進行極其殘酷的「掃蕩」。在華北，日僞發起「治安強化運動」，以鐵路、公路、碉堡連網，修築溝、牆，實施封鎖；毀村滅屯，驅趕百姓入住「人圈」式集中營，製造「無人區」，割斷民眾與八路軍的聯繫；調集重兵，「梳篦清剿」，殘暴地實行燒光、殺光、搶光的「三光政策」。在華中，由日軍擔負軍事、汪僞政府擔負政治，開展軍事政治並重的清鄉運動。日本發動太平洋戰爭。1942 年 4 月，日軍爲遏止本國遭到空襲，攻擊浙贛，摧毀航空基地。1943 年，日軍發起牽制性進攻，實施鄂西、常德戰役。日軍爲打通少受盟軍威脅的大陸交通線，1944 年 4 月傾力發動「一號作戰」，千里進擊，兵臨獨山，震動陪都。

3、日軍採取守勢天皇宣布投降

1945 年春，中國派遣軍將兵力向華中特別是京、滬、杭和沿海集中，防備美軍登陸。4 月，湘西會戰，日軍慘敗。8 月 15 日正午，日本天皇通過廣播，發表停戰詔書，宣布投降。

（二）國民黨主導的正面戰場

1、被迫應戰死守上海三月

盧溝橋事變第三天，蔣介石密令部隊向石家莊、保定集結；同日，宋哲元致電蔣介石，表示守土有責，遵照鈞座「不喪權，不失土」意旨，誓與周旋。蔣介石召見美英駐華大使，要他們籲請兩國政府一致向日本提出勸告，停止進攻華北，只獲得象徵性的回應。1937 年 7 月至 8 月，國民政府軍委會緊急商討，應對日軍全面侵華戰爭。中共代表參加國防會議，提出國防意見。

8 月 14 日，國民政府發表《自衛抗戰聲明》，聲明中國爲日本無止境的侵略所逼迫，不得不實行自衛抵抗暴力。8 月 20 日，蔣介石以大元帥名義頒發《國軍作戰指導計劃》，以持久戰爲作戰基本主旨，實行持久消耗戰略。國民黨軍在華北守土抗戰，以空間換時間。淞滬會戰遲滯日軍進攻步伐三月，中國守軍鬥志高昂，拼死抵抗，傷亡慘重，爲工廠內遷和國家轉入戰時體制贏得寶貴時間。12 月底，蘇聯空軍志願隊來華，支持中國抗戰。國民黨軍在徐州、武漢等會戰中頑強抗敵，取得臺兒莊大捷等勝利。

2、逐漸形成持久抗戰態勢

1938 年 11 月底，南嶽軍事會議總結抗戰的經驗教訓，規劃第二期抗戰的戰略戰術。正面戰場逐漸形成持久戰的態勢。繼淞滬會戰期間開始布置，進一步重視外線敵後作戰，劃定游擊區，增設冀察、魯蘇戰區，在中條山、大別山和冀、魯、皖南、浙西北、贛東北、蘇北等地，留置相當兵力。遭到日軍討伐，國民黨軍在華北敵後的實力大減。獲取桂南、上高（贛北）會戰勝利。1941 年 5 月，中條山會戰，18 萬部隊潰不成軍，喪失固守中原的根據地；9 月進行第二次長沙會戰，進攻日軍遭到失敗。1942 年 7 月，前年 8 月成立的中國空軍美國志願隊改稱美國駐華空軍特遣隊，1943 年 3 月擴編為美國第 14 航空隊。1944 年，面對日軍發動的 1 號作戰，五六十萬大軍未能重創敵軍即告損失，20 多萬平方公里國土、數千萬國人慘遭蹂躪。

1945 年 4 月，國民黨軍在湘西拉開反攻序幕，取得湘西會戰勝利。5 月，實施桂柳反攻作戰，相繼收復南寧和柳州、桂林等湘桂鐵路沿線城鎮。

（三）共產黨主導的敵後戰場

1、八路軍在華北敵後抗戰

1937 年 8 月 25 日，中共中央軍委發布命令，紅軍改編為國民革命軍陸軍第 115、第 120、第 129 師。9 月 11 日，按照新的全國陸海空軍統一序列，第八路軍改稱第 18 集團軍。八路軍的稱謂被廣大軍民習慣地沿用。8 月下旬至 9 月下旬，八路軍總部率所屬 3 個師從陝西出征，北上晉東北抗日戰場。國共兩黨兩軍在太原會戰期間實施戰役戰鬥協同作戰。八路軍首戰平型關告捷，打破了日軍不可戰勝的神話。

1937 年 11 月起，八路軍以山西為主要陣地支撐華北抗戰，獨立自主地開展游擊戰爭，創建晉察冀、晉西南、晉西北、晉冀豫抗日根據地，配合國民黨軍作戰。山西新軍、河北人民抗日武裝、山東民眾武裝起義，壯大游擊戰爭力量。1938 年底 1939 年初，八路軍實施挺進平原的戰略行動。

八路軍在華北敵後英勇反「掃蕩」，爭得發展。1940 年 8 月，八路軍發動「百團大戰」，對正太、同蒲鐵路發動破擊戰，戰果豐碩，迫使日軍進一步從正面戰場抽兵對付敵後游擊戰爭。1941 至 1942 年，華北敵後抗戰異常艱苦，部隊減員，根據地縮小。八路軍頑強堅持，反「蠶食」，反「掃蕩」，鞏固與發展抗日根據地。

八路軍從 1944 年春季開始，在山東、晉察冀、晉綏地區發起攻勢作戰，太行、太同根據地與豫西根據地連成一片。1945 年春夏，八路軍在敵後戰場全面出擊，收復河北張家口、山東萊蕪等 28 座大中小城市，太行、太同、冀南、冀魯豫根據地連成一片。

2、新四軍在華中敵後抗戰

1937 年 10 月，南方 8 省 14 個地區紅軍游擊隊改編爲新四軍。1938 年 2 月上旬，江南、江北各游擊隊整編爲 4 個支隊，挺進華中敵後，初建蘇南、皖南、皖中和豫東抗日根據地。1940 年，八路軍、新四軍協同開闢蘇北抗日根據地。1941 年 1 月，皖南事變後，新四軍軍部在蘇北鹽城重建，轄 7 個師，在蘇中、蘇北、蘇南、淮北、淮南、鄂豫、皖江、浙東等廣大地區，反「清鄉」，反「掃蕩」，恢復與發展抗日根據地。

新四軍從 1944 年春季開始發起攻勢作戰，淮海、鹽阜根據地連成一片。同年夏，新四軍第 5 師、第 4 師和八路軍太行軍區各一部推進河南，開闢豫西，恢復豫皖蘇邊，發展豫南。12 月，新四軍第 1 師南下，開闢蘇浙皖邊根據地。1945 年春夏，新四軍在華中敵後戰場全面出擊，收復淮安，控制了蘇中、蘇北、淮南、淮北根據地之間的樞紐地區。

3、華南與東北的敵後抗戰

1938 年，華南人民抗日游擊隊在東江地區、珠江地區和海南島，開闢華南敵後戰場。東江、瓊崖成爲華南長期抗戰的重要根據地。1940 年春，東北抗日聯軍在與日軍的大「討伐」戰鬥中遭到嚴重挫折，游擊根據地大部被破壞。抗聯部隊人數銳減，集結中蘇邊境，1942 年 8 月編爲教導旅。

第二節　民國南京政府中期新聞業發展的經濟背景

一、國統區的經濟動盪

（一）沿海和其他地區企業內遷

國民政府爲了應對戰爭的急切需要，工廠內遷的重點是機器設備、技術力量、企業管理、規模較大的現代軍工企業及相關企業。一些民族企業家誓不以廠資敵自費內遷。武漢失守前，已遷武漢的企業和本地企業，再遷移四川、湖南及湖北、廣西、貴州、陝西、雲南等地。至 1940 年底，沿海沿江的

廠礦遷移內地共計 448 家，機料 7 萬餘噸，技工 12164 名，復工廠礦 308 家，復工後產品價值 1.45 億元。[1]香港淪陷前後，一些由內地遷港企業的技術人員和技工奔赴大後方，參加西部地區工業建設。1944 年，日軍進攻長沙，湘、粵、桂三省 95 家工廠又進行了遷移。

中國實業界抗戰時期的工廠內遷，把沿海地區的先進技術、管理經驗和大批企業家、研究人員、技術人員和技術工人彙集西南地區，奠定了大後方工業的門類與框架，逐步形成了新的工業經濟區域，帶動了內地落後區域的經濟發展，推動了經濟中心西移和戰時經濟體制的實行，爲中國堅持長期抗戰提供了產業支撐。

（二）戰時經濟體制和財政政策

全面抗戰時期，國統區自始至終存在著經濟困難。中國大片國土特別是工業集中的上海及沿海廣大地區先後淪陷，在經濟發展落後且又非常不平衡的中國遭受巨大損失，經濟體系遭到破壞，財政稅收驟減的同時，戰爭費用猛長，經濟壓力驟增，軍需民用物資普遍缺乏。1939 年，物資緊缺的大後方，物價飛漲，投機盛行。

國民政府採取緊急措施，調整經濟的方針、機構、政策，建立軍事經濟機構，實行金融外匯管制，動員和協助沿海工廠內遷，建設大後方，運轉全面控制國民經濟的戰時體制。1938 年，出臺的《抗戰建國綱領》《非常時期經濟方案》和《抗戰建國之經濟建設工作報告》等文件，爲制訂與調整戰時經濟政策提供依據，基本確立了國民政府的戰時經濟方針，即依靠國家干預，實行「計劃經濟」，對金融、外匯、進出口物資實行管制。1941 年 3 月，國民黨召開五屆五中全會，正式確定實行「統制經濟」政策，接受官僚資本控制，運用國家政權行政法律手段，直接干預或管制國民經濟體系的生產、流通、分配各個環節。1942 年 3 月，國民政府公布《國家總動員法》，爲了爭取抗戰勝利，賦予政府集中運用國家所有物質力量的絕對權利。

國民政府爲應對戰時財政開支不斷增長與稅源不斷減少的矛盾，對具有重大稅收和戰略物資實行專賣制度。1939 年開始，對內銷的鋼鐵、粗銅、水泥、煤炭、棉紗、棉布等物品陸續實行管制，以保證國家、軍隊的需要，打擊囤積居奇。1941 年 10 月，對煙、糧、鹽、火柴四項物品實行專賣。專賣施

1　張憲文：《中華民國史》（第三卷），南京大學出版社，2005 年版，第 434 頁。

行兩年，遇到專賣品資源貧乏和運輸日趨困難兩個極大困難。1944 年 7 月，取消食糧專賣。

（三）擴展國營企業扶持民營企業

國民政府爲了堅持抗戰，優先發展國營重工業、大型礦產業。1938 年 6 月，經濟部制訂《抗戰建國經濟建設實施方案》，經濟建設重點在於調整與創建工礦業，注重國營基本事業，協助民營事業，籌建動力事業、製造軍需用品，倡導鄉村工業。1939 年，經濟部制訂《第二期戰時經濟行政計劃》，發展國營事業是主要方針，獎勵民營事業，建設內地經濟中心，提出「堅強自己」的實施目標，建設工礦業，扶持紡織、麵粉、油脂、造紙、製糖、製藥、染料、製革等民生工業。

由經濟部資源委員會、軍政部兵工署、各省政府、各戰區經濟委員會、國家銀行投資經營國營工礦企業。大後方 800 餘家機器工廠，國營工廠規模占優，民營工廠數量占優。電氣業，資源委員會在抗戰期間的各重要的工業中心設立新廠，擴充舊廠；在貴州修文河、陝西褒惠渠、甘肅天水藉河、青海西寧湟水等地修建發電廠；協助民營及企業自備電廠，擴充容量。鋼鐵業，如政府不經營，可出售民營企業經營。化學工業，戰前的 9 家企業因全面抗戰停頓，永利化學公司、中國煤氣公司等大型民營化工企業內遷，資源委員會設立多家新廠，形成了較爲完備的化學工業結構。沿海沿江工廠內遷和在大後方新建企業，中國重工業略具規模。

遷都重慶，交通重心移至後方。新建湘桂、滇緬、湘黔、綦江鐵路線，修築黔桂、敘昆、成渝、寶天鐵路幹線。1937 年至 1944 年，新築鐵路幹線 1875 公里，因淪陷或拆除破壞的鐵路幹線 1399 公里，「國民政府實際掌握的新增通車營業路線僅 476 公里」。[1]修築的國際公路線，有甘新、湘粵港、湘桂、滇緬、保密（又稱中印公路、史迪威公路）等。修築的國內公路線，有賀連、黔桂西、川滇東、桂穗等。

民用工業在抗戰期間有了一定的發展。大後方的紡織業，內遷和新設紗廠共 55 家，擁有的紗錠由開戰初的 2.2 萬錠，增至已開紗錠 25 萬多錠，未開紗錠 5.8 萬錠。造紙業，四川戰前僅有嘉樂、興蜀等小型機器造紙廠，上海龍章造紙廠、杭州中元造紙廠等遷入，經濟部投資新建川嘉造紙公司、中國紙

1　張憲文：《中華民國史》（第三卷），南京大學出版社，2005 年版，第 458 頁。

廠等，後方共有 23 家造紙廠，日產能力 30 噸。肥皂業，內遷重慶和新建企業達 70 多家，年產 30 餘萬箱。

二、根據地的經濟自救

（一）實行減租減息政策

抗日根據地普遍實行減租減息政策。適應舉國抗戰形勢，中共把減租減息列為《抗日救國十大綱領》的第七條，作為「改良人民生活」的重要內容。1938 年 1 月，晉察冀根據地邊區軍政民代表大會通過《經濟問題決議案》，規定實行減租減息辦法，最高地租額和整理農民債務。1942 年 1 月 28 日，中共中央政治局通過《關於抗日根據地土地政策的決定》及 3 個附件，確定抗日根據地的土地政策，減租減息與交租交息並舉，兼顧農民、地主的雙方利益。

1940 年起，蘇中、山東、晉冀魯豫、淮南、蘇北、皖中、淮北等根據地將減租減息置於突出的位置，並根據各自具體情況，貫徹執行中共中央關於抗日根據地的土地政策。減租減息運動改變了抗日根據地的農村經濟格局，貧雇農獲益明顯，中農的地位上升，農村階層關係發生變化。

（二）大生產運動和農業互相合作運動

1938 年 7 月，八路軍留守兵團開展生產運動，開辦合作社，種植蔬菜，開磨房，養豬羊，打草鞋，織襪子手套，極大地改善了缺吃少穿的生活狀況。1940 年 2 月，中共中央軍委發出開展生產運動的指示，要求各部隊以自力更生的精神戰勝物資困難。12 月，國民政府正式停止對陝甘寧邊區發放補助；中共陝甘寧邊區中央局發出指示，實行自力更生的自給自足政策。各抗日根據地開展的大生產運動卓有成效，獲得了物質精神的雙豐收。解決了陝甘寧邊區 200 多萬人的穿衣吃飯問題，大為改善各抗日根據地的財政形勢，培養了自力更生、艱苦奮鬥的精神。陝甘寧邊區民間流行的勞動互助方式擴大了實施範圍，改進了組織方式，出現了變工修墊地、變工修水利、「義倉運動」等新型互助方式。陝甘寧邊區的勞動互助合作運動成為了根據地勞動互助合作運動的模範。

大生產運動和勞動互助合作運動，有力地促進了抗日根據地的工商業。陝甘寧邊區的工業包括簡單軍工業、以紡織為主的輕工業和以地方特產為主的簡單加工業，相對較為完整，合作社工業是重要組成部分。抗日根據地初創，商業處於自由貿易狀態，公營商業得到政府的較多支持。1940 年後，開

展大生產運動，公營商業逐漸興旺。中共中央軍委、陝甘寧邊區政府等許多機關興辦商業，公營商業規模壯大。敵後抗日根據地的商業優於工業。抗日根據地財政以滿足生存和發展為基本目標，開辦銀行發行鈔票（通稱抗幣），驅逐日偽貨幣和地方雜幣，對於國民政府的法幣，隨著國共關係惡化和法幣惡性通貨膨脹，由維護法幣發行轉向限制法幣流通。[1]

三、淪陷區的經濟掠奪

日本發動侵華戰爭，實行「以戰養戰」的經濟戰略，大肆掠奪淪陷區的礦業資源、糧棉資源、土地資源、人力資源。日本在淪陷設立銀行，發行沒有準備金的廢紙偽鈔，掠奪中國民眾的財富。

（一）掠奪淪陷區的資源

1937 年 12 月，日本新興財閥日本產業會社本部遷到東北，成立以發展重工業為中心的滿洲重工業開發株式會社（簡稱滿業），壟斷經營東北的鋼鐵業、輕金屬工業、重工業、煤礦業（除滿鐵撫順煤礦），成立本溪煤鐵會社、東邊道開發會社、滿洲輕金屬會社、滿洲飛機、滿洲汽車等 40 多家子公司，是繼滿鐵之後東北經濟的又一日本主宰。滿鐵、滿業大肆掠奪東北地區礦業資源，為日本擴大侵略戰爭提供了大量的軍事物資。日本成立滿洲特產專管會社、滿洲糧穀株式會社、滿洲穀粉管理會社、滿洲棉花會社等與三井、三菱、三泰等日本財閥，壟斷東北農產品的買賣。太平洋戰爭爆發後，東北「出荷」四成以上糧食，每年供應關東軍 100 至 120 萬噸軍糧，運往日本的糧食逐年增加，1942 年 260 萬噸，1943 年 320 萬噸，1944 年 390 萬噸。[2]

日本成立華北開發公司（1938 年 11 月），通過「軍管理」和「委任經營」的方式，掠奪華北所有的煤炭、鐵礦石、礬土等礦產，所產的城、酒精、棉花、小麥。華中振興公司（1938 年 11 月）是日本在華中佔領區統制經濟的領導機關，管理日本在華中地區的企業，奉命代管代營華中地區英美等國的公司。除了和在東北、華北一樣，掠奪中國的各種資源，日軍採用「軍管沒收」、「代管」、「委任經營」、「合組」、強制低價購買等方式掠奪華中國人的自營企業。

---

1 張憲文：《中華民國史》（第三卷），南京大學出版社，2005 年版，第 418 頁。
2 張憲文：《中華民國史》（第三卷），南京大學出版社，2005 年版，第 519 頁。

（二）掠奪土地人力資源

有計劃地移民東北，掠奪東北的土地資源。1936 年，日本制定了 20 年內向東北移民 100 百萬戶 500 萬人的移民計劃，每戶移民授田 10 公頃。1941 年，由偽滿政府和滿洲拓殖株式會社通過廉價收買整備的移民用地已達 2000 萬公頃，是百萬戶移民計劃 1000 萬公頃目標的 2 倍，相當於日本國內耕地面積的 3.7 倍。[1]

日、偽政權強擄奴役東北勞工。據曾任偽滿總務廳次長兼勞務委員會幹事長的古海忠之戰後供認：1942 年至 1945 年 8 月，日本在東北實際強擄徵用勞工總數約 430 萬人。[2]華北的勞動力是日本掠奪的重點對象。日本發動全面侵華戰爭，繼續從華北徵招勞動力輸入東北，用於發展產業和修築軍事工程。徵招方式由騙招改為強徵。1941 年，關東軍與華北方面軍達成《關於入滿勞工的協議》，華北方面軍 3 月開始「治安戰」，強徵勞工輸入東北。[3]日軍在華北「集村並戶」製造千里「無人區」，許多青壯年被強擄為東北勞工。日軍頻繁「掃蕩」，抓捕戰俘用作東北勞工。1942 年 11 月 27 日，日本內閣作出決定，儘量使用熟練工人和經過訓練的戰俘，向日本大量輸出中國勞工。1943 年起，被送往日本的約半數的華北勞工，來自日軍華北方面軍集中營裏的中國戰俘。中國勞工受到日本企業主、軍警和監工的殘酷奴役和迫害。1936 年至 1945 年 8 月，700 萬華北勞工被日本騙賣、強徵、抓捕出境，平均死亡率高達 30% 左右。[4]

第三節　民國南京政府中期新聞業發展的文化背景

一、抗戰文化的繁榮興盛

（一）抗戰時期的文化中心

中國抗戰時期的文化中心逐步西移，在武漢一度成為抗戰中心之後，重慶、桂林成為文化中心。

1　張憲文：《中華民國史》（第三卷），南京大學出版社，2005 年版，第 518 頁。
2　《中國抗日戰爭史》編寫組：《中國抗日戰爭史》，人民出版社，2011 年版，第 519 頁。
3　《中國抗日戰爭史》編寫組：《中國抗日戰爭史》，人民出版社，2011 年版，第 517 頁。
4　張憲文：《中華民國史》（第三卷），南京大學出版社，2005 年版，第 524 頁。

1、抗戰文化中心武漢

平津失守,滬寧淪陷,國民政府的大部分機關和軍事統帥部遷移九省通衢的武漢,大批文化人士和出版、文教機構也遷移武漢。各界抗敵協會、軍委會政治部第三廳等組織的「七七」獻金大會、火炬遊行等抗日宣傳活動,幾萬人、十幾萬人參加,聲勢浩大。

1938 年 3 月 27 日,中華全國文藝界抗敵協會(簡稱全國文協)成立,推舉邵力子、馮玉祥、張道藩、郭沫若、茅盾等 45 人為理事,于右任、周恩來、葉楚傖、孫科、陳立夫等為名譽理事,老舍任總務主任。在此前後,中華全國電影界抗敵協會、中華全國戲劇界抗敵協會、中華全國美術界抗敵協會、中華全國木刻作者抗敵協會、中華全國音樂界抗敵協會、中華全國歌詠抗敵協會、中華全國漫畫抗敵協會、武漢文化界抗敵協會等相繼成立。全國文協在《發起旨趣》中宣告:「我們應該把分散的各個戰友的力量,團結起來,像前線戰士用他們的槍一樣,用我們的筆,來發動民眾,保衛祖國,粉碎敵寇,爭取勝利。民族的命運,也將是文藝的命運」。[1]

1938 年 4 月 1 日,國民政府軍委會政治部第三廳成立,立即組織 4 月 7 日至 13 日的抗戰擴大宣傳周活動,逐日開展口頭宣傳、歌詠、美術、戲劇、電影等宣傳日活動;組織編寫戰士讀物發放部隊,印製畫冊《日寇暴行實錄》;製作對敵宣傳傳單、小冊子,紮成小捆,通過空軍飛機「遠征」日本,投擲「紙彈」;組建十幾個抗日演劇隊、宣傳隊到各戰區工作,編成戲劇宣傳隊到大後方開展宣傳活動。1940 年 11 月,第三廳被改組為文化工作委員會。

生活書店、讀書生活出版社、新知書店、上海雜誌公司、兒童書局、光明書店從上海遷入武漢,新創中國出版社、三戶圖書印刷社,出版抗日書刊。

2、抗戰文化中心重慶

長江、嘉陵江環繞的重慶 1929 年立市,自古為水陸交通重鎮。1937 年 12 月 1 日,國民政府正式在重慶辦公。1940 年 9 月 6 日,國民政府正式命令重慶為中華民國陪都。30 多個國家在重慶設有大使館,40 多個國家和地區在重慶設有外事機構。沿海沿江數以百計的工廠和商業、金融、文教、科研等機構遷入。應對戰時需要,興建大批工商企業、科教文衛單位。人口逐漸增長至百萬的重慶,由行政院直轄的地區性中等城市,成為抗戰時期中國大後方的政治、軍事、文化、經濟中心。

---

1 張憲文:《中華民國史》(第三卷),南京大學出版社,2005 年版,第 301 頁。

　　重慶城市規模擴大,遠離市區的北涪成為戰時遷渝人口的主要居住地。外遷學校的集中地沙平壩、磁器口一帶,成為重慶有名的文化區。重慶舊路改名,新路定名富有民國和抗戰的意味。小什字到精神堡壘(今解放碑)叫民族路,精神堡壘到校場口叫民權路,校場口到七星崗叫民生路。浮圖關改為復興關。為了紀念辛亥革命先烈重慶人鄒容,將滄平街、天宮街、紫家巷改名鄒容路,紀念辛亥革命元勳楊滄白,將炮臺街改名滄白路。[1]

　　全國各地的知名教授、學者、作家、詩人、藝術家匯聚山城,為青年學子點燃知識的火把,喚起愛國抗戰的熱情。郭沫若重慶七載,創作《棠棣之花》《屈原》《虎符》《高漸離》《孔雀膽》5部歷史劇,成為重慶話劇之夜的保留劇目。梁實秋在北碚青木關雅舍撰寫20多篇散文隨筆,為自己在中國現代散文史上奠定地位。老舍自告奮勇的拉著梁實秋,為募款勞軍晚會墊場說相聲。宋靄齡、宋慶齡、宋美齡三姐妹為開展新生活運動,在重慶街頭舉辦時裝秀。

　　商務印書館、中華書局、正中書局、大東書局、開明書店、世界書局、文通書局聞名全國的七大書局全部遷入重慶,登記在案的發行機構404家,加上未註冊的共有644家。[2]數百米長的民生路旁的小街狹巷,散佈著開明書店、生活書店、正中書局、新生命書局、北新書局和兒童書局等數十家書店。讀書看報,看戲觀劇,成為重慶市民戰時休閒的重要方式。霧季藝術節上演話劇,場場爆滿。

3、抗戰文化中心桂林

　　1938年10月,繼滬、寧、穗、漢等中心城市先後失守,廣西省城桂林成為連接西南、華東、華南的交通樞紐,桂林城區人口由7萬人猛增到高峰時期的50萬人[3],成為抗戰中後期國統區僅次於重慶的重要城市。東北、華北、華東和廣東的文化名人雲集,抗戰中期成為戰時文化城。印刷廠由戰前的十來家增至逾百家,每月排字三、四千萬字。生活書店、新知書店、讀書生活出版社、文化供應社、三戶圖書社、正中書局、前導書局、提拔書店、青年書店、國防書店、中國文化服務社等聚集於此,桂西路(今解放

1　莊燕和:《重慶城的由來和發展》,《四川師院學報》(社會科學版)》,1980年版。
2　陳羽凡:《抗戰時的民生路是書市一條街》,http://news.sina.com.cn/o/2014-06-22/054930402025.shtml。
3　梁亮、周文瓊:《名人故居:桂林抗戰文化的獨特風景》,http://news.guilinlife.com/n/2015-09/07/369323.shtml。

西路）成爲名符其實的書店街。桂林出版的抗戰讀物占比全國半數以上。桂林的民眾在國民大劇院、高升劇院、廣西劇場等，觀看話劇、平劇（京劇）、桂劇、湘劇、粵劇、歌劇、舞劇。1944 年 9 月，日軍進逼桂北，桂林實施緊急撤離。

（二）抗戰時期的文學藝術

全面抗戰爆發，全國廣大文化藝術工作者主動或被動地納入戰爭軌道。文藝大眾化問題在抗戰期間得到廣泛關注，「文章下鄉、文章入伍」及用什麼形式適應抗戰的要求，引發了深入而廣泛的討論。小說、詩歌、散文、報告文學和戲劇、繪畫等各種文學藝術的形式或樣式被用於抗戰宣傳。

1、抗戰歌詠

廣大音樂工作者在救亡歌曲的餘音中投入抗戰洪流，創作《武裝保衛山西》《畢業上前線》《幹一場》《保家鄉》《游擊軍》《在太行山上》《打殺漢奸》《武裝上前線》《爲自由和平而戰》《反投降進行曲》《歌八百壯士》《趕走東洋兵》《游擊隊歌》等抗戰歌曲，團結民眾，挽救危亡，促進抗戰勝利，彰顯民族精神，在中華大地廣泛傳唱，令人熱血沸騰，鬥志昂揚。抗戰歌曲產生於國家與民族生死存亡之際，成爲超越藝術本身的抗戰武器，集中地體現了中國人民的愛國意志，在廣大民眾中產生了無比巨大的震撼力和感召力。

抗戰歌詠活動蓬勃發展。中國先鋒歌唱隊、武漢合唱團等抗日救亡歌詠隊，在武漢、重慶等地舉辦各種形式的歌詠會、音樂會，激勵民眾抗戰意志。1937 年 8 月 8 日，國民救亡歌詠協會成立，麥新創作的《大刀進行曲》在南市區上海市民眾教育館唱響，「大刀向鬼子們的頭上砍去」，傳向全國各地。各種戰地文化服務團、隊邊創作邊演唱，大量湧現在各個戰區和敵後抗日根據地。敵後歌詠運動在民眾教育方面發揮巨大作用。

2、抗戰戲劇

抗戰時期出現以抗戰主題的戲劇創作高潮。《盧溝橋》《盧溝橋之夜》《血祭上海》《火海中的孤軍》《八百壯士》《臺兒莊》《咱們要反攻》《在烽火中》《打鬼子去》等接踵而出。在「七七」事變一個月之際，上海劇作者協會集體創作、公演《保衛盧溝橋》。1938 年 4 月，武漢擴大宣傳周戲劇日，12 家戲劇院舉辦「抗敵劇總動員」，日夜兩場，公演話劇、京劇、漢劇、楚劇等，歷家班、山東省立劇院等，分別演出《岳飛》《梁紅玉》《臥薪嘗膽》《木蘭從

軍》《萬里長城》等。10 月 10 日，重慶各話劇單位聯合演出破獲日方間諜的《全民總動員》，連演超過 300 場。1941 年 10 月開始的霧季戲劇運動，宣告陪都抗戰文化發展的黃金時期的到來。郭沫若的歷史劇《屈原》1942 年 4 月公演，轟動山城，將霧季戲劇演出推向高潮。

3、抗戰木刻

中國美術在抗戰時期最爲活躍的是木刻版畫。木刻抗敵協會的建立，便利了開展木刻抗戰宣傳活動。大後方的木刻版畫運動，肇始於武漢，發展於桂林，高潮於重慶，延伸於雲貴。1938 年參加中華全國木刻界抗敵協會的賴少其，創作的抗戰木刻版畫《門神》，印製數萬份，在民間廣爲流傳張貼。1938年，木刻很快成爲延安美術的主要形式。版畫家彥涵在敵後戰場親歷刀光血影和生死離別，創作的《當敵人搜山的時候》《不讓敵人搶走糧草》《奮勇出擊》《來了親人八路軍》和木刻連環畫《狼牙山五壯士》等作品，成爲抗戰木刻版畫的經典代表。

二、中國教育的動盪分離

中國教育事業因日寇入侵，出現了國民黨統治區、抗日根據地與淪陷區的分離與對立。

（一）國統區內遷高校發展教育

1、中國高校大量遷移內地

日本全面侵華，大肆摧毀中國教育事業。天津南開大學，上海復旦大學、同濟大學，南京中央大學，廣州中山大學等許多高校和文化教育設施遭到了轟炸。至 1939 年底，戰前 108 所高校，94 所被破壞，中等學校減少 1450 所，國民學校及小學減少 10268 所。[1]

1937 年 8 月，國民政府部署戰區內的高校以西南爲方向遷移。許多高校一路艱辛地從華北、華中遷往西南、西北。中國高等教育的骨幹部分得以保持與發展。四川省是近半數內遷高校的聚集地，遷入中央大學、江蘇醫學院、藥學專科、牙醫專科、藝術專科、國術專科、江蘇蠶絲專科、金陵大學、金陵女子文理學院、文華圖書館專科、上海醫學院高年級部分、復旦大學、東

1　吳家瑩：《中華民國教育政策發展史》，五南出版公司，1990 年，轉引莫宏偉：《論高校內遷對西南地區教育近代化的影響》，《貴州民族學院學報》（哲學社會科學版）》，2003 年版，第 347 頁。

北大學、齊魯大學、山東醫專、武漢大學、武昌藝術專科、朝陽工學院等 48 所高校，占內遷高校的 44%。[1]

遷到湖南的有商業專科、北平民國專院；遷到雲南的有西南聯大、同濟大學、武昌華中大學、中正醫學院；遷到廣西的有中央國術體育專科學校、江蘇教育學院、無錫國學專科；遷到貴州的有中央陸地測量學院、浙江大學、上海大廈大學、濟南鄉政學院、湘雅醫學院、中正醫學院、交通大學唐山工學院、廣西大學、桂林師範學院；遷到陝西的有西北大學。另有浙江醫學專科等 17 所高校遷到浙江等省的安全地區。嶺南大學遷到香港。

北京大學、清華大學、南開大學奉命遷至湖南長沙，合組長沙臨時大學。1938 年 2 月，遷移雲南昆明。4 月 2 日，改名西南聯合大學。北平大學、北京師範大學、北洋工學院、北平研究院奉命組成西安臨時大學，1938 年 4 月和 1939 年 8 月，更名國立西北聯合大學、國立西北大學。同濟大學從遠郊吳淞撤入上海市區，一遷浙江金華，二遷江西贛州，三遷廣西賀縣八步鎮，四遷雲南昆明，五遷四川南溪李莊。杭州浙江大學，先遷浙皖交界天目山，又遷江西吉安、泰和，再遷廣西宜山，終遷貴州遵義、湄潭。以內遷高校為主體的中國教育遷移，延續中國教育事業，保存中華民族復興力量，為抗戰提供技術和人才支撐，改變中國西南地區教育落後的面貌。

2、國民政府勉力發展教育

國民政府在戰時財政非常緊張之時，雖然壓低了數額，仍撥付教育經費。在最為困難的 1941 年 1942 年 1943 年，教育經費占當年度總預算的 1.94%，2.17%，1.84%。[2] 出臺《國立各院校統一招生辦法大綱》《專科以上學校畢業生統籌分發服務辦法令》《大學及獨立學院教員資格審查暫行規程》《教育部設置部聘教授辦法》《國立專科以上學校教員支給學術研究補助費暫行辦法》《小學教員待遇規程》《強迫入學條例》《全國師範學校學生公費待遇實施辦法》等規定，高等教育實行學生貸金和公費制度等有利於教育發展的特殊措施。

在國民政府給予必要的支持下，抗戰中的中國教育取得令人讚歎的成績。1936 年至 1945 年，全國高校從 108 所增至 141 所，研究所從 22 個增至 49 個，學院從 189 所增至 192 所，學系從 619 個增至 741 個，專科從 194 個

1　《中國抗日戰爭史》編寫組：《中國抗日戰爭史》，人民出版社，2011 年版，第 262 頁。
2　張憲文：《中華民國史》（第三卷），南京大學出版社，2005 年版，第 309 頁。

增至 241 個，教員從 7560 人增至 10901 人，學生從 41922 人增至 80646 人；包括中學、師範學校和職業學校在內的中等教育，從 3264 所增至 5073 所，學生從 627246 人增至 1566392 人，教職員從 60047 人增至 124622 人；初等教育發展緩慢，學校從 320080 所減至 269937 所，學生從 18364959 人增至 21831898 人，教職員從 702831 人增至 785224 人。[1]

中國的高等教育在抗戰期間繼續與世界保持接觸，約 3000 人通過自費、公費或「租借法案」、獎學金等多種方式，赴英國、加拿大、美國、印度等國學習或實習。

（二）抗日根據地積極興辦教育

抗日根據地在抗戰期間的教育事業，根據奪取戰爭勝利和建設根據地的需要，同時實施的幹部教育、社會教育和國民（小學）教育三者並存。

1、抗日根據地的幹部教育

幹部教育置於抗日根據地教育的優先地位。數以萬計的知識青年，從淪陷區、國統區湧入延安。快速發展的敵後抗日根據地和抗日武裝，急需盡快解決缺乏幹部的燃眉之急。創辦幹部學校，成為陝甘寧邊區首府延安非常引人注目的一個社會現象。在延安的各種類型的幹部學校各有側重地培訓不同的幹部。中共中央黨校培訓共產黨的高中級幹部，馬克思列寧主義學院培養共產黨的理論人才，中國女子大學培養婦女幹部，陝北公學、澤東青年幹部學校培養青年幹部，魯迅藝術學院培養文藝幹部，抗日軍政大學、軍政學院培養軍隊幹部，炮兵、衛生、通訊機要等學校培養專業技術幹部。抗日根據地的幹部教育，在一定的專業分工基礎上，側重於政治訓練和思想改造。

中國人民抗日軍政大學的教育方針是「堅定正確的政治方向，艱苦奮鬥的工作作風，靈活機動的戰略戰術」，教學內容分為政治和軍事兩類，遵行「理論與實際聯繫」、「軍事與政治並重」的教學原則。先後在在晉東南、晉察冀、華中、蘇北、蘇中、鄂豫皖、太行、太嶽等根據地開設 12 所分校，培養逾 20 萬軍政幹部。1939 年，晉察冀邊區以陝北公學、澤東青年幹部學校、魯迅藝術學院等校挺進敵後的師生為基礎成立了華北聯合大學。1944 年，蘇中抗日根據地以抗大第 9 分校為基礎成立了蘇中公學。

1　張憲文：《中華民國史》（第三卷），南京大學出版社，2005 年版，第 312 頁。

2、抗日根據地的社會教育

中共領導的陝甘寧邊區和其他抗日根據地，多爲地瘠民貧、教育落後的邊遠山區。識字的人很少，婦女幾乎均爲文盲。抗日根據地的社會教育，以識字爲牽引，教育主題是愛國動員和社會改革。根據地政府的教育部門、婦女與青年組織，領導開展掃盲運動，制定競賽計劃，採用識字組（班）、冬學、夜學等掃除文盲的有效教學形式，動員民眾特別是婦女識字掃盲。陝甘寧邊區把實施社會教育、開展掃盲運動，同進行抗戰愛國和改良社會陋習結合起來，廢止纏足，解放婦女。

3、抗日根據地的國民教育

各抗日根據地圍繞抗戰救國的中心任務，積極恢復與發展國民教育，調整課程，增設軍事訓練、政治常識等抗戰需要的科目，編印適合抗戰和生產需要的教材。組織學生參加站崗、放哨、送信、募捐等社會活動以及校內外的各種生產勞動。1941 年初，晉察冀邊區發出普及國民教育的指示，規定 7—10 周歲的學齡兒童須入學接受初級小學教育，力爭年內 60%以上的地區普及國民教育，動員初小畢業生盡可能入高小學習，按「一村一初小，一區一高小」設立學校。太行山根據地設置中心小學和和巡迴小學，開設國語、算術、常識、唱歌、體育等課程。教員利用在農民家輪流吃派飯的時間，調解糾紛，代寫家信，經常給婦女識字班、自衛隊和民兵上課，介紹戰事捷報，講解政府法令政策和工作任務。

（三）淪陷區強行推行奴化教育

日本發動侵華戰爭，對國人特別是中國青少年實行思想奴役，一面推行殖民思想文化，一面摧殘中國的民族思想文化。先後成立東北地區的協和會，華北地區的新民會，廣州的大亞細亞主義中國協會和汪偽控制地區的東亞聯盟中國總會，是日偽推行奴化統治的重要團體。

1、日偽的奴化教育以學校教育為重點

日本侵華實施的殖民奴化教育以學校教育爲重點，建立奴化教育體制，從東北地區推向整個佔領區。各地日偽政權在學校教育中，取締抗日、容共、黨化（國民黨思想化）教育，剷除英美思想。

1932 年 3 月 9 日，偽滿執政溥儀通令「滿洲國」境內不准使用中國教材。編寫「日滿不可分」和「復興禮教」等教材。1933 年 7 月 29 日，偽「滿洲國」

奉行排除三民主義的「王道教育」。1937 年 5 月，僞滿確立以「體會日僞一德一心」，養成「忠良之國民」的方針。採用日常學習生活養成手段進行潛移默化地奴化薰陶。

　　1939 年 10 月，日軍佔領武漢，將武漢地區的文化教育事業納入日本「大東亞教育體制」的軌道。1941 年 7 月 29 日，汪僞國民政府教育部中小學訓育實施委員會制定《中學訓育方針及實施辦法大綱草案》，規定對學生進行反共睦鄰思想和和平建國國策教育。日本發動太平洋戰爭後，日僞教育納入戰時體制軌道，加強軍事訓練，推行「勤勞俸仕」。由現役軍官實施的學校軍訓，介紹兵器，操練防空、防火、救護，舉行演習。日僞滿在東北強制小學生學習日語。日本在佔領區強行普及日語教育，促進日本文化滲透。

2、日僞使用社會教育等實施奴化教育

　　1937 年 7 月 1 日，僞滿當局發布《社會教育規程》，規定社會教育要以「建國精神爲指導，闡明王道德治之理想，充分認識國家政治，促進日滿親善」。[1] 1940 年 9 月，山東成立新民教育館、通俗講習所、新民學校、新民體育館、圖書館，宣傳「聖戰」，實施「興亞反共」的社會教育。1941 年 6 月，汪僞清鄉委員會特種教育委員會第一次會議擬定《特種教育實施計劃綱要》，規定在清鄉地區實施「以教、養、衛、兼顧之特種教育」，宣傳和平反共建國理論。1944 年 6 月 9 日，僞滿文教部公布《社會教育大綱》，開展以達到「滿洲皇民化」爲要求的國民教化運動。各地日僞當局頻繁使用報刊、戲劇、電影、圖書及團體等多種方式，進行奴化教育。

1　鼓澤平、吳洪成：《論日本在侵華期間對華淪陷區的奴化教育》，《求索》，1999 年版。

第二章　民國南京政府中期的國民黨報業

國民黨報業在抗日戰爭的全面戰爭環境中，被動性地陷入了動盪播遷的狀態。《中央日報》堅守危城，由寧遷渝。相對平穩的抗戰中後期，爲國民黨報業提供了恢復性發展的良機。《中央日報》雲貴川湘閩皖地方版連袂而出。《東南日報》《廣西日報》不斷遷移，接連出版地方版。新創縣級黨報在部分省區大量出現。

第一節　國民黨黨營報刊的撤退和整合

一、國民黨中央黨報的停刊與播遷

（一）《中央日報》撤向內地

1、較爲匆忙的撤離南京

1937 年 8 月 13 日淞滬會戰爆發後，南京遭到日軍轟炸，一些單位及個人撤離南京。11 月 16 日，國民政府下令中央黨政機關與南京市政府、南京各國營工廠以及各大中學校撤離南京。11 月 20 日，國民政府主席林森在漢口發表《國民政府移駐重慶宣言》。12 月 1 日，日軍持續轟炸南京；4 日，日軍從江蘇句容向南京發起進攻；7 日，國民黨軍宣布南京爲戰鬥地區；10 日，日軍向南京發起總攻；13 日，南京淪陷。

1937 年 11 月底、12 月初，南京的新聞媒體先後停刊轉移，分別遷往西南地區和香港。中央日報社採取應變措施，大部分人員與器材分水陸兩路向

西撤離南京，經武漢、長沙撤往重慶。「一部分留守南京，繼續出版到南京淪陷時停刊。」[1]11 月 30 日，《中央日報》在寧出版第 3404 號後停刊。[2]《中央日報》自稱「首都陷落前最後一星期，奉令撤離首都」。[3]

2、先後在長沙重慶出版

1938 年 1 月 10 日，《中央日報》復刊長沙。9 月 15 日，《中央日報》在重慶出版。重慶《中央日報》日出一大張，第一版是報頭和廣告，第二版是要聞、社論和「最後消息」，第三版以國際新聞為主，第四版上下半版分別是副刊《平明》和廣告。社長兼總主筆程滄波，總編輯劉光炎，總經理張明煒，社址設會仙橋，報紙序號銜接長沙《中央日報》。《中央日報》在戰時陪都出版，重慶社成為總社，長沙《中央日報》遂改為分版。[4]

重慶《中央日報》創刊發表《敬告讀者》，稱：「自冬徂夏，本報再經播遷，物力人力，創巨痛深」，為時九月，改進之勇，求善之切，為本報十年來所未有。「此次本報在渝籌備，深荷地方當局之維護、本市同業及友好之垂愛、公私援引、以助其成」，經兩月籌備，「始於今日在重慶與讀者相見」。惟以本報「物力人力之困迫、紙面表現、議論記載、愧無以酬答各界之盛心，所望讀者推其眷念首都之心，維護本報，時時指教」。[5]

1945 年 9 月初，重慶各報組成陪都記者團飛赴南京採訪受降典禮。《中央日報》總編輯陳訓悆以國民黨中央特派員的身份，率團於 9 月 5 日抵寧，接收汪偽《中央日報》《中報》《中興報》的全部設備和人員，9 月 10 日復刊南京《中央日報》。社址仍在中山路 39 號原址，報紙出版序號緊承重慶版。[6]重慶《中央日報》1946 年 7 月 16 日根據國民黨中宣部的決定，改組為陪都《中央日報》繼續出版。[7]

1　曾虛白：《中國新聞史》，三民書局，1984 年版，第 435～436 頁。
2　徐昇：《南京報人在戰火中宣傳抗日救亡　淪陷後中央社與國民海通社堅守報導》，http://news.hexun.com/2014-12-10/171275200.html。
3　《敬告讀者》，《中央日報》，1938 年 9 月 15 日第 2 版。
4　方漢奇：《中國新聞事業通史》（第二卷），中國人民大學出版社，1996 年版，第 633 頁。
5　《敬告讀者》，《中央日報》，1938 年 9 月 15 日。
6　蔡銘澤：《中國國民黨黨報發展述略》，《新聞與傳播研究》，1992 年版。
7　重慶抗戰叢書編纂委員會：《抗戰時期重慶的新聞界》，重慶出版社，1995 年版，第 44 頁。

（二）中央黨報的停刊與播遷

北平《華北日報》、湖北《武漢日報》和陝西《西京日報》，是 1935 年開始除了南京《中央日報》之外受到國民黨中宣部重點扶持的國民黨中央黨報。廣東《中山日報》，1936 年 7 月，粵省還政中央，由《廣州民國日報》更名改出。分布華北、華南、華中、西北地區的這 4 家黨報在抗戰期間的遭遇，是國民黨中央黨報在抗日戰爭中損毀、遷移、發展的縮影。

1、《華北日報》停刊後被劫收

國民黨在北平出版的中央直屬黨報《華北日報》，1929 年元旦創刊，聲稱剷除舊污，恢復美德，重視吸收北平各大學學生參加，委託國外留學生發國際新聞，日出 3 大張 12 版，附出《華北畫刊》《現代國際》《邊疆週刊》等專刊。1933 年 5 月 31 日，中國與日本簽訂《塘沽協定》，實際承認了日本佔領東北、熱河。同年下半年，北平與河北省國民黨地方黨部奉命撤銷，冀察政務委員會成立，《華北日報》處境日益艱難。1934 年夏秋之交，將與日本簽定關於中國與偽滿通車通郵的條約作為頭條發表，社長劉眞如、總編輯陳國廉被逮捕並押解南京。

1937 年 7 月 29 日，北平淪陷。《華北日報》停刊後被日偽劫收，9 月 15 日由偽治安總署在原址創刊機關報《武德報》。[1]

2、《中山日報》遷至韶關出版

國民黨在廣東出版的中央直屬黨報《中山日報》，1937 年 1 月 1 日創刊，由《廣州民國日報》《廣州日報》改組而成，日銷 6000 份。8 月 14 日增刊《中山夜報》。1938 年 10 月 21 日廣州淪陷，隨廣東省政府遷至粵北韶關，由對開 2 張減為 1 張，設廣告、要聞、國際新聞和本地新聞版。李伯鳴、吳公虎、廖崇聖等歷任社長。社址在風度路子治巷 4 號。除了每月得到廣東省政府的千元以上的補助，1943 年國民黨中宣部給予 16 萬元補助。[2]出版抗戰叢書《生活在突襲中》。抗戰勝利後遷回廣州。

---

1 朱悅華：《中國北方官方印刷業中心——王府井大街 117 號尋蹤》，《中國報業》，2014 年版；又說：日軍委派豬上清四郎主持，以原名繼續出版，並將原《新興報》併入，北京市地方志編纂委員會：《北京志・新聞出版廣播電視卷・報業・通訊社志》，北京出版社，2006 年版，第 29 頁。

2 蔡銘澤：《論抗戰時期國民黨黨報的發展》，《新聞大學》，1993 年版。

　　廣州失守前，中山日報社已展開遷移出版工作，遷出廣州的印刷器材，一部分遷粵北梅縣，一部分遷鄰省廣西梧州。[1]《中山日報》梅縣版 1938 年 5 月 5 日創刊，社長陳燮勳。《中山日報》梧州版 11 月 10 日創刊，日出 4 開 2 版或對開 4 版，用白報紙或黃草紙印刷。設「本報專訪」「訪問通訊」「人事問答」「廣東信息」「廣西信息」「梧州信息」「衛生顧問」等欄目。社長劉帆聲（一說是李伯鳴），分社主任劉帆聲，總編輯古子堅（中共黨員）。社址設塘基街（今大中路）66 號、75 號。發行 5000 份，銷路直達西江下游。同年 9 月停刊。

3、《武漢日報》遷至恩施出版

　　國民黨在湖北出版的中央直屬黨報《武漢日報》，1929 年 6 月創刊。至全面抗戰之前，日出 3 大張 12 版，其中，新聞和《鸚鵡洲》《民族問題》《國難特刊》等副刊及《星期畫刊》8 個版，廣告 4 個版。發行 2.6 萬份。抗戰爆發不久，縮減為日出 1 大張 4 版。多次派遣記者到前線進行戰地採訪，戰地記者房滄浪在徐州會戰突圍中被俘，逃出虎口，輾轉返漢。大力宣傳「一個政府，一個領袖」，「國家至上，民族至上」，「意志集中，力量集中」。1938 年 6 月，武漢會戰開始。一面倡言「與武漢共存亡」「出最後一版」，出版號外《二十七年國慶紀念　蔣委員長告國民書——抗戰年餘已鎔鑄出民族新生命　盼後方軍民立志奮發加倍努力》（10 月 10 日），一面展開撤離工作，8 月成立宜昌分社。10 月 25 日，武漢淪陷。武漢日報社員工和印刷設備分道撤離江城。社長王亞明是貴州人，奉令將使用中宣部撥款購自上海產捲筒印刷機等重要設備遷移貴陽，創辦貴陽《中央日報》。

　　總編輯宋漱石帶領部分人員與宜昌分社人員會合，出版對開大報的計劃因宜昌很快淪陷落空。分社社長徐叔明帶人轉赴第六戰區司令長官部和湖北省臨時省政府所在地恩施受到冷遇。1940 年 10 月 10 日，4 開《武漢日報》在恩施創刊。同年冬，宋漱石從重慶回到恩施，擠走徐叔明，改出日刊對開，總編輯張考祥，總主筆張昭麟，主筆曹祥華，編輯主任李繼先、杜俊華，要聞版編輯吳自強、吳子贊，國際版編輯張特夫、王劍鳴，副刊編輯韓勁風、晏明、吳金麟，記者許良葦、段奇武，駐貴陽記者戴廣德，駐重慶記者兼辦事處主任邱傑夫等，職工不足百人，社址在滾子坪。日銷七八千份。1941 年 7 月 1 日，奉令直屬中央，業務和《貴陽中央日報》劃分。太平洋戰爭暴發後，

1　曾虛白：《中國新聞史》，三民書局，1984 年版，第 437～438 頁。

宋漱石按照國民黨中宣部指示，通知撤退時留在武漢的楊虔洲，創辦《武漢日報》鄂東分社，發行「敵後版」。1945 年 8 月 22 日，楊虔洲接收日偽在《武漢日報》原址出版的《武漢報》，留用大部分偽報工作人員，化名孫賡揚作為發行人於 28 日復刊《武漢日報》。

4、《西京日報》堅守原地出版

國民黨在陝西出版的中央直屬黨報《西京日報》，1933 年 2 月 1 日創刊，原為國民黨中宣部 1932 年派人將天津《民國日報》遷移西安。抗戰期間，由日出對開一張縮小為 4 開一張，1939 年在南鄭出版《西京日報》漢中版，4 開 2 版，鉛印，社址設於南鄭縣建國路火神廟。1940 年，發行人為胡天冊。1944 年出版週末增刊《星期畫刊》。

侵華日軍沒有在地面上進佔陝西（除了佔領府谷縣城幾小時），《西京日報》未受匆忙撤退的顛沛流離之苦，卻飽受日軍飛機轟炸的威脅與困擾。1937年 11 月至 1944 年 12 月，日軍出動 1200 多架次飛機，對西安進行了近 150次轟炸。《西京日報》的言論立場以《中央日報》為準，刊載的戰事消息幾乎全部來自中央社。使用報紙版面的空隙、邊沿刊印百折不回，破釜沉舟，萬眾一心，爭取最後勝利！流最後一滴血，守最後一寸土，不怕飛機大炮只怕無勇氣，不怕炸彈毒氣只怕無熱血等等抗日標語。

二、國民黨地方黨報的停刊與播遷

1939 年 5 月初，日軍連續出動大機群，對陪都重慶持續進行大規模的轟炸，國民黨中央機關報《中央日報》、軍委會機關報《掃蕩報》等遭到重創，與重慶 8 家報紙出版《重慶各報聯合版》。國民黨省、縣、市級地方黨報在抗戰期間的境遇，惡劣程度較中央黨報為甚，這些報紙伴隨著一座座城市的失守、遭到日軍飛機的轟炸而停刊與播遷。一些易地出版的國民黨地方黨報，困境浮沉，慘淡經營。

（一）地方黨報陸續停刊

1、地方黨報在華北戰場停刊

察哈爾省政府主辦的對開 4 版《國民新報》，在 1937 年 8 月 27 日張垣（今張家口）淪陷前夕停刊。[1] 中日簽訂何梅協定，國民黨綏遠省黨部在被撤銷之

1　白銘：《河北省近現代報業史（1886～1949）》，《高校社科信息》，1997 年版。

際，將《綏遠民國日報》停刊改名續出[1]，出版了兩年的《綏遠西北日報》在歸綏（今呼和浩特）1937 年 10 月 15 日淪陷時停刊。[2]山西省軍政兩署的機關報《山西日報》，在 1937 年 10 月底太原淪陷時停刊。

國民黨山東省黨部的《民國日報》在「七七」事變後，先遷山東沂水、再遷安徽阜陽出版，1937 年 11 月停刊。青島市黨部的《青島民報》、福山縣黨部的《東海日報》1937 年停刊。威海衛區黨部的《新生日報》1938 年 1 月威海淪陷時停刊。

2、地方黨報在華東戰場停刊

國民黨安徽省黨部在安徽蚌埠出版的《皖北日報》1938 年初，因日軍逼近被迫停刊。1938 年農曆 4 月 25 日，阜陽城遭到日軍轟炸，印刷廠的機器設備全被炸毀，阜陽縣黨部《阜陽日報》停刊。10 月 28 日，貴池縣黨部的《池州日報》在安徽貴池淪陷前停刊。

國民黨江蘇省武進縣黨部的《武進中山日報》，在 1937 年 11 月 29 日常州淪陷前夕停刊。如皋縣黨部的《皋報》，1938 年 3 月 18 日在日軍飛機的轟炸下被迫停刊。1939 年 10 月 2 日，高郵縣黨部的《民國日報》因日軍侵佔高郵停刊。[3]六合縣黨部的《六合民報》、溧水縣黨部的《新溧水報》均在 1937 年抗戰爆發後停刊。

1937 年 11 月 12 日，日軍飛機轟炸浙江嘉興，國民黨浙江省嘉興縣黨部的嘉區民國日報社被炸。11 月 19 日，嘉興淪陷，社長王梓良遣散人員，《嘉區民國日報》停刊。11 月 30 日，日軍飛機轟炸蕭山城廂鎮，印刷所全被炸毀，蕭山縣黨部的《蕭山民國日報》被迫休刊，遷至義橋，出油印版 10 餘天。12 月 24 日，日軍佔領杭州，第二天《蕭山民國日報》停刊。寧波市黨部的《寧波民國日報》1941 年 4 月停刊。奉化縣黨部的《奉化日報》，1941 年 4 月 23 日奉化縣城淪陷停刊。1941 年 4 月，受國民黨浙江省黨部宣傳部直接領導的《寧波民國日報》停刊。青田縣黨部的《青田報》，1942 年因日軍竄境休刊，1943 年 3 月 11 日復刊，不定期刊出，1944 年 3 月終刊。餘杭縣黨部的《中報》

---

1 忒莫勒：《內蒙古舊報刊考錄（1905～1949.9）——近代報刊事業發展概述（連載之二）》，《新聞論壇》，2011 年版。
2 高天：《淺談〈綏遠西北日報〉副刊》，《中國報業》，2017 年版。
3 任仁：《高郵〈民國日報〉「復刊」探究》，http://www.gytoday.cn/tb/20090826-97849.html。

《餘杭新報》、海鹽縣黨部的《海鹽民報》在 1937 年抗戰爆發後停刊。臨海縣黨部的《台州民報》1943 年停刊。

3、地方黨報在華南戰場停刊

1938 年 10 月 21 日，廣州淪陷，國民黨廣州特別市黨部的《廣州日報》停刊。10 月 22 日，中山淪陷，國民黨廣東省中山縣黨部的《中山民國日報》停刊。1939 年 2 月 10 日軍侵佔海口，國民黨廣東省地方黨部在海南出版的《瓊崖民國日報》停刊。

1939 年 2 月 4 日，日軍飛機轟炸貴陽，國民黨貴州省黨部的《貴州晨報》因社址被炸毀停刊。

（二）地方黨報遷移出版

1、河南地方黨報的遷移出版

1938 年 2 月 14 日（元宵節），日軍飛機轟炸鄭州。國民黨鄭州市黨部的《鄭州日報》當月遷洛陽後停刊。6 月 1 日，國民黨河南省黨部機關報《河南民國日報》在開封淪陷前 5 天遷南陽出版，1940 年 8 月遷洛陽。《河南民國日報》，1942 年 5 月隨省黨部遷伏牛山東麓的魯山，1944 年 5 月洛陽淪陷前又遷往南召、內鄉，器材丟失，人員星散，數月後勉強復刊。後再遷出豫境逃至西安，以代《新生晚報》編印維持少數職工生活。國民黨洛陽縣黨部的《河洛日報》1942 年夏遷至魯山，先與《中原日報》出聯合版，後於 11 月恢復單獨出版，1944 年魯山淪陷時停刊。

河南省政府機關報《河南民報》面對逼近的戰火，一面在省城開封出版，一面將部分人員、印刷器材先期疏散南陽，出版 8 開小報。1938 年 6 月 6 日，日軍佔領開封，《河南民報》隨省政府連年遷徙，始遷南陽、鎮平，1939 年又遷洛陽，1942 年繼遷魯山，1944 年再遷內鄉，最終遷至豫陝邊境的盧氏縣朱陽關，報紙已不能繼續正常出版。

2、蘇浙皖地方黨報的遷移出版

國民黨江蘇省黨部機關報《蘇報》在 1937 年 12 月江蘇省省會鎮江淪陷前夕遷至蘇北興化出版，1941 年興化淪陷停刊。江蘇省黨部機關報《徐報》在 1938 年 5 月 19 日徐州淪陷後，由社長王藍田率報社員工遷移睢寧縣繼續出報，由對開縮為 4 開 2 版，同年 9 月睢寧城淪陷停刊。1937 年 12 月 24 日杭州淪陷，國民黨浙江省黨部機關報《東南日報》遷至浙中金華出版。1939

年 3 月 20 日晚，日軍佔領南昌外圍，國民黨江西省黨部機關報《民國日報》撤出南昌，先後在吉安、泰和、興國、瑞金、寧都等地出版，4 次縮版，2 次擴版，通過黨部組織發行，最高銷量 1.5 萬多份。[1]

國民黨浙江省溫州地方黨部的《浙甌日報》，1937 年 8 月 1 日因缺少紙張而縮小篇幅，由最多時日出對開 4 張改出 1 張。溫州在抗戰八年間三度淪陷，《浙甌日報》隨專員公署遷往瑞安高樓，堅持每日出版。浙江省湖州地方黨部的《湖報》，1937 年 11 月 24 日因湖州淪陷停刊。1939 年 5 月 5 日在湖州雙林鎮復刊，改出對開 2 版《湖報戰地版》。1940 年，印刷廠被「掃蕩」的日軍焚毀，報紙停刊。桐鄉縣黨部的《桐鄉民報》，在 1937 年 11 月 23 日桐鄉淪陷停刊。國民政府在桐鄉建立游擊區政權，1940 年 4 月《桐鄉民報》在烏鎮南郊和尚浜村恢復出版，日報，8 開，自設電臺，收聽重慶廣播。社長吳文祺。每期油印 150 份。1942 年停刊。臨安縣黨部的《武肅報》1938 年 6 月 26 日遷至勝因寺（在今上甘鄉），又遷慶仙同鄉會館（在今玲瓏鎮）出版。建德縣黨部 1939 年 3 月 5 日創刊《嚴州日報》，社長兼發行人方鎮華。5 名工作人員先後出版 4 開 2 版、8 開 2 版、16 開 4 版（油印版），印行約 500 份，主要發行區、鄉機關。1941 年元旦終刊。紹興縣黨部的《紹興民國日報》，1941 年 4 月 17 日紹興淪陷停刊，1943 年 5 月在會稽山游擊區柳罍改出油印小報。海寧獨立區黨部的日刊 4 開 4 版《海寧民報》1937 年 10 月停刊，1939 年 7～12 月復刊（8 開），時停時刊，每期油印數十份，於晚間分發至縣內丁橋、蘆灣等處。1940 年 9 月復刊，1941 年因經費斷絕停刊。1944 年 4 月 4 日再度復刊，初為油印 8 開，3 日刊，每期印 200 份；7 月中旬改為石印，8 開，雙日刊，每期印 500 份。1945 年 7 月 7 日重新改出日刊。

國民黨合肥縣黨部的《皖中日報》，1938 年 5 月 14 日因合肥縣淪陷停刊。1939 年 5 月 10 日，《皖中日報》在戰時合肥縣政府所在地的合肥縣南分路口以原名《合肥日報》復刊。1938 年 6 月 12 日，日軍佔領安徽省會安慶。國民黨安徽省黨部將原在省城出版的《皖報》先行遷至皖南屯溪，於 12 月 1 日復刊。後遷至休寧五城，1942 年回遷屯溪下黎陽。安徽省省會 1938 年 10 月遷至大別山區立煌縣（今金寨縣），《皖報》出版立煌版。1944 年 6 月 26 日，《皖報》因經費困難而停刊。

1　張昀：《舊時南昌三大報業》，http://www.jxdaj.gov.cn/id_2c908198558ff3a20155bf81f2ba0762/news.shtml。

三、國民黨黨報在後方的整合

全面抗戰從 1938 年底進入相持階段，戰爭局勢相對平緩，國統區地域相對穩定，國民黨報業獲得了一個難得的發展機遇。內遷的國民黨黨報大致安定，國民黨中宣部認為此階段是黨報的「進展時期」，「其間經歷驚濤駭浪最多，而發展亦最速。」[1]國民黨中央和地方當局，都進一步強調發展報業，推動戰時文化促進抗戰建國。受到全民族奮起抗戰的激昂情緒的鼓舞，在抗戰初期遭到重大損失的國民黨報業，在局部性恢復的基礎上得到了一定的發展。

平津、滬寧、穗漢等國統區傳統的華北、華東、華南新聞中心的喪失，重新構建重慶新聞中心、發展地方新聞事業和加強地方新聞工作，成為加強抗戰時期新聞宣傳工作和戰時中國報業內遷必須面對的緊迫課題。中國青年新聞記者學會（簡稱「青記」）發起人及主要負責人范長江在「青記」第 18 次常務理事會作報告《新階段新聞工作與新聞從業人員之團結》，他指出：「抗戰一年半以後的中國新聞事業，在本質上已經起了變化。」「抗戰新形勢，決定了新聞工作的新方向。」今後抗戰的新聞工作依新的形勢而發展，一方面是沿江沿海大都市報紙內遷促使舊有報紙進行了聯合或單獨的調整，另一方面為新型報紙的產生創造了條件。「將來需要最切，數量最多，影響最大的報紙，應該而且可能是鄉鎮地方報（以縣鄉鎮為基礎）、陣中報（以正規軍為基礎）和敵後報（以游擊區游擊隊為基礎）。」[2]

（一）向戰區中心城市遷移

1、各地省府辦公處所擇地遷移

華北、華中、華南的大片國土淪陷，為躲避日軍猖狂進攻的鋒芒，冀、晉、豫、魯、蘇、皖、浙、閩、贛、鄂、湘、粵、桂等省政府將臨時省會在省內及外省擇地遷移。河北遷至陝西西安，山西遷至陝西宜川、山西吉縣，河南遷至豫西的鎮平、洛陽、魯山、盧氏，山東遷至魯西曹縣、魯西北惠民、魯南蒙陰、沂水和安徽阜陽，江蘇遷至蘇北的淮陰、興華、淮安和安徽阜陽，安徽遷至皖西的立煌（今金寨），浙江遷至浙南的永康、麗水、雲和，江西遷至贛南的吉安、泰和及江西寧都，福建遷至閩西的永安，湖北遷至鄂西的恩

---

1 《直轄黨報工作檢討》（1944 年），中國第二歷史檔案館卷宗號 711（5），卷宗號 259，轉引蔡銘澤：《論抗戰時期國民黨黨報的發展》，《新聞大學》，1993 年版。
2 彭繼良：《長江積極推進廣西地方新聞工作》，《新聞與傳播研究》，1984 年版。

施，湖南遷至湘西北沅陵、湘南耒陽，廣東遷至粵西北連縣（今連州），廣西遷至桂西百色。

2、黨報遷址與省府不完全重疊

國民黨上述省區的黨報避敵鋒芒遷址出版，與各自所在省會的遷移並不完全一致，先後遷入浙南、閩北、閩西、皖南、鄂西北、粵西、桂東、桂西等國統區的一些城市，整理隊伍，重整設備，繼續出版。

浙中金華，閩北南平，閩西永安，皖南屯溪，鄂西恩施，湘中邵陽、衡陽和湘西北沅陵，粵北韶關，粵東北梅州，桂東昭平，桂西百色等城市，成為國民黨黨報在抗戰時期的主要出版地，這些城市也成為各個省區戰時的新聞出版中心。

（二）地方黨報的戰時發展

1、山西省黨部恢復黨報

抗戰爆發後，國民黨軍在山西與日軍進行了激烈地大規模防禦作戰。1937年11月8日，山西省城太原失守。1938年3月，日軍佔領山西境內大中城市和鐵路、公路幹線，山西的主要地區淪於敵手。閻錫山率第二戰區司令長官部、山西省政府及其軍政民機關，先後退居黃河兩岸的陝西省宜川縣秋林鎮（興集）、山西省吉縣南村坡（克難坡）等地駐屯。1939年春，國民黨山西省黨部在第二戰區司令長官部和山西省政府及軍政民機關所在地、與山西一河之隔的陝西省宜川縣秋林鎮重新掛牌，正式恢復公開活動，將停刊7年的《民國日報》恢復[1]，改名《國民日報》，日出對開4版，社長武誓彭。[2]

2、福建省黨部新創黨報

日軍進犯福建始於1937年10月24日攻佔金門。1938年5月，日軍進佔廈門。至1941年4月中旬日軍實施對福建沿海登陸作戰前，福建抗戰態勢較為平穩。在此期間，國民黨福建省地新創省級黨報。1940年1月1日，福建省黨部在連城縣創刊《大成日報》，對開4版。這是福建省黨部1939年11月由閩東福州遷至閩西南的連城辦公後，以《閩西日報》連城分版為基礎創辦的省黨部機關報。陳彤洲、李雄、寇冰華、鄭毅民歷任發行人、社長、總編

---

1 國民黨山西省黨部機關報《國民日報》，1931年12月12日因刊載指責、誣衊青年學生救亡運動的文章，報館被遊行示威的學生搗毀而停刊。

2 王永壽：《抗日戰爭時期山西主要報刊介紹》，《三秦文化研究叢刊》（1995）。

輯。設「國內一周」、「國際一周」專欄，每週刊載戰績綜述。以「忠誠於國民黨，忠誠於三民主義並對抗建國策具有堅定之信仰者」爲條件，在浙江金華、江西上繞、吉安和廣東韶關聘請特約通訊記者。1941 年 1 月，發表社論《破壞軍令政令統一者爲亂臣賊子》（8 日），刊載消息《閩粵邊境剿匪指揮部成立》（11 日），報導龍巖國民黨駐軍大舉清剿「姦僑」，誣衊中共領導的閩西抗日武裝「搗亂後方」。1942 年 6 月 10 日停刊。6 月 15 日在福建永安復刊。10 月 10 日，與永安《民主報》聯合出版《大成日報民主報聯合版》，1944 年 3 月 30 日終刊[1]。

國民黨福建省黨部在此前後，將與國民黨軍隊有關的《閩南新報》《閩西日報》和《閩北日報》列爲黨報。《閩南新報》，原名《漳州日報》，由入閩鎮壓「閩變」的國民黨軍前敵總指揮蔣鼎文部 1934 年 1 月在漳州創刊，4 月由第 9 師接辦並改名《復興日報》。1937 年秋，第 157 師接辦後，11 月 1 日改名《閩南新報》。1938 年，第 75 師接防漳州，師長韓文英組織軍、政、黨、財、教界人士，成立閩南新報社董事會，自任董事長，國民黨龍溪縣黨部書記長盧德明任社長。《閩西日報》，1935 年元旦由第 10 師師長兼福建第二綏靖區司令李默庵在龍巖創刊，對開 4 版。1936 年，改由福建省第六區專員公署接辦。《閩北日報》，1936 年 11 月 19 日由駐閩綏靖公署主任蔣鼎文在建甌創刊，對開 4 版。1937 年底，由福建省黨部執行委員朱宛鄰接任發行人兼社長。1940 年上半年，由 4 開 8 版改爲對開 4 版。

國民黨福建省黨部執行委員主辦《民主報》。1942 年 1 月 1 日創刊，由 1936 年 11 月 19 日創刊於建甌的《閩北日報》改名出版，對開 4 版，國民黨福建省黨部執行委員朱宛鄰擔任社長兼發行人，國民黨員顏學回擔任副社長兼總編輯。編輯主任張乃容，編輯朱侃、何紫垣、陸清源，外勤記者陳陣，資料員謝懷丹，校對長董先治。社址設在永安城西南的東坡，營業部設在城區新街。1942 年 6 月，日軍襲擾浙贛鐵路，閩北形勢一度吃緊。縮小出版 4 開一張，準備遷移游擊區。在此期間，日軍飛機常對建甌進行轟炸。報社周圍落彈如雨，印刷房全部被毀，一度縮版刊出。1942 年 10 月 10 日，與國民黨福建省黨部《大成日報》合併，改出對開 4 版《大成日報民主報聯合版》。報紙編務由《民主報》人員負責，《大成日報》既不出資，也不出人，只掛空

1　福建省地方志編纂委員會：《福建省志‧新聞志》，方志出版社，2002 年版，第 48～49 頁。

名。1943 年 8 月 1 日，得到福建省政府秘書長程星齡的支持和省政府主席劉建緒由省政府撥錢資助，遷移永安，聯合版休刊。9 月 9 日復版。1944 年 4 月 1 日，《民主報》恢復單獨編印。6 月，著名國際政治軍事評論家羊棗（楊潮，中共地下黨員）來到永安，受聘主筆。爲了繞過申請登記和圖書雜誌的審查，總編輯顏學回同意將《民主報》編輯朱侃、劉清源主辦的文藝刊物《十日談》作爲《民主報》副頁隨報附送。

　　《民主報》的社論與評論在福建抗戰報紙中獨樹一幟。1944 年 9 月，羊棗、李達仁（中共地下黨員）、余志宏（中共地下黨員）、李由農、趙家欣、鄭書祥（中共地下黨員）、葉康參、謝懷丹、諶震等人組成社論撰寫委員會，撰寫社論和在「每週評論」、「兩周評論」或「星期專論」欄目發表署名評論。1944 年 8 月底至 1945 年 7 月中旬刊發的 360 多篇社論，經過識別確認，羊棗撰寫了《法國的內地軍》《太平洋新攻勢》《莫斯科會議的任務》《意大利的新生》《論西歐集團》《論蘇軍的勝利》《最後決戰前的歐洲戰局》《縱談我國戰局》《日本顫慄了》等 67 篇，李達仁撰寫了《養成實事求是的作風》《南斯拉夫的再生》《戴高樂訪蘇》《論黔桂戰役》《瞻望新生的世界》《我們還需要進步》《論革新社會風氣》《東線蘇軍即將總攻》《增進中蘇邦交》《世界政治的坦途》等 64 篇，趙家欣撰寫了《懲貪獎廉改良政風》《由敵寇登陸閩海說起》《動員民眾的先決條件》《擴大新聞自由運動》《居官、做事、爲學》《日寇的最後賭本》《圍攻日本與華南戰場》等 37 篇，葉康參撰寫了《世界戰爭新局勢》《爲民族呼籲》《民主的旗幟是勝利的旗幟》《柏林之戰》《日寇往哪裏走》等 31 篇。[1] 羊棗 1944 年在「每週評論」欄發表了 3 篇署名文章，《只有犧牲才有勝利》（8 月 13 日），熱情讚揚衡陽軍民力抗強敵、困守孤城 45 天的愛國犧牲精神，抨擊最高當局消極抗戰、被動挨打的局面；《普遍實現聯合作戰》（8 月 20 日），闡述了歐洲戰場、太平洋戰場和東方戰場的戰局，指出必須普遍實現聯合作戰才能打敗侵略軍；《人民的力量是偉大的》（8 月 28 日），謳歌人民力量的偉大，要「重建我們的全民抗戰」，指出：「我們的抗戰是全民抗戰……必須把全民抗戰眞正實現在全民的基礎上」。[2]

1　林洪通：《抗戰時期我國東南獨樹一幟的永安〈民主報〉》，http://www.yawin.cn/list/articlelist.asp?id=1339。

2　吳國安、鍾健英：《近代文化史上的一朵「奇葩」——抗戰時福建永安的進步報刊活動評述》（下），《黨史研究與教學》，1988 年版。

　　《民主報》副刊《新語》不甘消遣努力抗爭。1943 年 9 月 9 日，《民主報》遷至永安出版的當天，意在要像孫伏園主編、魯迅等人支持的北京《語絲》週刊那樣催生排舊的綜合性副刊《新語》即與讀者見面。第一期刊頭語表示，《新語》要努力表現出民主的精神和青年的精神。總編輯顏學回請他的紹興老鄉和魯迅的學生董秋芳主編副刊。編者說：「我們認為，副刊決不是供人茶餘酒後消遣的東西，報紙之所以要有副刊，是在補正刊新聞文字之不足，其重要性決不在新聞之下。相反的，因為副刊利用文藝的形式，在某種意義上，其效果可以大過新聞的報導。」[1]《新語》注意滿足老、中、青讀者的需要，大量發表老作家和青年文學愛好者揭露和抨擊當時社會黑暗、諷刺社會腐敗和醜惡的文章，團結與扶持一批青年作者，引導他們掌握文學的武器。組織有關文學創作、文藝運動和婦女解放等專題討論。發起成立了有 100 多人參加的新語讀者會，鼓勵青年進行韌性的戰鬥。1944 年 11 月至 1945 年 3 月，發表 30 多篇文章，與刊文宣揚復古倒退，污蔑魯迅、高爾基的《中央日報》（福建版）進行論戰。

　　1945 年 7 月，福建永安發生「羊棗事件」，29 人被捕，其中有《民主報》社論撰寫委員會的羊棗（1946 年 1 月被虐死獄中）、李達仁、葉康參、諶震和《新語》副刊主編董秋芳，常在《新語》副刊發表文章的 6 名作者被捕。1945 年 7 月 17 日，《民主報》發表攻擊中共的社論《中共怙惡不悛》。

3、浙江省黨部新創報刊

　　浙江省政府在省城杭州 1937 年 11 月 24 日淪陷後，遷駐浙中永康方岩。1939 年 2 月、4 月，浙江省黨部在永康方岩創辦《戰時中學生》（月刊，每期印行 4000 冊）和通俗刊物《一條心》。《一條心》由省黨部所屬的戰時推進民眾團體工作委員會編輯，每期印行 2000 冊，售價初為 3 分一冊，出版僅 3 個月，至 7 月 15 日即提價到 5 分一冊，半年五角，全年一元。1940 年 3 月，浙江省黨部創刊通俗畫刊《歌與畫》，半月刊，供士兵、兒童等閱覽，杭州中正書局發行，每期印行 3000 冊。

　　1940 年 4 月，浙江省黨部在永康方岩同時創辦了《血流》（後改《文藝新型》），《浙江民眾》（國民黨浙江省執行委員會候補執委吳望伋任發行人），《童

1　《共同來灌溉這塊園地——組織新語讀者會小啟》，《民主報》，1944 年 4 月 9 日，轉引林洪通：《抗戰時期我國東南獨樹一幟的永安〈民主報〉》，http://www.yawin.cn/list/articlelist.asp?id=1339。

子軍響導》（浙江省教育廳長許紹棣任發行人），《勝利》週刊（對外宣傳刊物，國民黨浙江省執行委員會候補執委陳貽蓀任發行人兼主編，省黨部宣傳科長吳一飛、宣傳科編審股長周樹楠兼任編輯）。

　　1943年4月，因戰事遷移，在浙東臨海出版的《寧紹日報》，被國民黨浙江省黨部以清順治年設駐寧波的寧紹臺道為名，改出《寧紹臺日報》。社長牟震西，經理周子敘，總編輯王薰華。

4、安徽省黨政機關新創報刊

　　日軍1937年11月5日進犯皖南。廣德、宣城、蕪湖、安慶、蚌埠、合肥、懷遠、天長、貴池、宿松、含山、來安等數十個市、縣淪陷。

　　國民黨安徽省黨部在抗戰中除堅持出版戰前已經創刊的報紙，如渦陽黨部1934年創辦的《渦報日報》（約於1940年由鉛印改為石印，1941年設董事會，每期印行約300份，每份售價6分），又新創了一些報紙。國民政府安徽省第六區行政督察專員公署及第六游擊區司令部1939年2月17日在泗縣管鎮（今屬江蘇省泗洪縣）聯合創刊《皖東北日報》。11月1日，由石印日刊、8開2版改為3日刊4版。安徽省第五區行政區1939年4月1日在全椒縣古河鎮大王廟創刊《皖東日報》，鉛印，4開4版。阜陽黨部1939年末創辦《阜陽話報》，3日刊，初為16開4版鉛印，後改為8開2版石印。社長秦曼紫，總編輯秦啓明。出版半年，因口語化的文字非常通俗，編排靈活，圖文並茂，旗幟鮮明地宣傳抗日救國，發行量升至約千份。1940年3月，桂系軍閥李品仙任安徽省主席，宮佩珍、劉華哲分別接任社長、總編輯。

　　安徽省皖南行署1944年5月1日在屯溪下黎陽創刊《復興日報》，旨在振聾瞶，啓民智，辟邪說，伸正氣，宣揚三民主義和抗戰建國綱領，提高人民抗戰情緒和勝利信心，復興中華民族。11月12日，由4開4版5日刊改為對開4版日刊。社長由皖南新聞社社長吳博全擔任，總主筆陳友琴，主筆尹元甲，總編沈達莆，編輯主任周起鳳。皖南行署供給經費，重金延聘老報館有經驗者。編輯部有十幾人，採訪部有3人。組織社論委員會，每期撰發社論和時事評論。社論大都帶有地方色彩，注重行署政令措施和皖南社會、經濟建設等地方新聞，側重於整治政風、查辦貪污、改良風氣、幹部培訓、徵集青年軍等報導。抗戰勝利，皖南行署撤銷，報社於1946年1月30日遷往蕪湖。

（三）未淪陷省區黨報的新創與發展

1、西康省黨部新創《西康國民日報》

1939 年 1 月 1 日，西康省政府成立。10 月 10 日，國民黨西康省黨部在省城康定創刊《西康國民日報》。西康省主席劉文輝題寫報名。國民黨中宣部委任西康省黨部書記長高明兼任社長，聘張象韋爲主任編輯，凌瑞拱、程會昌、蘇恕城、萬騰蛟、趙士奇、謝燕卿爲特約編輯。1941 年春休刊。6 月，國民黨中宣部應西康省黨部請求，特派段公爽接任社長，整頓報紙，8 月 13 日復刊。1942 年冬，國民黨中央川康黨務視察團抵達康定，建議將該報改隸中央以有更大發展。1945 年抗戰勝利後，仍歸屬西康省黨部。

《西康國民日報》發刊詞稱：「本報是爲西康國民辦的報，我們要把時代思潮、國際局勢、國內情況、地方新聞，逐日的報導給西康的國民，使西康的國民個個都成爲受時代思潮的洗禮，明國際局勢的趨向，知國內情況的實際，而且熟悉地方的一切。……本報是西康國民的報，我們願把本報獻給全西康的國民。我們希望從本報裏，可以聽到西康國民的呼聲，可以看見西康國民的生活，可以瞭解西康國民的一切。西康久已被人視爲一塊神秘的處女地，……我們要揭開神秘的幕，消除人們對西康國民的誤解。本報將成爲西康國民自我表現的工具，並成爲西康國民與全國國民聯繫的重要一環。」劉文輝刊文指出該報的宗旨是「宣傳黨義，喚起民眾，建設三民主義之新西康，完成抗戰建國之使命。」[1]

初爲 4 開 2 版，豎排，鉛印。約 1940 年 4 月，增爲 4 版，並改橫排。1943 年 11 月 12 日，擴大爲對開 4 版。第一版國內、國際新聞、社論、社評；第二版國內新聞，主要是中央社電訊，並刊前線、國風、精忠、今日等通訊社特約稿，改頭換面地將通訊社或交換的全國各大報的文章擬製「新標題」刊用；第三版地方消息，有本報訪稿、市息、各縣通訊，偶有特寫、速寫等；第四版市場行情、婚約、訴訟、啓事、廣告、影劇節目預告等。多設副刊，先後有《拓聲》《拓荒者》《兒童》《中學生》《邊疆》《婦女》《塞光》《戰潮》《晨光》和《西康兵役》（西康省兵役協會主編）、《康區青年》（康區青年週刊社主編）、《戰教》（國立西康學生營學生主編）等。

1　王綠萍：《四川報刊五十年集成》，四川大學出版社，2011 年版，第 526 頁。

社址初設康定茶店街 1 號，後遷子耳坡。印刷設備較爲齊全。開辦之初，即購買 4 開機及圓盤機各 1 部。後增加腳踏對開印刷機、16 開圓盤機和手搖鑄字機各 1 臺。字模有漢字銅模 3 號、4 號、5 號各 1 箱，10 號、12 號、花邊英文銅字模各 1 箱，大號、11 號藏文銅字模各 1 箱，4 號、5 號漢文鉛字模各 1 箱。生產車間的排版、排字、雕刻等技工、雜工由十幾人發展到 40 多人。初無電訊設備，電訊稿由第 24 軍軍部提供。段公爽主持後，花 1500 元購買 1 部三燈收報機，由西康省電報局车成富兼任臺長，國民黨空軍康定電臺職員劉繼生兼任報務員，改變了新聞電訊受制於人的狀況。

1941 年 10 月 10 日，增出《西康國民日報》藏文版，週報。大部分內容譯自《西康國民日報》漢文版，主要登載政府公報、文件、會議報告，國內外新聞，生活常識，藏區建設，藏族風俗、歷史、宗教知識、社會調查等。據 1942 年 10 月 1 日《中央黨務公報》刊載的報導《推進連貫新聞宣傳》，《西康國民日報》爲加強邊疆宣傳所出版的藏文版，篇幅甚小不足以適應當地讀者要求，爲適應需要及配合黨政工作，將藏文版的篇幅擴大一倍，每期印行一張，專向康區各縣發行，以驛運方法每期輸送 100 份至拉薩贈閱，視成效再行計劃擴充[1]。1944 年，《西康國民日報》出版漢文藏文合刊報，前 3 版是漢文版，第 4 版是藏文版[2]。《西康國民日報》藏文版創辦之初，聘請班禪駐康辦事處處長計字結爲編輯主任，省政府編譯室譯員馬志成負責實際編輯責任，編譯室的尼泊爾人汪德、汪刺仁爲翻譯文稿的編輯。租借康定南門外天主堂的藏文印刷機和字模印刷報紙[3]。

西康國民日報社慘淡經營，報業收入無力支撐報紙的生存與發展。康定及西昌的工商業落後，報紙廣告客戶稀少。通過郵局發行報紙之外，在康定北門外設營業部，辦理訂閱零售業務，還在西康各縣大都設置派報處，聘特約推銷員發行報紙。使用質薄的黃色土紙單面印刷，字跡模糊，錯漏百出，不受歡迎，除省府機關、各縣黨部公費訂閱，幾乎沒有自費訂戶。根據對西康省黨部制訂的西康國民日報社收支對照表、收入支出計算書、支出計算書附屬的統計，西康國民日報社 1939 年 10 月至 1940 年 8 月計 11 個月的經營收入，總計 5181.68 元，其中的 4 項：印刷收入 3244.80 元，占 57.11%；廣告收

---

1 王綠萍：《四川報刊五十年集成》，四川大學出版社，2011 年版，第 526～527 頁。
2 李謝莉：《四川省少數民族文字報紙的歷史與現況》，《西南民族大學學報》（人文社會科學版），2011 年版。
3 王綠萍：《四川報刊五十年集成》，四川大學出版社，2011 年版，第 526 頁。

入 1234.90 元，占 21.73%；訂報收入 1191.98 元，占 20.98%；零售收入 10 元，占 0.18%。廣告月收入最少與最多的分別是 1940 年 2 月的 68 元和 6 月的 163.5 元。訂報月收入最少與最多的分別是 1940 年 6 月的 12.6 元和 1939 年 10 月的 410 元。唯一的報紙零售收入 10 元，是 1939 年 10 月的記錄，此後 10 個月的報紙發行沒有零售。[1]

《西康國民日報》經費來源於國民黨中宣部和西康省黨部，得到的正常經費和補助費大幅增加，物價上漲迅猛，經費仍然緊張。1939 年 1 月至 9 月間的籌備，國民黨中宣部每月撥助新聞事業費 1000 元，西康省黨部籌委會撥發新聞事業費 6000 元。10 月報紙創刊後，國民黨中宣部繼續按月撥款 1000 元，西康省黨部每月津貼 500 元。社長高明等又設法為報社獲得每月 200 元津貼。1940 年 2 月起，國民黨中宣部每月撥款 1700 元。1941 年，國民黨中宣部每月撥款 2700 元。同年下半年，國民黨中宣部、國民黨中央秘書處和西康省政府分別補助 8500 元、10200 元和 2000 元。[2]1944 年，國民黨中央全年除撥給西康《民國日報》340080 元外，每月特別撥給藏文版補助費 10400 元和 3000 元藏幣。[3]

2、《甘肅民國日報》的抗戰發展

抗戰期間，由總編輯蘇耀江等主持的國民黨甘肅省黨部機關報《甘肅民國日報》，與曾被人戲稱為不是編報而是「造報」相比氣象一新，「在言論、新聞報導、國際述評及新聞隊伍等方面都得到了長足的發展」[4]，社會影響力超過了地位與實力基本相當的蘭州另一家主要報紙《西北日報》。

盧溝橋事變驟發，《甘肅民國日報》7 月 9 日刊載綜合報導，「中日調整邦交聲中（引題）」，「盧溝橋日軍異動（主題）」，「宋哲元電盧山報告，外部提出口頭抗議，王外長定今飛京（副題）」，文內配製了日軍異動平津安謐、事件之原因及經過、日方所傳本案情報、外部向日使館抗議等小插題。[5]7 月 12 日、13 日連續報導「二十九軍忠勇抗戰」。刊載甘肅各界民眾慰問前方將士電

1　王鈺：《民國時期西康報業概論（1929～1949）》，四川師範大學碩士學位論文，2005 年。

2　王鈺：《民國時期西康報業概論（1929～1949）》，四川師範大學碩士學位論文，2005 年。

3　蔡銘澤：《論抗戰時期國民黨黨報的發展》，《新聞大學》，1993 年版。

4　李文：《抗戰時期的甘肅新聞事業》，《科學·經濟·社會》，1996 年版。

5　轉引李文：《抗戰時期的甘肅新聞事業》，《科學·經濟·社會》，1996 年版。

文。1939 年 2 月 22 日刊發消息《蘭市空戰告捷》,「擊落敵機 9 架！」報導國民黨的抗戰消息,主要來源是中央社電訊,以「勝則大事宣揚,敗則隱而不報」為原則。[1]

《甘肅民國日報》發表了《團結統一的鞏固與擴大》《與漢奸做鬥爭》《抗戰是偉大的考驗》《日封鎖津租界非地方問題》《需要快動作》《歐戰揭幕》《勉本省從軍青年》《黃金臭事》《日本無條件投降》等社論、星期論文、專論、時事述評、短評。撰稿作者中,有洞察力敏銳的謝覺哉、叢德滋、于右任、蔣經國等政治家,有文史功底深厚的梁實秋、郭沫若、聞一多等教授,有分析評判深刻的楊傑、羊棗等著名軍事評論家,還有知名作家蕭軍、資深記者沈宗琳等。社論《西北救亡工作的現階段》強調民眾力量對於抗戰勝利的重要性,指出:「弱小民族爭生存的反侵略戰爭,沒有民眾的救亡工作,絕對得不到勝利,這是鐵的原則。反之,發展民眾的普遍力量,使敵人到處都是荊棘,到處都是陷井,一定能打敗敵人的。」[2]《歐局的風雲》《德蘇協定與遠東大局》,揭示 1938 年德蘇簽訂互不侵犯條約的暫時性,指出它的意義「無非是德國想暫時緩和蘇聯,拆散英法蘇團結,以攫取但澤與波蘭」[3],「在於蘇德兩國要維持暫時的政治休戰與世界和平」。[4]《從商場看戰場》說「在地圖上,襄樊、南陽、老河口、漢中一連串形勢,使不健忘的人們聯想了衡陽、桂林和柳州的慘劇,於是市場第一個反映是河南香煙價格暴漲」[5],看似不經意地點出了當局極力掩飾的 1945 年豫湘桂千里大潰敗。

積極擴大報導範圍,刊登啟事招聘特約通訊員,約請許多地區的作者撰寫特約通訊和專稿,在省內建立各縣通訊網絡,增刊戰地通訊,1938 年至 1939 年較多的刊用蘭州民眾通訊社的稿件。刊發《蘭州市的擔販》《青海掠影》《徽縣近影》《甘新紀行》《安西近影》《再話成縣》《燈光燭影中之蘭州》《中條山的烽火》《抗戰期中陝省的水利建設》等,報導視角觸及到了抗戰時期的民眾生活、軍事動態、經濟建設等諸多領域,引導讀者全面地瞭解戰時生存環境。加強國際報導,開闢「國際一周」、「國際政治名詞淺釋」、「國際論文選」、「每

1　轉引李文:《抗戰時期的甘肅新聞事業》,《科學·經濟·社會》,1996 年版。

2　轉引李文:《抗戰時期的甘肅新聞事業》,《科學·經濟·社會》,1996 年版。

3　轉引李文傑:《抗戰時期〈甘肅民國日報〉所刊訂婚啟事和退婚啟事》,http://gansu.gscn.com.cn/system/2015/08/27/011099158.shtml。

4　轉引李文:《抗戰時期的甘肅新聞事業》,《科學·經濟·社會》,1996 年版。

5　轉引李文傑:《抗戰時期〈甘肅民國日報〉所刊訂婚啟事和退婚啟事》,http://gansu.gscn.com.cn/system/2015/08/27/011099158.shtml。

週文摘」等專欄,譯載選自《密勒氏評論報》《字林西報》《匹茨堡日報》《美亞雜誌》等外文報刊的《美國與中日戰爭》《國際局勢在轉變中》《希特勒所答應日本的是什麼?》《這是日寇侵略的致命傷》《美國與新中國》《美國對於遠東的責任》等文章,開闊讀者的視野。

設「戰時生活」、「讀者之聲」、「通俗科學」等欄目和《抗敵》《生路》《西北文藝》《通俗科學》《週末點滴》《每週文摘》《集納雙周》等副刊。綜合性副刊《生路》,發表了《鐵與火的鬥爭》《憶大別山》等反映抗戰的文學作品,出版詩歌專號,鼓勵詩歌創作,發起《西北的一日》《我與生路》《我與學校生活》等徵文,刊載《農業推廣聲中談甘肅推廣事業》《畜產合作西北之重要性及途徑》等以解決甘肅實際問題的學術性文章。「《週末點滴》題材五花八門,形式簡約短小,語言隱晦生動;《白樺集》揭露社會現象,言語中常帶鋒芒」[1]。蘭州記者公會 1942 年成立後,開設專欄《蘭州記者》,闡述戰時新聞工作的任務、方針、政策,總結經驗教訓,探討如何開展新聞工作。1939 年報紙發行 3000 份,比 3 年前的發行量增長了六倍,到了抗戰後期,「凡(甘肅省)黨部勢力所及之地,均可見該報」[2]。

作家蕭軍 1938 年 4 月至 6 月短暫停留蘭州,主編《甘肅民國日報》副刊《西北文藝》,編發 7 期稿件。蕭軍在《告別》中指出:「人是不應該像一隻狗似的為了一個饅頭,就沒有選擇地靠一個主人而終生。但是也不能像最近那位『棄暗投明』的張國燾先生。否則,那就有過猶不及的危險。比方他主觀上口口聲聲在說他是『捨身救國』,而客觀上卻是做了減削分解民族抗戰力量的勾當。人們對於類似這一般的人型,特別是在抗戰救亡的過程中,是應該加以注意和研究的呢!」蕭軍說:「6 月 6 日早晨,也就是《告別》那篇文章要見報的當天,我離開蘭州。在往汽車站去的途中,我想不點明張國燾的名字不過癮,要揭就揭個痛快。於是我又急忙去了報社,叫排字工人把『×××』改為『張國燾』,然後才乘汽車去西安了。」[3] 1938 年 6 月 10 日,《甘肅民國日報》刊登啟事,宣布《西北文藝》永遠停刊。[4]

1 樊亞平:《內遷報人的縮影——抗戰時期沈宗琳在〈甘肅民國日報〉的辦報活動》,《新聞春秋》,2014 第 2 期。
2 高士榮:《略論抗戰時期的甘肅新聞事業》,《檔案》,1995 年版。
3 方朔:《作家蕭軍的辦報遭遇》,《湖南工人報》,2016 年 7 月 20 日。
4 方朔:《作家蕭軍的辦報遭遇》,《湖南工人報》,2016 年 7 月 20 日。

3、陝西省縣級黨部出版的報刊

1937 年 10 月，受到國民黨陝西省黨部書記長郭紫峻直接控制的《革命青年》在西安創刊，週刊，16 開本。1938 年，陝西省黨部 1937 年 6 月在西安創刊的 16 開本理論刊物《讜論》月刊停刊。同年夏，國民政府軍委會委員長西安行營強行接管已為民辦的《西北文化日報》，轉交陝西省黨部作為機關報繼續出版，馬其通、李貽燕、陳建中和李含英等先後任社長，日出對開 8 版，發行 2000 份。

1939 年，國民黨陝西省合陽縣黨部接辦合陽各界抗日後援會 6 月創辦的 3 日刊石印《合陽簡報》。1940 年 11 月，省保安處保安團特別黨部在西安創刊《保安》半月刊。1942 年 1 月，戶縣縣黨部創刊機關報 4 開 4 版《戶縣週報》。12 月，朝邑縣黨部創辦 3 日刊《朝邑實驗簡報》，縣黨部書記員董正宇任發行人。1944 年 4 月 4 日，鳳縣縣黨部創刊石印《鳳縣週報》，縣黨部書記王向辰、劉若愚先後任社長兼發行人。

1940 年 5 月，國民黨陝西省榆綏區黨務辦事處成立後，原由國民黨榆林「肅反會」常委徐玉柱個人主辦的 4 開 2 版《陝北日報》，改為直屬陝西省黨部，由榆綏區黨務辦事處管轄，省黨部補助一半經費。使用地產紙張印刷，紙張質量與印刷質量均差，主要在榆林、橫山、神木、府谷及伊盟等地發行。1941 年冬，陝西省黨部停發《陝北日報》的經費。社長徐玉柱前往重慶尋求援助，獲得了國民政府教育部長、戰地黨政委員會委員陳立夫的支持，《陝北日報》被收為國民黨中央宣傳部直接管理，經費亦由國民黨中央宣傳部發給。

（四）部分省區縣級黨報的發展

全面抗戰爆發，中國的政治、軍事重心西移，形成了重慶、桂林、昆明三個新聞中心，也帶動了國民黨黨報由大城市向小城鎮發展。農業國的中國進行抗戰，民族前途的根基在廣大的農村。蔣介石要求國民黨新聞工作者「善盡普及宣傳之責」，「使平均每五縣或三縣，有一規模完善之地方報紙，印刷不求其精美，內容必期其充實，補社會教育之不足，為地方進步之動源。」[1]國民黨的一些地方領導機關在抗戰期間改變觀念，重視創辦黨報，較為積極地開展報刊宣傳，動員民眾堅持抗戰，並奪取抗日戰爭的最後勝利。

---

1 蔣介石：《今日新聞界之責任》，《新聞學季刊》，第 1 卷第 2 期，轉引蔡銘澤：《論中國國民黨地方黨報的建立和發展》，《廣州師院學報》(社會科學版)》，1995 年版。

據國民黨中宣部新聞事業處的統計，1941 年與 1936 年相比，安徽、廣東、江西、浙江、湖南、湖北、福建、河南 8 省有報刊的縣由 150 個增至 157 個，有黨報的縣由 95 個增至 108 個，只有黨報的縣由 76 增至 105 個，有民營報刊的縣由 51 個減至 25 個，有官報的縣由 35 個減至 28 個。在同時期的大後方，只有黨報的縣從 1936 年的 15 個增至 1941 年的 29 個。[1] 上述統計數據顯示在抗戰中期，國民黨地方黨報特別是縣級黨報的增長勢頭基本上得以維持。戰前縣級黨報已有相當規模的江蘇省，在抗戰前期的 1938 年又創辦了《新通報》（南通縣）[2]，《前進報》和《濱海日報》（如皋縣），《啓東導報》（啓東縣）和《新贛報》（贛榆縣）等。江蘇省的北鄰山東省，國民黨黨部在抗戰期間創辦的縣級黨報較少。曹縣縣黨部 1940 年 4 月創辦的《曹縣日報》（負責人高天舜），是在文獻上難得查到的記載。

1、浙江省新創縣級黨報

抗戰爆發後，國民黨浙江省縣黨部除了繼續出版《導報》（於潛縣）、《民力報》（昌化縣）、《武肅報》（臨安縣）、《新壽昌報》（壽昌縣，今屬建德縣）、《寧海民報》（寧海縣）、《浙甌日報》（溫州）、《東陽民報》（東陽縣）、《青田報》（青田縣）、《溫嶺新報》（溫嶺縣）等黨報，又新創了一批縣級黨報。

奉化縣黨部 1937 年 12 月在縣城武廟創刊《奉化日報》，1941 年縣城淪陷停刊。1938 年，松陽縣抗日自衛委員會主辦、後由縣黨部接辦 4 開 2 版《松陽民報》；縉雲縣黨部 6 月 10 日創刊鉛印《縉雲報》，附設勵志通訊社；慶元縣黨部 6 月 17 日創刊 4 開石印《慶元日報》，主編姚嗣崇（中共地下黨員），11 月刊登毛澤東的《論持久戰》，被勒令停刊；安吉縣抗日自衛委員會和安吉縣黨部聯合創辦旬刊《戰時消息》，翌年更名《抗日旬刊》。奉化抗衛會文化界工作隊 1938 年創辦《戰時大眾》，發行 500 份，並給毛澤東郵寄一份。毛澤東親筆回信給予：「收到貴報。你們用通俗的文字，向人民大眾進行抗日救亡的宣傳，這一工作很好，希望報紙由宣傳工作，進而起到組織群眾的作用」。[3] 1939 年，義烏縣黨部 2 月 24 日創刊《大成日報》，1942 年 2 月停刊；建德縣黨部 3 月 5 日創刊《嚴州日報》，1941 年停刊。1943 年 11 月，

1　朱志剛、李淼：《被嵌入的主角：報刊基層化中的國民黨縣級黨報》，《國際新聞界》，2017 年版。

2　張才夫：《一張由共產黨人辦的國民黨地方報紙》，《新聞研究資料》，1990 年版。

3　李竹青、郭戟鎧：《5 份〈戰時大眾〉報紙現身寧波毛澤東曾寫信鼓勵》，http://nb：《zjol.com.cn/ system/2015/07/29/020760280.shtml》。

寧波警察總隊政治部政工室、鄞縣動員委員會宣傳組 1942 年 1 月合辦的《寧波日報》獲准爲正式新聞紙，成爲鄞縣縣黨部的機關報。1944 年春，金華縣黨部尚在呈請登記中即創辦發行《金華導報》，縣黨部書記長趙德明任發行人。社址在金華城內酒坊巷。初爲油印，3 日刊，後改爲鉛印日刊，4 開 2 版。日軍竄擾金華期間，隨縣黨部「輾轉游擊」。麗水縣黨部 1945 年 2 月創辦《處州日報》。

2、福建省新創縣級黨報

國民黨福建省縣、市黨部創辦的宣傳媒介，分爲紙報和壁報，已知的黨報有：福清縣《融報》（日刊，1937 年），永春縣《永春日報》（1938 年），同安縣《同安民報》和長樂縣《抗敵三日刊》（1939 年），南安縣《南光日報》（1940 年），廈門市《前哨報》（1942 年）等。在海澄縣（今屬漳州）創刊的《前哨報》，由廈門市黨部特派員黃謙若兼發行人，社長王哲亮。採訪搭乘每週往返於廈門交通船和郵件交換船的難民，報導廈門、金門等淪陷區的新聞，如遇颱風、暴雨或其他特殊情況，交通船和郵件交換船停航，記者無法採集隔海相望的新聞，報紙則不能按時出版。[1]

福建省國民黨縣市黨部出版的黨報，主持者大都是黨部書記長，報紙主要攤派給機關、鄉鎮、學校等，發行數量有限，無法依靠營業收入維持生存，主要由縣市政府撥助經費。1944 年，福建省黨部組織連城、寧化、浦城三縣籌辦了成本低廉的小型實驗簡報。壁報是紙質傳媒的補充。定期編製一張，張貼於人員流量較大的街市，刊載的內容一般有國際新聞、國內時事和地方新聞。由福建省各縣黨部領導的各地抗敵後援分會設置的壁報站，1945 年比 1944 年增長過半數。

3、廣西省新創縣級黨報

日軍 1939 年 11 月至 1940 年 11 月和 1944 年 9 月至 1945 年 8 月兩次進犯廣西。

廣西當局在抗戰後逐步改變不重視發展地方新聞事業、推進地方新聞工作的態度。《廣西日報》1938 年 11 月 8 日刊文論及中國戰時新聞政策，提出「應兼顧農村」，「以廣大農村爲目標」；新聞組織「應簡單敏捷化，尤其是接近戰區之新聞機關」，「可由固定的改爲流動的」；「由政府設立戰時記者訓練

---

1 福建省地方志編纂委員會：《福建省志·新聞志》，方志出版社，2002 年版，第 52 頁。

班」，「提高記者之待遇」，「必使新聞事業隨著我們的游擊隊，在敵人後方，一同發展」。[1]

1939 年 4 月 15 日，范長江在新桂系智囊團的廣西建設研究會會刊《建設研究》發表文章《怎樣推進廣西地方新聞工作》，他指出：這次抗戰持久而全面，它包含特殊的、複雜的內容，絕對不是單純的軍事上的一進一退可以了結。特別是我們要以弱勝強，以劣勢戰勝優勢，抗戰理論和辦法比過去任何戰爭都要變化神奇。要達到堅持抗戰取得最後勝利的目的，沒有普遍的地方新聞工作則無法完成。今天的廣西是南中國廣大戰場上發號施令的首腦部，應當起到模範與先導的作用。大眾化的文化運動以普及的大眾化的新聞工作爲骨幹。在抗戰中建立起來了普及的新聞工作網，在抗戰勝利後就可以變成強有力的推廣大眾文化的工具。范長江從報紙的組織系統、物質條件、幹部、經費和新聞來源等方面提出具體建議。他認爲：應由設備完善的《廣西日報》領導全省的報紙。廣西有 12 個民團指揮區、99 個縣、2309 個鄉，逐級主辦鉛印 4 開報紙、石印或油印報和更加小型的油印報或複寫報紙，這樣的話，廣西的新聞事業是一個很大的力量。[2]

范長江的文章和建議，引起廣西當局的重視和積極響應。廣西建設研究會文化部組織座談會進行討論。1939 年 7 月 2 日，廣西省政府主席黃旭初在桂林例行召開的時事座談會上，談到「將來廣西文化建設」，首次較詳細地談到「每縣自辦小型日報」等問題。他說：「報紙，這是文化傳播的利器，至少每村街訂看一份，但價錢須很低，或者免費而後可。不然，村街有時亦買不起；其次如果運送遲滯，致新聞變成舊聞，亦減損效用；這兩點都是目前的困難。補救的辦法，似可由各縣自辦小型日報，使得就近發送，減少遠處寄遞的遲滯。」使用收音機、籌設全省無線電網、電話等解決消息材料的來源。[3]10 月，黃旭初又在《草擬廣西省建設計劃之意見》的「文化建設計劃」中，專列一項發展地方報紙，他說：「桂林、南寧、梧州應有較大報館各一家，造成爲標準言論之報紙，其距桂、邕、梧較遠，當時寄送不易到達之各縣，應由縣自辦小型日報，其消息可利用收音機、無線電報、長途電話收取，再加

1　彭繼良：《長江積極推進廣西地方新聞工作》，《新聞與傳播研究》，1984 年版。

2　彭繼良：《長江積極推進廣西地方新聞工作》，《新聞與傳播研究》，1984 年版。

3　廣西建設研究會：《廣西之建設》，1939 年 10 月 10 日，轉引彭繼良：《長江積極推進廣西地方新聞工作》，《新聞與傳播研究》，1984 年版，第 448～450 頁。

本縣各鄉村供給之新聞，其印刷可就現地可能酌量採用鉛印、石印，或油印。
如此則各鄉村可以廉價購得消息快捷之報紙閱讀。」[1]

廣西縣級黨部與政府等從抗戰中期開始創辦報紙，已知：1938 年有鬱林
縣《鬱林日報》，陸川縣《陸川動員日報》；1939 年有隆安縣《抗日週報》，平
南縣《平南報》，博白縣救亡工作團《救亡旬刊》，博白縣《博白日報》，岑溪
縣黨部、廣西學生軍第二團《岑溪日報》；1941 年有融縣《融縣三日刊》，巴
馬縣《萬岡民眾壁報》，昭平縣《昭平週報》，潯州行政監督區《潯州日報》，
天峨縣《天峨民眾簡報》；1942 年有武鳴縣《武鳴民眾壁報》，第五區行政督
察區專員公署《桂平日報》，義寧縣《義寧簡報》，百色縣《百色民眾簡報》，
靖西縣《靖西民眾簡報》；1943 年有田東縣《田東實驗簡報》，凌雲縣《凌雲
民眾簡報》，興業縣《興業實驗簡報》，灌陽縣《灌陽民報》；1944 年有田東縣
《田東實驗簡報》，凌雲縣《凌雲民眾簡報》，興業縣《興業實驗簡報》，灌陽
縣《灌陽民報》。

廣西省在抗戰期間以《廣西日報》為龍頭，創辦的 200 多種國民黨地方
黨報，紙報壁報兼而有之，出版週期長短不一，報紙版面大小不等，鉛印石
印油印並舉，編製技術尚顯粗陋，由此形成了基本覆蓋省、區、縣的報紙出
版網，完全改變了抗戰之前的 1936 年廣西全省只有三四個城市出版報紙的冷
清局面。

4、湖南省新創縣級黨報

國民黨湖南省縣級黨報的命名統一以縣名加「民報」而成。抗戰爆發後，
湖南省縣黨部基本上在戰前幾年創辦的綏寧縣《綏寧民報》、江華縣《江華民
報》、益陽縣《益陽民報》、大庸縣《大庸民報》、芷江縣《芷江民報》、石門
縣《石門民報》、酃縣（今炎陵縣）《酃縣民報》等繼續出版，又新創辦了一
批縣級黨報。

1939 年，湖南省政府改變 1937 年 2 月實行的裁撤縣黨部民報津貼的政
策，重新恢復發放津貼，共有 65 家縣黨部的民報列入當年預算。1940 年，湖
南省參議會通過決議，要求扶植湘西地方報紙，並稱湖南各縣黨部或教育局
均辦有民報，不僅是本省新聞界之特色，在全國也屬創舉。據國民黨湖南省
黨部 1942 年的報告，第一行政區各縣的民報，銷數有的僅為 300 份，只有日

---

1 廣西建設研究會：《廣西之建設》，1939 年 10 月 10 日，轉引彭繼良：《長江積極推
進廣西地方新聞工作》，《新聞與傳播研究》，1984 年版，第 125 頁。

出對開一大張的《湘潭民報》日銷 3000 份，爲各縣之冠。據國民黨湖南省黨部統計，1943 年 12 月湖南省共有 89 家報紙，其中各縣市黨部主辦之民報有 75 家，除了衡陽市、縣及懷化縣外均辦有民報。[1]

　　湖南省縣級黨報堅持進行抗戰報導。《湘潭民報》記載了三十畝大丘慘案（今河西潭城大廈路口及周邊臨街房屋覆蓋區）等 1938 年 8 月 23 日至 1944 年 6 月日軍飛機對湘潭的殘酷轟炸。《大庸民報》1944 年 1 月 25 日發布消息《三島酬壯志 萬里奮鵬程——本縣青年從軍芳名錄》。《湘鄉民報》1945 年 6 月 28 日刊載報導《一門忠烈在楊家——勘生先生及其家屬殉難》。[2]《酆縣民報》在第 2 版設欄「抗戰聯語」，刊登「怒火遍中華，殲日寇爲灰燼，熱潮堅抗戰，啓國運於光明」（油燭店），「執筆從戎方稱志士，上馬殺敵不愧書生」（紙筆店），「百鍊中萃全民成鋼鐵，長期抗戰大地是紅爐」（打鐵店）等署名抗戰聯語。[3]《辰溪民報》1944 年 12 月 12 日刊發副社長朱雲達誤信謠言編印「荒謬號外」，社長麻義立被撤職查辦，副社長以及收音員被押解戰時省會沅陵，報紙停刊。

5、四川省新創縣級黨報

　　國民黨四川省縣黨部抗戰期間創辦的報紙，自 1938 年一直延續到 1945 年。據對王綠萍主編、四川大學出版社 2011 年出版的《四川報刊五十年集成》相關部分進行統計，抗戰中四川省縣黨部出版的報紙在 20 種以上，其中有一些是縣黨部與縣政府、三青團分部聯合創辦，報紙的發行人也常由縣黨部書記長擔任，旬刊、週報爲多，基本上是 4 開、8 開等小報，主要採用石印、油印印製，有的僅出版幾期即因沒有銷路而停刊。

　　四川省縣黨部在抗戰期間創辦的報紙，已知：1938 年有洪雅縣《力行旬刊》；1939 年有平武縣《平武導報》，宜漢縣《黨政週刊》，豐都縣《黨部週報》；1940 年有高縣《高縣新刊》；1941 年有安縣《安縣旬刊》，南部縣《新安旬報》，綦江縣《綦江潮》，自貢市《覺報》；1942 年有瀘縣《青白日報》，廣元縣《黨務旬刊》，什邡縣《什邡旬刊》；1943 年有沐川縣《沐川旬刊》，綿（陽）廣（元）師管區《涪光報》，潼南縣《潼南旬刊》，蒼溪縣《蒼溪旬刊》，新都縣《新都

1　《湖南抗日戰爭日誌（1943 年 12 月）》，http://www.krzzjn.com/html/6592.html。

2　《一門忠烈在楊家》，http://www.xiangxiang.gov.cn/news/yaowen/2015-08-06/54548.html。

3　《湖南炎陵檔案現大量「抗戰聯語」涉及眾多行業》，http://news.workercn.cn/c/2011/09/07/110907105429858922178.html。

旬刊》；1944 年有江油縣《江油週報》；1945 年有南部縣《啓明週報》，達縣《達縣公報》。

四、地方黨報的戰時翹楚

（一）輾轉浙閩抗戰的《東南日報》

《東南日報》八年堅定抗戰，痛別省城，數度搬遷，歷盡艱險，先後出版浙江金華版、麗水版、雲和版和福建南平版及臨時出版號外，被迫停刊，堅決復刊，喪失都市，深入鄉村，一紙風行，遍及東南。抗戰勝利，復刊杭州，再創滬版。

1、《東南日報》忍痛別省城

國民黨浙江省黨部《東南日報》，因抗戰爆發尤其是淞滬會戰，紙張供應大受影響。1937 年 8 月 5 日由日出 4 大張減出 2 大張，8 月 16 日再減出 1 大張，報價減半。訂自加拿大的紙張期貨被外輪運往日本神戶，存在上海浦東英國棧房的紙張現貨，經 10 多次冒險搶運，只有一部分以高於以前幾十倍的費用運抵杭州。廣告收入也因工商業遭受戰火摧殘大爲減少。9 月 21 日，又無奈提高報價。

《東南日報》堅定地宣傳抗日，堅決反對日本帝國主義的侵華戰爭。幾乎每天一論，發表《準備全面抗戰》《爲日本違約挑釁，昭告世界友邦》《準備自衛》《論北平盧溝橋之守戰》《嚴守國家立場》《發動全面抗戰》《論抗日戰略》《速戰與持久戰》《積極抗戰和長期準備》《以持久奮鬥博最後勝利》等社論，批判和平幻想，疾呼全面持久抗戰。向主要戰場派出戰地記者，劉尚均從平漢線，李振茂從津浦線，何永德從平綏線，易鷹從淞滬前線，發回《戰地行》《到察綏前線》《敵機炸滄目擊記》《硝煙彌漫槍彈橫飛，黃浦江岸觀炮戰》等戰地通訊。突出「東南」地域特點，側重於對東南各省市的報導。連續刊發《我空軍空前大勝利》《我空軍大勝利》《蔣委員長厚賞空軍抗戰將領》《受傷鬥士（高自航）訪問記》等社論與報導，大張旗鼓地宣傳中國空軍抗戰序幕戰杭州「8．14」空戰勝利（這一天後被國民政府定爲中國空軍節）。正面報導中共武裝力量開展的敵後游擊戰。

1937 年 11 月 5 日，日軍在杭州灣北岸平湖縣金絲娘橋至金山衛一帶登陸。18 日後，平湖、嘉興、桐鄉等淪陷，杭州危急。《東南日報》開始南遷。社長胡健中、總編輯劉湘女、編輯課長金瑞本及電訊、印刷兩股的重要員工

仍留省城，19 日將《東南日報》在杭州改出號外，無法帶走的德式輪轉印刷機拆卸裝箱密藏廣濟醫院內（後被日軍劫去）。

《東南日報》發表社論《本報暫遷金華》《本報遷金出版》，告訴讀者遷移金華是戰略撤退，蓄積文化火力，準備持久抗戰，把報紙的一字一句變成槍火炮彈，與日寇周旋到底。12 月 22 日，在杭州出版最後一期號外，《東南日報》員工被迫離開 10 個月前落成使用的報館新大樓向南前往金華。12 月 24 日，杭州淪陷。

2、《東南日報》出版金華版

1937 年秋，已是國民黨浙江省黨部常委的社長胡健中，眼見局勢緊張，報社勢在必遷，派嚴芝芳接辦《浙東民報》，又把《浙東民報》停刊，改出《東南日報》。11 月 19 日，《東南日報》金華版創刊。對開 4 版，第一版是廣告、專論、特約稿及每週的「國內時事」、「國際時事」，第二版是要聞、國內各地新聞、社論，第三版是國際新聞和地方新聞，第四版是通訊、副刊《筆壘》，週六為週末版。1940 年 2 月，《東南日報》首次發起抗戰募捐活動，帶頭捐助以示首倡，並代為收解捐款。

《東南日報》吸納胡道靜、張慧劍、嚴北溟、王季思、陳友琴、金瑞本、錢穀風（中共黨員）、陳向平（中共黨員）、柴紹武、王遂今、杜紹文、易鷹、陳福愉、張西林、汪遠涵等專家、報人、學者、作家等入社工作。重用了不少脫離共產黨的人，「窩藏」了共產黨員。托派出身的副社長劉湘女，對評論記者錢穀風、副刊編輯陳向平話中帶刺，暗示他倆的活動瞞不過他。胡健中卻少有反應地說：「思想左傾一點，只要不是共產黨，我就能用。」「即使是共產黨，只要不作非法活動，也能為我所用。」[1]「國民黨對共產黨那種靠抓、靠關、靠殺，是下策，還是予以利用，軟化才是上策。」[2]

援用中央社、路透社消息，積極報導南京保衛戰，讚揚國民黨軍殊死禦敵；發表社論《從失敗中學教訓》，大膽指出陣地戰沒有游擊戰配合和消耗戰沒有焦土戰配合的弱點，主張「充分採用運動戰略，將多數軍隊沿線散開，隨時對敵作繞襲、奇襲、包圍、突擊，截斷其退路，斷絕其資源」，「組織廣

1 　何成明：《新聞重鎮的新聞傳播──「抗戰時期金華新聞界」研究之七》，http://www：《jhnews.com.cn/2014/1217/432449.shtml。
2 　何揚鳴：《略論〈東南日報〉的立場、言論和新聞》，《浙江社會科學》，1999 年版。

大民眾，協助抗戰，並根絕漢奸來源」。[1]1937 年 12 月 24 日，在較顯著位置加框刊載經過改編的中央社電訊《敵軍紀律茫然，行動兇狠殘暴，入京時屠殺俘虜平民，敵最高當局無法駕馭》，首次報導慘絕人寰的南京大屠殺。1938 年 12 月 14 日，刊載通訊《南京已非人間，姦淫擄掠暗無天日——陳宏脫險歸來談》，通過脫險歸來者的自述，描述了群龍無首面臨絕望的中國被俘官兵的慘狀，揭露了日軍慘無人道地屠殺被俘中國軍人的罪行。

副刊《沙發》1938 年 2 月 7 日在金華改名《筆壘》，胡健中撰寫發刊詞，其中的「效死勿去」成為報社的一句口號。發刊詞稱：

> 這是我們以筆墨築成的新的堡壘。
>
> 如果文人的一杆筆真個可以等於若干支毛瑟槍，讓我們把槍口對準敵人的胸膛放射！如果所謂「一字之貶」當認比斧鉞還要鋒利，讓我們緊握這利斧來劈掉漢奸們的腦袋！如果一首詩一曲歌能喚醒我們的國魂，能使我們為國捐軀的英雄們垂諸不朽，那更讓我們絞盡我們的腦汁！
>
> 這雖是一個小小的戰壘，但假使我們據守其中，效死勿去，安知這不是我們東南文壇上的「馬其諾」戰線？文壇上的鬥士呢，大家來誓死守住這個據點！[2]

《筆壘》摒棄《沙發》的安逸舒適情趣，形成了短小精悍、求真務實的風格，為抗日吶喊。馮玉祥、靳以、王西彥、羊棗、陳伯吹、王造時、王季思等經常為之撰稿。高二學生查良鏞（金庸）的文壇處女作《一事能狂便少年》，替同學反譏訓育主任，在 1941 年 9 月 4 日的《筆壘》上「一炮打響」。1942 年 1 月 2 日，「向平」刊文《〈筆壘〉約法三章》，檢討去年缺點：「對東南前後方各方面生活動態反映得不夠，缺少東南地區的特殊情調」；「有時間性的文章太少，未曾與國內外新聞作最適當的配合」；「寫個人身邊瑣事零感的散文過多，而題材故事親切動人的雜文小品不可多得」。希望作者：自出新裁，多方開創小文章的風格意境；「寫多數的最關心、最注意、最愛聽樂道的東西」；「每篇文章都能精心結構，言之有物，而不浪費讀者的時間。」[3]1943

---

1 轉引何揚鳴、何瑩：《試論〈東南日報〉對南京保衛戰的報導》，《中共黨史研究》，2014 年版，第 9 期。

2 轉引何揚鳴：《試述抗戰時期的〈東南日報〉》，《抗日戰爭研究》，2003 年版。

3 轉引張根福：《抗戰時期〈東南日報〉的南遷及其出版活動》，《浙江師範大學學報》（社會科學版）》，2005 年版。

年至 1944 年以總標題《上海風景線》連載來自上海的編輯錢今昔撰寫的 14 篇通訊，揭露日偽殘殺和剝削欺壓民眾。用漫畫、木刻作武器，在提高東南民眾抗戰鬥志的同時，推動了東南地區漫畫、木刻的發展。

社長胡健中曾對國民黨內說：《東南日報》是黨部與黨員合營的報紙，是百分之百的國民黨黨報。[1] 1941 年，「皖南事變」，《東南日報》站在「黨的立場」發聲。1 月 18 日發表短評《對新四軍叛變問題》，1 月 19 日發表社論《嚴由軍紀處置叛軍》，誣稱「新四軍最顯著之叛跡，爲對敵寇則不戰自退，對友軍則越軌以相侵，對商定後提示的方案由延宕不遵」。[2]

《東南日報》遷址金華，先在塔下寺蔣氏宗祠，這一帶屢遭日機轟炸，1939 年 7 月 7 日遷至離城 3 公里的望府墩。歷劫之餘，設備簡陋，銷量銳減，收入微薄。爲長久抗戰出報，將部分印刷器材先期撤往離金華 124 公里的麗水，早作金華棄守時遷址出報的準備。1939 年設立社長辦公室，將經理部會計課劃入。1941 年下半年，成立管理部（後改業務部），社長胡健中兼任主任，轄事務、出納、工務 3 課，經理部僅轄發行、廣告、承印 3 課。從 1937 年 11 月 19 日至 1942 年夏，在金華 4 年半，元氣漸復，銷量上升，與第三戰區司令部《前線日報》、蔣經國主政贛州時所辦《正氣日報》成爲東南地區日報三傑，發行量一度突破 3 萬份[3]的《東南日報》位列前茅。全社員工約二百人，經濟狀況自給自足，略有結餘。

3、《東南日報》出版南平版

1942 年 5 月，浙贛戰役爆發，日軍再次竄擾金華。5 月 20 日，金華緊急疏散，《東南日報》停刊，遷移江山、麗水。胡健中率一路沿浙贛鐵路前往江山，沿途道路毀壞，忍痛丟棄許多印刷器材，十年經營積儲的資財損失殆盡。5 月 26 日至 6 月 4 日，在江山發行《東南日報》號外。進入閩境浦城，觀望月餘，胡健中前往龍泉向省黨部請示，決定進至福建南平，出版南平版。撤出金華，經江山、硤口、二十八都、浦城、水吉，歷時約三月，跋涉千餘里，始抵南平。遷徙途中，職工及家屬顛沛流離，備嘗艱辛。給資遣散職員 20 人（到南平後復職 6 人）、技勤工 83 人（到南平後復用 17 人），62 名職工與家

1　袁義勤：《胡健中與〈東南日報〉》，《新聞大學》，1993 年版。

2　《嚴由軍紀處置叛軍》，轉引何揚鳴：《試述抗戰時期的〈東南日報〉》，《抗日戰爭研究》，2003 年版。

3　何揚鳴：《試論〈東南日報〉對南京大屠殺的報導及其抗日宣傳》，《新聞與傳播研究》，2012 年版。

屬被炸死和失蹤、病亡。衣衫襤褸，行同乞丐，受人侮辱，被軍統江山站誣爲漢奸間諜集團。[1]

1942 年 8 月 21 日，《東南日報》南平版在南平西郊晝錦坊創刊，對開 1 大張。在福建南平設立總社。總編輯錢轂風（中共黨員），編纂課長楊虹村，採訪課長蔡極，資料室主任汪遂今，副刊編輯陳向平（中共黨員），業務部經理劉子潤。胡健中 1943 年秋擔任重慶中央日報社長，仍以社長名義遙掌南平、麗水（後爲雲和）兩版決策權，朱苴英代理南平版社務。在福建戰時省會永安設分銷處，爲南平總社緊急情況撤離作出報準備。1943 年 6 月 1 日，撤消永安分銷處，改設辦事處，附設印刷廠，擴展閩西業務，謀求讀者及廣告刊戶，承印發行書刊。編印隨報發行 4 開 8 頁半月刊《東南畫刊》。1944 年 7 月，再次發起持續月餘的抗戰募捐活動。版面與金華版基本相同。建廠造紙，幾經改進，所產紙張，潔白微黃。南平版發行量逐漸上升，銷行福建各縣鄉鎮，與雲和版合計日銷 3 萬多份。[2]

抗戰勝利，南平版記者蔡極隨中國先遣部隊前往臺灣參加接受日軍投降典禮，發出獨家新聞「臺灣重入中國中華版圖，陳儀躬臨舉行受降禮，日派安藤利吉簽立投降書。」[3]

4、《東南日報》出版麗水雲和版

《東南日報》麗水版從 1941 年 5 月 1 日至 1944 年 12 月 8 日，兩年半間，兩次因麗水城淪陷，一次因遭受敵機轟炸，三次停刊，間斷出版近 8 個月。雲和版 1944 年 8 月 18 日創刊，至抗戰勝利。麗水版、雲和版的發行量，從 1942 年的兩三千份上升到 1945 年的七八千份。

首創麗水版（1941 年 5 月 1 日～8 月 31）。4 月中下旬，日軍沿浙贛線竄擾，金華一度告急。《東南日報》金華版分兩路撤退。一路由胡健中率大部分員工退往江山，5 月 19 日在江山生碓關出版號外。西窺日軍未占金華縮回杭城。胡健中率眾返金華，在江山設辦事處，留下部分印刷器材。金華版 6 月 1 日復刊，日出 4 開直式 1 張，6 月 16 日恢復出版對開 1 張。

一路由嚴芝芳偕同編纂課長汪遠涵率部分員工南撤麗水，成立《東南日報》麗水分社，社址在麗水城中山街泗洲樓 9 號，嚴芝芳代行社務並兼經理，

---

1 何揚鳴：《試述抗戰時期的〈東南日報〉》，《抗日戰爭研究》，2003 年版。
2 何揚鳴：《試述抗戰時期的〈東南日報〉》，《抗日戰爭研究》，2003 年版。
3 巴人：《〈東南日報〉小史》，《民國春秋》，1998 年版。

汪遠涵任總編輯，利用原安置在麗水的印刷器材，5 月 1 日至 8 月 31 日出版《東南日報》麗水版。《創刊獻辭》稱：「為使浙南、閩北讀者得以快覩本報起見，除增刊分版外，無途可循⋯⋯浙南處屬據閩浙交通鎖鑰，不特為理想之軍事據點，抑亦一理想之文化據點。」[1]業務穩定，職工陸續增至 70 餘人，經濟達到自給。日軍北撤，社長胡健中決定相距較近的麗水版停刊，部分人員調回金華總社，設辦事處，辦理發行、廣告、承印業務。

二出麗水版（1942 年 5 月 23 日～6 月 22 日）。浙贛戰役爆發，日軍再次竄擾金華。5 月 17 日，劉湘女率部分人員先行撤往麗水，再次成立麗水分社。5 月 20 日，金華緊急疏散，金華版停刊，復向江山、麗水撤離。5 月 23 日，《東南日報》麗水版復刊。在日軍飛機轟炸下堅持出版至 6 月 22 日停刊，6 月 24 日麗水淪陷。劉湘女僅率少數員工倉猝奔往青田，大部分職工沒有及時撤出，印刷設備也未能及時搶運，被日軍連同分社房屋盡付一炬。麗水分社撤至青田，在青田南田鎮刊行多期油印簡報。

三出麗水版（1942 年 11 月 23 日～1943 年 3 月 31 日）。8 月 28 日，麗水光復。劉湘女派人招集流散職工，收拾殘存器材。原房舍焚毀無修，在麗水城邊上水南另尋新址。經 3 個月準備，11 月 23 日《東南日報》麗水版復刊。次年 3 月 31 日，日軍轟炸麗水，編輯部、電訊室、印刷廠被炸毀或震塌，被迫停刊。

四出麗水版（1943 年 4 月 11 日～8 月 21 日）。4 月上旬，重建新屋，整理工場，補充器材。《東南日報》麗水版 11 日恢復出版，發表社論《以復刊答覆轟炸》，自傲的以「我們是倭寇最大的敵人」而堅定地宣告：

> 本報開支全賴營業收入，在現時物價高昂成本加重之日，本已入不敷出。經此打擊，損失重大，更有「雪後加霜」之感。但「我們是倭寇最大的敵人」，六年來我們的筆墨墨堡，始終擺在第一線。六年來用我們的筆鋒，不斷地於敵人以嚴重的刺擊。六年來我們工作的累積，在一般人看來，僅是數千萬張薄紙，而在敵人看來，卻不啻數千萬枚炸彈。因此恨之切骨，而給我們的損害也最慘重。抗戰到現在，我們的損失是一串龐大的數字⋯⋯如果把這些數字拿來和這次轟炸作一比較，則此番本報的損失實微小而不足道。而且「我

---

1 《抗日戰爭時期〈東南日報〉在麗水》，http://xt.inlishui.com/html/2016/dfwx_1124/1263.html。

們是倭寇最大的敵人」，所以我們冷靜地忍受敵機的轟炸，並泰然地
接受這次損失。

　　本報爲一不設防之紙寨，過去如此，今後依然。「我們是倭寇
最大的敵人」，今後敵機也許要繼續轟炸本報；而爲著前方數十萬軍
民的精神食糧，爲著繼續不斷予倭寇以嚴重的打擊，我們不撤退，
我們不遷移，我們更不躲避。一日本報不炸毀，我們工作一日；如
果再把本報炸光了，我們若尚剩一分力量，一定立刻復刊，而這一
次便是明顯的例證！[1]

　　1944 年 3 月 1 日至 6 日，麗水分社在麗水青年圖書供應社內舉辦時事照
片展覽，「旨在使社會人士對時事加深認識，藉以明瞭盟國之力量，日臻強大，
敵則勢力日殲，敗亡在即」。[2]在麗水展出結束，又往雲和、龍泉等地展出。8
月，日軍侵犯浙南。8 月 21 日，《東南日報》麗水版停刊。8 月 26 日，麗水
再度淪陷。

　　五出麗水版（1944 年 10 月 11 日～12 月 8 日）。8 月的撤離吸引了以前的
教訓，在缺乏交通工具的情況下，《東南日報》麗水分社的人員物資得以全部
撤離到青田嶺根。停刊期間，麗水版在青田出版 26 期簡訊。9 月 16 日，麗水
再度光復，報社迅速回遷。10 月 11 日復刊的《東南日報》麗水版，12 月 8
日因遷往雲和而停刊。

　　創辦雲和版（1944 年 12 月 8 日～1945 年 10 月 16 日）。1944 年 12 月，
麗水版遷至戰時省會所在地雲和，既爲配合浙江省黨政機關工作，也爲離開
麗水地區流行的鼠疫，《東南日報》麗水分社改稱雲和分社。

　　1944 年 12 月 8 日，在麗水版停刊的同一天，《東南日報》云和版創刊。
雲和分社社址在雲和城郊程宅村程家祠堂。東南日報第二印刷廠由青田縣妙
厚鄉遷雲和睦田村，一度曾遷景寧縣鶴溪鎮學前 22 號。抗戰勝利後，雲和分
社返回杭州。

5、《東南日報》在杭州復刊

　　1945 年 8 月 13 日，雲和分社派採訪課長鄭文蔚、文書課員侯定遠回杭收
拾器材，籌備復刊，25 日與最先進入杭城的《民族正氣報》出版了合版。18

1　轉引何揚鳴：《試述抗戰時期的〈東南日報〉》，《抗日戰爭研究》，2003 年版。
2　轉引何揚鳴：《抗戰中的〈東南日報〉》，《浙江檔案》，1996 年版。

日，秘書嚴芝芳奉派率一批職工兼程回杭主持復刊，28 日進入尚在日軍控制下的杭城，接收日偽《浙江日報》印刷設備和辦公處所。9 月 1 日復刊杭州版《東南日報》，4 開直式 1 張。10 月 1 日，恢復出版對開 1 張。

9 月 11 日，《東南日報》收回被日軍憲兵隊盤踞的眾安橋畔原大樓，各部門陸續回遷。再次向社會開放參觀報社。日軍在東南日報社大廈，設立牢房、刑訊室，地下室變成水牢，牆上血跡斑斑，不少地方留下了愛國志士的遺言。

（二）堅守八桂抗戰的《廣西日報》

1、《廣西日報》抗戰出版概述

1937 年 4 月 1 日，《廣西日報》以《桂林民國日報》《桂林日報》為基礎創刊於桂林。李宗仁題寫報頭。是國民黨廣西省黨部和國民政府廣西省政府機關報，辦報經費由省黨部、省政府、綏靖主任公署分攤。社址在桂林市環湖路榕樹樓。初為 4 開，後改為對開 2 張。國民革命軍第五路軍總司令部政訓處處長兼廣西綏靖公署政訓處處長韋永成（李宗仁的外甥）、廣西綏靖公署少將政治部副主任韋贄唐、黎蒙歷任社長，第五路軍總司令部政訓處組織科科長蔣一生、韋容生、第五路軍總司令部政訓處編譯科科長和《全面戰》主編莫寶鏗、報人俞頌華歷任總編輯。1938 年 5 月，環湖路 7 號報社新址落成，新建的三層營業大廈，在桂林報館中如鶴立雞群。10 月 26 日，刊登縮版啟事，紙張來源缺乏，即日縮版半張（即對開兩版），第三、四版及副刊《血花》暫停。發行量從一二千份增至萬份以上。

1938 年 10 月，穗漢淪陷。白崇禧受任國民政府軍委會委員長桂林行營主任，下達手令，委任李任仁、胡愈之（中共秘密黨員）為廣西日報社正副社長。李任仁稱病，胡愈之藉故，均不到任。1939 年 1 月，副社長韋贄唐被升為社長，莫寶鏗接任總編輯。充實編輯部，聘前上海《申報》副刊《自由談》編輯張梓生為特約社論撰述，招考錄取外勤記者。同年，為躲避轟炸，編輯部和印刷設備遷至西門外牯牛山岩洞，營業部仍在環湖路。[1]長期訂購國際新聞社稿件。1941 年增設體育記者。設立收電股，收錄中央社電訊，收聽英美蘇日和延安電訊。

抗戰中期，桂林報業盛況空前。養尊處優的《廣西日報》，樸素簡陋，相形見絀，行業競爭壓力日重，擴大報導範圍，注重報導本省新聞和社會新聞

1　陸君田：《我所瞭解的桂林廣西日報》，《新聞研究資料》，1981 年版。

及文體娛樂活動，「反共消息則極力避免，或改變語氣，登在不顯眼位置。」[1]雖是國民黨的省級機關報，與廣西省黨部的關係並不融洽。報社只有省黨部派來的本市新聞編輯一人是國民黨黨員，連總編輯莫寶鏗也非國民黨黨員。有時省黨部自編的《三民主義專刊》，已排好了的版也被拆版不予發表。前兩任社長「都是不買省黨部的賬的。省黨部也無可奈何，但對《廣西日報》卻有很大意見，說是《廣西日報》每月拿省黨部6000元補助，把報紙辦得完全不似黨報。」[2]1940年7月1日，軍委會戰時新聞檢查局設置桂林新聞檢查所（後升級檢查處），《廣西日報》的稿件時被刪得啼笑皆非，不得不常用曲筆，或用代名。1941年皖南事變，總編輯莫寶鏗與社長韋贄唐發生摩擦。胡愈之寫的外交專論，發表了前三論，不准發表四論。莫寶鏗為退稿致信作者，一句「還君明珠雙淚流」表達了自己的無奈，與撰述員莫乃群一同離去到廣西大學任教。1940年，日銷4000～7000份，市面零售約千份，在桂林四大報紙中位居第二。1941年，發行1萬多份。[3]

1942年4月，李宗仁義子黎蒙就任《廣西日報》第三任社長。5月1日，報頭由橫排改為豎排，並將報頭旁「李宗仁題」4字去除；第一版是報頭、公告，第二版是新聞、社論，第三版是新聞，第四版是副刊、廣告。黎蒙留學法國，在香港《新報》工作，1938年10月被李宗仁委任為香港《珠江日報》社長兼總編輯，1941年底香港淪陷，攜妻化裝難民輾轉回到桂林。

黎蒙把報紙視作特殊「商品」，他談到報紙的屬性、功能與管理時說：「一間完善的報紙，裏面要具備印刷、排字、發行、廣告、編輯、採訪等部門，這幾部門合攏來看即教育、商業、工場。若在商業的立場來辦理，這事業則損害了教育；若全在教育的立場，不顧營業則又影響了這事業的本身。要二者都兼顧，那就得要嘔心血了。我們更就事業本身說：它並不像其他商品一樣，商品的製成有著一定的形式……但報紙這種商品的製成，每日有每日的原料與水分，每日的出品都是不同，假如精神不貫注，明日的出品便會令到

1 謝落生：《簡憶抗戰時期的廣西日報》，《新聞研究資料》，1981年版。
2 莫寶堅：《抗戰初期的〈廣西日報〉》，廣西政協文史資料委員會、廣西日報新聞史志編輯室、民革廣西壯族自治區委會：《桂系報業史》，廣西新聞出版局，NO：011241，第93頁。
3 李微：《新桂系的〈廣西日報〉》，廣西政協文史資料委員會、廣西日報新聞史志編輯室、民革廣西壯族自治區委會：《桂系報業史》，廣西新聞出版局，NO：011241，第112頁。

顧主失望。在管理上裏面有工人，有知識分子，有商人，管理的方法，與普通的商店就不能一樣的刻板。」[1]

　　黎蒙接掌《廣西日報》，秉承李宗仁的意旨，吸收從滬港逃桂報人充實隊伍，邀請知名人士撰寫社論、專論等，繼續他在香港《珠江日報》已在進行的改革，版面、標題均較生動活潑，報紙別有一番生氣，把「海派」帶進了《廣西日報》。他以誠待人，關心部屬。黎蒙邀請並通過在香港相識的金仲華，邀請張錫昌、傅彬然、秦柳方擔任《廣西日報》主筆撰寫社論，上任當月即與他們四人敘談，面交聘書。黎蒙爲逃難來桂的文化界朋友提供幫助，用一批假名領取公糧給予接濟，還親自向廣西省主席黃旭初求情，釋放被捕的記者陳子濤。年近 50 歲的報人俞頌華 1942 年春被聘任總編輯，壯年之身已顯老態龍鍾之像，仍然遊刃有餘地承擔著繁重工作，推動全社同仁努力把報紙辦得有聲有色，發行量增至 2 萬份。俞頌華建議增出文章短小精悍，內容豐富多彩，知識性可讀性兼具的星期增刊，以應對桂林日趨激烈的報業競爭。12 月末，被迫解聘俞頌華，黎蒙自兼總編輯，又捨不得他離去。俞頌華甘於不拘名義，繼續協助黎蒙辦報，直到 1943 年 6 月毛健吾親臨桂林請他就任衡陽《大剛報》總編輯。

　　1942 年，《廣西日報》擴充電訊設備增加電訊人員，收抄電訊的主要來源是中央社，電臺主任謝東閔收聽日本廣播，聘請 3 個美國人主要接收美國之音、路透社、塔斯社的新聞，以「本報重慶專電」、「莫斯科訊」等刊出，將收到的延安新華社的新聞改頭換面地以「本報特訊」刊出。[2] 6 月 19 日在頭版刊出《新聞備忘錄》專欄，便於讀者迅速簡要地瞭解本日的集會、演講等信息及明日重要活動。11 月 21 日，與桂林《掃蕩報》《大公報》《力報》聯合各中學舉行文化勞軍義賣。12 月 1 日，頭版刊登《〈廣西日報〉讀者意見調查表》，列舉報業經營、報紙編輯（包括新聞、言論、資料、副刊、星期增刊）等 29 個問題，徵求讀者意見。[3] 12 月 8 日，隨報附送《太平洋戰事週年紀念特刊》。1943 年 1 月 10 日，單獨出版對開 4 版《廣西日報星期增刊》

1　張鴻慰：《香港〈洙江日報〉和〈新生晚報〉》，廣西政協文史資料委員會、廣西日報新聞史志編輯室、民革廣西壯族自治區委會：《桂系報業史》，廣西新聞出版局，NO：011241，第 71〜72 頁。
2　陸君田：《我所瞭解的桂林廣西日報》，《新聞研究資料》，1981 年版。
3　陳洪波：《抗戰時期〈廣西日報〉（桂林）廣告經營發展歷程及特點——抗戰時期〈廣西日報〉（桂林）廣告研究系列之二》，《新聞與寫作》，2016 年版。

隨報贈送。[1]2月25日至1944年6月30日出版《廣西晚報》，對開2版（1944年4月1日改出4開），鉛印日刊，黎蒙兼任社長，發行人陳雪濤，總編輯歐陽敏納。新創晚報「為求迅速報導時事於社會，以應社會一般的需要。同時，也儘量多登新聞和通訊，減少日報篇幅不夠的困難。」[2]

2、《廣西日報》的抗戰地方版

1944年4月，日軍發起豫湘桂戰役。9月10日，日軍向桂林、柳州進攻。9月11日，桂林緊急疏散。9月14日，《廣西日報》停刊，社長黎蒙乘飛機到重慶，副社長陳雪濤率大部分人員隨廣西省政府先遷桂北宜山、轉遷桂西百色，總主筆莫乃群等沿灘江向桂東山區昭平疏散，大部分設備未能遷出。

《廣西日報》宜山版。1944年10月下旬，廣西日報社人員在桂北宜山出版4開4版日刊《廣西導報》《廣西日報副刊》，統稱《廣西日報》宜山版。

《廣西日報》昭平版。1944年11月1日創刊，4開4版。以「桂東南號角」自勉。成立由省政府顧問、省建設研究會駐會常務委員陳劭先和省政府顧問、省藝術館館長歐陽予倩先後為主任委員的社務委員會，下設編輯、經理、營業、印刷4部，總主筆兼發行人莫乃群，總編輯胡仲持（不久生病，莫乃群兼任）。設欄目「國際要聞」、「盟軍對德意日戰訊」、「國際簡訊」、「國內新聞」、「對日戰訊」、「國內簡訊」、「本縣新聞」、「時事述評」、「專論」、「星期論文」、「地方通訊」、「陪都通訊」、「來稿」和綜合性的《副刊》。出版《詩刊》《藝文潭》《動員週刊》《青年園地》等專刊。昭平版經濟拮据，員工生活艱苦，只有飯吃，沒有工資，營養不良，工作勞累，沒人叫苦，神情樂觀，充滿希望的日以繼夜地工作。

1945年1月，日軍佔領蒙山。1月27日，《廣西日報》昭平版休刊。人挑肩扛地將印刷設備，東撤40公里外無公路通車、無水道行船的黃姚鎮，租用民房，改用當地桂花竹紙。3月5日復刊，24日改出8開，4月24日恢復4開。發表評論批評片面和消極抗戰，疏忽民眾動員，倡談桂林、柳州、梧州失守要在敵後以自衛圖存。擴大消息來源，利用桂東沒有新聞檢查機關，打破只准登中央社消息的「法定」框框。培訓報務員收錄國內外電訊，將收錄

---

1 靖鳴：《民國時期廣西新桂系政府機關報〈廣西日報〉（1937年4月～1949年12月）源與流》，《新聞春秋》，2013年版。

2 《廣西通志‧報業志‧第二篇 民國報業‧第一章 省級及以上黨政機關報》，http://lib.gxdqw.com/file-a40-1.html。

的新華社電訊、中共延安新華廣播電臺的消息，滲透到所發表的社論和時評之中；刊登印度德里、美國三藩市（即舊金山）、莫斯科電臺所廣播的消息和塔斯社、路透社、合眾社的電訊，眞實反映中共的抗日民主團結的政治主張，以及國共關係、國共談判、國民黨軍封鎖陝甘寧邊區等情況。被攻擊爲「莫斯科《眞理報》桂東版」，並受到恐嚇和誣衊。[1]接力傳送發行報紙，本縣訂戶當天可看到報紙，在附近各縣建立 10 多個營業處和分銷處，及時地將報紙發行到桂東各地和湘、粵、贛等省，日發行三四千份[2]，致使廣西第二行政督察區專署的《八步日報》銷路大減。1945 年 9 月 30 日，《廣西日報》昭平版終刊。

《廣西日報》百色版。1945 年 7 月 1 日創刊，4 開 2 版，鉛印。彙集撤退至百色的南寧民國日報社、宜山龍江報社、百色日報社等的器材與人員創辦。初用馬山縣貢川土法生產的厚紗紙，每天印發千餘份。8 月 15 日日本投降，廣西省政府命令《廣西日報》昭平版和百色版，遷回桂林、南寧復刊。10 月 15 日，《廣西日報》桂林版出刊，4 開 2 版，石兆棠、莫乃群分任總社社長、總編輯。

3、《廣西日報》的抗戰評論

1938 年 10 月，《廣西日報》開始重視社論。將第五路軍總司令部政訓處編譯科莫乃群調任社論撰述，聘前上海《申報》副刊《自由談》編輯張梓生爲特約社論撰述，聘廣西大學教授千家駒、周伯棣撰寫專論。基本固定地一周發表 6 篇社論，星期日發表星期論文（專論）、特稿或《一周大事述評》。[3]

1942 年 4 月，社長黎蒙特約茅盾、金仲華、劉思慕、千家駒、薩空了、梁漱溟、張錫昌、秦柳方、楊承芳、歐陽予倩、張志讓、傅彬然、黃藥眠等撰寫社論，特約胡愈之、范長江、狄秋白、千家駒、勇龍桂、漆琪生、周伯棣等人撰寫評論。金仲華的政治、時事社論，常有獨到見解，他在《收復緬甸與重建緬甸》中指出：這一重要的戰略步驟若能得到迅速執行，意義不在

---

1 李梅甫：《關於〈廣西日報〉昭平版》，廣西政協文史資料委員會、廣西日報新聞史志編輯室、民革廣西壯族自治區委會：《桂系報業史》，廣西新聞出版局，NO：011241，第 169 頁。

2 一說最高發行量 2800 份，見張鴻慰：《八桂報史文存》，南寧，廣西民族出版社，1995 年版，第 73 頁。

3 莫寶堅：《抗戰初期的〈廣西日報〉》，廣西政協文史資料委員會、廣西日報新聞史志編輯室、民革廣西壯族自治區委會：《桂系報業史》，廣西新聞出版局，NO：011241，第 91 頁。

美軍反攻所羅門群島之下，「等於開闢了遠東的第二戰場」。[1]張錫昌撰寫的經濟社論，選擇讀者關心的問題定題，文字平穩，不露鋒芒。

《廣西日報》的評論有時尖銳對立。1939 年 8 月 23 日，德蘇簽訂互不侵犯條約。特約專論作者胡愈之，在頭版四論德蘇不可能發生戰爭。採訪主任張潔在《德蘇戰爭能爆發嗎？》的社論中提出相反觀點：「德蘇雖簽訂互不侵犯條約，而德蘇戰爭的可能性依然明顯存在，而且不會很久就有可能爆發。」同業趣語「張潔這個無名小卒，竟敢和名家論戰，真是『新生之犢不畏虎』！」[2]事實證明「無名小卒」的意見正確。

4、《廣西日報》的抗戰新聞

《廣西日報》及時報導盧溝橋事變等戰時新聞。在駐桂第五路軍總司令部派有隨軍記者，在重慶及第五戰區設有特約記者。桂南會戰是抗戰中期廣西境內的首場大仗，崑崙關大捷是繼臺兒莊後又一振奮國人的勝利，成為《廣西日報》戰事報導的一個重點。刊登中央社電訊和本報報導，尤其注重報導戰果。1940 年 1 月 3 日，刊載報導《崑崙敵屍遍山野 此次殲滅俘獲無算 敵高級軍官傷亡甚眾》和「本報二日本市訊」「本報二日賓陽訊」和「中央社桂南前線二日電」3 條消息，歷數繳獲的火炮、擊斃敵軍軍官的軍銜、姓名等。1 月 8 日刊載「本報今日一時二十分×江電」《我連克七塘八塘 敵旅團長被擊斃》。特派記者韓北屏隨桂林文化界新聞界桂南前線訪問團到前線慰問和採訪，連續發表《崑崙關殲滅戰》《南路戰場的點線與面》《崑崙關上的一個俘虜》《崑崙關上敵戰死的炮兵隊長日記》《崑崙關大笑了——桂林文化界新聞界前線慰問團紀》等通訊。富有現場感的通訊《縱目崑崙關》，以「戰場新痕」「崑崙關的形勢」「奮戰經過」「將近黃昏的太陽」「勝利中的插曲」「文件中反映出的敵情」6 個部分，描述了戰爭場景、作戰經過、被訪者親歷和記者感悟。

《廣西日報》的副刊也是發表戰地通訊的園地。副刊《南方》《漓水》徵稿聲明歡迎「戰地通訊」。《南方》刊載《粵桂邊境》《在唐縣鎮》《往隨陽店途上》《歸德領空的戰鬥——空軍呂隊長訪問記》《贛西南之行》《桂東南》《湘桂道上》

---

1 秦柳方：《俞頌華、金仲華、張錫昌在〈廣西日報〉》，廣西政協文史資料委員會、廣西日報新聞史志編輯室、民革廣西壯族自治區委會：《桂系報業史》，廣西新聞出版局，NO：011241，第 314 頁。

2 張潔：《回憶我在〈廣西日報〉》，廣西政協文史資料委員會、廣西日報新聞史志編輯室、民革廣西壯族自治區委會：《桂系報業史》，廣西新聞出版局，NO：011241，第 133 頁。

《雙溝一宿》等戰地通訊。《漓水》刊載了戰地通訊《襲擊模範墟》等。戰地通訊為讀者提供了比消息類報導更為豐富的戰場信息和勝利喜訊。

《廣西日報》刊載批評報導。在省內空襲警報期間，桂林郵局不遵守所有機關團體不得停止辦公的規定，人員走避一空，很多顧客在門外等候。批評報導刊出不久，遠在重慶的國民政府交通部即派員前來桂林調查，將桂林郵局的局長調離。記者報導到省城警察局人員在 ABC 餐廳吃飯不付錢，省主席黃旭初當天打電話要警察局局長周炳南徹底調查。不久，警察局長周炳南被調職。[1]副刊也發出批評之聲。1944 年 4 月 2 日，副刊《漓水》在專欄「逆耳篇」刊文批評道：「幾個月來我們只看見火柴專賣局刊登『火柴上市』的消息，卻從未見到火柴。一直到司長來了桂林，我們才買到四元一盒的火柴了。還要說什麼民主呢！桂林七間報紙的口誅筆伐，不及一個司長到桂林。」[2]

5、《廣西日報》的抗戰副刊

《廣西日報》從 1938 年底至 1945 年 8 月抗戰勝利，所辦副刊《南方》《漓水》，在抗戰期間的桂林新聞界頗富盛名。「不但培養了青年人對新詩的喜愛和寫作技術，更重要的，是它哺育了青年人認識真理的捍衛真理的思想。這是與一般報紙副刊編成茶餘酒後消遣品是有原則上的不同的。」[3]

副刊《南方》1938 年 12 月 21 日首刊，詩人艾青撰發刊詞稱：「我們一刻也不能懈怠我們的工作——暴露侵略的魔鬼在我們國土的罪行，高揚我們戰鬥的熱情、堅毅、勇猛，爭取祖國的勝利和光榮！」[4]《南方》作者名家匯萃，郭沫若、田漢、周立波、邵荃麟、歐陽予倩、焦菊隱、夏衍、胡風、巴金、黃藥眠、於友、賴少奇、楊朔、戴望舒、覃子豪、馮乃超、谷斯範、袁水拍、司馬文森、馮英子、周而復等作家、詩人、藝術家、畫家為之撰稿。[5]1939 年 9 月 21 日首刊的《漓水》，陳蘆荻、姚蘇鳳、馬國亮、韓北屏先後編輯。1942

1　張潔：《回憶我在〈廣西日報〉》，廣西政協文史資料委員會、廣西日報新聞史志編輯室、民革廣西壯族自治區委會：《桂系報業史》，廣西新聞出版局，NO：011241，第 132 頁。

2　轉引周鈺：《抗日戰爭時期〈廣西日報〉副刊研究》，廣西大學碩士論文，2008 年。

3　張潔：《回憶我在〈廣西日報〉》，廣西政協文史資料委員會、廣西日報新聞史志編輯室、民革廣西壯族自治區委會：《桂系報業史》，廣西新聞出版局，NO：011241，第 134 頁。

4　艾青：《發刊詞》，《廣西日報》，1938 年 12 月 20 日，轉引梁穎濤：《艾青與〈廣西日報·南方〉》，《南方文壇》，2008 年版。

5　梁穎濤：《艾青與〈廣西日報·南方〉》，《南方文壇》，2008 年版。

年 5 月開闢本報同仁個人專欄。副刊主編姚蘇鳳開設「桂林閒話」，幾乎逐日一篇，他在 5 月 1 日首篇「閒話」中稱：香煙有假的，墨水有假的，什麼東西都有假的。我曾竭力去尋真，結果發現：鈔票是真的，人的眼睛與算盤也是真的。5 月 27 日又中不無自嘲地說：「隱惡揚善，皆大歡喜；骨鯁在喉，自尋煩惱——我將以此自勉而勉人。」[1]副刊主編馬國亮開設「早窗雜記」，香港淪陷，他來到桂林，透窗遠眺，闡述對身邊事的思與想。

《廣西日報》副刊編者的價值取向不盡相同。姚蘇鳳要求副刊的個性無定型，體格短小精悍，富有趣味和時間性。寧可一天後即被讀者拋棄，決不願成為一種永遠可讀亦永遠可不讀的讀物。韓北屏主張為了讀者，也絕對不敢以淺薄趣味去迎合讀者，甚至麻醉讀者。與其發表讓人笑笑就完了的東西，不如發表讓人多想一想的東西。報紙的功能本來含有教育意義，報紙副刊不必妄自菲薄。

6、《廣西日報》的抗戰廣告

《廣西日報》作為廣西境內唯一大報，在抗戰初期對於刊登廣告並不太在意。桂林報業抗戰中期競爭加劇，才重視經營廣告，增加刊載廣告的版面，甚至不惜佔用副刊的版面。總編輯莫寶鏗談到副刊常受特刊和廣告的衝擊：「有些特刊雖質量不高，但在當時的情況下不能不接受。《廣西日報》很窮，經理部也企圖多登些廣告來開闢財源。因此就使定期的副刊成為不定期的。……是我們對作者無可償還的債。」[2]1942 年 10 月 1 日，首次刊出中縫廣告[3]。

《廣西日報》逐漸豐富刊登廣告手法。1941 年刊登聯合廣告，壯大行業聲威，節約個體商家的廣告成本。1942 年元旦開發節假日廣告市場，出版 8 個版元旦特刊和 4 個版祝賀新年，祝賀新年的同時附帶介紹商品。4 月 24 日首刊「經濟小廣告」的分類廣告欄目。運用對聯筆法撰寫廣告詞，宣揚抗戰，

1 王文彬：《姚蘇鳳談〈漓水〉》，廣西政協文史資料委員會、廣西日報新聞史志編輯室、民革廣西壯族自治區委會：《桂系報業史》，廣西新聞出版局，NO：011241，第 280 頁。

2 莫寶堅：《抗戰初期的〈廣西日報〉》，廣西政協文史資料委員會、廣西日報新聞史志編輯室、民革廣西壯族自治區委會：《桂系報業史》，廣西新聞出版局，NO：011241，第 92 頁。

3 陳洪波：《抗戰時期〈廣西日報〉（桂林）廣告經營發展歷程及特點——抗戰時期〈廣西日報〉（桂林）廣告研究系列之二》，《新聞與寫作》，2016 年版。

批判黑暗。夏衍力作《一年間》的廣告詞是對偶聯句「戰勝人力物力困難，提高抗戰演劇水平」（1939 年 10 月 4 日起）。戲劇《花燭之夜》廣告詞是「新婚正綺麗，聞警奮身爲祖國；孤島存忠貞，萬里長空瞻壯士」（1941 年 4 月 1日）。曹禺名作《雷雨》的廣告詞是「纏綿悽楚寫盡人生悲劇，狂風暴雨打碎封建欲孽」（1941 年 4 月 14 日）。[1]

第二節　抗戰中的《中央日報》

一、重慶《中央日報》的新聞宣傳

（一）堅持黨義政綱的社論

《中央日報》以國民黨中央機關報之責傳遞國民黨中央的聲音。「《中央日報》社論基本上是每日一篇，國際國內局勢、國民政府的政治經濟政策、日本問題都有涉及。連篇累牘的論說，不少是應景之作，……倒是遷渝前一兩年的一些社評、短評，例如《趕快捐助寒衣》《急需解決的醫藥問題》《環境愈艱難，前途愈光明》《做了漢奸還有理論嗎？》……都還言之有物，有感而發，比後期一些空洞的說教要精彩些。」[2]

1、社論的主旨題材

（1）言戰求和堅決應戰

《中央日報》社論就盧溝橋事變的態度，反映了國民黨中央、國民政府的立場，經歷了從言戰求和向堅決應戰的轉變。1937 年 7 月 9 日，《中央日報》第二版頭條刊載關於盧溝橋事變的報導《平郊演習日軍 昨晨突然炮擊我軍 盧溝橋日軍包圍宛平縣城 我軍爲正當防衛起而抵抗 外部已向日使館提出抗議》，同版發表社評《國民革命軍誓師北伐紀念》。反應遲緩的社論，直到事變第五天首次就這一世界矚目的重大事件發聲。至 7 月 29 日共發表 7 篇社論，先後是《論盧溝橋事件》（7 月 12 日），《和戰之最後關頭》（7 月 17 日），《東亞和平之關鍵》（7 月 18 日），《鮮明的態度》（7 月 19 日），《中國之立場》（7月 21 日），《日軍在廊坊之暴行》（7 月 28 日），《應戰之第一聲》（7 月 29 日）。

1　轉引陳洪波：《抗戰時期〈廣西日報〉（桂林）愛國戲劇廣告的特點及作用》，《新聞與寫作》，2015 年版。

2　重慶抗戰叢書編纂委員會：《抗戰時期重慶的新聞界》，重慶出版社，1995 年版，第 43 頁。

這些社論的標題體現了《中央日報》對「七七」事變的態度變化。首篇社論《論盧溝橋事件》在辯明是非，盧溝橋事變完全是「出於日方之預定計劃，其責任應完全由日方負之」。十天之後還是「和戰之最後關頭」與「東亞和平之關鍵」，三周後才有姍姍來遲的「應戰之第一聲」。

社論闡述中國被迫應戰的立場。《和戰至最後關頭》委婉地宣稱：「親仁善鄰，爲中國數千年之古訓，愛好和平，尤爲中國民族一致之心理。」「中國民族，雖酷愛和平，而一遇國家生死關頭，極不惜犧牲一切，以求保此疆土」。「今日時局之嚴重，已達極度，東亞和平之前途，其樞機蓋完全握於日方。……尚仍進逼不已，或陽假和平之名，陰行侵略之實，則中國軍隊、中國人民，必不能默而不息，坐待滅亡。彼時戰禍爆發，責有攸歸，萬世千秋、難逃公論、其爲不利，皎然甚明，此則吾人最後願爲日方進其一言者也。」[1]《東亞和平之關鍵》正告日方：「和平雖至最後關頭，而轉危爲安，化干戈爲玉帛，只在日方一念，即無條件撤兵耳！否則迫我無自存之餘地，我自當起而應戰，不惜任何犧牲，戰機一發，將不知其所紀極，恐亦非日方之願，尚牽動國際戰爭，貽人類文明以浩劫，誰爲戎首，難逃公論，東邦賢達，幸留意焉！」[2]《鮮明的態度》仍在等候：「當前時勢的推移，是否還能避免最後關頭之降臨，惟繫於日本之態度。日本如果連塘沽協定都不能遵守，連北平亦要佔領，我們若再忍讓，政府與人民將成歷史上千古罪人，中華民族，黃帝子孫，也將世世淪爲奴隸，滅種滅族。除了全國的應戰，由應戰擴大到東亞百年的浩劫，眞是想不出第二個辦法。我們全國國民集中在應戰的旗幟下，等候對方的態度。對方的態度，決定我們動作。外交途徑或戰爭途徑，決擇之權操在對方。中國全國人民是應戰旗幟下的哀軍。待命中之哀軍，惟求一個最好發抒哀憤的機會！」[3]《應戰之第一聲》指出：「自盧案發生以來，我中央地方當局，即以最大之努力，謀東亞之和平，全國輿論界亦莫不疾口曉音，力求『最後關頭』之避免，乃日軍著著進擊，咄咄逼人，日日增兵，時時挑釁，我前方將士，守土有責，愛國心長，遂不得不於昨晨併力應戰，將軍有死之心，士卒無生之氣，卒於日軍飛機大炮猛烈轟擊之下，獲得空前之進展，捷音遠播，舉國歡騰，而於守土將士之悲壯犧牲，尤深致景仰。夫佳兵不詳，哀軍必勝，

1　《各戰至最後關頭》，《中央日報》，1937 年 7 月 17 日。

2　《東亞和平之關鍵》，《中央日報》，1937 年 7 月 18 日。

3　《鮮明的態度》，《中央日報》，1937 年 7 月 19 日。

吾國數千年前之聖哲，早已言之綦詳，時至今日，我國上下，實已盡其最後之努力，而日軍仍肆意侵逼不已，於我領土主權之完整，視之篾如，我軍不得已起而應戰，悲歌長往，視死如歸，殺敵致果，固意中事耳。」[1]

（2）譴責罪行鼓動雪恥

譴責日寇侵略罪行。「平津兩地三日來的現象：轟炸，燒殺，屠戮，陰謀；各幕活劇同時表演，這是中國近百年來極大的創痛，也是黃種人毀滅文明的開始。」擁護政府的人要「幫助並鼓動領袖去負責與出力。……對國事只須跟著領袖走，不應有第二個主張，大家由負責任的態度去信任領袖，領袖的力量才益加偉大。」[2]

為了國家民族而戰。1938 年 8 月 14 日，淞滬會戰的第二天，《中央日報》即予報導和發表社評，指出：「從七月八日盧溝橋的炮聲，到昨天上海的炮聲，抗戰的局面開展，犧牲的境界也開始了。這種局面的開展，正是中華民族解放的曙光，九十幾年的壓迫，尤其六年來的忍受，我們民族的境遇太黯淡了。長期的黑暗，現在開始透露一點光亮！」「這一次的抗戰，意義是神聖的。為國家的生命，為民族的尊榮，為人類的正義，我們不能不奮勇地發動抗戰。這種神聖抗戰的陣線中，中華民族的全體人民，都是參加戰爭的鬥士，中華民國全國的領土，都是抗戰的資源。」[3]

奮發團結雪恥復仇。廣州陷落、武漢撤退相繼而來。中國抗戰建國綱領的根本原則不變，只有抗戰中國才有前途。[4]「敵人始終不能屈服我們的民族精神。……只有愈加奮發，愈加團結，在最高領袖決策指揮之下，各盡其心，各出其力，向復仇雪恥的目標，咬牙幹去。」[5] 孫子說「久則鈍兵挫銳」。「這正是日本當前危局的一幅寫真！」日本侵華戰爭已經 20 個月，不能快速結束戰爭，「反而看見我們的實力和經驗一天天的雄厚豐富起來，日本為得不煩悶？又為得不由煩悶而失敗？」[6]

信仰領袖宣揚聖明。「山河依舊，景象日新。……信仰主義，信仰領袖，堅苦奮鬥百折不回，就是我們新民的精神。」「抗戰與建國並重」，「是對五千

1　《應戰之第一聲》，《中央日報》，1937 年 7 月 29 日。

2　《平津浩劫中之國民》，《中央日報》，1937 年 8 月 1 日。

3　社評《神聖抗戰的展開——犧牲的初步》，《中央日報》，1937 年 8 月 14 日。

4　社論《中國前途只有抗戰》，《中央日報》，1938 年 10 月 29 日。

5　社評《我們的認識》，《中央日報》，1937 年 11 月 21 日。

6　社論《日本侵華必敗之論斷》，《中央日報》，1939 年 3 月 21 日。

年來舊山河的收拾。……亦爲建立三民主義的國家。」「時序更新，山河不改，讓大家從頭做起，看新中國光輝大地！」[1]第二期抗戰，須把握「抗戰建國必勝必成的信念」。爲應付更加困難的局面，「只有加強信心，集中意志，以國家至上，民族至上，做我們唯一的信仰，軍事第一，勝利第一，做我們唯一的目標，意志集中，力量集中，做我們唯一的辦法。綜合起來說，就是把大家的意志，築成一條鞏固的長城。」[2]1943 年 2 月，蔣介石所著《中國之命運》即將全國發行。《中央日報》稱「不締爲我全國同胞發明一具精確的南針，建築一座光明的燈塔」，可「轉移中國之命運，使其從牛馬奴役一躍而入於獨立自由之域」。誦習力行的結晶和偉大人格流露的總裁大作，「可以啓發我全國同胞的眞知與力行，指示我全國同胞的努力與奮鬥，使中國眞正的獨立自由」。[3]

請求日本國民反省。「最近盧溝橋事變起後，演化而至轟炸平津，殺戮無辜，以視通州日僑所遭遇，其慘酷何止千倍。」「倘日本國民良知不昧，聞杉山陸相之言，悲憤側怛之外，當更有發其深省者在乎？」[4]禁止屠殺非戰鬥員是文明公例。「全日本的國民，也應該知道他們本國軍人在外面的行爲，已造成人類的公敵，整個日本民族，都因此蒙上極大的恥辱，中日兩民族，原沒有不可疏解的仇恨，當前敵對的局勢，全由日本少數軍人盲目蠢動的結果，而日本國民也不能不負放縱的責任。假命無法遏止，日本國民固然要爲暴行軍人連累，遭受世界同一的唾罵」。[5]

咬緊牙關再打三年。抗戰進入第四年,《中央日報》社論鬥志高昂地宣稱：抗日戰爭「是中華民族求生存獨立自由的戰爭……三年不成，打五年，五年不成，打十年，乃至二十年，一百年！從歷史上看，中華民族固然是一個愛好和平，親仁善鄰的民族，同時也是爲了生存和獨立而能不怕一切長期奮鬥的民族。……他有強韌的生命力和長期抗戰的本領。敵寇不能在三個月內滅亡中國，他們失敗的命運已經鑄定了。」無論「在國內如何困難，在疆場上如何失敗，在國際上如何碰壁，我們一定要埋著頭，咬緊牙，立定腳的起碼再打三年！」[6]

---

1 社論《待從頭收拾舊河山》,《中央日報》,1939 年 1 月 1 日。
2 社論《「把意志築成一條長城」》,《中央日報》,1939 年 3 月 5 日。
3 社論《中國之命運》,《中央日報》,1943 年 2 月 1 日。
4 社評《最簡單之理智——請求日本國民反省》,《中央日報》,1937 年 8 月 4 日。
5 社評《敵人之暴行——向世界文明人類宣戰》,《中央日報》,1937 年 9 月 24 日。
6 社論《起碼再打三年》,《中央日報》,1940 年 4 月 9 日。

（3）以中為主兼顧中外

《中央日報》社論在抗戰期間的選題，沒有因中國抗日戰爭是第二次世界大戰中國際反法西斯戰爭的重要組成部分，而一味偏倚國際選題。抗戰初期，《中央日報》社論選題以中國選題為主，隨著中國抗日戰爭逐漸融入世界反法西斯戰爭，在增加國際選題數量的同時，仍然注意以我為主，兼顧中外。隨機抽點 1938 年 10 月、1941 年 6 月和 1943 年 6 月《中央日報》社論選題，中國選題與國際選題的社論數量如下：1938 年 10 月 31 天，發表社論 30 篇，中國選題 24 篇、占 80%，國際選題 6 篇、占 20%。1941 年 6 月 30 天，發表社論（含專論 4 篇）30 篇，中國選題 18 篇、占 60%，國際選題 12 篇、占 40%。1943 年 6 月 30 天，發表社論（含專論 1 篇）30 篇，中國選題 26 篇、占 86.7%，國際選題 4 篇、占 13.3%。

遷都重慶後，《中央日報》就國內問題發表言論，基本上是以軍政命令統一、聯合政府、國共和談等為中心論題。《中央日報》的社論，「直接秉承蔣介石的指示，或揣摩他的意圖而寫的。蔣的指示或意圖又是通過陳布雷（蔣介石的第二侍從室主任，即秘書長）告訴他的弟弟陳訓悆或陶希聖而傳達下來的。」[1]

《中央日報》有時針對國際性主題或發生的重大國際事件，連續發表相關選題的社論，顯示了編者的強勢用意。《中央日報》如同國民黨中央，非常關注中國抗戰與太平洋地區特別是與美國的關係，先發表了《太平洋上的九一八》（1939 年 2 月 12 日），《太平洋戰禍的徵兆》（1939 年 2 月 14 日），《長沙大勝與太平洋》（1942 年 1 月 8 日）等社論，後就爆發的太平洋戰爭，於 1942 年 12 月中旬的一周，連續發表《太平洋戰局的關鍵》（9 日），《我向日德意宣戰》《善盡我們的責任》（10 日），《太平洋戰局的戰略》（11 日），《速締反侵略公約》（13 日），《消滅一切現代野獸》（14 日），《太平洋戰爭決定暴日悲慘命運》（15 日）等社論，並在社論中指出日本發動的侵略戰爭的失敗已成定局。

2、社論的撰寫方式

抗戰期間，《中央日報》撰發社論，大致有總主筆擔綱輪流執筆和黨報社論委員會執筆的兩種方式。

---

1 穆逸群：《〈中央日報〉的廿二年》，《新聞研究資料》，1982 年版。

（1）總主筆擔綱分別執筆

《中央日報》創刊後，長期實行總主筆制，主要由總主筆擔綱負責報紙筆政。這一體制延續至抗戰前期。

抗戰後期擔任重慶《中央日報》主筆的王新命，描述了《中央日報》社論從選題、框架、執筆、審閱、核定的流程，他說：「一篇社論題目由總主筆決定。社論的構成輪廓，總主筆也予以規定。有了題目，有了輪廓構成後，主筆才著手去寫。完成後交總主筆審閱。總主筆審閱後，再交給社長，由社長核定後，才發交排字房。」[1]

1943 年，昆明《中央日報》廢除主筆制，凡社論均由社內的社論委員會執筆。[2]

（2）社論委員會提供聯合社論

1939 年 5 月，根據蔣介石的提議，國民黨中宣部組織成立「黨報社論委員會，撰發聯合社論，供應各地黨報。」[3]黨報社論委員會，由國民黨中宣部部長葉楚傖擔任主任委員，委員有潘公展（中宣部副部長）、程滄波（中央日報社長）、陳博生（中央通訊社總編輯）、陳豹隱和張忠紱（軍委會委員長侍從室參事室參事）等。成立黨報社論委員會，無疑是為了加強宣傳，統一論調，也是在國民黨的最高組織層面集中幹才，為《中央日報》撰寫社論。

黨報社論委員會設於中宣部，每週三次例會，有時也在中央日報社開會，中宣部部長主持會議，「報告時局，判斷情報，決定社論題目，推定撰述委員……其餘三日則各報就地方事件或特殊情形撰述，以次調劑。」[4]黨報社論委員會被視為國民黨戰時最高等級的言論機關，它所撰寫的社論，享有免受戰時新聞檢查的特權[5]，由中央社電發，各地《中央日報》收錄發表。臺灣學者稱：「社論每星期三篇，用電報傳達，每星期並有專論一篇，大半都是代表中央意見的論著，非常重要。」[6]國民黨中宣部將 1938 年 10 月至 1939 年 2

1　羅自蘇：《〈中央日報〉的歷史沿革與現狀》，《新聞研究資料》，1985 年版。
2　羅自蘇：《〈中央日報〉的歷史沿革與現狀》，《新聞研究資料》，1985 年版。
3　黃天鵬：《抗戰時期重慶報業》，《中央日報》，1957 年 3 月 30 日，轉引蔡銘澤：《論抗戰時期國民黨黨報的發展》，《新聞大學》，1993 年版。
4　黃天鵬：《抗戰時期重慶報業》，《中央日報》，1957 年 3 月 30 日，轉引蔡銘澤：《論抗戰時期國民黨黨報的發展》，《新聞大學》，1993 年版。
5　程玲玲：《〈中央日報〉歷史沿革的思考及啟示》，http://media.people.com.cn/GB/22114/44110/55469/4995538.html。
6　曾虛白：《中國新聞史》，三民書局，1984 年版，第 439 頁。

月的黨報社論彙集成冊，以《中國國民黨黨報社論類編》爲名，公開出版發行。所收社論以軍事、內政、外交、經濟財政、青年與教育文化、社會、英美蘇法與遠東、歐洲問題等分類輯存。《中國國民黨黨報社論類編》第一集出版後，後續各集的出版延續到抗戰勝利之後。

國民黨中宣部黨報社論委員會工作了約有 3 年時間。主任委員葉楚傖，不僅是中宣部部長，還是國民黨國防最高委員會秘書長，身兼數職均爲要職苦差，工作繁忙，難以長期兼顧黨報社論委員會的工作。《中央日報》前任社長程滄波辭職就任國民政府監察院秘書長，《中央日報》繼任社長陳博生也於1942 年 12 月辭職他就。葉楚傖無法兼顧，程滄波、陳博生先後離去，黨報社論委員會於無形中解體，逐漸停止工作。之後，各地《中央日報》除有時轉載重慶《中央日報》社論，自行撰寫社論。[1]

（二）持續追蹤戰事的報導

1、二版及頭條主要報導國內戰場消息

《中央日報》在 1937 年 8 月縮版後，第 2 版是國內要聞版，頭條多爲國內戰場重要戰況，基本上報導了國民黨軍在正面戰場的歷次會戰。抗戰前期的淞滬會戰，中期的長沙會戰，後期的緬北滇西反攻，是《中央日報》較多關注給予報導的幾次戰事。設置《一周戰況》專欄簡述各戰區情況，《最後消息》專欄多以數十字報導戰役或戰鬥的最新進展和時事快訊。

（1）關於淞滬會戰的報導

淞滬會戰，始於國民黨軍 1937 年 8 月 13 日「先手」攻擊，止於日軍 11月 13 日佔領上海租界以外地區。《中央日報》報導爲期三月的淞滬會戰，以消息《閘北守軍被迫應戰》（8 月 14 日），「日軍昨晨輕啓釁端我爲自衛當予還擊」拉開大幕，《日方續向上海增兵，兩軍昨日激戰竟日》（8 月 15 日），主要刊用中央社發布的戰訊，發表前線指揮官的談話，刊載日軍機長家書和隊長日記，刊發圖片報導和作戰區域簡圖。新任京滬警備總司令張治中 8 月 20 日在前線接受路透社、哈瓦斯社、美聯社等和中央社記者的聯合採訪，他說「中國已作全面抗戰，作戰時間愈長於我軍愈有利」。[2]8 月 24 日，圖片報導「被我空軍擊落敵機之殘骸」，在杭州擊落敵人重轟炸機的空軍飛行員樂以琴、黃

1　穆逸群：《〈中央日報〉的廿二年》，《新聞研究資料》，1982 年版。
2　《張總司令談話》，《中央日報》，1937 年 8 月 21 日。

光漢和毛瀛初。8月25日，《滬戰寫真》：「在前線指揮抗戰之師長孫元良（中）副師長馮聖法（右）參謀長陳素□」，「我機關槍手正瞄準著來犯的敵人」，「予侵略者打擊的前線戰士」。9月14日，節錄譯載日軍信件《「木更津的戰死者委實太多了」——敵機長斧田身畔之一封家書充分表現日本人的厭戰心理》。日本空軍機長斧田卯之助8月27日被中國空軍擊落，他在寫給妻子未發出的家信中說：「每天在酷暑中歸來，掛念著。……倘若想到你□萬一□，悲慘的情緒立刻襲上我的心頭，我是非常的焦慮、懷念、不安，有時遂至通宵不能入眠，木更津的戰死者委實太多了，16日以後的戰死者又在發表了，請你每天給我寫信吧，我一時一刻一分一秒都在渴望著期待著你的佳音。」

　　《中央日報》報導淞滬會戰的基調，初則高調樂觀，末則低調悲痛。《滬守軍昨取攻勢，激戰後各線均有進展，敵司令部已在包圍中》、《包圍中之敵軍司令部》（8月17日）。《將敵全部包圍，前線挺進敵炮失效用，短期內當可全部解決》（8月18日），《我軍占匯山碼頭，敵已全線崩潰，截成兩段退至江邊，毫無鬥志即可殲滅》（8月20日），張治中總司令對記者說「全滬日軍被我包圍即可解決」（8月21日），《羅店鎮敵軍殲滅，吳淞仍圍攻中，敵以一旅之眾偷渡登陸，重創以後即可完全肅清》（8月25日），《羅店附近殘敵，被我包圍已斷歸路，吳淞防守堅固絕無敵蹤，楊樹浦方面敵現取守勢》（8月30日）。10月19日刊載通訊《某軍長談淞滬戰況——我長期奮鬥堅持不懈，敵軍無鬥志終必失敗》，文中小標題提示「估計錯誤終必覆敗」，「飛機大炮並不足畏」，「施放毒氣徒見殘暴」，「敵軍頹喪畏縮不先」。從9月中旬開始，報導基調開始降低。《淞滬前線轉趨沈寂，我堅守江灣北站線，並已築成堅固防禦工整》（9月14日）。10月下旬，報導基調顯現悲壯。《敵軍昨晨強渡走馬塘，直趨大場我陣地後，我軍忍痛南撤已另布陣線，廟行守軍亦撤至江灣以北，敵軍南進中企圖進犯真如》（10月27日），《淞滬我軍右翼後撤，扼守蘇州河南保衛南市，真如彭浦一帶昨有激戰》（10月28日），《八百壯士遵命撤退》（11月1日），《南市守軍奉令撤退，浴血苦鬥至最後一息，尚有少數勇士奮戰中，敵昨陸續在浦東登陸》（11月12日），《衛國守土壯烈犧牲，滬警察總隊一中隊勇士為大上海最後陣地殉職》（11月13日）。看似不經意的簡訊《京市存糧充裕》（11月17日），透露了尾追淞滬會戰撤退國民黨軍的日軍兵鋒直指南京。

（2）關於平型關戰鬥的報導

《中央日報》在 1937 年 9、10 月間，報導八路軍取得平型關戰鬥的勝利，刊載了消息、散文和中央社記者採寫的訪問記《今日的朱彭》。

在第 2 版刊載與平型關戰鬥相關的消息有：《平型關我軍大勝利，斃敵三千俘獲甚眾》（9 月 25 日），《圖犯平型關受創後，敵大舉進犯雁門關，我軍奮勇出擊連日戰事激烈，迄仍扼守雁門至五臺山陣地，我某部實行游擊戰予敵重創》（10 月 3 日），《第八路軍收復溯縣》（10 月 5 日），《晉北我軍捷音迭奏，平型關收復猛攻代縣》（10 月 16 日）。《第八路軍收復溯縣》稱：「我第八路軍某部將溯縣完全收復，俘獲日偽軍二百餘人。殘敵狼狽潰退，我仍追擊中。第八路軍駐京辦事處消息，該軍一師已於本月一日將溯縣收復，刻正向溯縣之西北推進，該軍之另一部，仍在平型關五臺山間向敵作游擊戰，迭予敵以重創……八路軍頃電省報捷云：我宋支隊於二日三時襲擊井平，並繳獲坦克車八輛，裝甲汽車十五輛，汽車五輛，步槍三十六枝，機關槍兩挺，機槍彈八箱，斃敵二百餘人，俘虜及其他軍用品萬多。」副刊刊載流火的散文《由平型關說到寧武關》（10 月 1 日），滿懷喜悅地宣稱：平型關是歷史上兵家必爭之地。平型關大捷，斃敵三千，乘勝追擊百餘里，是全面抗戰以來的空前大勝。「平型關」，古已有之，一度成為激揚民族抗戰信心的代名詞。

刊發中央社王少桐記者採訪八路軍朱德、彭德懷的訪問記《今日的朱彭》，全文約 4100 字，分兩天（10 月 16 日第 4 版、18 日第 3 版）連載。記者在文中分列「朱彭的印象」、「平型關之戰」、「抗戰的前途」、「八路軍實質」4 個小標題展開全篇，描述訪問，闡述觀感。朱彭指揮的部隊給記者的總體印象是：八路軍為參加民族抗戰，他們改變了帽徽、服裝、紅旗，「站在三民主義旗幟下，和蔣委員長的領導下，改編成國民革命軍的第八路軍，開赴抗戰最前線，已和敵人作戰了數次，而且都得到相當的勝利。」[1]

記者敘談對朱彭的印象。彭德懷著灰布軍裝，簡樸的與他的勤務兵一樣。他邊吃早飯邊和記者交談，「沒有一些客套，沒有一些掩飾，態度帶些浪漫，但是也很嚴肅，面容雖是和藹，目光卻很銳利，我們所問的他都有詳細而誠懇的答覆。」下午，記者們拜見朱德，等八路軍參謀長介紹，他們才知道「穿士兵衣服，戴眼鏡，滿臉鬍子」站在門口的人，是剛從前線回來的八路軍總指揮。記者說：「這時我們的內心，真是無限的慚愧。可是這也實在難怪他們。

1　王少桐：《今日的朱彭》，《中央日報》，1937 年 10 月 16 日。

沒有符號，沒有領章，也沒有一般高級長官的派頭，額上既不刻著字，你說叫一個不相識的人，如何分辨出誰是長官，誰是士兵。雖說善於識別人的新聞記者，至此也技窮了。」朱德也沒有寒喧客套，和記者們「談他所要談的話，很緩慢而很有力的態度，是沉著和剛毅，言語間很少含有理論，好像一句話的出發點，都根據著事實上的體會或經驗。」記者和朱彭「雖僅有一天的晤談，他們起初給我的平凡印象，已經給不平凡的談話，特殊的風度，完全衝散了，的確是的，世界有許多不平凡的人，常常在一個平凡的外表下隱藏著。」[1]

記者轉述朱彭談抗戰的游擊戰法及自己的感受。中國自衛的抗日戰爭，「兵器遠不如人，國防的設備又極微弱，如果採取單純戰術，必然招致失敗……只知在一地死守，無異幫助敵人，發揮現代技術的威力。那樣的結果，與其說是死守，毋寧說是守死。」「我們要取勝敵人，相反的要避其所長，攻其所短，要能深入敵人的後方，隨時予以襲擊，一開始就是白刃相接，與他肉搏，這樣是避開敵人技術優勢的最好辦法，要能深入敵人的後方，最好是能運用游擊戰術，游擊部隊可在敵人的後方，建立許多小根據地，來分散與削弱敵方兵力」，使之「窮於應付，這樣無形的，我們已易被動於主動的地位，勝利屬於我們，是很有把握的。」「發揮游擊戰，就是要首先發動民眾游擊，而與群眾是分離不開的，游擊戰就是群眾抗戰的最高形勢。……無論何種戰爭，如果得不到人民的幫助，這是絕難取勝的。」他倆的意見「以極誠懇的言詞達出，我們正在爭取戰事最後勝利的時候，對兩氏的意見，實在值得注意的。」[2]

記者敬佩八路軍的政治教育。八路軍就是以前的紅軍，過去十年中，他們「經過了五六次大圍剿，遭了無窮的困難，而他們都能將各種困難，一一克服，他們的部隊，今天依然存在著，我想這不該是偶然的事罷。」「在精神方面他們除訓練外，對政治問題社會現狀和群眾心理，每天都有一小時的講話，使每一個份子對每一個問題至少都有一個淺近知解，這可說是他們領袖的聰明。因為心理上的瞭解，可產生意志相同的結果。意志相同，精神就會團結，步調就能一致，力量就能產生……此次參加抗日，他們每一個士兵，平時早已都明瞭日本帝國主義的罪惡，和侵略中國種種的野心，他們每一個兵士的腦中，早已存對日本非打倒不可的觀念，無疑的在抗日戰線上，步調

1　王少桐：《今日的朱彭》，《中央日報》，1937 年 10 月 16 日。
2　王少桐：《今日的朱彭》，《中央日報》，1937 年 10 月 18 日。

一定一致，精神一定團結，而且一定能產生偉大的力量。記者在八路軍部時，隨便問到他們一個十四五歲的勤務兵，他能告訴你爲什麼要打倒日本，和他們這次來前線的任務，這實在值得敬佩而注意的。」[1]

記者讚揚八路軍官兵平等。「不分階級」的八路軍，總司令與勤務兵，除了職務的區別，平時在一塊娛樂談天，「一個士兵去見總司令是很平常，沒有看見太拘縮的窘狀，也沒有看見長官無謂的威武……你想這樣一個集團精神，沒有拘束，只有融洽和愉快，如何不產生偉大的力量，如何會輕易地被摧毀。」「物質方面，完全是平等待遇，總司令今天吃肉，士兵一定吃肉……物質享受的平等，正有轉移精神莫大的作用。因爲物質待遇的平等，可以使每個士兵精神上得到安慰，這個安慰卻產生沒怨艾沒不平的結果。」[2]

記者感慨八路軍的群眾工作。「八路軍的幹部，他們都能瞭解群眾而抓著群眾，他們無論何時何地，總是以群眾擺在前面，他們把大部分的工作，是做在群眾身上，所以他們所到處都能得到群眾的同情與幫助。記者此次經八路軍的附近村莊，無論問到那個民居，對八路軍都是有特別的好感，都給了許多好的批評。」[3]

2、派出記者奔赴前線進行戰地報導

（1）本報戰地通訊曾經難得一見

抗日戰爭時期，中國報紙刊載的動態性戰訊，基本上是中央社的消息一統天下。各報的戰事報導競爭，主要通過新聞時效相對遲緩的通訊、特寫等來體現。通訊與特寫是各家報紙進行戰事報導個性化競爭的特色稿件。

《中央日報》在相當長的時期，所刊載的《隨軍日記（一）》（中央社隨軍記者陳萬里，1937 年 10 月 6 日），《綏西會戰記》（中央社記者吳希聖，1940 年 5 月 20），《轟炸南昌敵機場倉庫目擊記》（中央社美國駐華空軍某基地隨軍記者，1943 年 6 月 4 日）等戰地通訊，往往也來自中央社。

在抗戰前期和中期，《中央日報》刊載「本報記者通信」的《湘北前線》（1938 年 12 月 23 日），「特約記者」的《淪陷後廣州》（1939 年 1 月 2 日），「本報記者效圻」的《湖北前線的軍民》（1939 年 1 月 8 日）等本報記者採寫的戰地通訊，難得一見。

1　王少桐：《今日的朱彭》，《中央日報》，1937 年 10 月 16 日。
2　王少桐：《今日的朱彭》，《中央日報》，1937 年 10 月 18 日。
3　王少桐：《今日的朱彭》，《中央日報》，1937 年 10 月 18 日。

（2）抗戰後期本報通訊大批湧現

《中央日報》在抗戰後期進一步重視派出記者進行戰地報導。1944 年 5 月，《中央日報》張仁仲（重慶總社）、戴廣德（貴陽版）和中央社曾恩波、《掃蕩報》謝維仁、《大公報》呂德潤、《新蜀報》樂恕人被派往中印緬戰區隨軍採訪。被中國遠征軍新 38 師師長孫立人點名前往的戴廣德，在臨行前一天，特意與懷抱未滿周歲女兒曉溪並有著身孕的妻子沈亦吾拍了一張全家福照片。戴廣德在印緬前線採訪一年回國。抵達貴陽的當晚,他馬不停蹄,又奉社命隨貴陽市記者團日夜兼程趕往湖南採訪湘西會戰。1945 年,《中央日報》總主筆毛樹清，出任中國駐歐洲盟軍最高司令部聯絡官兼《中央日報》駐盟軍總部隨軍記者。在此期間,《中央日報》特派記者的身影也在國內各個戰區閃現。

《中央日報》在國內外戰地奔波的特派記者,為本報發稿時署名不夠統一規範,記者本人的名字常被遮避,他們採寫的大批戰地通訊與特寫,陸續在版面上與讀者見面。1944 年下半年以後,有 6 月 25 日「本報記者」的《緬北前線巡禮索克道殲滅戰》,7 月 2 日「本報特派緬北前線記者」的《重見光明的南亞色村》,7 月 5 日「本報湖南特派戰地記者」的《我軍血戰衡陽——抗戰史中最光榮的一頁》,7 月 22 日「本報戰地記者張仁忠」的《孟拱市中看彈痕》,7 月 27 日「本報緬北前線特派員」的《葬送一列車的敵軍》,8 月 18 日「本報湖南前線特派記者」的《衡陽西站的戰鬥》,8 月 21 日「本報緬北戰地記者」的《密芝那克復記（之二） 百零四個敢死隊員》,12 月 22 日「本報印緬特派記者」的《重炮的怒吼》,12 月 26 日「本報特派駐歐洲記者陳洪」的《今日巴黎》等；1945 年有 6 月 20、21 日「本報特派記者張劍梅」的《將軍苦戰十四年（上．下）》,7 月 25 日「本報西安特派員李馳」的《跪著的日本兵——記豫西戰場戰利品》,9 月 20 日「本報特派員趙樸一」的《受降城外月如霜——芷江受降記》等。

（三）以抗戰事件激發民族感情

《中央日報》在全面抗戰期間,注重運用特殊的情感符號,針對「9．18」事變、「7．7 事變」和淞滬「1．28」、「8．13」兩次抗戰等日本侵華和中國反侵略的重大事件,開展以紀念日為標誌的例行抗戰宣傳。

1、紀念「9．18」事變

全面抗戰後,《中央日報》每逢「9．18」,或報導紀念活動,或發表社論,

充分挖掘這一重大事件在國民意識深處的慘痛記憶，激發全民同仇敵愾的民族感情。1937 年 9 月 18 日，發表社論《六週年》，19 日刊載消息《首都各界昨召開「九一八」六週年紀念大會》。1938 年 9 月 18 日刊載消息《孔（祥熙）院長發表「九一八」感念》。1939 年 9 月 18 日，發表社論《八週年》，刊載消息《「九一八」紀念的感想 林（森）主席昨在紀念週報告》。1940 年 9 月 18 日刊載消息《紀念九一八 市黨部發告市民書 婦女界以軍鞋勞軍》。1941 年 9 月 18 日，刊載消息《「九一八」十週年紀念 蔣委員長告全國國民書》《文化界發表共同宣言》。1942 年 9 月 20 日，刊載消息《「九一八」紀念日 顧（維鈞）大使申訴感想 在大使館招待各國記者 說明我抵抗侵略之努力》。1943 年 9 月 18 日，發表社論《勝利在望 東北在望 「九一八」十二週年告慰東北同胞》。1944 年 9 月 19 日，刊文《懷白山黑水 願明年重返家鄉》。「社會各界人士懷有家恨國仇，面對日軍侵凌、山河破碎的現狀，在紀念活動中將其抗戰救國的愛國熱情充分展示，自覺或不自覺地與官方宣傳互動配合，形成了深刻的關於『九一八』集體性社會記憶。」[1]

2、紀念「7·7」事變

「七七」事變吹響了中國全面抗戰的號角。《中央日報》從 1938 年開始連續 7 年，逐年發表紀念「七七」事變週年社論。先後發表的社論是，《抗戰兩週年》（1938 年），《第四年》（1939 年），《舉起反侵略的旗幟來》（1940 年），《抗戰五年與新認識》（1941 年），《抗戰第七年的展望》（1942 年），《神聖抗戰七週年》（1943 年），《抗勝建成的最後一關》（1944 年）。這些社論祭奠與悼念在「七七」事變及全面抗戰中犧牲的抗日軍民，傳達國民黨的抗戰方針政策。社論強調並反覆出現的抗戰、勝利、侵略、國家、民族、革命、自由等詞語，持續地進行抗日救亡動員，警醒民眾勿忘國恥。

《中央日報》「七七」週年紀念社論讚揚領袖的聖賢英明。《抗戰兩週年》稱：「中國國民黨的主義與精神，集中在我們領袖的身上，領袖秉著黨的主義領導全民族對日抗戰，領袖深信我們的抗戰必定得到最後的勝利，我們最後的勝利就已經勝利在望了。」「加強對主義對領袖的信仰，就是增加精神抵抗的要決，也是增加精神創造力的基本。」《第四年》稱：「三年前選擇這時機來發動抗戰，由於領袖的英斷，三年間歷盡艱苦，否極泰來，由於領袖的堅

---

1 白玉：《從〈中央日報〉看全面抗戰中九一八紀念活動的社會記憶》，《檔案與建設》，2014 年版。

忍！在萬變的大環境中，堅持不變的國策，而卒保證勝利之到來，在於領袖的賢明！」《抗勝建成的最後一關》稱：「八年中間，我們鑄成了兩座橋樑：一座通到最後的勝利，一座通到民主憲政。這橋樑以全國軍民的血汗淚三者合爲三合土築成，而領導全國軍民以血汗淚築成這橋樑的工程師，則爲我們的蔣委員長。蔣委員長在這一工程設計中，所用以爲度量衡者，是偉大的觀察家的高瞻遠矚，是天才軍事家的量己制敵，是革命政治家的寬大容忍。」[1]在《中央日報》「七七」週年紀念社論前15位關鍵詞中，「領袖」一詞位居第九，位於「抗戰」「勝利」「中國」「侵略」「世界」「建國」「國家」「民族」之後和「敵人」「革命」「經濟」「民眾」「自由」「國際」之前。[2]

（四）基調穩定多元的副刊

重慶時期，《中央日報》設置的副刊《平明》，由程滄波、儲安平、梁實秋、端木露西編輯；《中央副刊》，由陶百川、孫伏園、王新命等編輯。陶百川認爲副刊和整個報紙，同爲時代鏡子、民眾樂園，要有刺有蜜有體，對錯誤進行嚴正的批評，給予讀者甜美而快感的精神食糧，短小精悍使人化很少的時間獲得很大的滿足。

王新命主編《中央日報》的副刊，不同於梁實秋、孫伏園這兩位黨外人士，「更注重與執政黨政策的配合。《中央副刊》與社論緊密配合，爲鼓吹國民黨『全民族中流砥柱』地位不遺餘力。」[3]

1、梁實秋不滿「抗戰八股」引發爭論

《中央日報》副刊《平明》1938年6月20日創刊。9月15日在重慶續出，歡迎「態度嚴肅，取稿公正，內容求有彈性」，「最歡迎的是短小精悍的作品」，提倡「編者與作者要發生感情」，表示要「成爲讀者作者眞正關切的報紙」。[4]第二天，又具體地表示歡迎提供各地救亡通訊、戰區素描、抗戰詩歌、流亡生活、文化情報、士兵日記等稿件。[5]11月30日，儲安平應邀參加《中央日報》副刊工作，與總編輯程滄波一起主編《平明》副刊。這一時期

---

1 轉引徐思彥：《官與民：對〈中央日報〉〈大公報〉七七社論的文本分析》，《學術界》，2006年版。
2 徐思彥：《官與民：對〈中央日報〉〈大公報〉七七社論的文本分析》，《學術界》，2006年版。
3 趙麗華：《民國〈中央日報〉發展的四階段與宣傳特色》，《現代傳播》，2015年版。
4 編者：《本刊的態度》，《中央日報》，1938年9月15日。
5 《本刊歡迎》，《中央日報》，1938年9月16日。

的《中央日報》副刊與社會聯繫較爲密切，所刊文章揭露了不少現實中的不良現象。

梁實秋接手主編《平明》副刊。12 月 1 日，他在《中央日報》副刊《平明》發表《編者的話》，表示：「現在抗戰高於一切，所以有人一下筆就忘不了抗戰。我的意見稍有不同。於抗戰有關的材料，我們最爲歡迎，但是與抗戰無關的材料，只要眞實流暢，也是好的，不必勉強把抗戰截搭上去。至於空洞的『抗戰八股』，那是對誰也沒有益處的。」「我老實承認，我的交遊不廣，所謂『文壇』我就根本不知其座落何處，至於『文壇』上誰是盟主，誰是大將，我更是茫茫然。」[1]

梁實秋認爲「於抗戰有關的材料，我們最爲歡迎，但是與抗戰無關的材料，只要眞實流暢，也是好的」這句話的後半句，引起了誤會，有批評與討論，也有謾罵與詆譭。1939 年 4 月 1 日，梁實秋刊文告辭，他說：四個月的《平明》擺在這，「其中的文章十之八九是『我們最爲歡迎』的『於抗戰有關的材料』，十之一二是我認爲『也是好的』的『眞實流暢』的『與抗戰無關的材料』。」[2]

2、孫伏園大力推薦郭沫若的《屈原》

1941 年 3 月 5 日，《中央日報・中央副刊》創刊。初由陶百川主持，4 月 17 日由「副刊大王」之稱的孫伏園接替主編。身爲國民政府軍委會政治部文化工作委員會主任的郭沫若，在 1942 年新年創作完成五幕歷史劇《屈原》。1 月 8、9 日，孫伏園在《中央日報》連載郭沫若的論文《屈原的藝術與思想》。1 月 24 日至 2 月 7 日，孫伏園使用《中央副刊》的 10 個版面，連續發表郭沫若的新作《屈原》。孫伏園在連載最後一天的《編者附白》中稱：「《屈原》全劇五幕已完，郭先生尙有論文一篇，題曰《寫完〈屈原〉之後》，明日在本刊發表，希讀者注意。」郭沫若的此篇創作談如期與讀者見面。

孫伏園在 2 月 7 日發表讀後感《讀〈屈原〉劇本》，對郭沫若空前傑作的劇本主題進行了解讀，全文如下：[3]

1　重慶抗戰叢書編纂委員會：《抗戰時期重慶的新聞界》，重慶出版社，1995 年版，第 210〜211 頁。
2　《梁實秋告辭》，《中央日報》，1939 年 4 月 1 日。
3　轉引王玉春：《孫伏園與〈屈原〉》，《郭沫若學刊》，2012 年版。

讀《屈原》劇本

郭先生的《屈原》劇本，滿紙充溢著正氣。有人說郭先生的《屈原研究》的態度和方法是「新樸學」，那麼他的《屈原》劇本實在是一篇「新正氣歌」。

作者創造了一個嬋娟的人格，把同情和努力大部分用在她的身上。屈原是一個愛國詩人，他的愛國思想，學生如公子子蘭，自然絕不會瞭解，就如宋玉，雖然在文學技術上學像了老師，甚至超過了老師，但因個性太軟弱了，也是沒有方法而且沒有勇氣瞭解的。只有嬋娟，一個十五六歲的少女，一個他的亡婦的賠嫁丫頭，卻能徹底地瞭解他的愛國思想。不但瞭解，她還有勇氣與毅力來證實她真正瞭解他的愛國思想。

在第五幕裏，屈原已經被放逐了，又被幽囚了：宋玉與公子子蘭已經聯成了一氣，以救援屈原為名，到楚宮門口去誘惑嬋娟的時候，二人肆逞了如簧之舌，你一段我一段地說得真像是仁至義盡似的，個性稍軟弱的人一定要招架不住了，而作者竟用了極大的努力，描寫嬋娟的反應，一次是「姿態不動，無言」，二次是「姿態不動，無言」，三次是「姿態不動，無言」，四次是「姿態不動，毫無反應」，五次是「絲毫不動」，六次是「仍絲毫不動」，七次是「仍絲毫不動」！這是中國精神，殺身成仁的精神，犧牲了生命以換取精神的獨立自由的精神。

在中國歷史上，甚至只在這次抗戰中，表現這種「中國精神」的事件，何止千百起。我們用了劣勢的武器，能夠抵抗敵人的侵略，乃至能夠擊潰敵人的，就完全靠著這種精神。

有著這種精神的民族，永遠不會失敗，永遠能夠存立於天地之間。昨天看見報上登載法國淪陷區裏的德國當局審問法國的愛國志士倍力的情形。問官讓倍力選擇兩條路：第一條，投降納粹，即刻給予高官厚祿，第二條，反抗納粹，死。倍力毫不躊躇的選擇第二條。

如果法國也和我們一樣，有著表現這種「中國精神」的事件千百起，法國民族一定是有復興的希望的。

因為我讀完《屈原》劇本，滿眼看見的只是這一股正氣，所以在藝術方面還有許多要說的話留待將來再說了。

國民黨當局認爲歷史劇《屈原》是借屈原的時代折射當局。國民黨中宣部副部長、中央圖書雜誌審查委員會主任委員潘公展責問:「『怎麼搞的!我們的報紙還要登載罵我們東西!』結果是孫伏園離開《中央日報》了事。」[1]1942年5月29日,《中央日報·中央副刊》停刊。1943年11月14日復刊,黎晉偉編輯。

二、重慶《中央日報》的報業經營

(一)印報用紙面臨質劣短缺壓力

中國歷來缺少森林資源,印報用紙長期依賴進口。國產紙不被都市大報所採用。抗戰爆發,沿海城市盡失,國際通道驟窄,進口紙張稀少。面臨紙荒的重慶《中央日報》,用兩種紙張印刷,使用「道林紙」印刷的稱「白報紙」,印出的第一份呈蔣介石,其餘的分送陳布雷、陳果夫、陳立夫、吳鐵城、邵力子等國民黨中央要員。印刷的普通報紙,亦稱「土報紙」,訂閱或購買的讀者一律是「土報紙」。[2]

重慶《中央日報》買紙難,運紙也難。「白報紙沒有地方買,改用粗糙的土紙,紅、綠、青、藍顏色都有。買不到油墨,用土製油墨,一黏手就一片黑。中央曾有計劃,設廠製造印刷機件、紙張、油墨,供黨報用,也始終沒有實現。」[3]「運輸困難,白報紙運不進來則用四川土產嘉樂紙代替,纖維粗糙,顏色灰暗,極易破損。」[4]抗戰最爲艱難的1942、1943年間,《中央日報》所用的紙張質量拙劣。倉庫存紙有限,偶有告罄之危。總經理張志韓曾通過同鄉陸詒向重慶《新華日報》求助,一解存紙將盡的燃眉之急。

(二)報紙版數小增售價增幅大漲

1937年8月18日,戰事緊張,供應困難,《中央日報》由每日出版三大張對開12版,縮減爲每日出版一大張對開4版。復刊重慶,《中央日報》在7年間,每期報紙的版面數量長期穩定在一大張即對開4版,偶而增出一張半6版甚至三大張12版。1943年6月4日,《中央日報》刊出啓事,宣布所刊出

1　重慶抗戰叢書編纂委員會:《抗戰時期重慶的新聞界》,重慶出版社,1995年版,第219頁。
2　穆逸群:《〈中央日報〉的廿二年》,《新聞研究資料》,1982年版。
3　曾虛白:《中國新聞史》,三民書局,1984年版,第409頁。
4　蔡銘澤:《中國國民黨黨報發展述略》,《新聞與傳播研究》,1992年版。

的第五、六版，每月約出版 10 次。1944 年 7 月 1 日，《中央日報》增版爲日出一張半即對開 6 版，直至 1945 年 8 月抗戰勝利。

1938 年 9 月 15 日，重慶《中央日報》在報頭下的標價是「今日一大張售洋四分」。近兩年時間，《中央日報》零售價格微漲，停留在以分計的範圍內。1939 年 8 月 14 日一大張售洋五分。1940 年 2 月 1 日一張售洋八分。之後，零售價格大漲，漲價間隔縮短。1940 年 8 月 1 日，日出一大張，售洋一角。1941 年 1 月 3 日，一張半售洋一角五分。10 月 9 日，《中央日報》刊出改定報費啓事，宣布本報今日一大張售洋三角。1942 年 12 月 1 日，《中央日報》刊出啓事，今日起每份零售六角。1943 年 6 月 1 日，《中央日報》一大張半售國幣一元。12 月 1 日 1 版，零售價增至一大張售國幣二元。過了半年，至 1944 年 7 月 1 日，零售價增至一張半售國幣三元。又過了半年，至 1944 年 11 月 1 日，零售價增至一張半售國幣五元。進入 1945 年，《中央日報》的零售價，3 月 16 日爲一大張售國幣十元，6 月 1 日爲一張半售國幣二十元，8 月 1 日爲一張半售國幣四十元。

（三）經濟支拙無奈抵押機器貸款

《中央日報》在重慶出版，生存環境惡化，經營狀況窘迫。報紙發行數量看似頗爲可觀，除去贈閱及訂閱而不付費者，報紙發行實數報費大打折扣；所刊載的廣告，受到了《大公報》《掃蕩報》《新民報》《時事新報》《新蜀報》《商務日報》等的競爭，「尤其是市面商業蕭條」，「訂戶、登戶拖欠付費，經濟周轉困難，呈『捉襟見肘』之勢。」[1]

中央日報社職工薪給按照編制規定，每月向中央黨部會計處造冊領發。其他各項費用統由報社在營業收入項下支付。在胡健中 1943 年 11 月接任社長的前期，報紙的發行、廣告收入尚能應付各項開支。到了後期，人員增多，雜支增大，配給紙張不夠需向市場購買，所需大量油墨亦是購自市場，汽油、機油、鉛料、薪炭、水、電等跟隨物價不斷上漲，經濟支拙情形逐漸顯露，不得不一再向銀行以機器抵押方式貸款應付開支。

---

1 穆逸群：《〈中央日報〉的廿二年》，《新聞研究資料》，1982 年版。

第三節　抗戰中的《中央日報》地方版

一、《中央日報》在雲貴川地區的地方版

（一）《中央日報》貴陽版

《中央日報》貴陽版，1938 年 12 月 1 日創刊，對開 4 版。直屬國民黨中宣部。報頭旁標有《武漢日報》「中華民國十八年六月六日創刊」的字樣。漢口《武漢日報》撤離時有部分印刷器材遷往貴陽。社長王亞明。宋漱石、丁守鎮、龐伯鸞歷任總編輯。社址初在貴陽三山路。1939 年 2 月 4 日，遭到日軍飛機轟炸後，遷址環城北路。第一版是要聞、社論，第二版是副刊、廣告，第三版是是國際新聞、省市新聞，第四版內容龐雜。設置綜合性副刊《前路》，出版《文藝週刊》《革命青年》等專刊及綜合性 4 開版《星期天》。1945 年 5 月 15 日，創刊《中央日報》貴陽版（下午版）。自設電臺，抄收重慶中央社電訊，出版時間早於貴陽市其他主要報紙。發行量一般為 1.8 萬份至 1.9 萬份，最高 2.2 萬份。[1]

1939 年應湘西地方要求，成立芷江分社，創辦對開 4 版的貴陽《中央日報》芷江版。基本上實現各縣區「保有報」的計劃，「鄉村保甲人員及農村知識分子可以享受閱讀最快而合乎本身需求之大報」。[2]第一版是報頭和廣告，第二版是國內新聞和社論、專論，第三版是國際新聞和四省邊各縣新聞，第四版是副刊和專欄。貴陽總社很少過問芷江版編務，略予經費補貼。1944 年 1 月底停刊。[3]

（二）《中央日報》昆明版

《中央日報》昆明版，1939 年 5 月 5 日創刊。對開 4 版。由長沙版部分撤至昆明的人員出版。受《中央日報》重慶總社節制，設分社，委任主任。1943 年秋，改行社長制，社長袁業裕，直屬國民黨中宣部。[4]同年，廢除主筆制，凡社論均由社內的社論委員會執筆。設「地政」[5]等欄目。昆明《中央日報》1945 年 2 月，增出《中央晚報》。[6]

1　殷志、文明星：《民國時期的貴州報業發展及其特徵》，《貴州文史叢刊》，2015 年版。
2　陳天祐：《貴陽中央日報芷江分社創辦經過》，《新聞學季刊》，第 1 卷第 3 期，轉引蔡銘澤：《論抗戰時期國民黨黨報的發展》，《新聞大學》，1993 年版。
3　蔣國經：《鮮為人知的〈中央日報〉「芷江版」》，《文史博覽》，2007 年版。
4　曾虛白：《中國新聞史》，三民書局，1984 年版，第 435～436 頁。
5　李慧慧：《抗戰時期雲南出版業與學術事業的興盛》，《中國編輯》，2012 年版。
6　王作舟：《抗戰時期的雲南新聞事業》，《思想戰線》，1996 年版。

（三）《中央日報》成都版

《中央日報》成都版，1939 年 10 月 10 日創刊。對開 4 版。直屬國民黨中宣部。社長張明煒，主筆兼副刊編輯瞿冰森，總編輯張琴南，編輯主任江耕生，經理季遁時，副經理璋卿。聘周太玄、章之汶、蔣蔭恩等為特約撰稿人。社址在五世同堂街 67 號。採用中央社稿件，自設電臺每晚接收中宣部的指示和內部參考。社內設國民黨區分部。在成都各交通要道普設貼報欄，在除川東以外各行政專署設推銷處，發行量一般約萬份，最高達 2 萬份。

（四）《中央日報》梧州版

《中央日報》梧州版，1943 年 10 月 1 日創刊。對開 4 版或 4 開 2 版鉛印日刊。9 月下旬，按照國民黨中宣部命令將廣西梧州《中山日報》改組而成，報紙出版序號接《中山日報》。直屬國民黨中央宣傳部。社長徐詠平，總編輯董品禎，主筆張學勤。社址在梧州塘基街（今大中路）66 號。報導國內外重大新聞，地方新聞較少。1944 年 9 月 19 日，因梧州淪陷停刊。報社人員及設備隨省政府撤離，10 月 28 日撤抵百色。沿途 40 天，按日出版油印簡報散發。11 月 6 日，恢復出版，對開 4 版，鉛印。1945 年 5 月，日軍敗退，南寧第二次光復。在百色出版的中央日報社人員和設備即遷南寧。8 月 10 日 印發日本投降號外，成為南寧光復後出版的第一家報紙。社址在共和路 131～137 號。

二、《中央日報》在湘閩皖地區的地方版

（一）《中央日報》長沙版

《中央日報》長沙版，對開 4 版，1938 年 1 月 10 日創刊，也是南京《中央日報》在長沙的復刊。1937 年 12 月，南京《中央日報》奉命遷湘，派員來到長沙，在福星街 73 號設辦事處，籌備遷移工作。[1]總主筆張客公、總編輯周邦式、總經理賀壯予率領《中央日報》部分人員撤抵湖南長沙，復刊《中央日報》[2]，日出一大張，售洋三分，報紙出版序號銜接南京《中央日報》。張明煒奉派主持社務。社址設長沙學院街三府坪。9 月 15 日，《中央日報》在重慶復刊，長沙版改為分版，設立分社，委任主任，受重慶總社節制。部分人員前往雲南，創辦昆明版。

---

1 《湖南抗日戰爭日誌〈1937 年 12 月〉》，http://www.krzzjn.com/html/4291.html。
2 方漢奇：《中國新聞事業通史》（第二卷），中國人民大學出版社，1996 年版，第 633頁。

1938 年 11 月，日軍乘國民黨軍久戰疲憊從武漢南撤發起猛烈追擊。長沙民眾被前線吃緊的消息弄得心神慌亂，紛紛出城渡河避離。《中央日報》長沙版也把印刷設備搬上運報車運往衡陽，收購長沙市商會機關報《市民日報》前來兜售的舊機器供臨時急用，以便從容地將機器設備拆卸運走。11 日，岳陽淪陷。12 日，《中央日報》長沙版刊出孫中山誕辰特刊，同時刊登啓事，宣布 13 日縮版。當天晚上，報社員工走過長沙原來熱鬧現在冷寂的八角亭，來到市民日報館上班。與中央社分社聯繫時被告知，全長沙就只剩你們一家報紙了，你們出報，我們就發稿。長沙《中央日報》決意 13 日照常出報，14 日的報紙看情形再定是否出版。[1]13 日夜，員工們聽說市面撤銷戒嚴，返回自己的報館，將無法帶走的機器破壞，捨棄箱籠行李。五六十人背著被單和換洗衣服，跟著裝載報館文件、無線電機的一輛小汽車，穿過兩邊房屋已經著火的街道離開長沙。他們走出十里路時，「長沙的火焰已到了最強烈的時候，深紅的火頭，像連綿的山峰，矗立於地平線上，灰黑色濃煙，由火焰上吐出，布滿了大半個天空，同時爆炸的巨響，從煙焰中繼續地傳過來。」[2]

《中央日報》長沙版意外遭遇文夕大火，被迫停刊。1938 年 5 月，在湘西南不通火車的邵陽復刊，出版 4 開版「湖南版」。不久，原負責人因經費困難辭職。繼任主任的是黃埔六期學生段夢暉，多方集資貸款，擴大報紙篇幅，充實報導內容。1943 年 11 月，改名湖南《中央日報》，直屬國民黨中宣部。同年，改行社長制。1944 年在湘桂戰役中，湖南《中央日報》輾轉遷移，先後在武岡、安江出版。曾出週刊「敵後航空版」，由美國空軍向淪陷區散發。[3]

（二）《中央日報》福建版

《中央日報》福建版，1941 年 4 月 21 日由《福建民報》永安版改名《福建中央日報》。直屬國民黨中宣部。第一版廣告，第二三版是新聞版，多刊國民黨軍、國民政府抗戰和反法西斯戰爭消息。不斷發表歪曲事實、攻擊共產

1　朱文浦：《離長日記——本報長沙分社最後撤退之一幕》，《中央日報》，1938 年 11 月 23 日。

2　朱文浦：《離長日記——本報長沙分社最後撤退之一幕》，《中央日報》，1938 年 11 月 24 日。

3　《湖南省志·新聞出版志》，http://218.76.24.115/BookRead.aspx?bookid=2016122300 17。

黨及其軍隊的報導和言論，刊載署名星期論文，攻擊魯迅、高爾基，影射中共。1945 年 8 月 8 日、10 日，分別使用五行黑體的雙行標題，刊載「美使用驚人新武器，原子彈首次火攻廣島」和「蘇參加對倭戰爭，實已奠定東亞和平」的新聞。1944 年初，設漳州分社，擬出《中央日報》漳州版，受到軍統閩南組織的極力抵制未成。另出的《中央日報》福州版，1941 年 9 月 10 日創刊。1944 年 10 月，日軍第二次佔領福州，《中央日報》福州版遷往閩清，刊出 4 開 2 版。抗戰勝利，《中央日報》福建版總社從永安遷至福州，福州版併入，1945 年 10 月 3 日發表社論《在榕復刊第一日》。[1]

（三）《中央日報》安徽版

《中央日報》安徽版，1942 年 7 月 18 日創刊於皖南屯溪。直屬國民黨中宣部。社長馮有眞。太平洋戰爭爆發，上海租界淪陷。國民黨中宣部決定在東南前哨安徽屯溪設立東南區戰地宣傳專員辦事處，創辦該報，委派原中宣部駐滬專員、中央社上海分社主任馮有眞任辦事處專員籌辦。編輯部、經理部負責人和梁酉廷、胡道靜、胡道和、姚羅興等編探人員，大多來自在上海租界出版的《正言報》和《中美日報》。副刊有茅盾、吳流、陳友琴、趙景深、許傑、雷石榆、文懷沙等知名撰稿人。

第一、二、三版刊載抗戰建國和第二次世界大戰的消息，不刊登社會新聞。第一版每期有多爲戰事評述的社論。所刊新聞稿，大部分是國內外通訊社的戰事電訊，經常登載來自京、滬、杭淪陷區的獨家通訊專稿，反映敵僞動態和中國人民在敵僞蹂躪下的苦難生活，以及對敵鬥爭的情況。初期的第四版上半部爲《青鋒》副刊，每期一篇葦緣撰寫的短小雜文，抨擊社會不良現象。後週一刊出 6 版，增設經濟、教育、文藝、兒童、醫藥、版畫等專刊。羅洪主編的《文藝》週刊曾選出包括茅盾的《關於阿 Q 正傳故事畫》、吳流的《談新詩》等部分作品出版《點滴集》。《半月版畫》刊載的漫畫，反映青年對抗日救亡的希望，軍民團結抗日後方支持前方的場面，百姓生活在水深火熱之中的侵略戰爭罪惡和社會弊病。在皖南、蘇南、浙西、贛東北等地區發行，並深入淪陷區。1945 年 10 月，馮有眞在抗戰勝利後即呈報國民黨中宣部遷滬出版獲准，《中央日報》（安徽版）停刊。[2]

1　福建省地方志編纂委員會：《福建省志·新聞志》，方志出版社，2002 年版，第 49 頁。
2　《安徽地方志·新聞志》，第一篇第二章　現代報紙，http://60.166.6.242:8080/was40/index_sz.jsp?rootid=49294&channelid=55669。

第四節　國民黨黨報在租界與海外

一、國民黨黨報在上海租界抗戰

淞滬會戰失敗，國民黨軍苦戰三月撤離，日軍佔領了上海租界以外地區。國民黨有組織的在上海租界出版報紙，積極開展抗戰宣傳，直至太平洋戰爭爆發，日軍佔領上海租界。

（一）中宣部主辦的《中美日報》

1、《中美日報》出版概述

1938 年 11 月 1 日，國民黨中央直轄黨報《中美日報》創刊於上海，對開 8 版。1939 年 2 月，將 3 處社址集中爲 2 處，經理部在愛多亞路（今延安東路）160 號，編輯部、排印工場與職工宿舍在愛多亞路長耕里 130 號，租用《大晚報》印刷機印報。組織羅斯福出版公司在美國德拉威爾州註冊，聘在滬經營藥業的美籍商人施高德（H.M.Stuckgold）任發行人。

創辦人、社長吳任滄，是江蘇省農民銀行上海分行經理，1939 年夏兼任國民黨中宣部駐滬宣傳專員（對外不公開）。總經理駱美中，總編輯先後有楊勳民（原上海鹽務稽查所負責人）、查修（上海交通大學圖書館主任）、詹文滸（原上海世界書局編輯所所長），副總編輯王錦荃一度代理總編輯，副總經理高明強。總主筆周憲文，主筆錢納水、陳訓悆。設社論委員會，先後有查修、倪文宙、李秋生、儲玉坤、章丹楓、徐蔚南等執筆社論。鮑維翰主編要聞版，王錦荃、胡傳厚先後主編國際版，朱翊新、周世南先後主編本埠版，史惠康主編經濟版，錢弗公主編教育、體育版，周世南、胡道靜先後任英文翻譯。

1939 年 8 月，上海世界書局編輯所所長詹文滸應聘接任總編輯，復旦大學新聞系的范泉、鄭忠輅、楊繼民 3 名應屆畢業生經推薦參加報社工作，擔任國內、國際和本市版的新聞編輯。爲了保護自己，總編輯詹文滸爲這些報社新人起了新的名字。[1]

發刊詞宣稱：《中美日報》「自當斥責一切不公正不人道之行爲，並當本大無畏之精神指斥一切沖決人生正義道德藩籬之行動，立誓爲公道正義闢一坦蕩大道。」[2]設置綜合性副刊學藝性副刊《堡壘》《集納》（張若谷、徐文韋

---

[1] 梅麗紅：《「孤島」時期上海的「洋旗報」》，《檔案與史學》，1996 年版。

[2] 轉引馮華德：《「孤島」抗戰細節：吳任滄勇鬥漢奸李士群》，《同舟共進》，2015 年版。

先後主編）、劇藝性副刊《藝林》（魯思主編），出版週刊《譯寫網》《每週論選》《星期特刊》和雙週刊《法言》《新醫與健康》。堅持抵抗日本侵略，反對汪精衛投降。重要電訊幾乎全部採用中央社重慶廣播稿，將其中的「我軍」「國人」等詞改為外商用語。報紙言論按照國民黨中宣部發布的宣傳大綱執筆撰稿，皖南事變即稱新四軍為「抗命叛變」。1939 年 5 月，附逆的汪精衛等來到上海。7 月，轉載吳稚暉、楊公達發表斥責汪精衛賣國言行的文論。[1]常誇大事實虛張聲勢，杜撰勝利消息，意在鼓舞人心，也貽敵人以口實。[2]

開展社會活動解答疑惑。為與中國結成同盟的英國發起簽名慰問運動，響應參加者逾 8 萬，簽名式被裱成寬 3 尺長 20 丈的橫聯，於 1940 年「七七」事變紀念日，由中美日報社代表全滬青年請英國駐滬使館代表，轉獻丘吉爾首相及英國人民，以示對法西斯侵略者的同仇敵愾。[3]8 月，綜合性副刊《集納》在「青年信箱」覆信「給一群迷路者」，答覆他們「到內地如何走法」的來信，詳細介紹從上海「孤島」赴重慶的路線與路費[4]。同年冬，以「良心獻金」的名義發動讀者捐款購買飛機，「孤島」的愛國青年，不顧日僑威脅，在報社鐵門內，列隊獻款，絡繹不絕，莊嚴誠摯，共得到捐款法幣 20 多萬元[5]。

創辦人吳任滄，每次從重慶請示機宜返滬，召集報社同仁談話，慷慨激昂地闡述國民政府決策，新聞從業人員應負職責，同仁咸為感奮。吳任滄決定報紙版面改進，推動愛國事業，「每星期必偕高明強等先生聚集於詹文滸寓所，商討方針，付諸實施。」[6]

1941 年 12 月 8 日，太平洋戰爭爆發，上海租界淪陷。這一天凌晨，日本海軍陸戰隊士兵持槍衝上報館大樓臺階。被工人喊醒的編輯們，匆匆起床穿衣，夾雜在工人中間，在步步上樓的日軍刺刀旁，倉促離館各奔東西，《中美日報》停刊。

2、《中美日報》的小言短評

實為總編輯詹文滸秘書的朱生豪，奉命為《中美日報》「小言」專欄撰寫短評。他依據路透社、塔斯社、合眾社和《紐約時報》《真理報》等消息，幾

1　袁義勤：《〈中美日報〉始末》，《新聞與傳播研究》，1989 年版。
2　馬光仁：《上海新聞史（1850～1949）》，復旦大學出版社，1996 年版，第 861 頁。
3　馮華德：《「孤島」抗戰細節：吳任滄勇鬥漢奸李士群》，《同舟共進》，2015 年版。
4　袁義勤：《〈中美日報〉始末》，《新聞與傳播研究》，1989 年版。
5　袁義勤：《〈中美日報〉始末》，《新聞與傳播研究》，1989 年版。
6　馮華德：《「孤島」抗戰細節：吳任滄勇鬥漢奸李士群》，《同舟共進》，2015 年版。

乎每天撰發評論，有時一天有兩三篇，「閱讀當天新聞後寫下的即興抒懷，思維敏銳，形式多樣，筆鋒犀利，諷刺與揶揄兼備，可以說是獨樹一幟的時政散文創作」。[1]1939 年 10 月 11 日至 1941 年 12 月 8 日，他在「小言」專欄發表 1000 多篇短評。朱生豪撰寫的「小言」，篇幅簡短，多為三四百字，簡短的如《不勝惶恐之至》（1940 年 12 月 15 日）只有 37 個字。

朱生豪沉默寡言，撰寫隨筆小品式的時政小評論，事無鉅細，或大題小做，或小題小做，愛憎分明，語言流暢，諷刺幽默揮灑自如，評述中國的抗日主戰場，讚揚和鼓勵全國人民奮勇抗戰，與日本侵略者及其傀儡汪精衛一夥殊死搏鬥，奪取最後勝利，高度關注世界抗擊法西斯的各個主要戰場，痛惜法國潰敗蒙受羞辱，謳歌希臘和南斯拉夫人民頑強抗擊侵略，聲援英國堅持對德戰鬥，讚頌蘇聯軍民英勇衛國；關注世界兩大陣線的政治、外交等錯綜複雜的矛盾鬥爭，嚴厲批評新的綏靖主義傾向，向友邦提出建設性的意見或忠告，期望世界反法西斯戰線丟掉幻想，相互支持，團結戰鬥；抨擊汪偽特務肆意製造恐怖事件無所不用其極的罪惡行徑，讚頌愛國人士不懼強暴前仆後繼地堅持抗戰的不朽業跡和下層民眾在極其惡劣的生存條件下仍然為抗戰奉獻綿薄之力，調侃雖是公共租界的統治者卻又隨時看日本人臉色行事的工部局。

為黨報撰寫「小言」，須站在報社的立場，成為「社論」的補充。為《中美日報》寫了兩年多「小言」的朱生豪，精神並不舒暢，「有時不得不被迫在文章中說一些違心的話，有時不得不在總編授意下寫作，有時甚至在寫了以後交總編審閱時，被塗改得面目全非。」[2]不善辭令的他，以一句「不自在」向朋友表達了內心的苦楚。

3、《中美日報》的副刊《堡壘》

范泉、錢佛公主編的學藝性副刊《堡壘》，1940 年 2 月 14 日首刊，1941 年 3 月 28 日終刊。[3]

《堡壘》刊文《從日「滿」作家座談會看出日本文化的陰謀》（陸維良），《給武者小路實篤的信》（耳耶，指出武者小路實篤已經充當了日本軍閥的揚聲筒），《周作人新論》（馬青），《張資平也要混水裏摸魚》（舀鬱）等，揭

1　朱尚剛：《〈朱生豪小言集〉重現「孤島」上的搏鬥》，《博覽群書》，2016 年版。

2　范泉：《朱生豪的「小言」創作》，https://www.douban.com/note/133018921/。

3　梅麗紅：《「孤島」時期上海的「洋旗報」》，《檔案與史學》，1996 年版。

露日偽的文化陰謀；編刊多期「文化毒素掃蕩號」，對毒化書報點名歸類，呼籲加以抵制；刊文《論「西崽相」》（昆如）等文，批判漠視抗戰的西崽傾向。

《堡壘》刊載錫金的《論詩的分行》、朱維基的《開展詩歌運動》、孔另境的《論方言劇與戲劇大眾化及國語統一運動》、鄒嘯的《兩年來的通俗文藝運動》、錢今昔的《孤島文藝運動的策略》、過客的《藝術略論》、束胥的《詩歌奮起戰鬥》等文，開展學術交流；刊載史葉的《熱愛自由普式庚》、錢今昔的《阿志巴綏夫論》、朱維基的《波蘭大詩人及自由的戰士密基維支》等文，介紹進步作家論著，發表端木蕻良的《新都花絮》、李何林的《近二十年中國文藝思潮論》等文和蘇聯短篇小說集《死敵》（曹靖華、尚佩秋編譯），推薦在「孤島」出版或經銷的進步文藝讀物。

1940 年 5 月 1 日，副刊《堡壘》刊文《上海青年界抗議》，其中有幾句話，「逢到紀念節日，還要長篇大論，滿紙勗勉，那不僅是多事，抑且根本對於青年，沒有表示誠意，因而我們嚴重抗議」[1]，說到了三青團上海一些人的痛處，他們惱羞成怒，決定用暗殺的方式謀害副刊主編。總編輯詹文滸獲知後，通知范泉住在報社，輕易不要外出。過了幾天，詹文滸帶著范泉登門拜訪國民黨留在上海的總負責人蔣伯誠，請他出面將此風波化解。1941 年 2 月 16 日，副刊《堡壘》主編范泉因編發錫金（中共地下黨員）等的文章，被以「共黨嫌疑」撤職。[2]

4、《中美日報》的無畏奮鬥

《中美日報》在「孤島」上海出版，面對先後來自上海租界和日偽當局的警告、恐嚇、迫害與打擊，無畏地堅持開展抗戰宣傳。

1939 年 4 月末，上海工部局警務處向《中美日報》警告，不得刊載任何抗日文字。1940 年 8 月 22 日，偽國民政府警政部政治警察署發布命令，禁止南京、上海商號及娛樂場所在《中美日報》等報刊登營業性廣告。10 月 12 日，汪偽特務發函對《中美日報》的廣告客戶進行恐嚇：「應於本月 13 日起停止在該報刊登廣告招生，假若故意為之，本會為執行紀律起見，恕對貴校校長或貴校同人有非常行動。」10 月 24 日，汪偽特務再次發函警告《中美日報》廣告客戶：「惟自接到警告之日起，倘再發現此類情事，本會決定嚴厲制裁，

---

1 轉引范泉：《回憶在「孤島」時期的文藝戰友們》，《社會科學》，1981 年版。
2 范泉：《朱生豪的「小言」創作》，https://www.douban.com/note/133018921/。

決不寬貸。」[1]汪僞特務還派人在早晨從望平街整批搶購《中美日報》運往虹口銷毀。讀者愛護日深，《中美日報》的廣告既未削減，搶購報紙銷毀亦無效果。

（1）正面回應恐嚇停刊

1939年8月1日，是汪僞特務恐嚇《中美日報》必須停刊的日子，《中美日報》在照常出版的同時，發表社論《恐嚇與正義》，無所畏懼地宣告：「本報自遭襲擊並恐嚇後，不但不爲威脅利誘所動，反而益深團結奮勉之餘。在手槍炸彈和恐嚇函件的威脅下，只有增加本報同人埋頭苦幹的決心。當此恐嚇本報於8月1日停刊的今日，我們願正告社會，表示本報繼續奮鬥的決心。」[2]

（2）三次受罰勒令停刊

1939年5月5日，是孫中山在廣州建立革命政府紀念日，蔣介石發表了數千言的爲國民精神總動員的告全國同胞書，其中有關於淪陷區民眾反抗日僞的「國民公約」。《中美日報》在顯著位置，使用大字標題，按照中央社原文刊登，並附載蔣介石照片。5月10日，上海公共租界工部局給予處罰，《中美日報》停刊3周。[3]

1939年8月，《中美日報》教育版刊登文章《上海教育界總清算》，將「孤島」內附逆學校及其負責人姓名毫不隱晦地全部揭諸報端。汪僞大爲震驚，怒不可遏，迫使上海公共租界工部局以「鼓勵恐怖行動」爲罪名予以處罰，《中美日報》停刊1周。[4]

1940年1月，《中美日報》採用中央社的電訊內容，以本報香港特派員的名義報導日汪簽訂密約，並將日汪密約全文在第一版顯要位置刊登，逐條加上按語給予斥責。又將日汪密約影印本製成鋅版在報紙上逐日連載。應日汪方面的請求，上海公共租界工部局勒令《中美日報》自1月31日起停刊3星期。[5]

（3）設法對抗新聞檢查

上海租界當局爲了壓制抗戰宣傳，不准使用「僞組織」「傀儡組織」等字眼。《中美日報》的編輯便以「魏」與「寶貝」等讀者明白其義的字詞替代「僞

1　馬爾古、張樂古：《上海報人苦鬥紀程》，《中美週刊》，第2卷第2期，轉引黃瑚：《上海「孤島」時期抗日報刊述評》，《新聞與傳播研究》，1987年版。

2　馬光仁：《上海新聞史（1850～1949）》，復旦大學出版社，1996年版，第874頁。

3　袁義勤：《〈中美日報〉始末》，《新聞與傳播研究》，1989年版。

4　袁義勤：《〈中美日報〉始末》，《新聞與傳播研究》，1989年版。

5　袁義勤：《〈中美日報〉始末》，《新聞與傳播研究》，1989年版。

組織」、「傀儡組織」，而且替代的字詞還另有寓義。「『魏』取其與『偽』諧音，有鬼旁，並暗比曹魏，不是正統。『寶貝』是『Puppet』的音譯，原意仍為傀儡。於是『魏組織』與『寶貝組織』也就一望而知所指。」[1]

1940 年 8 月 8 日，上海公共租界工部局開始實行新聞檢查。8 月 9 日，《中美日報》即採用報界對抗與揭露新聞檢查的常用手段，在版面上開了「天窗」。[2]緊接著在一期報紙上開了一次大「天窗」。紀念上海「8‧13」抗戰 3 週年，《中美日報》第 1 版上半版除報頭外，稿件全部被檢扣，留下大片空白；第 2 版刊載的社論《偉大紀念日的幾句平凡語》中，也因檢扣留下了幾行空白；第 5 版的專欄文章全部被檢扣，僅僅留下了一個標題《八一三述感》，三分之一的版面成為空白；綜合性副刊《集納》上的「天窗」，有二分之一版面這麼大。[3]

（4）遭到日偽襲擊通緝

中美日報館為了防備「不明身份」者的襲擊，也像滬上《申報》《新聞報》等報一樣，在報館門口安裝鐵板，在樓內的每層樓梯口安裝鐵門，由持有武器的人員進行守衛。[4]1939 年 7 月 22 日下午，中美日報館遭到汪偽特務 30 餘人的襲擊，守衛人員反應敏捷，迅速關上鐵門，特務未能闖入。同在一幢樓的《大晚報》排字房則遭到破壞，1 名工友中彈殞命。[5]1940 年 1 月 11 日，《中美日報》在運送途中因定時炸彈爆炸而遭焚毀。[6]3 月 25 日，一名暴徒闖入《中美日報》發行部投擲的兩枚炸彈幸未爆炸。

1940 年 7 月 1 日，汪精衛以偽國民政府代主席、行政院長的名義，發布命令通緝上海租界內 83 位抗日人士，《中美日報》社長吳任滄、總經理駱美中和王錦荃、鮑維翰、胡傳厚、周世南、張若谷、錢弗公、王晉奇等主要編輯人員名列榜上。中美日報館規定所有工作人員一律寄宿館內，編輯人員全部使用化名。[7]

（5）預謀應急準備久戰

《中美日報》1939 年 8 月第二次被罰停，9 月 23 日創刊《中美週刊》，

1 袁義勤：《〈中美日報〉始末》，《新聞與傳播研究》，1989 年版。
2 黃瑚：《上海「孤島」時期抗日報刊述評》，《新聞與傳播研究》，1987 年版。
3 袁義勤：《〈中美日報〉始末》，《新聞與傳播研究》，1989 年版。
4 馬光仁：《上海新聞史（1850～1949）》，第 875 頁，復旦大學出版社，1996 年版。
5 袁義勤：《〈中美日報〉始末》，《新聞與傳播研究》，1989 年版。
6 馬光仁：《上海新聞史（1850～1949）》，第 869 頁，復旦大學出版社，1996 年版。
7 馬光仁：《上海新聞史（1850～1949）》，復旦大學出版社，1996 年版，第 872、875 頁。

查修、許亦非主編[1]，仍以美商羅斯福出版公司名義出版，發刊詞稱一如本公司出版的《中美日報》。[2]

　　《中美日報》1940 年 1 月第三次被罰停，中美日報社又用美商羅斯福出版公司名義，向上海租界工部局申請了《中美晚報》執照，準備萬一日報永久判罰停刊之時使用。[3]

（二）上海市黨部主辦的《正言報》

　　國民黨上海市黨部主辦的《正言報》，1940 年 9 月 20 日創刊於上海，日出對開 8 版。負責人是上海市黨部主任委員兼三青團上海支團主任幹事吳紹澍，上海市黨部委員葉鳳虎任社長，經理馮夢雲（被日偽殺害後，馮志方繼任），副社長兼總編輯袁世裕，主筆李秋生。由剛剛卸任的上海公共租界工部局總董、美籍律師樊克令任董事長，由美商出面向美國國務院登記備案，以美商聯邦出版公司名義在上海租界內發行。

　　《正言報》創刊時規定了所持的政治立場和態度「（1）國民黨、三民主義青年團、國民黨中央宣傳部駐滬機構，包括宣傳部駐滬專員辦事處和中央社上海分社，必須密切配合，步調一致。（2）應以大、中、小學師生和工商各條戰線青年職工爲主要對象，特別要發動青年，抓緊對青年的工作。（3）必須做到旗幟鮮明，抗擊敵偽。對於漢奸要狠狠打擊；對於被迫參加汪偽政權而搖擺不定的分子，要不究以往，策其改邪歸正；對於徘徊歧路者要予以爭取；對於忠貞不二的愛國志士加以褒獎。」[4]

　　設國際版、國內版、本埠版、各地通訊版、教育版、體育版和副刊《文綜》《草原》《大眾》。重視報導教育與體育，教育版每天刊出一篇《小言》，以青年爲主要對象，宣傳抗戰必勝，經常轉載大後方學校動態，鼓勵滬蘇浙渝陷區青年內移，介紹入學，幫助經濟困難者。常常誇大事實，杜撰抗戰勝利的消息，在一時鼓舞人心的同時，也授敵以口實致極壞的後果。把中共駐重慶負責人周恩來關於皖南事變的談話，斷章取義地歪曲刪改成新四軍叛變的證詞。[5]

1　《上海新聞志》編纂委員會：《上海新聞志》，上海社會科學出版社，2000 年 12
　　月第 1 版，第 168 頁。

2　鄭連根：《抗日報紙「孤島」求生記》，《炎黃春秋》，2005 年版，第 10 期。

3　袁義勤：《〈中美日報〉始末》，《新聞與傳播研究》，1989 年版。

4　《上海新聞志》編纂委員會：《上海新聞志》，上海社會科學出版社，2000 年 12
　　月第 1 版，第 168 頁。

5　馬光仁：《上海新聞史（1850～1949）》，復旦大學出版社，1996 年版，第 861 頁。

經理馮夢雲慘遭敵僞特務秘密暗殺。1940 年 7 月，僞國民政府下令通緝上海租界內的抗日報人後，正言報館規定所有工作人員一律寄宿館內，編輯人員全部使用化名。[1]1941 年 12 月 8 日，太平洋戰爭爆發當天，《正言報》刊出《最後消息》宣告停刊。抗戰勝利，搶先接收敵僞平報館設備財產，1945年 8 月 23 日復刊。

二、國民黨海外黨報的抗戰

（一）加強海外黨報宣傳工作

國民黨在全面抗戰時期開展的海外宣傳活動，大致由中央海外部、中央宣傳部和中央社分管實施。海外部重點在港澳地區尤其是香港開展活動。國際宣傳處在世界各國開展活動。中宣部屬有國際宣傳處和駐歐特種宣傳委員會。中央社自成系統單獨開展活動。

國民黨在抗戰期間出版的海外報刊，承接辛亥革命時期同盟會在海外開展的報刊活動。

1、中央海外部的海外宣傳活動

1938 年 4 月，國民黨中央調整海外黨務工作，設立海外部負責黨務和宣傳工作，調整海外黨報，強化宣傳功能，加強特種宣傳，加強供應海外宣傳材料，制定宣傳方針，對海外進行廣播。據海外部在國民黨中央五屆五中全會的報告，海外有 14 家報紙接受國民黨中央的津貼，根據各報表現和成績撥發。原定每月撥款 1 萬元，每家報紙平均僅 714 元，1939 年 5 月起，只按 5折撥付。海外部體諒各地黨報經費困難，從本部活動經費中挪出一部分，湊足六成數額撥發。[2]同年 10 月，海外部針對海外黨報很少譯載本地政府施政情形和社會狀況，致使當地華僑無法及時瞭解所處環境，並且造成國民黨中央不能及時獲得各種國際問題研究資料，通令海外黨報及普通報「儘量譯載當地新聞」，以便「開啓民智、裨益僑胞、輔助中央」。[3]

---

1 馬光仁：《上海新聞史（1850～1949）》，復旦大學出版社，1996 年版，第 875 頁
2 陳鵬仁：《中國國民黨黨務發展史料——海外黨務工作》，近代中國出版社，1998年版，第 117 頁，轉引劉家林、王明亮：《前後國民黨在港澳宣傳活動之考察》，《新聞春秋》，2017 年版。
3 王繼先：《國民黨海外黨報管理政策述論（1927～1945 年）》，《民國檔案》，2012 年版。

1941 年 12 月太平洋戰爭爆發後，國民黨中央海外部爲謀求統一指導海外戰時工作，邀請僑務委員會、外交部、軍令部、三民主義青年團等與海外工作有關機關，派出高級人員組成指導海外戰時工作聯席會議（每週舉行一次），共同決定海外工作原則，通令海外各單位，由黨部、團部、領事館及重要僑團、僑領依照指示成立戰時聯席會議，並指示包括宣傳工作在內的工作。

國民黨中央海外部介入海外僑務工作，推進了海外抗日工作。東南亞一帶出現了不少華僑地下抗日報刊，「其中有部分是歸屬於國民黨系統的。這些地下抗日報刊，『通過秘密渠道，及時向東南亞各國人民傳達盟國在各個戰場上取得反法西斯勝利的消息，揭露日本法西斯的暴虐統治，對提高東南亞各國人民的反法西斯意識和盟軍必將勝利的信心，起了極大的鼓舞人心的作用。』[1]國民黨派出總編輯，把持了「南洋、印度、南美等地十幾家華僑報紙……從此這些報紙上主張團結抗戰的進步言論消失了，代而出現的是對蔣介石《中國之命運》的頌揚。」[2]1944 年 5 月，國民黨第五屆中央執行委員會第十二次全體會議決議案要求：「國際宣傳，應集中人才，寬籌經費，多作正面宣傳，爭取主動，以增加我在國際上之信譽。」「充實海外各黨報，並促進其聯繫，積極推動國民外交工作，以增進友邦人士對我之瞭解。」[3]

2、海外國民黨黨報的抗戰宣傳

抗戰期間，國民黨海外黨報分布於亞、歐、美多個洲，大部分是戰前甚至是清末民初年間創辦，戰時新創的報紙不多。其中原來支持汪精衛派別的黨報，一度爲其投降所累。

國民黨荷屬東印度（印度尼西亞）巴城支部 1921 年創辦的機關報《天聲日報》，聲討日寇罪行，號召華僑支持祖國抗戰。荷印政府將該報的負責人、職員和記者編輯驅逐出境或逮捕入獄。社長吳愼機等十多人，後被日軍關進集中營三年多。[4]國民黨法國總支部 1933 年 2 月創刊的半月刊《三民導報》，

1　周南京：《太平洋戰爭期間東南亞華僑地下抗日報刊》，周南京：《華僑華人百科全書‧總論卷》，中國華僑出版社，2002 年版，第 754 頁，轉引陳國威：《1924～1945 年國民黨海外部與僑務工作考論》，《華僑華人歷史研究》，2008 年版。

2　方漢奇：《中國新聞事業通史》（第二卷），中國人民大學出版社，1996 年版，第 658 ～659 頁。

3　《五屆中央執行委員會第十二次全體會議決議案》，榮孟源：《中國國民黨歷次代表大會及中央全會資料》（下冊），光明日報出版社，1985 年 10 月第 1 版，第 871 頁、872 頁。

4　方漢奇：《中國新聞事業通史》（第二卷），中國人民大學出版社，1996 年版，第 975 頁。

宣傳愛國主義，反對日本侵略，推動法國華僑聲援祖國抗戰。[1]國民黨抗戰時期在美洲出版的報紙，有戰前創刊的美國舊金山《國民日報》（1927 年 1 月）、紐約《民氣日報》（1927 年 1 月 15 日）、檀香山《中華公報》（1928 年）、芝加哥《三民晨報》（1930 年 3 月 18 日），也有加拿大維多利亞《新民國報》（1911 年）、多倫多《醒華日報》（1922 年），古巴哈瓦那《民聲日報》（1911 年），秘魯利馬《民醒日報》等，還有戰時創刊的美國《紐約新報》（1943 年）和《美洲日報》（1943 年 11 月 12 日）等。

美國舊金山《國民日報》和紐約《民氣日報》，創刊後一直支持以汪精衛為首的國民黨「左派」，汪精衛卻以國民黨副總裁的身份公開降日。舊金山《國民日報》全文刊登汪精衛 1938 年 12 月 29 日為投降日本發出的「豔電」，聲譽一落千丈。余仁山、李莘之離紐約《民氣日報》而去，向在美國民黨黨員招股，另創《紐約新報》。國民黨中央 1939 年接手主辦舊金山《國民日報》和紐約《民氣日報》。經過整頓的舊金山《國民日報》，1943 年後才充實祖國抗戰消息，改良排版印刷，銷行五六千份。紐約《民氣日報》經過整頓，以救國除奸為方針，積極宣傳抗日，業務蓬勃發展。紐約《美洲日報》，1943 年由孟壽椿收購 1928 年創辦的《紐約商報》改名出版。第二年，國民黨美國總支部決議向黨員招股，將紐約《美洲日報》改為黨報，漸有起色，一度成為在美國最為暢銷的國民黨報紙。[2]

3、制定海外黨報的管理規則

1944 年，國民黨五屆中央第 264 次常務會議備案通過《中央海外部海外黨報管理規則》，海外部所擬定的 18 條規則，對國民黨海外黨報的職權歸屬和報社的機構設置、人事安排、營業管理、業務審查、獎金津貼等作出了詳細規定。這是繼 1929 年 11 月國民黨中宣部擬定的《海外黨報登記規則》及《海外黨報登記須知》之後，國民黨對海外黨報進行管理的又一重要規定。

海外黨報管理規則對海外黨報組織架構、人事職權作出規定：「設董事會，負責籌措經費及決定報務方針」；「社長一人綜理全社事務，由當地黨部委派或由董事會推選，呈報本部核准備案，本部如認有必要或經董事會請求時，得直接委派社長」；「海外各黨報，分設經理、編輯兩部，經理部置經理一人，由社長任用之，編輯部置總編輯一人，由社長遴請本部任用，必要時

1　方漢奇：《中國新聞事業通史》（第二卷），中國人民大學出版社，1996 年版，第 984 頁。
2　方漢奇：《中國新聞事業通史》（第二卷），中國人民大學出版社，1996 年版，第 981 頁。

得由本部直接委派之。海外黨報設主筆一人，主持撰述事宜，由社長遴請本部任用，必要時得由本部直接委派之」；「　經理、編輯兩部視事務之繁簡，各設職員若干人，分別辦理經理、編輯方面事宜，由社長任用之」；「本部直接委派之總編輯及主筆，應受董事會主席及社長之指導，共策報務之進行」。[1]

海外黨報管理規則對海外黨報人員的政治身份作出規定：「海外黨報工作人員，必須為本黨黨員」；「海外黨報於每年度開始時，須造具職員及技工名冊，呈報本部備查，職員有變更時，並須隨時呈報」。[2]

海外黨報管理規則對海外黨報的經費管理、業務監督、審查考核作出規定：「海外黨報之津貼，由本部於每年度開始時核定後，按月或按季付匯」；「海外黨報於每年度開始前，須造具營業計劃書暨編輯計劃書，於上年度最後月份呈報本部備查」；「海外黨報於每年度終了，須造具營業狀況各月份比照表，資產負債各月份比照表及營業損益比照表，於次年第二月份呈報本部備查，必要時得由本部指定董事會或當地黨部聘請當地執行業務之會計師查核」；「海外黨報於每季終，須造具營業狀況報告表及編輯工作報告表，呈報本部備查」；海外黨報應自行訂定會議細則，將按月舉行的業務會議記錄「呈部備查」；「海外黨報應自訂辦事規則，呈報本部備案」；「海外黨報工作人員，應由社長於每年度終了時舉行考核一次，呈報本部查核，社長及本部直接委派之總編輯及主筆，由本部考核之，其成績特別優良者，由本部酌給獎狀、獎金或予升職，以資獎勵」；海外黨報須將所出報紙兩份，以最速方法寄呈本部，如遇困難未能全部寄出，應將每週社論、重要新聞剪輯成冊，郵寄本部審查；「海外黨報之言論紀載，由本部隨時考覈其成績，分別予以獎罰」[3]

4、中央宣傳部的對外報刊活動

國際宣傳處是執行重大任務的小機構。1937 年 11 月 6 日由國民政府軍委會第五部改組而成，1938 年 2 月改隸中宣部，編制仍以軍委會為標準，人員享受軍人待遇，直接對軍委會委員長負責，董顯光以中宣部副部長的名義督導國際宣傳處工作，處長曾虛白，設英文編撰、外事、對敵、攝影、廣播和

1　轉引王繼先：《國民黨海外黨報管理政策述論（1927～1945 年）》，《民國檔案》，2012 年版。
2　轉引王繼先：《國民黨海外黨報管理政策述論（1927～1945 年）》，《民國檔案》，2012 年版。
3　轉引王繼先：《國民黨海外黨報管理政策述論（1927～1945 年）》，《民國檔案》，2012 年版。

總務 6 科與秘書、新聞檢查、資料、日本研究 4 室。從 1938 年 2 月至抗戰勝利，國際宣傳處先後在美國、加拿大、墨西哥、澳大利亞、印度、英國、法國等國設立了 12 個辦事處。

國際宣傳處出版面對駐華外國記者和在華外國人的英文刊物《英文日刊》（1937 年 12 月 1 日，武漢），《英文週刊》（1939 年 6 月，重慶版，香港版），面向傳教士的英文刊物《中國通訊》（1943 年），還創辦了《法文週刊》《俄文日刊》。[1] 國際宣傳處所屬益世海外通訊社在比利時創刊法文週刊《中國通訊》（1939 年 2 月 1 日）。駐美國紐約辦事處創刊英文半月刊《現代中國》（Contemporary China，1941 年 5 月），報導中國軍事、政治，經濟、社會，傳達中國對國際問題的意見與主張，引發美國人對中國的興趣，縮短中美兩國人民的「精神距離」。駐印度加爾格答辦事處創刊英文週刊《中國通訊》和印度文週刊。上海辦事處利用特殊的租界環境，至 1940 年 3 月，使用 5 種語言，出版了 12 種定期刊物，其中：日刊 3 種，週刊 4 種，半月刊 1 種，月刊 4 種；英語 7 種，法語 2 種，俄語、日語和世界語各 1 種。[2]

根據已見資料，駐歐特種宣傳委員會沒有創辦報刊，而是向外國記者、報刊以給付津貼、提供贊助等方式開展報刊宣傳活動。給付津貼的有：法國記者 Bezies 宣傳費 385 英鎊（1937 年 10 月），英國大學學生會刊，瑞士日內瓦《國際日報》（1938 年 11 月）。按期給付英國張似旅主持的《中華雜誌》（《China Review》）的津貼，從 1938 年 7 月起由 25 英鎊減至 10 英鎊。向《抗日戰訊》《抗日情報》《抗日日報》捐款。對法國世界學聯會英文半月刊《中國學生與世界》和駐歐特種宣傳委員會法國總支部出版的半月刊《三民導報》進行贊助。[3]

1939 年，國民黨中央海外部對南非莫里斯《中華日報》、馬達格斯加《戰訊特刊》進行審查後，按月發給津貼。[4]

5、國民黨海外宣傳存在痼疾

1939 年 11 月，國民黨中央舉行五屆六中全會，海外部在報告中在談到「一般的日報，比抗戰前有質量之進步」的同時，指出存在的問題及成因是：「本

---

1 程剛：《抗戰時期國民黨國際宣傳處對外宣傳策略探析》，《南方論刊》，2016 年版。
2 王曉嵐：《論抗戰時期國民黨的對外新聞宣傳策略》，《抗日戰爭研究》，1998 年版。
3 龍鋒：《國民黨中央宣傳部駐歐特種宣傳委員會報告書》，《民國檔案》，2013 年版。
4 王繼先：《國民黨海外黨報管理政策述論（1927～1945 年）》，《民國檔案》，2012 年版。

黨機關報，則銷路不見增加，反有支持不易之勢，其原因：（1）工作人員恃有背景，毋須努力；（2）各派皆擁護中央，機關報擁護中央之特色與號召不引起注意」。「本黨定期刊物在重慶甚多，而海外之發行不甚注意，還不如其他之流暢。國內共產黨之刊物，亦多見於書攤。」國內派出頗多海外宣慰人員，「（1）對國內抗戰情勢本無研究，學識低，演講術不好；（2）生活習慣奢侈；（3）旅費不足，向僑胞提捐，極引起僑胞之反感，盡失宣慰之本意。」[1]

　　抗戰勝利前夕的 1945 年 5 月，吳鐵城在談及國民黨海外宣傳工作存在的不足時稱：「派在國外的宣傳人才，實在不多，動員海外僑胞宣傳的技術，不夠精到，宣傳經費亦不很充足，總感覺到我們的責任，還沒有能夠完全盡到。老實說，我們同志在國際上的宣傳戰，遠不及將士在國內的軍事戰。」[2]

（二）香港是海外宣傳的重地

1、成立港澳總支部實施統一領導

　　香港是國民黨抗戰期間海外新聞、出版重地。1938 年 10 月，漢穗相繼淪陷，香港成為中國最大的國際交通門戶。國民黨 1939 年初的港澳黨務視察報告稱：「抗戰以來，香港地位日形重要。僑港同胞數逾百萬。雄於資者富商巨賈、饒於力者技術專才、社會中堅、國中耆碩薈萃於此，盛極一時，潛蓄力量至為豐厚。……苟能運用黨國力量，收而納之於抗戰建國之一途，無形之中蔚成黨力，效果所至，未可限量。」[3]

　　1939 年 1 月 27 日，國民黨中央召開五屆五中全會，通過了中宣部提出的《改進國際宣傳實施方案草案》，決定在香港、上海、天津等重要都市由中央派人主持宣傳工作，在宣傳經費上予以傾斜；1 月 28 日，通過《對於黨務之決議案》，決定今後應力謀發展海外黨務，於宣傳方面尤其予以特別注意。

　　1939 年 3 月，國民黨中央海外部為加強統一領導，合併港澳地區組織機構，成立港澳總支部。5 月，原廣東省政府主席吳鐵城被委任為駐港澳總支部主任委員，又被派任國民黨中宣部駐港宣傳專員，指導閩粵兩省宣傳工作。11月，吳鐵城升任海外部部長，仍兼駐港澳總支部主任委員。港澳總支部的工

1　《五屆六中全會中央海外部工作報告》（1939 年 1～11 月），轉引金以林：《戰時國民黨香港黨務檢討》，《抗日戰爭研究》，2007 年版。

2　吳鐵城：《黨務檢討報告》（1945 年 5 月 7 日），轉引金以林：《戰時國民黨香港黨務檢討》，《抗日戰爭研究》，2007 年版。

3　羅翼群、區芳蒲：《港澳黨務視察報告》（1939 年 3 月 25 日），轉引金以林：《戰時國民黨香港黨務檢討》，《抗日戰爭研究》，2007 年版。

作以香港爲重，主要開展的工作分別是發展黨員、防止漢奸敵特活動和開展文化宣傳，促進香港僑民文化，發動民眾捐款獻金。

2、國民黨在香港開展的宣傳活動

抗戰期間，國民黨在香港從事宣傳活動的主要部門，是中央海外部駐港澳總支部和中宣部國際宣傳處香港辦事處，設有中央宣傳部香港專員辦事處、《國民日報》、中央通訊社香港分社、海外通訊社、英文《中國半月刊》、中國文化協進會、中國文化服務社總社香港辦事處、西南圖書印刷公司和華僑圖書館等文化宣傳機構。吳鐵城抵達香港，成立駐港宣傳專員辦事處，在香港皇后大道設立榮記行以爲掩護，設置編譯室，招攬滯留香港的文化人任委員，支付薪水 100 元，撰寫海外社論，出版定期刊物。

國民黨駐港澳總支部創辦報刊、通訊社，成立黨報社論委員會爲海外黨報提供社論。據港澳總支部 1940 年 12 月的工作報告顯示，除了報館、通訊社外，港澳總支部出版了 15 種特種刊物和 4 種定期刊物。[1]在香港設立海外黨報社論委員會，由陳訓悆、龍大均、祝百英等 8 人組成，爲海外 24 家黨報供應迫切需要的社論，社論的內容主旨與取材內容包括：抗戰建國事業；僑胞福利；駁斥敵僞漢奸的宣傳；糾正共產黨的「歪曲宣傳」；針對某一地區某些特殊問題之闡發。[2]

國際宣傳處香港辦事處出版了英文月刊《戰時中國》（China at War）和世界語月刊《東方呼聲》（Vocojel Oriento，每期印製 5000 冊）。《戰時中國》，1938年 4 月創刊，內容多爲配有插圖的富有人情味的故事，通過多種途徑寄銷歐美，1941 年 4 月每期印製 3000 冊，比創刊時增長了一倍。香港淪陷後，1942年 1 月在美國紐約出版發行。[3]

太平洋戰爭爆發，香港淪陷。事先準備不足，國民黨駐港宣傳機構工作人員全部陷敵，紛紛通過秘密途徑向內地撤退，國民黨在香港的公開宣傳活動隨之停止，僅餘零星的地下宣傳活動。[4]

1 《中國國民黨駐港澳總支部工作報告》，中國國民黨黨史館，檔案號：505 頁。I/43，轉引劉家林、王明亮：《前後國民黨在港澳宣傳活動之考察》，《新聞春秋》，2017年版。

2 陳鵬仁：《中國國民黨黨務發展史料——海外黨務工作》，近代中國出版社，1998年版，第 230～231 頁。轉引劉家林、王明亮：《前後國民黨在港澳宣傳活動之考察》，《新聞春秋》，2017 年版。

3 程剛：《抗戰時期國民黨國際宣傳處對外宣傳策略探析》，《南方論刊》，2016 年版。

4 劉家林、王明亮：《前後國民黨在港澳宣傳活動之考察》，《新聞春秋》，2017 年版。

3、港澳宣傳方針未產生很大效果

國民黨港澳總支部的經費拮据。1938 年 5 月，國民黨海外部部長吳鐵城認為「原定經費國幣五千元，合港幣二千七百元，只可作為總支部及三個支部之行政經費，於事業費應另行請款。事實上如照原來經費進行，確是困難。以本港情形之複雜，敵偽漢奸與異黨活動之猖獗，二千七百元亦僅足以打消敵偽收買報紙及報館主筆而已。」[1]1939 年以後，港澳總支部及宣傳工作缺乏經費的狀況有所改觀。

抗戰期間，國民黨在港澳地區的宣傳方針，「一是溝通海外僑胞情誼，協助政府推進戰時政令；二是對外爭取友邦同情與援助；三是糾正紛歧錯雜的言論思想為主旨。」[2]卻「因經費困難，同時下級黨部又多不能積極運用社會的人力與財力，所以亦不能發揮很大的效果。特別是宣傳技術的呆板低劣，有時且不免弄得民眾對於宣傳人員，發生厭惡輕視的觀念，致削弱了宣傳的功效」，甚至引起「盟邦對我不免苛責」。[3]

（三）國民黨香港《國民日報》

1、抗戰中期創刊

1939 年 6 月 6 日，香港《國民日報》創刊，日出兩大張。社址在香港中環街市擺花街 25 號。設編輯部與經理部。總編輯何西亞，總主筆王新命，經理黃劍棻。副刊《新壘》主編杜衡、路易士。奉吳鐵城之命進行創辦籌備的陶百川出任社長，年餘調任重慶國民黨中宣部機關刊物《中央週刊》主編。陳布雷胞弟陳訓悆接任社長，對編輯經理兩部人事略作調整。

香港《國民日報》雖是國民黨中宣部直屬黨報，「實際上從籌辦開始即由海外部負責，經費也由國民黨軍事委員會撥付，不僅中宣部無權干涉，也不受中央常務委員會約束。」[4]1940 年 6 月，國防最高委員會第 35 次常會同意將報社經費由每月 1500 元增加到每月 2500 元。[5]國民黨在港澳地區的組織出

1　《高廷梓致朱家驊函》（1938 年 5 月 22 日），轉引金以林：《戰時國民黨香港黨務檢討》，《抗日戰爭研究》，2007 年版。

2　《五屆六中全會中央海外部工作報告》（1939 年 1～11 月），轉引金以林：《戰時國民黨香港黨務檢討》，《抗日戰爭研究》，2007 年版。

3　吳鐵城：《黨務檢討報告》（1945 年 5 月 7 日），轉引金以林：《戰時國民黨香港黨務檢討》，《抗日戰爭研究》，2007 年版。

4　金以林：《戰時國民黨香港黨務檢討》，《抗日戰爭研究》，2007 年版。

5　《中國國民黨文宣經費案》，「國史館」館藏檔案，檔案號：001-014180-0010，轉引劉家林、王明亮：《前後國民黨在港澳宣傳活動之考察》，《新聞春秋》，2017 年版。

自多個系統，「橫的部門與縱的系統多有脫節，造成黨報（香港《國民日報》）與『黨部之宣傳科無密切之聯繫』。」[1]

2、港人稱不好看

國民黨最高國防委員會秘書長葉楚傖擔心香港報紙極多，出版《國民日報》，「略帶灰色恐不足致勝」，「似易明示立場，使南中人士得所趨依」。[2]《國民日報》秉持抗戰愛國立場，向港澳同胞及海外僑胞宣傳國民政府的抗戰政策，駁斥日本美化侵略和汪偽「和平運動」等謬論，基本上刊用中央社稿件，政治色彩濃厚，常就抗戰國策等問題與《華商報》論戰。中共的《華商報》和中國民主政團同盟的《光明報》同在擺花街，距《國民日報》不遠，三報同人多有舊識，路上相遇，視若無人，互不招呼。汪偽政權承認《國民日報》是香港報刊中對其抨擊最激烈的兩家報紙之一。[3]

由內地人辦的「外江報」《國民日報》，香港人不覺得好看，不少香港人說「《國民日報》唔好睇」（粵語不好看）。報紙的發行量在 5000 份徘徊，並不斷下滑。銷量少，廣告客戶也少，廣告收入亦少，「甚至給別人送登廣告，別人還得考慮。」[4]陳訓惣經常走出社長辦公室，和編輯部的編輯們商討改進版面，增加發行量。想方設法地爭取讀者，利弊不一。聘請著名體育記者陳福裕主持體育版，撰寫體育評論，每逢球賽之日，報紙都要增加印數。在雙十節發起櫥飾競賽，發動各商店以抗日救國為主題布置櫥窗，評選獎勵一二三等獎，所費不貲，收效不大。與同城出版的胡文虎 1938 年創辦的《星島日報》，總難匹敵。

3、停刊前的搶購

報紙被香港讀者搶購的盛況，曇花一現於報紙停刊前夕。1941 年 12 月 8 日，太平洋戰爭爆發。日軍飛機轟炸啟德機場，分三路跨過深圳河發起進攻，迅速佔領九龍、新界，香港成為孤島。《華商報》12 日停刊。香港《大公報》13 日停刊。《光明報》14 日停刊。《國民日報》孤軍奮戰，堅持及時報導戰況，

1 《五屆六中全會中央海外部工作報告》（1939 年 1～11 月），轉引金以林：《戰時國民黨香港黨務檢討》，《抗日戰爭研究》，2007 年版。
2 張新：《兩封舊信與香港〈國民日報〉》，《檔案春秋》，2008 年版，第 9 期。
3 秦孝儀：《中華民國重要史料初編——對日抗戰時期第六編全知傀儡組織》，第 591 頁，中國國民黨黨史委員會，1981 年，轉引劉家林、王明亮：《前後國民黨在港澳宣傳活動之考察》，《新聞春秋》，2017 年版。
4 魏中天：《解放前國民黨在港宣傳活動內幕》，《世紀》，2010 年版。

每天出版一大張，發行約 2 萬份，總是被一搶而光。12 月 25 日，抗戰 18 天的英軍停止抵抗，港督楊慕琦宣布投降，香港淪陷，《國民日報》停刊。香港不久發生糧荒，隱匿民間的報社員工，1942 年 2 月混入難民群，乘坐機帆船逃離香港。[1]抗戰勝利後，《國民日報》在香港復刊。

1 沈藝：《抗戰時期的香港〈國民日報〉社》，《世紀》，2011 年版。

第三章　民國南京政府中期的共產黨報業

　　共產黨報業在全面抗戰期間，呈現主動進取的積極態勢。在中共中央駐地的陝甘寧邊區和華北、華中、華南抗日根據地創辦的大量報刊，以大型的延安《解放日報》爲核心。《新華日報》在武漢、重慶出版，成爲國統區堅持抗戰的鮮豔旗幟。中共黨報在抗戰中後期成功地進行改革，有力地提升了自身的品質。

第一節　陝甘寧邊區的共產黨報業

一、陝甘寧邊區共產黨報業概述

（一）陝甘寧邊區的創建

　　陝甘寧抗日根據地以原陝甘寧革命根據地爲基礎演變而來。1937 年盧溝橋事變爆發後，中國共產黨根據同國民黨談判達成的協議，按照團結抗日的原則，對陝甘寧革命根據地進行更名改制。1937 年 9 月 6 日，原陝甘寧革命根據地的蘇維埃政府正式改稱陝甘寧邊區政府，首府延安是中共中央所在地。國民政府劃定陝甘寧邊區政府管轄範圍爲位於陝、甘、寧三省交界地區的 23 個縣，北起陝西北部的府谷、橫山，南達陝西中部的淳化、旬邑，西至甘肅固原、寧夏的豫旺堡，東臨黃河，南北長 900 里，東西寬 800 里，面積約 18 萬平方公里，人口約 150 萬。

（二）逐漸擴大報業規模

1937 年 1 月，中共中央移駐延安，爲以延安爲中心的陝甘寧邊區報業的發展提供了強勁動力。抗日戰爭爆發後，除原有的《新中華報》《解放》雜誌繼續出版，又有數十家報刊先後創辦。

中共中央 1939 年 10 月創刊《共產黨人》。新華社 1938 年 12 月將 1937 年 10 月定名的《參考消息》改名《今日新聞》。中共陝甘寧邊區區委 1938 年 2 月 1 日創刊半月刊《團結》。全國青年聯合會（即中國共產黨青年工作委員會）延安辦事處 1939 年 4 月 16 日創刊《中國青年》。中共中央婦女運動委員會 1939 年 6 月創刊月刊《中國婦女》。中共中央職工運動委員會 1940 年 2 月創刊月刊《中國工人》。中國學術研究會 1939 年 1 月創刊會刊《理論與實踐》。

陝甘寧邊區政府 1940 年 12 月創刊半月刊《邊區政報》。邊區政府農業廳 1938 年 10 月創刊《經濟建設》。邊區政府教育廳 1938 年 6 月 16 日創刊半月刊《邊區兒童》，1941 年 4 月創刊半月刊《邊區教育》。邊區文化界救亡協會 1938 年 8 月 20 日創刊旬刊《邊訊》，10 月 16 日創刊半月刊《文藝突擊》。邊區文化協會 1940 年 3 月創刊《邊區群眾報》。邊區新文字協會 1940 年 12 月創刊週刊《新文字報》。延安文化界救亡協會 1939 年 2 月 16 日創刊 16 開鉛印《文藝戰線》。

中共陝甘寧特區區委 1937 年 7 月 17 日創刊 32 開油印機關刊物《黨的生活》。中共陝西省委 1938 年 1 月在西安創刊《西北》週刊（1939 年 7 月在延安復刊）。中共隴東區委 1938 年春創辦（慶陽）《救亡報》。中共關中分區區委 1939 年春創辦 5 日刊（馬欄）《抗戰報》。中共綏德分區區委 1939 年 7 月 1 日創辦（綏德）《抗戰報》。

西北青年救國聯合會 1938 年 9 月 15 日創刊機關刊物 32 開鉛印週刊《青年戰線》。陝甘寧邊區青年救國聯合會 1939 年 5 月 20 創刊 32 開油印《邊區青年》。陝甘寧邊區學生救國聯合會 1939 年 12 月 9 日創刊鉛印機關刊物《學生通訊》月刊。魯迅藝術學院編審委員會 1939 年 1 月 1 日創刊《藝術工作》。

1939 年 11 月，振華造紙廠工務科長華壽俊王士珍夫婦，以牲畜不吃的纖維堅韌的馬蘭草爲原料試製成功馬蘭紙。邊區政府建廠投產，逐步提高馬蘭紙產量，爲陝甘寧邊區的報刊出版和其他文化事業用紙提供保證。

（三）集中力量辦好大報

陝甘寧邊區物資供應發生嚴重困難，無法維持大批報刊的持續出版；已經出版的報刊，存在分工不明，彼此重複，量多質次，內容貧乏等弱點。

1941 年 7 月，中共中央發出指示規範各抗日根據地的報紙雜誌出版，指示規定「爲了提高質量及合理的使用人力物力，各根據地的報紙雜誌，一般的應集中力量辦好下列幾種」：政治報紙（3 日刊、隔日刊或日刊），政治雜誌（月刊），黨內刊物（月刊），綜合的文化文藝性雜誌，通俗報紙。「上述五種，第一種及第五種是必須辦的，其次是舉辦第三種，第二第四兩種須依人力物力來決定，不要勉強湊數。」[1]

由中央局、中央分局和地域上有獨立性的區黨委主辦的政治報紙，「作爲黨及黨領導的軍、政、民的共同言論機關」，讀者對象「主要是區級以上的幹部、小學教員與一般知識分子，它的任務在於及時的報導時局的動向，具體的解釋黨、政、軍、民各方面的政策，具體的反映當地的各種情況與實際工作，尤其是每個時期的中心工作，並指導之。」[2]

由中央局、中央分局和地域上有獨立性的區黨委主辦的政治雜誌，讀者對象與政治報紙相同，「它的任務：論述國內外重大的時事政治問題，系統的深入的解釋黨、政、軍、民的各種政策，反映當地各種情況，總結工作經驗，宣傳馬列主義，用馬列主義解釋中國歷史與現狀，並指導幹部的學習。」[3]

由中央局、中央分局和地域上有獨立性的區黨委主辦的黨內刊物，「讀者對象爲區級以上的黨的幹部。它的任務是在不妨礙黨的秘密工作的原則下，著重於黨的建設、黨的教育、黨的政策之黨內的傳達和解釋，及各種實際工作之黨內的檢討等。」[4]

由中央局、中央分局和地域有獨立性的區黨委「可出版一種在黨指導下的綜合的文化文藝性質的雜誌，作爲各種學術研究與文藝活動的理論的和實踐的指導刊物，及文藝作家發表作品的園地。」[5]

1　《中宣部關於各抗日根據地報紙雜誌的指示（1941 年 7 月 4 日）》，《中國共產黨新聞工作文件彙編》（上卷），新華出版社，1980 年 12 月第 1 版，第 115 頁。

2　《中宣部關於各抗日根據地報紙雜誌的指示（1941 年 7 月 4 日）》，《中國共產黨新聞工作文件彙編》（上卷），新華出版社，1980 年 12 月第 1 版，第 114 頁。

3　《中宣部關於各抗日根據地報紙雜誌的指示（1941 年 7 月 4 日）》，《中國共產黨新聞工作文件彙編》（上卷），新華出版社，1980 年 12 月第 1 版，第 114～115 頁。

4　《中宣部關於各抗日根據地報紙雜誌的指示（1941 年 7 月 4 日）》，《中國共產黨新聞工作文件彙編》（上卷），新華出版社，1980 年 12 月第 1 版，第 115 頁。

5　《中宣部關於各抗日根據地報紙雜誌的指示（1941 年 7 月 4 日）》，《中國共產黨新聞工作文件彙編》（上卷），新華出版社，1980 年 12 月第 1 版，第 115 頁。

「各邊區可以出版一種作爲社會教育工具的通俗報紙（如晉西北的大眾報及陝甘寧的群眾報），其讀者對象是廣大的群眾和普通黨員，這擔負著政治的、社會的、科學的和大眾文化的有計劃的啓蒙任務。作爲群眾鼓動的畫報可以附屬在這種通俗小報之內。」[1]

中共中央機關報延安《解放日報》1941 年 5 月 16 日創刊後，陝甘寧邊區報業數量規模的發展主要表現爲基層黨報低量增長。1942 年創辦中共隴東特委《隴東報》（7 月 7 日），中共三邊地委《三邊報》（定邊）。1944 年前後創辦米脂縣委《米脂報》，淳耀縣委《群眾生活》，安塞縣委《安塞群眾》，延安縣委《農村生活》，鄜縣縣委《新鄜報》（1942 年 3 月），延川縣委《延川報》（1944 年 5 月 28 日）等。

（四）加強報紙出版管理

1、擴大黨報委員會功能

1937 年 1 月 22 日，中共中央由保安遷入駐延安不到 10 天，成立了由張聞天、凱豐、王明、秦邦憲、周恩來組成的中央黨報委員會。設秘書主持日常工作，廖成志（1937 年 3 月）、徐冰（1937 年 10 月至 1939 年秋）先後任秘書。中央黨報委員會遷到延安清涼山後，下設部門由資料科改爲出版、發行 2 個科。主要任務是編輯中共中央的政治理論刊物《解放》，研究雜誌選題，分配寫稿任務。

約在 1937 年底或 1938 年初，中央黨報委員會隨著新中華報社、新華社、中央印刷廠劃歸領導，擴大工作職能，成爲延安新聞、出版、印刷、發行的統一領導機構。博古於 1938 年 9 月至 1942 年 12 月擔任中央黨報委員會主任。《解放日報》改版後，同時成爲中共中央西北局機關報，西北局委員陳正人參加中央黨報委員會工作。[2]

1939 年 5 月 17 日，中共中央書記處發布《中共中央關於宣傳教育工作的指示》，指示的第二條對黨委與宣傳部的中心任務等作出明確的規定：「從中央局起一直到省委、區黨委、以至比較帶有獨立性的地委、中心縣委止，均應出版地方報紙。黨委與宣傳部均應以編輯、出版、發行地方報紙作爲自己

1　《中宣部關於各抗日根據地報紙雜誌的指示（1941 年 7 月 4 日）》，《中國共產黨新聞工作文件彙編》（上卷），新華出版社，1980 年 12 月第 1 版，第 115 頁。
2　王鳳超：《中共中央黨報委員會的歷史沿革》，《新聞與傳播研究》，1988 年版。

的中心任務。各中央局、中央分局、區黨委、省委應用各種方法建立自己的印刷所（區黨委與省委應力求設立鉛字機）以出版地方報紙，翻印中央黨報及書籍小冊子。在不能設立鉛印機時，即石印油印亦極重要。」[1]

2、成立中央宣傳委員會

1943 年 3 月 16 日，中共中央政治局召開會議，20 日通過《中央關於中央機構調整及精簡的決定》，決定毛澤東任中央政治局主席、中央書記處主席。

決定規定：中央政治局和書記處下設助理機關宣傳委員會和組織委員會，處理宣傳、文化、教育工作；毛澤東、王稼祥、博古、凱豐 4 人組成中央宣傳委員會，書記毛澤東，副書記王稼祥，秘書胡喬木；中央宣傳委員會統一管理中央宣傳部、《解放日報》（包括新華社、廣播電臺）、中央黨校、文委和中央出版局等；宣傳委員會成立後，原有之中央黨報委員會取消。[2]

（五）提升報紙印製能力

1、中央印刷廠的延安重建

中共中央移駐延安後，決定重建中央印刷廠。陝北沒有鉛印設備和技術工人。隨軍長征的原瑞金中央印刷廠副廠長祝志澄，曾是上海商務印書館的排字工人，兩次受命前往西安、上海等地採購印刷器材，招募印刷技工。祝志澄從上海購回對開機、四開機各 1 臺，鑄字機 2 臺，老五號字銅模 1 套和一批鉛字等器材，艱難地運抵延安；從上海招聘了顧紀民、周永生、沈鎮衍、趙鶴、時專耕、蔡善卿、孫梅生、黃東生、金文欽、賈文龍等技術工人[3]，為中央印刷廠開工創造了條件。籌建工作尚未完全結束，中央印刷廠已於 1937 年 4 月開始印製《解放》雜誌。

1937 年 7 月，中央印刷廠正式命名，廠址位於延安清涼山，廠長祝志澄。初創之時，印製能力弱小，有時致使承印報刊無法按期出版。《解放》雜誌創刊號1937 年 3 月已經編好稿件、拼好版面，因沒有鑄字設備、缺字太多，拖延一個多月才出版。由於紙張、印刷的問題，《解放》不能按周如期出版。[4]

1　《中國共產黨新聞工作文件彙編》（上卷），新華出版社，1980 年 12 月第 1 版，第90 頁。

2　王鳳超：《中共中央黨報委員會的歷史沿革》，《新聞與傳播研究》，1988 年版。

3　烏兆彥：《為新中國印刷事業奮鬥終生的祝志澄同志》，《廣東印刷》，1998 年版。

4　曹子庭：《延安時期中共中央的出版發行工作》，《黨史文苑》，1994 年版。

2、中央印刷廠的逐步發展

通過多種渠道陸續增添印刷設備，招聘印刷工人。中央印刷廠的組織架構逐步完善，設材料科、總務處和鉛印、石印、排字、編輯、刻字、裁紙、裝訂、鑄字等8部。鉛印部的8部印刷機中有4部是舊機器。中央印刷廠排字房設在延安清涼山正中的萬佛洞裏，為工人們在日軍飛機轟炸延安時堅持工作提供了安全保障。被譽為「延安五老」之一、陝甘寧邊區參議會副議長的謝覺哉，賦詩稱讚：「馬蘭紙雖粗，印出馬列篇。清涼萬佛洞，印刷很安全。」[1]

1940年10月，中央印刷廠排印量達300多萬字，印刷紙張320令。周恩來參觀清涼山中央印刷廠時說：「在大後方重慶，全國最大的商務印書館，每月排印量還不到100萬字，而你們在材料困難的條件下，卻能月產300萬字。這使我們在大後方工作的同志感到很高興，很受鼓舞。」[2]至1942年，中央印刷廠已發展成為陝甘寧邊區規模最大的印刷廠。同年，中央印刷廠將石印車間分出，組建陝甘寧邊區政府財政部印刷廠。

中央印刷廠承接排印了《紅色中華》《鬥爭》《蘇區工人》《新中華報》《解放日報》《邊區群眾報》《今日新聞》等報，《解放》《共產黨人》《中國文化》《中國工人》《中國婦女》《中國青年》等刊，《國家與革命》《列寧選集》《斯大林選集》《馬恩列斯論中國》《矛盾論》《實踐論》《論持久戰》《新民主主義論》等著作。廠長祝志澄帶領全廠職工，想方設法地克服軍事摩擦、經濟封鎖帶來的紙張、印刷原材料極度缺乏的困難，出色地完成了中央所交付的任務。1944年，祝志澄榮獲陝甘寧邊區甲等勞動英雄稱號。

二、陝甘寧邊區的中央和西北局機關報刊

（一）《新中華報》：邊區政府機關報改為中央機關報

1、《新中華報》的屬性變化

1935年11月25日，《紅色中華》報在陝西瓦窯堡（今子長縣）復刊[3]，出版第241期（序號續瑞金時期），4開，油印。陝北蘇維埃政府的《蘇維埃報》與之合併。1937年1月13日，隨中共中央機關移駐延安城內。1月29

---

1 王敬：《延安〈解放日報〉史》，新華出版社，1998年版，第11頁。
2 張山明：《艱難歲月中的印刷業》，《廣東印刷》，1998年版。
3 另說《紅色中華》，1936年1月16日在陝西瓦窯堡復刊，楊小川：《〈新中華報〉介紹》，《抗日戰爭研究》，1997年版。

日，改本名，4 開，2 版，油印，出版序號順延。9 月 9 日，由「蘇維埃政府機關報」改為「陝甘寧邊區政府機關報」。改為鉛印，後改出 4 版。1938 年夏，社址遷至延安城外清涼山。1939 年 2 月 7 日，由 5 日刊改為 3 日刊，開始使用中華民國紀年。[1] 新設「三日戰況」、「生產運動」、「黨內批評」等欄目，增加代表中共中央政策主張等的社論、代論、專論及短評，集中報導「全面抗戰」、「邊區建設」和抨擊反共活動。

1939 年初，中共中央決定《新中華報》與新華社分立，直接受中共中央黨報委員會領導，主編李初黎。1940 年 5 月 24 日，《新中華報》接受委託，負責組織邊區各縣及延安所有通訊員的組織領導及教育工作，加強對通訊員隊伍的集中統一管理。6 月 26 日，中共中央確定《新中華報》是中共中央、陝甘寧邊區區委和陝甘寧邊區政府的機關報。[2]

毛澤東三次為《新中華報》題詞。為《新中華報》1939 年 2 月 7 日改版的題詞是「把新中華報造成一支抗日的生力軍」。同年年末，毛主席題詞「多想」。1940 年 2 月 7 日，《新中華報》第二版刊登毛澤東的題詞「抗戰、團結、進步，三者缺一不可」。[3]

2、《新中華報》的抗戰宣傳

廣泛的表揚全國軍民的抗戰業績。受採訪條件侷限，改革初期的戰事報導基本採用中央社電訊，出現了「正面戰場戰鬥不激烈，而新聞報導卻很多的局面。」[4]1940 年後，得益於新華社華北分社的建立，反映敵後抗戰的消息大為增加。「百團大戰」期間，發表八路軍總部《要報》54 號、社論 2 篇、專論 5 篇和《八路軍展開精兵大戰，攻克天險娘子關》等戰訊及大量根據地、國統區各界人士的讚評與慶祝活動的報導，連續追蹤戰役進程，發表言論闡述此戰役的政治、軍事等意義。發表《敵進攻海南島與我們的認識》（1939 年 2 月 16 日）、《目前晉東南戰局》（1939 年 8 月 15 日）、《湘北戰役的偉大勝利》（1939 年 10 月 13 日）等社論和電訊，報導正面戰場的局勢和戰況。

大力關注陝甘寧邊區的建設。報導「生產運動」，發表《生產突擊》等社論，刊載《生產‧勞動‧創作——文協生產會議速寫》《生產戰線上巡禮》《拾

---

1 姬乃軍：《延安〈新中華報〉》，《新聞知識》，1986 年版，第 10 期。
2 姬乃軍：《延安〈新中華報〉》，《新聞知識》，1986 年版。
3 王曉梅：《變遷中發展的〈新中華報〉》，《新聞大學》，2008 年版。
4 王揖：《延安〈新中華報〉簡史》，《新聞研究資料》，1987 年版。

冀運動》《每顆穀子 都是力和汗——馬列學院秋收報告》等報導，展現軍民生產的信心、辛勞和歡樂。報導「學習運動」，刊載《向黨內資本主義思想做鬥爭》《展開反官僚主義的鬥爭》《用自我批評來紀念我黨十九週年和抗戰三週年》等文，提倡使用批評與自我批評的方法反對官僚主義和腐敗，加強中共自身建設。

貫徹與執行中共中央制定的對策和指示，抨擊反共活動。在打退第一次反共高潮的宣傳中，指出問題的數量多少不等，揭示問題的方式隱顯不一，對於問題的表態輕重不同，講究鬥爭藝術；在打退第二次反共高潮的宣傳中，先是委屈退讓，再是激烈反擊，後是溫和「收兵」，針鋒相對，據理力爭，努力做到有理、有利、有節。

1941 年 5 月 15 日，第 230 號《新中華報》第 1 版刊出《新中華報今日新聞停刊及解放日報發刊啓事》：「爲著更多的反映國內外之一切消息及傳達我黨中央一切政治主張，滿足全國同胞及讀者諸君之要求起見，中共中央決定將新中華報及今日新聞合併，改出中共中央日報。」[1]

（三）《解放日報》：中共中央機關報

1、《解放日報》的籌備創辦

解放日報社以延安清涼山的半坡和岩底的 10 孔窯洞爲社址。1941 年 5 月 14 日，召開第一次編輯部會議。楊松報告了辦報計劃，與會者進行了討論。博古作了長篇發言，談到了報紙的性質與任務、黨報工作者的工作態度、編輯業務、報社制度、各部門工作計劃和發稿時間等問題。第二天出版的試刊報上，刊載了毛澤東撰寫的發刊詞等。毛澤東幾次給博古打電話，對試刊提意見。

1941 年 5 月 15 日，毛澤東爲中共中央書記處起草了創辦《解放日報》的通知。通知全文爲：「五月十六日起，將延安《新中華報》《今日新聞》合併，出版《解放日報》，新華通訊社事業亦加改進，統歸一個委員會管理。一切黨的政策，將經過《解放日報》與新華社向全國宣達。《解放日報》的社論，將由中央同志及重要幹部執筆。各地應注意接收延安的廣播。重要文章除報紙、刊物上轉載外，應作爲黨內、學校內、機關部隊內的討論與教育材料，並推廣收報機，使各地都能接收，以廣宣傳，至爲至要。」[2]

---

1 王曉梅：《〈新中華報〉刷新》，《新聞界》，2017 年版。
2 中共中央文獻研究室、新華通訊社：《毛澤東新聞工作文選》，新華出版社，2014 年 10 月第 1 版，第 72 頁。

1941 年 5 月 16 日，《解放日報》創刊。毛澤東題寫報頭，他在爲《解放日報》撰寫的《發刊詞》中開宗明義地宣告：「本報之使命爲何？團結全國人民戰勝日本帝國主義一語足以盡之。」「這是中國共產黨的總路線，也就是本報的使命。在目前的國際國內形勢下，這一使命是更加嚴重了。」在最後強調「團結，團結，團結，這就是我們的武器，也是我們的口號。今當本報發刊之始，願掬至誠，以告國人。」[1]

解放日報社首任社長和總編輯是秦邦憲（又名博古）、楊松，他倆分別在蘇聯學習，先後於 1930 年 5 月、1935 年 7 月回國。楊松負責的報社編輯部，設採通科、材料室（後改資料室）、校對科和編輯部辦公室。祝志澄負責的報社經理部，設總務、會計、發行和廣告 4 科。報社秘書長趙毅敏，黨總支部書記趙希愚。解放日報社由中央黨報委員會直接領導。

爲了落實由中央同志和重要幹部執筆《解放日報》社論的精神，在解放日報社之外成立了由黨、政、軍負責幹部組成的社論委員會。據報社編委會 1942 年 3 月 13 日公布的社論委員會成員有：謝覺哉，林哲（岡野近的化名），葉劍英，王稼祥，凱豐，任弼時，喬木，陸定一，賈拓夫，彭眞。[2]

1941 年 9 月 16 日，《解放日報》由創刊時對開橫排的 4 開 2 版擴大爲對開 4 版，開闢「文藝」、「青年」、「中國工人」、「敵情」、「中國婦女」、「科學園地」、「軍事」、「衛生」等 8 個專刊。1943 年 2 月 1 日，成立生產委員會，大家動手，各盡所能，參加大生產運動。到南泥灣開荒，種植玉米、穀子、蔬菜，養豬、養雞。利用印報的邊角餘料裝訂本冊出售，開辦煙廠生產清涼山牌香煙。同時開展的農副業生產，使報社人員以前缺吃少穿的物質生活有了明顯的改善。

2、《解放日報》的抗戰宣傳

宣傳抗日民族統一戰線。1942 年 7 月，發表社論《迎接「七·七」》，刊登《中共中央委員會爲紀念抗戰五週年宣言》和《抗戰五週年紀念日蔣委員長對全國人民廣播詞》，反覆宣傳團結抗日。1943 年 7 月，刊登《中共中央委員會爲紀念抗戰六週年宣言》，總結分析國內外反法西斯戰場的勝利形勢，對國民政府提出加強作戰、加強團結、改良政治、發展生產的 4 條政策性建議；

---

1 中共中央文獻研究室、新華通訊社：《毛澤東新聞工作文選》，新華出版社，2014 年 10 月第 1 版，第 73、74 頁。

2 王敬：《延安〈解放日報〉史》，新華出版社，1998 年版，第 11 頁。

發表社論《起來！制止內戰，挽救危亡！》《質問國民黨》《再接再厲消滅內戰危機》，揭露國民黨當局投降倒退政策，斥責國民黨頑固派企圖發動新的內戰陰謀。

宣傳抗日戰爭的敵後戰場和正面戰場。及時報導八路軍、新四軍、民兵及廣大人民群眾在反「掃蕩」、反「蠶食」、反「清鄉」英勇鬥爭中的戰績，宣傳地雷戰、地道戰、麻雀戰、破擊戰、圍困戰等靈活多樣的戰術。《冀中宋莊之戰》（周遊）、《碉堡線上》（華山）、《冀南的戰鬥故事》（甄林風）、《子弟兵扼守神仙山》（倉夷）、《村川大佐之死》（郁文）、《抬棺殺敵》等戰地通訊，真實而形象地紀錄了敵後戰場抗戰軍民奮勇殺敵的英雄事蹟。1943 年前後，集中發表了《我們有辦法堅持到勝利——為抗戰六週年紀念而作》（朱德），《我們怎樣堅持了華北六年的抗戰》（彭德懷），《新四軍在華中》（陳毅），《敵後六年之一得》（聶榮臻），《克服困難 迎接勝利》（徐向前），《敵後抗戰的戰術問題》（劉伯承）等，介紹各抗日根據地對敵鬥爭的歷史和現狀，總結敵後游擊戰的戰備和戰術，說明在中國共產黨領導下的威力無窮的人民戰爭，是堅持抗戰並取得勝利的重要保證。刊載《贛東克玉山》《浙南克四城》《收復漁洋關 宜昌西岸激戰》等中央社電訊，報導國民黨軍獲勝或敗中有勝的戰事。發表《中原戰事血的教訓》《豫湘戰役為什麼失敗？》等文章，分析抗戰正面戰場局勢。

駁斥愚民哲學，反對獨裁，要求民主。蔣介石 1943 年 3 月出版《中國之命運》，從 7 月 21 日起在第一、四版連續發表《評中國之命運》（陳伯達）、《誰革命？革誰的命？》（范文瀾）、《國共兩黨和中國之命運——顛駁蔣著〈中國之命運〉》（呂振羽）、《駁蔣介石的文化觀》（齊燕銘）、《駁蔣介石的法律觀》（何思敬）、《〈中國之命運〉——極端唯心論的愚民哲學》（艾思奇）等文章給予批判。從 1944 年上半年開始，刊載《重慶各黨派舉行憲政問題座談》《參議員張瀾著文，反對獨裁，要求民主》《王芸生要求廢止暗刑》，黃炎培、章乃器、孫起孟、陳北鷗、王雲五等企業家和各界人士聯名發表的《民主與勝利獻言》。連續報導國統區日益熾熱的刷新政治，抗議特務暴行的民主活動。1944 年 9 月 22 日，全文發表《關於國共談判林祖涵同志在國民參政會上的報告》，正式提出建立民主聯合政府的主張。1945 年 5 月 2 日，以 6 個版的篇幅全文發表毛澤東在中共七大所作的政治報告《論聯合政府》，同時發表社論《中國人民勝利的指南——談毛澤東同志的〈論聯合政府〉》。

宣傳邊區開展的大生產運動。陝甘寧邊區開展的大生產運動，是克服財政經濟困難，堅持抗戰到底的成功決策。發表社論《邊區農民向吳滿有看齊》《吳滿有——模範公民》《開展吳滿有運動》及刊載消息，報導帶動農業生產運動的典型吳滿有，刊載《向軍隊看齊》和消息、經驗總結、調查報告等，報導鼓舞軍隊生產的南泥灣精神，刊載《人們在述說趙占魁》《趙占魁同志》《恭喜趙占魁》，報導推動工業生產的趙占魁，成功地運用典型報導，宣傳自己動手，豐衣足食，引導與推動全邊區的大生產運動。

報導原子彈襲擊日本過分渲染威力。1945 年 8 月 9 日，報導蘇聯對日宣戰，刊載消息《戰爭技術上的革命 原子彈首襲敵廣島》，副題對消息的內容進行了摘要「東京承認廣島所有生物被燒死。該城煙火彌漫，高達十萬英尺。敵內閣當日舉行會議。」第三版刊載《杜魯門宣布使用原子彈攻日，此種炸彈較 2 萬噸的 TNT 的威力還大，較英國頂大的巨彈爆炸力大 2000 倍》等宣傳原子彈威力的報導。8 月 10 日第三版，除短消息轉載《基督教箴言報》的「原子彈能不能贏得和平，對它過高估計是荒謬的」報導，其餘的是《原子彈又炸長崎》《一個原子彈威力的估計》等多條消息。毛澤東看到後，找胡喬木、總編輯餘光生、副總編輯陳克寒談話，當面給予了尖銳嚴厲地批評，這樣過分的宣傳原子彈的威力是政治上的錯誤。[1]毛澤東指出：「原子彈能不能解決戰爭？不能，原子彈不能使日本投降，只有原子彈而沒有人民的鬥爭，原子彈是空的。假如原子彈能夠解決戰爭，為什麼還要請蘇聯出兵？為什麼投了兩顆原子彈日本還不投降，而蘇聯一出兵日本就投降了呢？」[2]

3、《解放日報》的副刊演變

《解放日報》創刊號刊載徵稿啟事，歡迎文藝作品、詩歌、短篇小說等投稿；在第二版左邊以闢欄方式的發表文藝稿件，不用文藝欄的版頭，每次發稿約 3000 字。主編丁玲不是報社編委會委員，參加編委會有關會議。1941 年 9 月 16 日，《解放日報》擴大為對開 4 版，文藝稿件發表在第四版下半版，使用「文藝」刊頭，成為以文藝為主的綜合性專刊，每期發稿 6000 字，每週刊出 4、5 期。「文藝欄」的任務是：「1、團結邊區所有成名作家；2、儘量提拔、培養新作家；3、反映邊區各根據地生活及八路軍、新四軍英勇戰鬥；4、

---

1 王敬：《延安〈解放日報〉史》，新華出版社，1998 年版，第 177 頁。
2 毛澤東：《抗日戰爭勝利後的時局和我們的方針》，《毛澤東選集（一卷本）》，人民出版社，1964 年 4 月第 1 版，第 1031～1032 頁，1966 年 7 月改橫排本。

提高邊區文藝水平。」[1]「《文藝》專刊也叫文藝欄，根本不說副刊，以免被誤會爲舊社會報紙的副刊。」「社長博古再三講『文藝欄』不能辦成『報屁股』，不以在政治上與黨報不一致，也不能辦成『逍遣品』，『甜點心』。」[2] 1941 年 5 月中旬至 1942 年 3 月底，《解放日報》「文藝欄用版頭或不用版頭，共發稿 100 萬字。」「每天見報三千字以上的文藝稿，在那時全國報紙的文藝陣地是絕無僅有的。」[3]

1942 年 3 月 15 日，舒群接任「文藝欄」主編。4 月 1 日，《解放日報》在改版當天刊出綜合性副刊文藝版，內容從文藝作品擴充爲文藝作品、自然科學和社會科學文稿三大類，由原來每期 6000 字增加一倍至 1.2 萬字，版面篇幅爲第四版的全版。陸續設置「挑剔」、「大眾寫作」、「常識問答」、「信箱」、「批評與答覆」、「書評」等欄目。9 月 10 日，毛澤東請舒群去棗園他的住處，商量辦法解決報紙第四版缺少科學類稿件的問題。在商談中，毛澤東寫出了《解放日報》第四版徵稿辦法。毛澤東說，《解放日報》缺乏稿件，且偏於文藝，除編輯部直接徵得稿件外，現請陳荒煤、江豐、張庚、柯仲平、范文瀾、鄧發、彭眞、王震之、馮文彬、艾思奇、陳伯達、周揚、呂驥、蔡暢、董純才、吳玉章等 16 位同志，徵集文學、美術、戲劇、音樂、大眾化文藝、文藝評論、婦女運動、青年運動、政治、經濟等方面的稿件，每人每月徵稿 6000 字到 12000 字。「各同志擔負徵集之稿件，須加以選擇修改，務使思想上無毛病、文字通順，並力求通俗化。」每篇不超過 4000 字，超過字數者作爲例外。「如每人徵集之稿件滿 1.2 萬字，可在第四版一次登完。但編輯部可以調劑稿件，分在兩天或三天登完，並不用專刊名目」，「如有不用之稿件，由編輯部退回負責徵稿人，再行補徵。如果編輯部作重要修改，則應與徵稿人商量一下。」[4] 1943 年 2 月，解放日報社正式成立副刊部，正副主任艾思奇、舒群。

《解放日報》副刊對延安的文學創作、研究、表演、展覽等給予全方位多角度的關注。發表了歐陽山的論文《馬列主義和文藝創作》、艾青的詩《哭泣的老婦》、劉白羽的小說《同志》、田間的報告文學《最後的一顆手榴彈》等名家之作，發表了灼石（方俊夫）的《二不浪夫婦》、葛洛的《我的主家》、

1　黎辛：《丁玲和延安〈解放日報〉文藝欄》，《新文學史料》，1994 年版。
2　黎辛：《毛澤東與〈解放日報〉副刊》，《新文學史料》，2002 年版。
3　《編者的話》，《解放日報》，1942 年 3 月 12 日，轉引黎辛：《丁玲和延安〈解放日報〉文藝欄》，《新文學史料》，1994 年版。
4　黎辛：《毛澤東與〈解放日報〉副刊》，《新文學史料》，2002 年版。

邢立斌的《回家》、葉克的《獵人的故事》、溫馨（孔厥）的《鳳仙花》、鴻訊（朱寨）《廠長追豬去了》等文學新人之作。發表《另一個法國》（愛倫堡）、《日與夜》（西蒙諾夫）、《前線》（柯涅楚克）、《創作漫談》（菲爾丁）、《磨房書簡》（都德）等譯作。發表的林默涵、尚吟（王匡）、楊耳（許立群）、田家英、彥修（曾彥修）等人的雜文，聯繫實際談理想、談學習，內容充實，文筆鋒利，為讀者所歡迎。

（三）中共中央機關刊物

1、《解放》雜誌

（1）《解放》雜誌的刊期與印製

1937 年 4 月 24 日創刊於陝西延安藍家坪，16 開，鉛印。解放週刊社編輯。中央印刷廠印製。創刊號 3 月分已經排版，因沒有鑄字設備、缺字太多，拖延一個多月才出版。第 17 期改用毛澤東題寫的刊名。紀念抗戰一週年，毛澤東為《解放》雜誌題詞「堅持抗戰，堅持統一戰線，堅持持久戰，最後勝利必然是中國的」。1939 年 11 月，中共六屆六中全會後，中共中央規定《解放》雜誌重要的社論、評論和文章要經過毛澤東審閱。[1]1941 年 3 月，雜誌編委擴大至 8 人，分別是張聞天、博古、吳亮平、陳伯達、趙毅敏、胡喬木、蔣南翔，仍由張聞天總負責，中宣部副部長吳亮平兼任編輯主任。廖承志、徐冰、李初黎、吳冷西先後任編輯。

因無法保證按周出版，1938 年 1 月第 28 期起改為半月刊。出版週期波動，有時間隔 10 天、20 天甚至約 30 天出版一期。設「時評」、「論著」、「翻譯」、「通訊」、「文藝」、「學習指導」、「來件專載」、「黨內教育」、「學術研究」、「隨感錄」、「書報研究」、「木刻」等欄目。另出理論增刊和西班牙、紀念孫中山、抗戰週年、陝甘寧第一屆參議會、十月革命 22 週年紀念等專刊特刊。1941 年 8 月 31 日終刊，共出版 134 期。《解放》在《解放兩週年紀念》（1939 年）、《站在中華民族解放事業的前進崗位上——紀念解放報出版一百期》（1940 年）中談到自身存在的主要問題是：理論性強，欠缺對於實際問題的報告與分析；欄目板塊失衡；有時遷就國民黨；與讀者的互動不夠；編排形式呆板，印刷質量欠佳。[2]

1　王峰：《延安時期前期中共中央機關報〈解放〉週刊考述》，《延安大學學報》（社會科學版）》，2013 年版。

2　楊發源：《〈解放〉週刊的不足》，《黃海學術論壇》，第 21 輯。

　　經新華書局（新華書店前身）向國內外公開發行，一度在各抗日根據地和山西、北平、天津、上海、南京、武漢、重慶、西安等地翻印。出版第 10 期銷量逾萬冊。

　　（2）《解放》雜誌的內容與精髓

　　刊發中共中央決議、宣言、通電、指示，中共中央領導人毛澤東、張聞天、朱德、博古、周恩來、王明、陳雲、劉少奇、任弼時、彭德懷、林伯渠、董必武、楊尚昆、賀龍、高崗、李富春、康生等論著，毛澤東的《論持久戰》《論新階段》《新民主主義論》，張聞天的《論青年修養》，劉少奇的《論共產黨員的修養》，陳雲的《怎樣做一個共產黨員》，都在這裡首次發表；馬克思主義經典作家論著的譯文與研究，基層工作總結和經驗介紹，國際時事述評和國際問題長篇論著，八路軍新四軍戰績等。

　　《解放》雜誌是「『馬克思主義中國化』出場的第一個陣地」。[1]1938 年 11月 25 日出版的第 57 期，刊載毛澤東的《論新階段》，完整地提出「馬克思主義中國化」的科學命題。隨後刊載《我們要學習什麼？怎樣學習？》（羅邁）、《略談學習馬列主義的方法》（景仁）、《論創造性的學習》（張如心）、《掌握創造性的馬克思主義──爲紀念列寧逝世十七週年而作》（實甫）等文，推動了「馬克思主義中國化」的進程。

　　2、《共產黨人》雜誌

　　《共產黨人》雜誌，1939 年 10 月 20 日創刊於陝西延安。32 開，鉛印。開始不定期出版，後改月刊。1941 年 8 月停刊，共出版 19 期。編委會由張聞天、鄧發、李維漢、李富春、王首道、馮文彬、孟慶樹、方強、陳正人等組成。主編張聞天，編輯主任李維漢，編輯陶希晉、馬洪。

　　刊發中共中央《關於鞏固黨的決定》《關於各級黨委暫行組織機構的決定》《關於各級黨部工作規則與紀律的決定》《關於增強黨性的決定》《關於調查研究的決定》《關於地方及軍隊中各級黨部取消、改正與停止黨員處分手續的決定》等黨的建設的指示，教材《中國革命和中國共產黨》和《聯共（布）黨史簡明教程》等書目。

　　毛澤東爲《共產黨人》創刊撰寫了發刊詞。他在發刊詞中首次論述中國革命勝利的「三大法寶」及三者關係，他指出：「十八年的經驗，已使我們懂

────────────

1　李鵬：《〈解放〉週刊與馬克思主義中國化》，《馬克思主義研究》，2014 年版。

得：統一戰線，武裝鬥爭，黨的建設，是中國共產黨在中國革命中戰勝敵人的三個法寶，三個主要的法寶。」[1]「十八年的經驗告訴我們，統一戰線和武裝鬥爭，是戰勝敵人的兩個基本武器。統一戰線，是實行武裝鬥爭的統一戰線。而黨的組織，則是掌握統一戰線和武裝鬥爭這兩個武器以實行對敵衝鋒陷陣的英勇戰士。」明確提出「建設一個全國範圍的、廣大群眾性的、思想上政治上組織上完全鞏固的布爾什維克化的中國共產黨」。[2]

（四）《邊區群眾報》：中共中央西北局機關報

1940 年 3 月 25 日，《邊區群眾報》創刊於延安北門外，陝甘寧邊區文化協會主辦。1941 年 5 月，由中共陝甘寧邊區區委機關報成為中共中央西北局機關報。以文化程度低的廣大群眾和基層幹部為主要對象。4 開，2 版，晉恒白紙石印，旬刊。第 10 期後改為 4 開 4 版，週刊，馬蘭草紙鉛印，發行量由石印時 0.1 萬份、0.5 萬份增長到 1 萬多份。初由延安大眾讀物社主編，1942 年 2 月 18 日，由邊區群眾報社編輯出版，社長謝覺哉，社址遷至延安南門外新市場對面的山頭上。組建通訊網和讀報組，培養大量的通訊員、讀報員。工作人員參加大生產運動，開荒種菜做鞋，撚毛線織毛衣。

辦報人員輪流下鄉，同區鄉幹部群眾同吃同住同勞動，經常給附近居民讀報，認真研究通訊員和讀者來信，聽取先進人物的意見和呼聲，熟悉邊區群眾的生活、願望、需要、習慣、愛好。大量報導群眾和基層的活動。使用簡單明瞭的文字，對決議、文件、領導人講話和黨政會議的長篇報導進行改寫、縮編。刊載新聞、通訊、評論、讀者來信、經驗介紹、講話、散文、詩歌、故事、順口溜、木刻、謎語等。搜集、學習、運用群眾語言，報紙常用字在 700 個左右。[3]使用大眾化的民間語言和文化形式刊出的稿件，識字不多的人能看懂，不識字的人能聽得懂。

1943 年陝甘寧邊區召開文教群英會，《邊區群眾報》被邊區政府授予「特等文教模範」的光榮稱號，主編胡績偉被授予「特等文教模範工作者」，副主編金照和文藝編輯柯藍獲得甲等獎。邊區民眾稱讚《邊區群眾報》是「我們的報」。在陝甘寧邊區流傳著謎底是《邊區群眾報》的一個謎語：「有個好朋

1　《毛澤東選集（一卷本）》，人民出版社，1964 年 4 月第 1 版，第 569 頁，1966 年 7 月改橫排本。
2　《毛澤東選集（一卷本）》，人民出版社，1964 年 4 月第 1 版，第 576～577 頁，1966 年 7 月改橫排本。
3　翟準：《我所知道的〈邊區群眾報〉》，《新聞業務》，1961 年版。

友，沒腳就會走；七天來一次，來了不停口；說東又說西，肚裏樣樣有；交上這朋友，走在人前頭。」[1]抗戰勝利後繼續出版。

第二節　各抗日根據地的共產黨報業

一、晉察冀抗日根據地的共產黨報業

（一）晉察冀抗日根據地的共產黨報業概述

晉察冀抗日根據地 1937 年底開始創建。1940 年底，發展成為包括晉察冀、冀中和冀熱察 3 個戰略區，擁有 90 餘個縣政府和 1500 餘萬人口，是模範的敵後抗日根據地及統一戰線的模範區。

1、晉察冀、冀中抗日根據地出版的報刊

晉察冀軍區 1937 年 12 月創辦《抗敵報》，中共地方組織、邊區政府機構等陸續創辦報刊。

中共地方組織 1938 年創辦的報刊有《戰線》（中共晉察冀省委，機關刊物）、《冀中導報》（冀中區委）、《新長城》（中共晉察冀中央分局）、《挺進報》（冀熱察區委）。同年 8 月，晉察冀軍區《抗敵報》改隸成為中共晉察冀區委機關報。邊區政府機構創辦了《邊區教育》（邊區教育處）、《邊政導報》（邊區行政委員會）、《邊區文化》（邊區文救會）、《群眾報》（邊區抗聯）、《工人報》（邊區總工會）等。

冀中抗日根據地的報刊出版以中共組織按層級出版的黨報為中堅。中共區委出版的報紙有《冀中導報》（中共冀中區委），地委的報紙有《新建設報》（九地委）、《洪流報》（六地委）、《新民報》（七地委）、《群聲報》（八地委），縣委的報紙有《大眾報》（束鹿）、《號角報》（深澤）、《莊稼報》（深縣）、《七七報》《大眾生活報》（藁城）、《建國報》（槁無）、《前哨報》（安平）、《戰鬥報》（安國）、《烽焰報》（博野）、《新生報》（蠡縣）、《奮鬥報》（武強）、《大眾報》（饒陽）、《前進報》（獻縣）、《先鋒報》（定南）、《前烽報》（河間）、《烽火報》（蕭寧）、《吼聲報》（高陽）。[2]抗戰初期的冀中農村出現了由知識分子創

1　胡績偉：《辦一張人民群眾喜聞樂見的報紙——回憶延安〈邊區群眾報〉》，《新聞研究資料》，1985 年版。

2　李麥：《冀中地區的新聞工作》，《新聞與傳播研究》，1981 年版。

辦的《醒鐘隔日報》（深縣北小營村）、《抗敵報》（寧晉縣司馬村）、《盾報》（束鹿縣辛集）、《平原日報》（束鹿縣舊城）等民辦報紙。[1]

抗日戰爭中的冀中根據地先後出版的 193 種報刊[2]，除個別的鉛印，均爲油印 4 開 2 版或 8 開 4 版的小報，一般爲 3 日刊。一個報紙的辦報人員很少，尤其是在初創之時，一個編輯加刻寫、印刷人員，三五個人就是一個報社。大都使用收音機接收重慶中央廣播電臺記錄新聞。1940 年春，《冀中導報》出版刊載新華社電訊的雙日刊《情報》，各縣報紙開始刊用新華社電訊。[3]有的印刷員油印技術高超，刻寫一張蠟紙可以印刷上千份報紙。依靠武裝交通隊和秘密交通網傳送的報刊，不僅可以送到各級幹部手中和各個村莊，有一些還送進了日僞軍的據點。

2、《冀中導報》《救國報》的游擊辦報

（1）《冀中導報》的抗戰

中共冀中區委機關報《冀中導報》1938 年 9 月 10 日創刊於河北任丘陳王莊，初名《導報》，鉛印 4 開 4 版日報。社長彭架，總編輯朱子強。1939 年初改爲 3 日刊。春季因反「掃蕩」停刊，冬天復刊，改本名，石印 4 開。社長范瑾，副社長兼總編輯朱子強。針對頻繁的反「掃蕩」，報社改變最初動員幾十輛大車拉著笨重的印刷器材，跟隨冀中區委和軍區機關不斷轉移的「豪華」狀態，依靠縣、區、村組織單獨活動，堅壁印刷器材改爲油印不定期出版。1940 年春改爲石印，另出油印《情報》、綜合性刊物《導報月刊》和青年讀物《戰鬥生活》，籌備對僞軍進行教育的刊物《北斗星》。同年，報社設編輯、印刷、發行 3 個部及電臺，在地委、縣委建立通訊網、發行網。在清苑、定縣建立造紙廠，使用麥秸作原料生產的紙張可以兩面印刷。1941 年 5 月，與冀中軍區《前線報》一起開展群眾寫作運動「冀中一日」。[4]

1942 年 5 月 1 日，日僞軍對冀中抗日根據地發動了空前殘酷的大「掃蕩」，碉堡如林，路溝如網，點線溝堡相聯，中間的空隙方圓大約只有 2.5 公里。報社決定編成小組分散到熟悉的地區隱蔽開展活動。社長范瑾帶一個組跟隨冀中黨政軍領導機關活動，編輯油印 4 開 2 版《前線》報。副社長兼總編輯朱

1　杜敬：《抗戰時期冀中的 125 種報刊》，《新聞與傳播研究》，1986 年版。
2　杜敬：《抗戰時期冀中的 68 種報刊》，《新聞研究資料》，1988 年版。
3　李麥：《冀中地區的新聞工作》，《新聞與傳播研究》，1981 年版。
4　杜敬：《抗戰時期冀中的 125 種報刊》，《新聞與傳播研究》，1986 年版。

子文帶一個組在肅寧打游擊，在「掃蕩」間隙出版了幾期油印的 8 開 2 版《冀中導報》。李麥和編輯科長黃應的這個組跳出包圍圈，在水鄉文安窪大柳河村出版了十幾期油印《冀中導報》臨時刊。8 月，冀中區委決定《冀中導報》暫時停刊，各地委組織力量並收容冀中導報社的編輯、記者、電訊人員，分別出版油印小報《黎明》報（第 7 地委）、《勝利報》（第 8 地委）和《團結報》（第 11 地委）。

冀中導報社人員與冀中地委的辦報人員，在抗日堡壘戶家的地洞裏，點著油燈，編寫稿件，抄收電訊，耐心細緻地修改通訊員的稿件。堡壘戶的鄉親待他們親如兒女兄弟，平時替他們站哨，一有敵情即喊他們進地洞，最殘酷的時候，替白天黑夜都在地洞裏的辦報人員端屎倒尿。李麥 30 多年後極為動情地說：「房東冒著房屋被燒毀、一家人被殺害的危險保護我們。他們真是我們同生死共患難的親人！」[1] 他們所辦的油印小報，在青紗帳和地洞裏傳來傳去地翻閱，揉搓得破爛不堪，為「抬頭見崗樓、邁步是溝牆、終日槍聲響、遍地是謠言」的冀中抗日軍民，提供了堅持抗戰的一線曙光。一位多日聽不到抗日消息的打游擊者，1942 年秋在平安縣「高粱地裏看到七地委黎明報的創刊號社論的兩行標題：『天將黎明，曙光不遠，咬緊牙關，渡過困難』，頓時精神為之一振，抗戰勝利信心倍增。」[2] 冀中導報社記者科科長、冀中通訊社負責人、《平原文藝》主編沈蔚、副刊編輯馬馳野，在慘烈的「五一大掃蕩」中犧牲；電訊隊隊長王文祿帶領部分人員在地洞裏堅持工作被發現，他們打完了所有子彈，全部犧牲。[3]

1945 年，冀中區委決定，各地委油印小報停刊，籌備恢復區委機關報。《冀中導報》6 月 15 日在饒陽縣長流莊復刊，石印 4 開 4 版，使用毛澤東在「五一掃蕩」前題寫的報頭。[4] 冀中區委書記林鐵兼任社長。不久，獻縣解放，張莊天主堂的一套鉛印設備轉給報社。8 月 13 日改為 4 開 2 版鉛印日報，發行量由石印時的 0.2 萬份猛增至 2.2 萬份。1949 年 2 月，改名《河北日報》。[5]

---

1 李麥：《冀中地區的新聞工作》，《新聞與傳播研究》，1981 年版。
2 李麥：《冀中地區的新聞工作》，《新聞與傳播研究》，1981 年版。
3 杜敬：《抗戰時期冀中的 125 種報刊》，《新聞與傳播研究》，1986 年版。
4 李麥：《冀中地區的新聞工作》，《新聞與傳播研究》，1981 年版。
5 曹麗芹：《晉察冀抗日根據地的紅色報刊》，《東方收藏》，2015 年版。

（2）冀東《救國報》的抗戰

中共冀東區分委機關報《救國報》1940 年 1 月 1 日創刊於河北遵化蘆各寨，是冀東地區的第一張中共黨報。油印 8 開 2 版，週報。馬宗周、呂江歷任社長。初用一臺只能接收中央社廣播新聞的普通收音機接收電訊，編寫戰地新聞。在福益農林場編好報紙，送到秘密的地洞裏印刷。1941 年春，報社遷至遵化南部山村魯家峪。報社人員由最初的 7 人增至 40 多人，增設電臺。附出 8 開 2 版的通俗油印報《老百姓》。後又遷移塞外河南大寨、遷西灤河東岸、昌黎北部山區、楊家鋪北山，最終返回魯家峪。報紙發行 1000 多份，通過交通站沿村轉遞，送到冀東游擊區各個角落的抗日軍民手裏，有些送進了日偽軍據點。

1943 年 4 月，日軍在冀東發動第四次「強化治安」。馬宗周和報社人員被困在東峪開採火石的廢棄山洞裏，他們利用事先修築的掩體和準備的乾糧堅持鬥爭 4 天，直到日偽軍將洞口炸塌撤退，被鄉民救出。6 月，停刊兩月的報紙復刊繼續出版。[1]同年夏秋，成立群眾文化組織新長城社，依託報社出版綜合性刊物《新長城》。9 月，日軍在冀東發動第五次「強化治安」。報社人員三出長城，在群山萬壑中與敵周旋。1944 年初，報社根據冀熱邊特委的決定，增出《救國報》灤西、灤中、灤東、路南、燕南 5 個地方版，另出版 16 開文獻彙編性質的《救國時報》。1944 年 10 月 17 日，報社與中共冀熱邊特委機關在轉移時陷入日軍包圍圈。在長達 8 個小時的突圍戰中，首任社長、中共冀熱邊特委秘書長馬宗周等 300 多人犧牲。同月，繼任社長呂光和妻子劉俞芬在豐潤楊家鋪戰鬥中犧牲。在此前後，冀東救國報社還有顧寧、傅惠軒、尹銘鈺、馮國璽等人英勇犧牲。[2]

（二）《晉察冀日報》：中共晉察冀分局機關報

1、軍報改黨報的歷史沿革

1937 年 12 月 11 日，晉察冀軍區在北嶽山區的河北阜平文嫻街創刊《抗敵報》。軍區政治部主任舒同兼任主任。1938 年 3 月 5 日，遭到日軍飛機轟炸，1 臺石印機和第 24 期報紙被炸毀。報社隨軍區司令部轉移到五臺山東麓的大甘河村，3 月 25 日復刊。4 月 9 日，《抗敵報》自第 31 期起由中共晉察冀省

---

1 陳大遠：《憶冀東〈救國報〉創始人李杉同志》，《新聞戰線》，1963 年 Z1 期。
2 殷建國、王艷萍：《甘灑熱血寫春秋——追憶冀東抗戰中英勇犧牲的〈救國報〉人》，《黨史博採》，2015 年版。

委接辦，鄧拓接任報社主任。1939 年 1 月，成為中共中央北方分局（後改稱晉察冀分局）機關報。2 月，成立編輯、經理、出版 3 部。4 月 16 日，刊出義賣獻金啓事，號召讀者響應支持抗戰。

1940 年 5 月，併入晉察冀通訊社，增設通訊部，成立由編輯部、通訊部負責人組成的編輯委員會和由出版部、經理部、總務部負責人組成的管理委員會。1940 年 11 月 7 日，《抗敵報》從第 457 期起改名《晉察冀日報》，報社主任改稱社長，撤銷總務部與經理部，設編輯通訊、材料供給、出版發行 3 部和電務隊。報社人員由 1938 年 4 月的 10 多人增至 1940 年 7 月的 300 人、1941 年 12 的 530 人。1942 年 7 月，材料供給部併入出版發行部，印刷廠由三合併爲一，530 人分 3 次由減至 270 人。1941 年 3 月 25 日，刊出特別啓事，在 53 處大村鎮、交通要道建立張貼本報的「公共閱讀報牌」，供往來行人及時閱讀。

制訂規章制度加強內部管理。1940 年春至 1942 年 5 月，晉察冀日報社制訂報社、工作紀律、練習生工作、代理印行書刊、會計、工廠等等規章制度，嚴格管理。1940 年 1 月施行稿費制度，1944 年 8 月提高稿費標準，新聞稿千字以下 4～10 元，千字 10 元。

出版多種報刊傳播不同信息。出版公開發行的報刊有：32 開本時政刊物《抗敵週報》，面向敵佔區民眾的 8 開 2 版的《實話報》，英文《晉察冀雜誌》和 3 次增出《晚刊》迅速傳播抗戰勝利消息（1945 年 8 月 12、14、20 日）。出版爲領導機關和本社提供動態參考的報刊有：3 日刊《新聞彙報》，《敵僞電訊》和《報社生活》。

揭露敵方欺騙宣傳。1940 年 5 月 16 日，《晉察冀日報》發表社論《向邊區各界呼籲》，揭露敵人僞造《抗敵報》，混淆視聽，破壞本報威信，希望邊區各界同胞予以無情揭露與有力打擊。1942 年 2 月 24 日，刊出《本報奉命特別聲明》：敵佔區散發之《建設報》，用「建設先鋒隊」的名義，實際是日寇特務機關辦的一個小報，是假充共產黨面目的反動報紙，它以托派口吻造謠中傷、妄圖騙人。1942 年 7 月 28 日，發表社論《日寇無恥墮落的宣傳伎倆》，揭露敵僞先後僞造《抗敵報》《新抗敵報》《建設報》。被識破後，近又僞造《北嶽導報》，油印 8 開 2 版，冒充我邊區地方小報。1942 年 9 月 23 日，奉命特別聲明：日寇僞造《堡壘報》，冒充我地方黨內刊物，要求各方惡加注意。

　　《晉察冀日報》的版面、刊期、印刷與發行量不斷變動。1938 年 1 月 20 日，由 4 開 3 日刊、毛邊紙單面石印，改為 4 開 4 版、白報紙雙面印刷。8 月 16 日改為鉛印雙日刊，成為報紙出版常態。創刊號印行 1500 份。1938 年 7 月印行 3000 份，1938 年 12 月增至 6000 份，1939 年 5 月 9250 份。1939 年 6 月 4 日出版第 200 期，刊出啓事徵求 2 萬基本訂戶。1940 年 10 月，發行 2.1 萬份，分發：北嶽區 18200 份，冀中區 2200 份，冀熱察區 800 份，晉東南（北方局及晉冀豫）200 份，延安 60 份，大後方 34 份。[1] 1939 年 11 月，在反「掃蕩」中降至 1700 份，12 月復達 8000 份。1940 年 12 月反「掃蕩」降至 3800 份，1941 年 5 月印數 1.7 萬份。[2] 在國統區的些許發行遭到了當局的禁令。1941 年 7 月，國民黨中宣部通令各省市黨部「查禁」《晉察冀日報》。

2、宣揚英雄進行文化啓蒙

　　《晉察冀日報》是中共在晉察冀邊區文化上的黨軍。初期只有少數記者的狀況，1940 年後有了明顯改觀。「百團大戰」期間，田間、丁原、林采、夏風、沈重、張帆、王煒、辛夷等奔赴前線，開展戰地報導。1942 年，報社根據中共晉察冀分局的決定，在各地委設特派記者，在縣委設特約記者。先後刊載《血戰羊觀》（張帆），《狼牙山五壯士》（沈重），《紀念連》（倉夷），《僞「治安軍」的覆滅》（辛夷、周遊），《攻克察南重鎮——礬山堡》（丁原），《雁北英雄李三媽》（秋浦），《十六團》（田間），《滹沱河上人民的怒吼》（田雨），《安國民兵英雄劉通》（陳肇），《爆炸英雄李勇在反掃蕩中》《狼牙山上的模範連》等戰地通訊，所報導的爆炸大王甄墜子、平西跳崖五烈士、摩天嶺五勇士、鍾家店六英雄、回民支隊的母親馬老太太、子弟兵的母親戎冠秀等抗戰英雄躍然紙上，忠實地記錄了晉察冀邊區抗日軍民氣壯山河的英雄事蹟，極大地鼓舞了抗戰軍民的士氣。

　　《晉察冀日報》根據不同讀者對象，設置了《海燕》《老百姓》《邊區青年》《民眾》《抗戰農民》《文化界》《邊區婦女》《工人先鋒》《劇運》《邊區民眾》《晉察冀藝術》《文化思想》《晉察冀群眾》《子弟兵》《農村經濟》《北嶽學習》《鼓》《大生產》等 20 多種副刊。1938 年 11 月 21 日至 1942 年 4 月 28 日出版的綜合性副刊《老百姓》，用通俗的語言，識字的人看得懂，不識字的

1　晉察冀日報史研究會：《晉察冀日報史》，人民出版社，1993 年版，第 583 頁。
2　鄧拓：《晉察冀日報五年來發行工作的回顧（1942 年 12 月 11 日）》，杜慶雲：《中國報刊發行史料》，光明日報出版社，1987 年 9 月第 1 版，第 335 頁。

人聽得懂，成爲邊區群眾讀報組的好材料。1941 年 3 月 2 日至 6 月 12 日出版的副刊《文化思想》連載《唯物辯證法簡篇》（鄧拓），普及哲學常識。刊載散文、詩歌、漫畫等，全面反映晉察冀邊區抗戰文藝蓬勃發展的狀況。《晉察冀日報》副刊首先刊登的《歌唱二小放牛郎》《團結就是力量》《沒有共產黨就沒有中國》等歌曲，從晉察冀邊區唱向全國，久爲傳唱至今。1944 年出版的五卷本《毛澤東選集》，創造性的系統宣傳毛澤東思想，爲抗戰反攻作了思想上的準備。

3、機動隱蔽式的游擊辦報

《晉察冀日報》是日僞軍「掃蕩」的重要目標。在敵強我弱的反「掃蕩」環境中游擊辦報，靈活的機動以躲避強敵是有效對策。1941 年秋季，日軍動用 7 萬兵力採取「鐵壁合圍」、「梳篦式清剿」、「馬蹄式堡壘戰」、「魚鱗式包圍陣」等戰術，對晉察冀邊區北嶽區發動空前殘酷大「掃蕩」。晉察冀日報社運行戰時體制，以武裝梯隊和出報梯隊分別活動。9 月 6 日至 30 日，在敵人據點群包圍的滾龍溝鏵子尖隱蔽出報。陸空聯合「掃蕩」的日僞軍竄進滾龍溝，7 次逼近隱蔽出報的僅二三戶人家的小山村鏵子尖，氣急敗壞的日僞軍始終未發現晉察冀日報社的蹤跡。報社人員 7 次埋進又取出印報機器，兩個印刷工人擠在 6 平米的牛圈裏印報，連續出版了 25 期鉛印報。1943 年秋冬，日寇對晉察冀根據地進行「毀滅掃蕩」，晉察冀日報社游擊出報時間最長，戰鬥最爲頻繁，處境也最危險。9 月 24 日夜，報社從四道嶺上下到山腳，準備通過前一天偵查沒有敵人的北營時突遇日寇，走在最前面的人發現敵人迎面而來，來不及向後通知躲避，雙方即近距離密集交火。騎在馬上的鄧拓，聽到驟起的槍聲速跳下馬，坐騎中彈倒地而亡。混戰中，報務員鄭磊俊、收電員曹鬥鬥、發行員安志學壯烈犧牲。

晉察冀軍區給予《晉察冀日報》有力的保護。反「掃蕩」時，及時通報敵情，指示適時轉移，必要時派出部隊截擊來敵。1943 年 10 月初反「掃蕩」，報社 100 多人的隊伍登上海拔 2000 多米高的玫瑰坨山頂的日卜，跳出了敵人「掃蕩」的圍攻中心。10 月 15 日黎明，一股日軍從阜平城南莊向玫瑰坨的日卜襲來。來敵相距 10 公里，報紙還未印刷完畢。高山頂上，四面開闊，無處躲藏，再不撤離就有被敵人圍住全殲的危險。晉察冀軍區軍區得到消息，及時派出 1 個團進行截擊，打得來襲日軍狼狽敗退。11 月底，太行山上滴水成冰。晉察冀日報的隊伍在「無人區」裏忽南忽北，左右穿插。大家穿著空心

棉衣和單褲，頂著凜冽刺骨的寒風行進。鄧拓在行軍中吟詩《反「掃蕩」途中》，描述了與敵周旋的年輕新聞工作者不怕艱苦與犧牲，以抗日救國大業爲己任的精神面貌：「風雪山林路，悄然結隊行。兼程步馬急，落日水雲橫。後路殲頑寇，前村問敵情。棘叢探斤斧，伐木自丁丁。」[1]

河北阜平馬蘭村和平山滾龍溝是晉察冀日報社長期駐留的地方。滾龍溝、馬蘭村及晉察冀邊區廣大民眾，給予了《晉察冀日報》血汗甚至生命的支持。搜山的敵人還沒到山下，百姓推倒報信的「消息樹」，迅速協助報社人員堅壁設備、躲藏或轉移。馬蘭村被敵人包圍，被俘的鄉親們爲了保護《晉察冀日報》，誰也不肯說出報社埋藏的機器設備，一連 19 個鄉親被殘酷地殺害。社長鄧拓日後以馬蘭村的諧音使用筆名「馬南邨」撰寫雜文《燕山夜話》，爲女兒取名「小蘭」，以誌不忘中共黨報與抗日民眾的這段血肉深情。

4、革新設備八匹騾子辦報

1938 年 9 月，晉察冀日報社在改用鉛印後，第一次帶著印刷機開始「游擊辦報」。近百人隊伍攜帶 1 臺 4 開印刷機、1 臺腳登機和 1 副鉛字，向阜平、平山間的深山轉移，艱難行進在長城嶺東太行的險峻群山中，沉重的印刷設備靠一支 15 頭驢騾的運輸隊馱運。從五臺山到龍泉關不足百里，騾馬馱，人力搬，走了 2 天。由龍泉關向長城嶺山區轉移，有時一天只能行走 10 到 15 公里。「掃蕩」之敵日益逼近，又要堅持出報，又要搬運笨重設備器材，險惡狀況異常緊張。1938 年反「掃蕩」游擊辦報的教訓，讓晉察冀日報的報人們充分認識必須對笨重的鉛印設備進行改造，才有可能靈活機動的避敵而安的出版報紙。

減輕攜行鉛印設備重量。1939 年，減少鉛字數量減輕攜行鉛字的重量。一副老鉛字架上六七千字中有許多非常用字。按照辦副刊《老百姓》在三千字內做文章的經驗，工人與編輯商量，把鉛字架鉛字數量減至三千字，限定在三千字內寫文章，特別需要的字臨時再刻。攜行鉛字的重量減輕一半以上，可以用人背著走。1940 年 10 月，鄧拓在報社準備反「掃蕩」的領導幹部會議提出印刷設備輕裝化，改造輕便鉛印機。報社改制印刷機和改造鉛字架小組，在當年多反「掃蕩」前完成了鉛字架的改造。1941 年 6 月，在軍區兵工廠幫助下，以石印機改制的 200 多公斤重的輕便鉛印機初步成功，並在當年反「掃

1　陳春森口述，陳華整理：《回憶八年抗日游擊辦報的艱難歲月》，http://dangshi.people.com.cn/n/2015/0924/c85037～27628789.html。

蕩」中投入使用。後續研製在 1943 年夏獲得成功，主要用棗木改制的輕便鉛印機，只有幾個齒輪是金屬材質，大幅度減輕重量，拆裝方便。經過減重的整套鉛印設備可用 8 匹騾子拉走。[1]

建立平戰兩用據點儲存物資。從 1940 年開始，在平山、阜平依託玫瑰坨、神仙山、滾龍溝建立印刷廠，平時印製書刊、對敵宣傳品，戰時印報。在游擊辦報時可能經過和利用的地方，擇點儲存紙張、物資，以供游擊辦報時使用。

晉察冀日報社由石印起家，得到領導機關、兄弟單位的支持，創建了晉察冀邊區印刷能力最為強健的印刷廠，除了印刷本社書報，還代為印刷《新長城》《邊區文化》《群眾報》《教育陣地》《子弟兵》等報刊。

二、晉冀魯豫抗日根據地的共產黨報業

（一）晉冀魯豫抗日根據地共產黨報業概述

晉冀魯豫抗日根據地 1937 年 10 月開始創建，1941 年 7 月成立晉冀魯豫邊區政府。由太行、太嶽、冀南、冀魯豫邊抗日根據地所組成，人口 2500 萬，控制著津浦、平漢、同蒲、正太、德石、隴海等鐵路。是華北敵後地域最廣、人口最多的抗日根據地。

1937 年 10 月開始，中共地方組織出版了《戰鬥》（冀豫晉省委），《鬥爭》（晉冀豫區委，山西和順）。1938 年，出版了《中國人報》（冀豫晉省委，山西屯留寺底村），《勝利報》（晉東特委，山西和順園街村），《冀西日報》（冀西特委），《大眾報》（晉豫特委），《火炬》（晉城中心縣委），《沁縣群運》（沁縣縣委），《新人報》（長子縣委），《戰地報》（潞城縣委）。1939 年出版了《太南日報》（太南區委，山西壺關回車村），《太嶽日報》（太嶽區委），《冀南日報》（冀南區委，河北廣宗杜楊莊）。1940 年出版了《太嶽日報》（山西沁源柏木溝），《建設》雜誌（太嶽區委）。1941 年出版了《冀魯豫日報》（冀魯豫區委）。1942 年出版了《晉豫日報》（晉豫區委，山西陽城西郊村）。1943 年出版了《新華日報》太行版（太行區委，山西涉縣桃城）。中共中央北方局出版了《新華日報》華北版、《黨的生活》（1939 年）和向敵佔區發行的《中國人》週刊（1940 年）。黨內刊物《黨的生活》創刊號《本刊啓事》規定：「本刊係

---

1 劉麗普：《〈晉察冀日報〉老報人再回滾龍溝舊址》，http://news.sohu.com/20050920/n227002964.shtml。

黨內刊物，不得遺失，亦不得與非黨群眾閱讀。」第 4 期「本刊緊要啓事」
規定：「各縣委以下，應限期閱讀；黨員閱讀後不應隨便亂擲亂放；各級黨部
應將本刊編號分發，收到本刊的各級黨部必須負責保管及負責分發，應予黨
內秘密文件同樣重視，不准遺失，並應定期檢查。」[1]

　　政府機構出版的報刊有：《農民報》（贊皇縣，1938 年），《活路報》（襄垣
縣，1938 年），《邊區政報》（晉冀魯豫邊區政府，1941 年）等。救亡組織出
版的報刊有：《上黨紅旗》（山西犧牲救國同盟會[簡稱犧盟]長治中心區，1938
年），《黃河日報》（犧盟長治中心區，1939 年），《華北文藝》（中華全國文藝
界抗敵協會晉東南分會，1941 年），《正道報》（冀魯邊區回民救國總會，孟村
回族自治縣正道村東千頃窪，1941 年，後易名《伊斯蘭報》），《華北文化》（晉
東南文化界救國聯合會，1942 年）。文教機構出版了《抗戰生活》（太行文化
教育出版社，河北長治，1939 年）和《新大眾》（華北新華書店，1945 年）。

（二）《新華日報》華北版：中共北方局機關報

1、《新華日報》華北版的出版簡述

　　《新華日報》華北版，由八路軍總司令朱德、副總司令彭德懷提議，中
央軍委副主席周恩來支持，報經中共中央批准創辦。新華日報館出版《新華
日報》西安版被拒絕註冊未能出版，大多數相關人員前往華北敵後創辦原來
沒有出版計劃的《新華日報》。1939 年 1 月 1 日，《新華日報》華北版創刊山
西沁縣後溝村。4 開 4 版，雙日刊，鉛印。1941 年 1 月 1 日，一度改出日刊。

　　發刊詞鄭重宣告：「反映華北抗戰之曲折經過，發揚與探討華北抗戰中之
寶貴經驗……報導與記載華北抗戰中一切可歌可泣之偉大史蹟，創造華北抗
戰中民族英雄之典型，此不僅足以激發儒頑，且可盡其模範作用，以鼓勵與
推動全國之更益團結與進步。此本報之所以不避艱辛，於極度困難中創刊華
北版，願追隨諸同道之後，互相免盛，共冀完成者一。」[2]第一版是社論、要
聞，第二版是國內新聞，第三版是國際新聞和外報譯文，第四版是理論文章
和副刊。設「華北新聞」、「敵後方通訊」、「華北戰況」、「戰地通訊」、「華北
捷報」、「華中通訊」、「華東通訊」、「半月軍事動態」、「領導人文章」等欄目
和《新地》《戰地報人》《華北青年》《衛生常識》《回民》《戲劇》《抗日軍人》

1　轉引羅一恒：《抗戰時期的〈黨的生活〉》，《北京黨史研究》，1996 年版。
2　《華北〈新華日報〉發刊詞》，張之華：《中國新聞事業史文選（公元 724 年～1995
　　年）》，中國人民大學出版社，1999 年 1 月第 1 版，第 430 頁。

《日本研究》《華北婦女》《敵後方》等副刊。出版增刊《新華文藝》《新華增刊》《敵後方木刻》和新聞業務刊物《通訊與讀者》。

　　《新華日報》華北版受中共中央北方局黨報委員會領導。報社管理委員會主任（社長）兼總編輯何雲，副總編陳克寒、韓進，副社長李竹如。由印刷廠工人選舉的代表組織廠務會議管理工廠，建立新制度，改進管理方法，提高工作效率，提高產量 50%，消耗量從千分之三十減至千分之六，工資提高了 30～40%。[1]發行量創刊時即達 2 萬份，一年後發行 5 萬餘份。[2]常年發行 3 萬份。1943 年 9 月 30 日停刊（共出版 846 期），10 月 1 日改出《新華日報》太行版，成爲中共太行區委機關報。[3]

2、《新華日報》華北版的游擊辦報

　　新華報人在太行山「背」著報館打游擊，鉛字和子彈齊飛，筆桿與槍桿共鳴。在出版的 4 年 9 個月中，日僞軍對八路軍總部和報社進行了 9 次大「掃蕩」和難以計數的小「掃蕩」，《新華日報》華北版轉戰於山西沁縣後溝與祭禧岩，武鄉縣大坪與安樂莊，遼縣後莊、山莊與熟峪，河南涉縣桃城。他們用 3 匹騾子馱運自製小型輕便的活動鉛字架和小型腳踏機、軋墨機、澆版機和電臺、紙張、油墨，較靈活地在激烈的反「掃蕩」中經常轉移，一面與敵周旋，一面設法出報。1939 年反「掃蕩」，報社人員化整爲零，分別出版東線版、西線版、南線版、北線版，全面反映戰況。輕便的小型鉛印設備在行軍作戰中毀損，背著油印器材出版《戰時號外》《戰時電訊》《戰時版》《捷報》等油印小報。

　　1942 年 5 月，日僞軍 3 萬多兵力向太行山地區進行「鐵壁合圍」「篦梳式」的瘋狂大「掃蕩」。在反「掃蕩」中，華北新華日報社共有 46 人犧牲、被俘、失蹤。主任何雲、出版科長蕭炳焜、總務科長韓秩吾、國際版編輯繆乙平、編輯黃中堅等在突圍時犧牲，新聞特派員、青年詩人高詠背著即將完成的長篇敘事詩《漳河牧歌傳》被刺死。報社經理部秘書兼主任黃君玨藏身峭壁山洞被敵發現，她舉槍擊倒兩個敵人，子彈打盡跳崖壯烈犧牲。報社管委會秘書長楊敘九、印刷廠指導員梁振山等被俘後慘遭殺害。編委兼秘書長

1　何雲：《華北〈新華〉第二年》，張之華：《中國新聞事業史文選（公元 724 年～1995 年）》，中國人民大學出版社，1999 年 1 月第 1 版，第 244 頁。

2　悠然：《背著報館打游擊》，《軍事記者》，2014 年版。

3　沈錚嶸、王岩：《新華戰旗，插進華北抗日敵後》，《新華日報》，2015 年 6 月 25 日。

史紀言、調研科長王友堂、電務科長王默罄等身負重傷。就在日本東京《朝日新聞》、天津《庸報》鼓譟「勝利」地「毀滅」了《新華日報》華北版的時候，油印的《新華日報》華北版已經出版發行，給了日偽的造謠宣傳當頭一棒。[1]

3、《新華日報》華北版的雙重任務

《新華日報》華北版是中共在華北敵後新聞、出版工作的總機構，承擔著新聞傳播、圖書出版的雙重任務。創建了華北敵後強大的電務科，抄收新華社、中央社和世界各大通訊社電訊，編印《每日電訊》提供給領導和兄弟報刊參閱。派出編輯、記者、技術工人前往新開闢根據地創辦報紙和通訊社，劉祖春、張磐石、羅定楓奉派分別創辦《衛河日報》《冀南日報》《冀魯豫日報》。李竹如、陳沂先後擔任《新華日報》太南版負責人和山東《大眾日報》社長。

1940 年初，太行文化教育出版社與《新華日報》華北版合併，華北版即成為太行區新聞兼圖書出版的總機關。12 月，華北新華日報社成立華北新華書店，出版發行《毛澤東論文集》和王稼祥的《中國共產黨與革命戰爭》等社會科學書籍、學校用書和傳單、布告。1943 年 9 月，新華日報華北版改為新華日報太行版，華北新華書店脫離報社，與華北書店合併組成更大規模的華北新華書店。[2]

4、《新華日報》華北版的對敵辦報

《新華日報》華北版根據中共北方局的指示，1940 年 8 月 1 日在山西省武鄉縣安樂莊創刊向敵佔區發行的《中國人》週報，8 開 4 版，始為石印，後改鉛印。編輯趙樹理。以敵佔區民眾和偽軍為主要對象。設「老實話」、「鬼話正解」等欄目，宣傳中共主張，進行抗戰教育，揭露日偽欺騙宣傳，介紹敵後抗日根據地，鼓舞敵佔區民眾的抗戰信心。第 20 期將副刊定名《大家看》，刊載故事、小說、詩歌、對口詞、有韻話、相聲、鼓詞、童謠、笑話、寓言、雜文、語錄、民謠。運用傳統民間藝術形式，以說唱性加強韻律感，多刊載淺顯易懂、生動有趣的「有韻話」、鼓詞和快板等，通俗的宣傳抗日新事物，

1　李隆蔚：《筆墨風雲太行山──在〈新華日報〉華北版工作時的回憶》，《新聞界》，1995 年版。
2　張雪琴：《宣傳人民、打擊敵人的銳利武器──山西抗日根據地的新聞出版事業》，《滄桑》，2002 年版。

使讀者一讀就會，一聽就懂，喜讀愛傳。一年多時間裏出版了 50 多期。[1]1942年 5 月反「掃蕩」後停刊。[2]

三、晉綏抗日根據地的共產黨報業

（一）晉綏抗日根據地共產黨報業概述

晉綏抗日根據地 1937 年 9 月開始創建。1940 年 2 月，成立中共晉西區委和晉西北行政主任公署（後改爲晉綏邊區行政公署）。地處高原山區地帶，面積約 8.2 萬平方公里，人口 320 萬。

1938 年以前，晉綏抗日根據地出版了《戰地通訊》（第二戰區民族革命戰爭戰地總動員委員會，簡稱動委會）和《西北戰線》《老百姓週報》（動委會）等幾十種報紙。1939 年 12 月「晉西事變」，許多報刊停刊。事變之後，中共與閻錫山達成協議，以汾陽至離石公路爲界，所屬部隊分駐南北。1940 年，報業開始恢復。

中共地方組織出版的報刊有：油印 5 日刊《五日時事》（晉西南區委，1938 年 5 月 25 日，孝義縣張家莊），《新西北報》（晉西北區委，1939 年 1 月 28 日，岢嵐），《戰地烽火》（中共晉西北區委，對外稱八路軍第 120 師民運部，1939 年春），《人民報》（太南區委，1940 年 5 月 1 日），《黨內生活》（晉西區委，1940 年 10 月 10 日），《大眾日報》（晉豫區委，1941 年 11 月 7 日）。中共晉綏分局宣傳部 1942 年春使用白報紙和連史紙創辦鉛印半月刊《正義報》，1943 年更名《祖國呼聲》，通過秘密交通線穿越游擊區向敵佔區發行。[3]

政府機構和社團出版的報刊有《行政導報》（晉西北行署），1940 年出版的《文化導報》（晉西文聯），《晉西群眾》（晉西抗聯），《晉西歌聲》（晉西音樂工作者協會）。1941 年出版的《青年與教育》（行署教育處與青聯），《西北文藝》（晉西文聯），《新文字通訊》（新文字促進會）。

中共晉西區委 1940 年 10 月 12 日在決定中指出：《晉西大眾報》的讀者對象主要是約識 800 字的區、村幹部和農民。辦報方針是宣傳貫徹黨和政府的各項具體政策，反映根據地民眾的生活，按照具體情況指導鬥爭，宣傳力

---

1 王玲：《抗日戰爭時期山西的主要報紙》，《三晉文化研究論叢》，1995 年。
2 王永壽：《活躍在敵後抗日戰場上的山西報業》，《新聞大學》，1997 年夏季號。
3 王玲：《抗日戰爭時期山西的主要報紙》，《三晉文化研究論叢》，1995 年。

求多樣化，做到生動活潑，爲群眾喜聞樂見，文字應儘量口語化。[1]1940 年 10 月 26 日，《晉西大眾報》創刊於山西省興縣，呂梁文化教育出版社出版。西北行署主任續范亭題寫報頭。4 開 2 版，週報，使用地產麻紙、馬蘭紙單面印刷。1941 年發行 4000 份。1944 年 11 月 30 日改爲 5 日刊。設「百事通」、「工作經驗」、「地方通訊」、「街談巷議」、「大眾信箱」、「政策問答」等欄目。常載連環畫和鼓詞、快板、民間故事、謎語，運用章回體小說宣傳國際形勢和人物。前期連載邵挺軍主編的《世界大戰記》，在讀者中產生廣泛影響。後期連載作家馬蜂、西戎創作的《呂梁英雄傳》，吸引了更多的讀者。1945 年 6 月 5 日，在黃河西岸的陝西神府楊家溝村更名《晉綏大眾報》。[2]

（二）中共晉綏分局機關報《抗戰日報》

1、出版全區性機關報

中共晉西區委與各地區新聞工作者研討，決定停辦《五日時事》《新西北報》《黃河日報》等各地區出版的小型報紙，創辦統一的全區性機關報。1940 年 9 月 18 日，《抗戰日報》在抗戰紀念日創刊山西興縣石楞子村。毛澤東題寫報頭。發刊詞提出的三大任務是堅持抗戰到底，堅持團結到底，堅持晉西北的建設。[3]1942 年 8 月，成爲新成立的中共晉綏分局機關報。[4]廖井丹、周文歷任社長，趙石賓、郝德青、常芝青歷任總編輯。4 開 4 版，鉛印。初爲 3 日刊，1942 年 1 月 1 日改爲雙日刊，1944 年 9 月 18 日改爲日刊。1941 年 1 月創刊《通訊生活》，同年發行 3500 份。

2、因陋就簡艱苦奮鬥

採購與自製相結合，努力創辦辦報必需的物質條件。根據地物資匱乏，沒有出版報紙必須的印刷、通訊器材，就連紙張、油墨和辦公文具也因日軍的封鎖而奇缺。冒著生命危險，從敵佔區購買禁運的印刷器材和物資。1940 年春，高錫碬到敵佔區購買器材，因漢奸告密，被日軍用刺刀刺死。除了鉛以外，儘量自力更生生產各種器材和物資，使用地產大麻油、自製的松煙製成油墨；興辦生產麻紙的造紙廠，最高日產量達到了 2.5 萬張。[5]

1　王永壽：《活躍在敵後抗日戰場上的山西報業》，《新聞大學》，1997 年夏季號。
2　丁竹：《山西抗日根據地出版的部分報紙》，《文物世界》，2007 年版。
3　史言：《晉西北根據地新聞出版史鳥瞰》，《新聞出版交流》，2002 年版。
4　王永壽：《活躍在敵後抗日戰場上的山西報業》，《新聞大學》，1997 年夏季號。
5　邵挺軍：《戰爭年代的〈晉綏日報〉》，《新聞研究資料》，1987 年版。

在極為惡劣的生活環境中艱苦奮鬥。把門板擱在石頭或磚塊壘成的「桌腿」上當辦公桌，圍在四周編寫稿件；把筆尖綁在高粱杆上當作蘸水筆，用染布的土顏料配製紅藍墨水；數九寒天沒有煤炭和木柴取暖，人人縮成一團的睡冷坑，把結了冰的墨水瓶拿到熱鍋蓋上去融化，編輯們到廚房或房東的鍋臺上去辦公與編報；從來回近 150 公里的河東山西臨縣白文鎮背糧食，背回來的主要是黑豆和少量的小米。首任總編輯趙石賓，工作緊張，缺吃少藥，營養不良，1942 年 3 月 30 日年僅 28 歲因積勞成疾去世。[1]

3、黃河兩岸游擊辦報

《抗戰日報》創辦第一年以「游擊辦報」，對抗日軍殘酷的反覆大「掃蕩」和國民黨的多次軍事圍剿。創刊不久，報社數次轉移。報社後在黃河西岸神府縣前楊家溝村建立後方基地，以黃河為屏障，辦報人員穿梭於黃河兩岸。形勢緊張，編輯人員就渡過黃河在西岸安營紮寨，形勢好轉再返回河東。

日偽軍「掃蕩」，報社人員「堅壁清野」，把桌椅板凳等藏進山洞，背上單薄的行裝，挎上文具包和乾糧袋，向黃河對岸的安全地方轉移。多季反「掃蕩」轉移過河，人在結冰的河面上行走，腳下打滑，一不小心就會摔倒，有時冰層裂陷，掉進水中，雙腳凍得麻木。《抗戰日報》承受著嚴峻的戰爭威脅，艱難地渡過了難關。[2]

4、突破束縛首次改版

報紙創刊初期，缺少編輯、記者，更加缺乏在農村根據地辦黨報的經驗，通訊組織剛剛著手建立，地方稿源有限，數量少質量差的地方新聞，僅占頭版除報頭、社論以外的篇幅，第二、三版全部刊登國內、國際新聞，第四版的副刊也主要是一些大塊文章，在用稿上過於依賴新華社供稿，大量全文刊登邊區政府的工作文件，存在著因襲城市辦報的老框框、脫離根據地實際的問題。

《抗戰日報》1941 年 5 月第一次調整版面，第一版以社論、要聞為主，第二版是國內國際新聞混合版，第三版全部是地方新聞，第四版刊登專文。報紙創刊週年進行工作總結，提出選稿要聯繫根據地建設，內容應具體真實，編稿時要做到掌握原則，分類歸納，通俗易懂；在國內新聞方面，要按照根

---

1 邵挺軍：《戰爭年代的〈晉綏日報〉》，《新聞研究資料》，1987 年版。

2 《從〈抗戰日報〉到〈晉綏日報〉之一》，http://www.jinsui.org/lishi/jinsuishihua/2015/0430/431.html。

據地的特點，有計劃有系統地將大後方的重要動態反映出來，將各敵後根據地建設的情況反映出來，以增加晉西北與各根據地、大後方之間的瞭解；採取精編方針報導國際重要消息；副刊取捨稿件，首先是要聯繫與配合實際工作，其次才是寫作技巧。[1]

5、建立四級發行體制

適合戰爭環境的報紙發行體制和冒著生命危險送報的交通員，是報紙生產流程的重要渠道和報紙最終到達讀者手中的末端環節。《抗戰日報》創刊後，晉西北行署隨即決定設立通訊總站及專區分站，送遞報紙和公文、各種書刊。1941 年 5 月，晉西北行署通訊總站改名行署交通總局，至年底建立 6 個分局、27 個縣局、7 個聯絡站，發行速度較前提高一倍。1942 年 11 月 17 日，晉西北行署政務會議決定推行 4 級報紙發行體制，交通局改為交通站，各級交通站均受同級政府領導；行署設總站，專署設分站兼《抗戰日報》社辦事處，各縣設縣交通站兼《抗戰日報》社分銷處，縣以下設代辦所兼《抗戰日報》社代銷處。1943 年 3 月，交通總站制定章程，從總站到縣站普遍按出報時間，隨到隨發隨送，下午三點以前到總站的報紙，晉綏分局和行署各機關單位大都能當天看到，專署一級距分站較近的機關，也能比過去提前一天看到。

交通發行人員肩扛報紙跋山涉水，面臨遭遇敵人、穿越封鎖的死亡威脅，堅持把報紙送到讀者手中。模範交通員李人和 1944 年 3 月，在方山敵佔區送報時遭到日偽軍追捕，又一次遭到了包圍，彈盡無援英勇犧牲。日軍為了阻止根據地報刊的發行，常斷絕交通進行搜身，甚至收高價收買。收買一張《抗戰日報》的價格，在 1944 年前與後分別為 10 元和二斗小米。[2]

四、山東抗日根據地的共產黨報業

（一）山東抗日根據地共產黨報業概述

山東抗日根據地 1937 年底開始創建，以沂蒙山區為中心，包括山東大部及魯、冀、蘇、豫、皖五省邊界地區，面積 60 萬平方公里，人口 2900 萬。

1　《從〈抗戰日報〉到〈晉綏日報〉之二》，http://www.jinsui.org/lishi/jinsuishihua/2015/0430/433.html。

2　《從〈抗戰日報〉到〈晉綏日報〉之五》，http://www.jinsui.org/lishi/jinsuishihua/2015/0504/437.html。

1943 年 9 月，三年前成立的行使政府職權的山東省戰時工作推行委員會更名爲戰時行政委員會。1945 年 8 月 13 日成立山東省政府。

1937 年 12 月中共山東地方組織創辦了《抗戰日報》（魯西北特委，聊城）。1938 年 8 月 13 日創刊《大眾報》（膠東區委，黃縣張家店村）。1939 年出版了《大眾日報》（山東分局，山東沂水王莊），《團結日報》（蘇魯豫特委），《泰山時報》（泰山地委）。1940 年出版了《魯南時報》（魯南區委，抱崗山下徐莊），《湖西日報》（蘇魯豫區委）。1941 年 8 月，魯西區委《魯西日報》與原冀魯豫區委《衛河日報》合併爲冀魯豫區委《冀魯豫日報》。此外 1945 年，膠東區各界抗日救國會 2 月 7 日創刊《群力報》，中共濱海區委 6 月 1 日在莒南縣創刊《濱海農村》。[1]

《渤海日報》經歷了一個演變過程。1938 年 10 月，中共冀魯邊區工委（後改稱中共冀魯邊區區委）創辦《烽火報》，由八路軍第 115 師東進抗日挺進縱隊《烽火》改辦而成，4 開 4 版，3 日刊，石印，社長兼總編輯傅國光。1941 年秋，改名《冀魯日報》。1942 年 12 月 16 日，改爲對開 4 版，周 2 刊，鉛印。冀魯邊區區委與清河區委合併成立渤海區委，《冀魯日報》與《群眾報》[2]1944 年 2 月合併，7 月 1 日創刊《渤海日報》，4 開 4 版，3 日刊，鉛印，渤海區委宣傳部長陳放兼任社長。[3]

（二）中共山東分局機關報《大眾日報》

1、《大眾日報》抗戰中從未停刊

1938 年 5 月，《大眾日報》開始籌備。中共山東分局書記郭洪濤親自動員，沂水《青年報》全體人員攜帶 1 部收音機、1 部油印機、2 部電話和白連紙張等全部辦報物資加入，山東分局專門給報社配備了十幾名青年幹部。1939 年 1 月 1 日，《大眾日報》創刊山東沂水王莊雲頭峪。發刊詞宣告：「爲大眾服務，成爲他們精神上的必要因素之一，成爲他們自己的喉舌，更成爲他們所熱誠

---

1 梁家貴：《抗日戰爭時期山東黨報的發展與歷史作用》，《中共黨史研究》，2006 年版。

2 《群眾報》，中共清河特委 1939 年 7 月底創辦於山東省桓臺縣果里鎮東沙村，9 月改由清河地委主辦，1940 年 10 月成爲清河區黨委機關報。

3 李洪梅：《〈渤海日報〉述略》，《山東圖書館季刊》，2008 年版；伊茂林、李凱、劉金輝：《1939 年 8 月，〈群眾報〉在桓臺縣果里鎮東沙村創刊》，http://www.zbnews：《net/tj/2041360.shtml。

支持的最公正的輿論機關。我們將儘量登載各方面有益於抗戰的言論，同時歡迎各方面善意的批評。」[1]

3 日刊，4 開 4 版，鉛印。不久，改爲 2 日刊。設「問題解答」、「來函照登」、「信箱」等欄目和《戰地文藝》《青年戰線》《抗戰職工》《前哨婦女》《大眾文藝》《群眾生活》《報人》《抗戰軍人》《戰時教育》《文藝習作》《藝術工作》《經濟建設》等副刊。首任社長劉導生、總編輯匡亞明，報社設編輯室、營業部、印刷廠等，全社 30 多人。1939 年 8 月，增添電訊設備，與延安新華社總社溝通聯絡。10 月，成立大眾通訊社，創辦內部傳閱的《大眾電訊》。1940 年初，山東分局宣傳部長李竹如兼任大眾日報社管委會主任。同年成立讀書會，由通訊員向讀者宣講報紙的內容。毛澤東 1940 年元旦從延安爲《大眾日報》發來題詞：「動員報紙，刊物，學校，宣傳團體，文化藝術團體，軍隊政治機關，民眾團體，及其他一切可能力量，以提高民族覺悟，發揚民族自信心，與自尊心，反對任何投降妥協企圖，堅持抗戰到底，不怕困難，不怕犧牲，我們一定要自由，我們一定要勝利。」[2]

《大眾日報》報人在遭到封鎖物資匱乏的艱苦卓絕的戰爭環境下，屢創奇蹟。機器壞了，自己學著修理；缺少鉛字，自己煉鉛鑄造；沒有油墨，用馬尾松煙子灰加上松香自製「專供」油墨；缺少紙張，反覆試驗解決了有光紙兩面印報的難題，使用桑樹皮、麥秸等作原料，自製成反面幾乎能看到正面字的「文化紙」；開辦商行，保證了報紙正常出版，部分的解決了根據地的物資短缺[3]；遇上日僞軍「掃蕩」，堅壁鉛印設備，使用油印出版報紙。無論條件如何艱苦、戰爭如何嚴酷，《大眾日報》在沂水、沂南、莒南、臨沭、贛榆、五蓮等魯南等縣轉戰，從未間斷、停刊。1945 年 8 月，日本投降後改爲日刊。1945 年 9 月，報社的編輯部、經理部、印刷廠由莒南縣遷到臨沂城。

2、報人民眾舍生支撐《大眾日報》

《大眾日報》不畏艱難困苦、流血犧牲，堅持敵後辦報。1941 年 11 月初，日軍動用 5 萬餘兵力「鐵壁合圍大掃蕩」沂蒙山抗日根據地。報社組建

1　《〈大眾日報〉發刊詞》，張之華：《中國新聞事業史文選（公元 724 年～1995 年）》，中國人民大學出版社，1999 年 1 月第 1 版，第 433 頁。
2　《山東抗日民主根據地主要報刊》，《青年記者》，2005 年版，第 7 期。
3　徐錦庚：《〈大眾日報〉走過 70 年歷程》，http://media.people.com.cn/GB/40710/40711/8604513.htm。

3 個戰時新聞小組，分別執行魯南巡視、跟隨山東分局和留守就地游擊的任務。在持續 70 多天的反「掃蕩」中，報社共有通訊部長郁永言、大眾印書館編輯部副主任郭季田，報務主任葉鳳川，記者方曙、陳虹，編輯祁若君、雷根等 18 人犧牲或失蹤，他們的年齡平均不到 25 歲。[1]1942 年 10 月，李竹如在反「掃蕩」中犧牲。《大眾日報》與人民群眾結下魚水深情。160 多位老人、孕婦、八九歲的孩子等鄉親為了掩護報社的人員、物資慘遭殺害。[2]

五、華中抗日根據地的共產黨報業

（一）華中抗日根據地共產黨報業概述

華中抗日根據地 1938 年 4 月開始創建，位於蘇、皖、鄂、豫、浙、湘、贛 7 省境內，包括蘇北、蘇中、蘇南、淮北、淮南、皖江、浙東、鄂豫 8 個戰略區，164 個縣級政權，面積 26.8 萬平方公里，人口 4346 萬。

1、中共中央華中地區領導機關出版的報刊

在全面抗戰時期，中共中央在華中抗日根據地的領導機關創辦的報刊，多數的出版時間都較為短暫。

中共中央中原局以新四軍江北指揮部名義在安徽定遠創辦的 4 開 4 版《抗敵報》江北版，1939 年 11 月創刊，出版不足一年，於 1940 年 10 月停刊；在江蘇鹽城創辦的《江淮日報》，1940 年 12 月 2 日創刊，出版 8 個月，於 1941 年 7 月 22 日停刊。

中共中央華中局和新四軍軍部在江蘇阜寧創辦的 4 開 4 版《新華報》，1942 年 7 月 1 日創刊，出版半年，因華中局與新四軍軍部轉移淮南，於同年 12 月下旬停刊。

唯一連續出版時間超過 3 年的是中共中央華中局創辦的黨內刊物《真理》，1941 年 7 月 10 日在江蘇阜寧創刊，32 開，出版 10 期，1942 年底隨華中局與新四軍軍部遷至江蘇盱眙黃花塘繼續出版，1945 年年 1 月出至第 20 期停刊。

---

1 《抗戰媒體：吹響號角催奮進》，http://news.xinhuanet.com/newmedia/2014-09/03/c_126950444_7.htm。

2 徐錦庚：《〈大眾日報〉走過 70 年歷程》，http://media.people.com.cn/GB/40710/40711/8604513.htm。

2、蘇南抗日根據地出版的報刊

蘇南抗日根據地 1938 年開始創建。1941 年，成立中共蘇南區委。1943 年 3 月成立蘇南行政公署。中共蘇南地方組織出版了《江南》半月刊（東路工作委員會以無錫市各界抗日聯合會宣傳部名義創辦，1937 年 7 月 1 日），《大眾報》（江南特委，1939 年 11 月，江蘇常熟裏村）。1940 年，出版了《大眾報》（蘇南特委以常熟民抗總部名義創辦，江蘇常熟徐西鎮），《前進報》（京滬路北特委），《突擊報》（太滆工委），《前驅報》（太滆中心縣委，江蘇宜興縣東鄉，1941 年更名《太湖報》，由江南區委京滬路西南特委主辦），《東進報》（東路特委，將內部發行的《電訊報》改名出版）。中共蘇皖區委 1942 年 9 月創刊 32 開油印《江南黨刊》。

3、蘇中抗日根據地出版的報刊

蘇中抗日根據地 1939 年開始創建。1941 年 1 月後，成立中共蘇中區委。中共蘇中地方組織出版了《抗敵報》（蘇中區委，1941 年），《蘇中報》（蘇中區委，1943 年），《東南晨報》（南通中心縣委，後爲蘇中 4 地委，1940 年，）《江潮報》（蘇中第 3 地委，1941 年 7 月），《江海大眾報》（南通地委，1941 年），《江海報》（蘇中 4 地委，1942 年），《濱海報》（蘇中 2 地委，1942 年），《南通報》（蘇中 4 地委，1943 年），《東南報》（海啓縣委，1943 年）。中共蘇中區委城市工作部 1944 年冬至 1945 年 8 月，每週一次出版以敵佔區民眾爲讀者對象的《新報》。[1]

《蘇中報》1943 年 12 月 2 日創刊於江蘇省東臺縣三倉河，4 開 4 版，3 日刊，鉛印。蘇中區黨委書記、新四軍第 1 師師長粟裕兼任社長，在創刊號發表《發刊詞》，新四軍第 1 師政治部主任鍾期光題寫報頭。創刊時爲 3 日刊。後改爲 5 日刊、雙日刊和日刊。1945 年 10 月 11 日停刊，共出版 270 期。[2]

中共蘇中第 3 地委的《江潮報》，使用從上海秘密購買的當時性能最高的日本堀井牌蠟紙、鐵筆、油印機，以富有特色的版面編排、頭像插圖和高要求的油印工藝，創造了印刷術上的奇蹟。「字體的正規美觀，花邊插圖的精緻活潑，印刷的清晰，遠遠超過當時敵占縣的鉛印報，受到廣大讀者的歡迎。

1　楊瑛：《一張特殊的報紙——〈新報〉》，上海市新四軍歷史叢刊社：《喉舌與號角——新四軍和華中抗日根據地報刊史料集萃》（上卷），香港語絲出版社，2004 年 4 月第 1 版，第 323～325 頁。

2　張愛東、陳以和、楊素娟：《紀念〈蘇中報〉創刊 60 週年》，《老兵話當年（第五輯）》，2004 年。

曾是國民黨和僞報刊讀者的邊沿區學校老師、上層士紳、知識分子、青年學生，驚歎佩服：「『簡直是工藝品。』報紙不僅在抗日民主的內容上而且在精美的形式上，爭取了愈來愈廣泛的讀者，爭奪佔領了新聞陣地，在根據地內外，擴大了黨影響。」[1]1943 年，江潮報社辦起流動鉛印廠，改爲鉛印，從 3日刊、2 日刊發展抗戰勝利進駐黃橋後的《江潮日報》，發行量由 2500 多份增至 1 萬多份。《江潮報》「闢出一定篇幅（包括中縫），刊登收費的商業廣告和私人啓事，包括商品物價、解除婚約、脫離親屬關係、遺失契約圖章等等。地委認爲這也是黨報聯繫群眾、反映社會生活、宣傳黨的政策的一個重要方面（群眾認爲在黨報上登啓事，是有法律效力的）。」[2]

4、蘇北抗日根據地出版的報刊

蘇北抗日根據地 1940 年開始創建。1941 年 9 月成立蘇北行政公署。1942年底，淮海、鹽阜兩區合併，成立中共蘇北區委。中共蘇北地方組織出版了《鹽阜報》《鹽阜黨刊》（鹽阜區委，1942 年）。另出版了《江淮文化》雜誌（江蘇鹽城，1941 年）。鹽城縣各界抗日聯合會出版了《老百姓報》（1941 年 4 月21 日）。新安旅行團出版了《兒童生活》（1942 年 3 月 1 日）。

5、淮北抗日根據地出版的報刊

淮北抗日根據地 1938 年開始創建。1941 年 8 月，成立中共淮北蘇皖邊區委和淮北蘇皖邊區行政公署。1942 年 11 月，成立中共淮北區委。中共淮北地方組織出版了《實報》（蕭縣中心縣委，1938 年 12 月），1940 年出版了《團結報》（邳睢銅寧地委），《紅星》（睢靈肖宿縣委），《淮寶報》（淮寶縣委），《群眾導報》（豫皖蘇邊區委），《人民報》（蘇皖區委）。淮北區委機關報《拂曉報》，1942 年 1 月 1 日由新四軍第 4 師所屬報紙改隸。淮北區第 2 地委 1945 年春創辦《拂曉報‧路西版》。另出版《永光報》（豫皖蘇邊區永城縣）。

6、淮南抗日根據地出版的報刊

淮南抗日根據地 1939 年開始創建。1943 年 1 月，成立中共淮南蘇皖邊區區委和淮南蘇皖邊區行政公署。中共淮南地方組織出版了《中心區報》（半塔

1　徐中尼：《江潮滾滾──憶蘇中三地委〈南通報〉和新華支社》，上海市新四軍歷史叢刊社：《喉舌與號角──新四軍和華中抗日根據地報刊史料集萃》（上卷），香港語絲出版社，2004 年 4 月第 1 版，第 388 頁。

2　徐中尼：《江潮滾滾──憶蘇中三地委〈南通報〉和新華支社》，上海市新四軍歷史叢刊社：《喉舌與號角──新四軍和華中抗日根據地報刊史料集萃》（上卷），香港語絲出版社，2004 年 4 月第 1 版，第 382 頁。

中心區)，《新六合報》(六合縣)，《新盱報》(盱眙縣)，《儀征戰報》(儀徵縣)，《淮寶報》(淮寶縣)，《新民主報》(淮南津浦路西省委，後改爲淮南路西地委，1940 年 7 月 1 日)，《新路東報》(津浦路東省委，1940 年 12 月，安徽天長馮家營)，《淮南日報》(淮南區委，1944 年 4 月 1 日，安徽來安陳家磚井)，《路西黨刊》(淮南津浦路西區委，1942 年)，《淮南大眾》(淮南區委，1944 年 1 月 25 日，安徽來安陳家磚井)。另出版了通俗刊物《路東農民》(淮南總文抗文藝部，1942 年)。

7、鄂豫邊抗日根據地出版的報刊

鄂豫邊抗日根據地 1938 年開始創建。1939 年成立中共鄂豫邊區委。1941 年成立鄂豫邊行政公署。鄂豫邊根據地在抗日戰爭時期出版的油印小報「至少有 26 種」。[1]中共鄂豫邊地方組織出版的報刊有：《消息》(河南省委，1938 年 7 月，河南確山竹溝鎮)，《先鋒報》(信(陽)應(山)地委，1939 年 11 月，河南信陽四望山廟前灣)，《抗日報》(京(山)安(陸)縣委，1939 冬)，《前衛報》(天(門)漢(川)地委，1940 年春，湖北漢川蝦子溝)，《民眾報》(初名《陣中報》，應城縣委，1940 年)，《正義報》(鄂東特委，1941 年春)，《襄河報》(襄南地委，1944 年 3 月)，《黃岡農民》報(黃岡中心縣委，1944 年夏秋間)。鄂豫邊區農民救國總會出版了《老百姓》報(941 年底，1943 年 1 月更名《農救報》)。安(陸)應(山)縣農民抗日救國會出版了《安應農救報》(1943 年)。黃安縣(今紅安縣)農民抗日救國會出版了《農救新聞》(1944 年)。鄂豫邊區行署和鄂豫邊區日本反戰同盟第五支部分別出版了《新主民》月刊、日文《反戰旗報》。[2]

中共鄂中區委 1939 年 7 月 7 日在湖北省京山縣養馬販創刊《七七報》，11 月成爲中共鄂豫邊區委員會機關報。油印 8 開 2 版，刊期不定，印行二三百份。後改爲 4 開 4 版，3 日刊、雙日刊，印行 3000 多份。1941 年 1 月 1 日改爲鉛印，兩三天出版一期。1942 年 7 月，報社及印刷廠隨鄂豫邊區委遷至大悟山白果樹灣車家田。同年夏發行量由約 5000 份增至 8000 多份。[3]1945 年

1　上海市新四軍歷史叢刊社：《喉舌與號角——新四軍和華中抗日根據地報刊史料集萃》下卷，香港語絲出版社，2004 年 4 月第 1 版，第 743 頁。

2　張肇俊：《五師和鄂豫邊區的報刊》，上海市新四軍歷史叢刊社：《喉舌與號角——新四軍和華中抗日根據地報刊史料集萃》(下卷)，香港語絲出版社，2004 年 4 月第 1 版，第 737～748 頁。

3　陳廣相：《華中抗日根據地的戰鬥號角——抗戰時期新四軍和華中根據地主要報刊概覽》，《黨史縱橫》，1993 年版。

9 月，隨新四軍第 5 師遷至四望山。10 月，與新四軍第 5 師《挺進報》合併，成為中共中原局機關報。[1]

8、皖江抗日根據地出版的報刊

皖江抗日根據地 1938 年春開始創建。1942 年 7 月，成立皖江行政公署。1943 年 3 月，成立中共皖江區委。中共鄂皖贛區委 1942 年 3 月 26 日創刊《大江報》，新四軍第 7 師《戰鬥報》與無為縣政府《新無為報》合併而成。1943 年 3 月成為皖江區委機關報。4 開，油印，發行 3000 份。1943 年下半年改為鉛印。抗戰勝利後，皖江抗日根據地的黨、政、軍機關及部隊奉命北撤山東。1945 年 10 月 3 日，終刊號（第 507 期）刊登《新四軍告別皖江民眾書》和《大江報告別讀者》。

9、浙東抗日根據地出版的報刊

浙東抗日根據地 1941 年開始創建。1942 年 7 月，成立中共浙東區委。1944 年 1 月，成立浙東臨時行政委員會。1945 年 1 月，成立浙東行政公署。浙東區委出版了 4 版油印週刊《時事簡訊》（1942 年 8 月，浙江慈谿），《新浙東報》（1944 年 4 月 13 日），《團結》（1945 年）及《學習與工作》（四明地委，1945 年 1 月 24 日）。

（二）《江淮日報》與《鹽阜大眾》

1、中共中央華中局機關報《江淮日報》

《江淮日報》是在華中抗日根據地中共中央領導機關轉換之時創辦的機關報。1940 年 12 月 2 日，《江淮日報》創刊於江蘇省鹽城縣城。中共中央中原局書記劉少奇兼任社長、題寫報頭，副社長王闌西兼總編輯。報社設編輯部、發行部、印刷廠、電臺、總務科，約六七十人。初為中共中央中原局機關報。翌年 5 月改為中共中央華中局機關報。4 開 2 版，鉛印。1941 年 6 月 1 日改為 4 開 4 版。設副刊《大眾科學》。

1941 年 1 月 20 日，發表新四軍代軍長陳毅的文章《論皖南事變及新四軍的態度》，使用新聞、社論、雜文、木刻、歌謠等多種形式，揭露皖南事變真相。4 月 16-18 日，於鹽城太平橋報社發行站舉辦「報紙展覽會」，將抗日民主根據地報紙、抗戰大後方報紙、敵佔區報紙一起陳列，讓觀眾鑒別比較。7 月 19 日，蘇北詩歌協會在《江淮日報》闢「街頭詩運專號」，發表《自衛隊》

1　彭偉：《邊區的政治大炮——〈七七報〉》，《武漢文史資料》，2015 年版。

《都來參加婦救會》等 8 首街頭詩和文章《開展街頭詩運動》（林山）。另成立江淮通訊社（1941 年春）和出版《江淮雜誌》（1941 年 5 月）。發行量萬份，通過「華中郵政」，除在華中、華北抗日根據地發行，還發行到敵佔區的滬寧和重慶及國統區其他城市、香港、東南亞華僑社團。上海「孤島」的報刊轉載了《江淮日報》的文章。[1]

出版 8 個月，4 次遷移社址。初在鹽城城內縣立女子中學籌辦，日軍飛機 1941 年 1 月 28 日轟炸鹽城城區，即遷至鹽城西南的地藏寺，又遷鹽城岡門間的九里窯，繼遷王四虎莊，隨華中局再遷湖垛西北的一個村莊。1941 年 7 月，日軍與國民黨頑固派韓德勤部夾擊與「掃蕩」新四軍。劉少奇、陳毅指示：「偃旗息鼓，暫且停辦，使敵人弄不清我們華中局和軍部的去向。」7 月 22 日，《江淮日報》停刊。[2]

2、《鹽阜大眾》的大眾化

1943 年 4 月 25 日，中共鹽阜區委創刊通俗報紙《鹽阜大眾》。8 開 4 版，旬刊，鉛印。王闌西兼任社長，趙平生主編。後改為週刊、5 日刊、3 日刊，4 開 4 版與雙日刊。

發刊詞對讀者說：「我們出這個大眾報，用極粗淺的文章和圖畫，登載鹽阜區以及國內外的新聞消息，此外還有大眾言論，大眾知識，大眾通訊，大眾寫作以及故事，歌謠、連環圖畫，小辭典等，好給諸位做學習的材料。希望大家努力學習，並且把看過的報紙多多傳給人看，多多講給人聽。」[3]設「讀者來信」、「時事講話」、「莊稼話」、「大眾衛生」、「工農通訊」等欄。版面的大體編排，第一、二版是新聞、通訊，第三版是讀者來信、科學文化知識，第四版是文藝作品。絕大部分版面刊載鹽阜區的武裝鬥爭、生產運動、群眾運動等，經過改寫的新華社電訊一般情況下只占一個版面的三分之一到二分之一。提倡寫一事一報的短文，每篇文章一般三四百字，長的不過五百來字，短的幾十字，一般每個版面可以刊載十多篇稿件，刊用的稿件逐篇按「塊」編排而不轉行以方便閱讀。使用木刻配合新聞報導的連環畫，不識字的工農群眾也能一看就懂。副刊所刊載的文藝作品，有舊瓶裝新酒的快板、小調、

1　王闌西、羅列：《華中抗日民主根據地飄揚的一面紅旗──對〈江淮日報〉的回憶》，《大江南北》，1988 年版。

2　王闌西：《回憶抗戰時期鹽阜地區的新聞工作》，《新聞研究資料》，1983 年版。

3　《告讀者──〈鹽阜大眾報〉發刊詞》，張之華：《中國新聞事業史文選（公元 724 年～1995 年）》中國人民大學出版社，1999 年 1 月第 1 版，第 446 頁。

淮調、民歌、童謠、說書、秧歌等，有新詩、牆頭詩、文藝通訊、小小說等，讀者都比較愛看。

1943 年春，日偽軍進行「掃蕩」。鹽阜地委宣傳部和鹽阜報社轉移到阜東縣東海邊的施頭莊（今濱海縣振東鄉）。隨行保護的警衛排戰士和施頭莊的百姓很想知道反「掃蕩」的事，卻看不懂《鹽阜報》。王闌西和趙平生商量給他們辦了名為《通訊》的牆報，警衛排的戰士寫稿，趙平生改稿。戰士與百姓說看得懂，像個大眾報。他倆受到啟發，報告地委獲准，創辦了《鹽阜大眾》報。

主編趙平生提出並開展的「寫話」活動，打破了工農兵通訊員對寫作的神秘感，提高了寫稿信心，使《鹽阜大眾》報找到了實現報紙大眾化的鑰匙。提倡工農兵通訊員心裏想什麼就寫什麼，怎麼說就怎麼寫，事情是怎樣的就用自己的話說清楚，說話就是未寫成的文章，文章就是寫成文字的說話；要求編輯認真學習農民語言，用「寫話」的方法修改通訊員的來稿。

逐步大眾化的《鹽阜大眾》在讀者中享有較高的威信。不少小學教師和村文教委員把《鹽阜大眾》報上發表的牆頭詩抄到農家牆上。「報上發表的小故事、小通訊，成為農村冬學裏的教材。」[1]「後來，淮南、淮北、蘇中也都辦了類似鹽阜的大眾報。」[2]

六、華南抗日根據地的共產黨報業

華南抗日根據地 1940 年開始創建，位於廣東省（含今海南省）境內，由東江、瓊崖、珠江抗日根據地組成。至抗戰勝利，根據地和游擊區總面積 4 萬平方公里，人口 600 萬。

（一）東江抗日根據的新聞報刊

1941 年初，東江縱隊曾生大隊在東莞敵後創辦油印週報《大家團結》，王作堯大隊在寶安創辦油印《新百姓》。7 月兩報合併，成立前線出版社，《大家團結》以幹部為主要對象，《新百姓》以民眾為主要對象。1942 年初，兩報停刊，另出《東江民報》，總編輯譚天度。3 月 29 日更名《前進報》，4 開，由

1 陳登科：《同志·老師·戰友》，上海市新四軍歷史叢刊社：《喉舌與號角——新四軍和華中抗日根據地報刊史料集萃》下卷，香港語絲出版社，2004 年 4 月第 1 版，第 571 頁。
2 王闌西：《回憶抗戰時期鹽阜地區的新聞工作》，《新聞研究資料》，1983 年版。

新成立的廣東人民抗日總隊主辦，以東江爲界分出江南版、江北版。創造了一張臘紙印刷 7000 多張報紙的紀錄。另出《抗日雜誌》《政工導報》等。除在東江抗日根據地發行，還發行到珠江、韓江、粵中、南路等游擊區和兄弟部隊。

（二）瓊崖抗日根據地的新聞報刊

1939 年 2 月 10 日，日軍侵入瓊崖。中共瓊崖領導機關轉入瓊文內地，長期領導敵後游擊戰爭，先後創辦《抗日新聞》《新瓊崖報》《人民報》《先鋒報》《前進報》等。3 月中旬，特委書記林李明和黃魂主持，印油 4 開 4 版週報《抗日新聞》在瓊山縣樹德鄉創刊，發行 1000～1500 份，主要發至黨支部、連隊、鄉級民主政權和群眾團體。自製紙張油墨突破日僞的經濟封鎖。被抗日軍民親切地稱爲「抗新」，成爲中共瓊崖特委機關的代號。

（三）珠江、粵中抗日根據地的新聞報刊

1940 年，珠江三角洲的游擊隊建立順德縣西海的珠江抗日報據地，創辦《抗日旬報》，後因反「掃蕩」停刊。1943 年，游擊隊挺進中山縣五桂花山區，在關堂布村改辦油印 4 開 4 版《正義報》，1945 年春停刊 。廣東人民抗日解放軍 1945 年春在粵中抗日根據地創辦油印對開《人民報》，不定期出版。

第三節　國民黨統治區的共產黨報業

一、國民黨統治區共產黨報業概述

（一）使用多種方式出版的報刊

中國共產黨抗戰時期在國統區以多種形式開展報刊宣傳活動，分別以公開名義創辦報刊，以進步團體主辦實由中共領導出版報刊，以同仁報紙面目出版報刊，打著國民黨旗號而由中共地方組織主辦或掌握全部、部分版面的報刊，秘密出版報刊。

公開以中國共產黨的名義創辦的報刊有《群眾》週刊、《新華日報》。以進步團體主辦實由中國共產黨領導出版的報刊有《救亡週刊》《蕭山日報》等。《救亡週刊》，四川青年救國會會刊，受中共成都市委領導。1937 年 10 月 9 日創刊於成都，16 開。逢星期六出版。11 月 13 日與《星芒週刊》合刊。1938 年春恢復單獨出版。《蕭山日報》，蕭山抗日自衛委員會機關報，1938 年 7 月

至 1942 年 4 月出版，中共蕭山縣委暗中給予指導。以同仁報紙面目出版的報刊有浙江金華《東南戰線》、河南西華《大眾報》、湖南長沙《觀察日報》《抗戰日報》、四川成都《華西晚報》、四川重慶《大學新聞》、福建永安《老百姓》等。河南西華《大眾報》，1938 年 1 月創刊，中共黨員徐朋武主編，在社內建立中共支部。湖南長沙《觀察日報》，1938 年 1 月創刊，中共湖南地下省工委 5 月在黨內宣布爲機關報。福建永安《老百姓》，1938 年秋至 1939 年 11 月出版，受中共南平工委直接領導。浙江金華《東南戰線》，1939 年 1 月至 3 月出版，中共黨員邵荃麟、駱漠耕主編。四川成都《華西晚報》，1941 年 4 月 20 日創刊，受中共中央南方局和四川省委領導。四川重慶《大學新聞》，1944 年 11 月 12 日創刊，受中共中央南方局青年組領導。打著國民黨旗號而由中共地方組織主辦或掌握全部、部分版面的報刊有江蘇南通《新通報》、浙江於潛《民族日報》、安徽《皖東北日報》、福建永安《建設導報》等。江蘇南通《新通報》，1938 年 8 月至 1939 年秋出版，名爲國民黨南通縣黨部機關報，實由中共黨員所辦。浙江於潛《民族日報》，1939 年 1 月 5 日創刊，浙西行署主辦，中共黨員王聞識任社長，職員中一半是中共黨員，1941 年改組，被國民黨 CC 系控制。安徽《皖東北日報》，1939 年 1 月至 1940 年春出版，第五戰區第六游擊縱隊政治部主辦，中共黨員、宣傳科長賀汝儀兼任社長。福建永安《建設導報》，1943 年 5 月創刊，省政府主席劉建緒創辦，中共黨員周佐嚴、李達仁分任總編輯、主筆。廣西《柳州日報》，中共在社內建立支部，中共黨員林繼茂、羅培元曾任社長、總編輯。廣東曲江《新華南》，1939 年 4 月 1 日至 1942 年出版，編委左洪濤、何家槐、任畢明、石壁瀾是中共黨員。秘密出版報刊的有甘肅蘭州《黨的生活》（1938 年 3 月創刊，中共甘肅省工委機關刊物），新疆《先鋒》《戰鬥》。[1]

中共梅縣縣委從抗戰開始至 1940 年 1 月接辦《梅縣民報》，派黨員劉渠爲社長，張惠鏞（張琛）爲總編輯，宣傳中共方針政策。中共龍川縣支部 1939 年 1 月 1 日至 5 月 28 日出版鉛印《龍川日報》，社長張克明，總編輯黃杏文。中共地下黨從（化）潯（江）縣委（初爲工委）領導，以湯塘聯衛聯陞三鄉抗日自衛委員會的名義，於 1944 年冬至 1945 年 7 月 5 日創辦《三日新聞》報。8 開，3 日刊，單面油印。中共從潯縣委分管宣傳的黃信明任主要負責人，

1　王曉嵐：《抗戰時期中國共產黨在國統區的辦報活動與宣傳策略（上）》，《北京黨史》，1996 年版。

郭若芝承擔編、刻、印等具體工作。由從化、佛岡縣電臺接收國內外通訊社電訊，改寫或部分摘錄通過中共地下組織獲得的重慶《新華日報》的社論和時事述評。以當地的組織機構、學校、商店及中共地下黨員、統戰對象等為主要讀者對象，發行 500 份。

（二）在漢渝出版的《群眾》週刊

1、《群眾》週刊的出版經過

1937 年 12 月 11 日，《群眾》週刊創刊於武漢，16 開。因創辦《新華日報》受阻，籌辦人員瞭解到創辦刊物比辦報容易登記，即先行創辦《群眾》週刊。

按照國民政府的出版法規規定，申請登記出版刊物須交 600 元保證金。籌辦人徐邁進向漢口市政府申請登記，向辦理人談了刊物的出版宗旨和艱苦創業，然後說：「『我身上只有六塊錢，今天登記不成了！』他考慮一下以後對我說：『你在登記表上就照規定填寫，我上報時可簽注意見，你們確有那麼多基金，不就成了。』我喜出望外地填了登記表，緊緊地握著他的手告別。……過了十天光景，領到了登記證」。[1]《群眾》週刊刊頭下方標明「本刊已呈請內政部及中宣部登記★中華郵政登記為第一類新聞紙」。

《群眾》週刊創刊號封一刊頭旁邊標明「編輯兼發行人：潘梓年」，「地址：漢口成忠路 53 號」，「發行所：群眾週刊社，漢口交通路 31 號」，「總經售：讀書生活出版社」，「印刷所：新昌印書館」。1938 年 12 月 25 日在重慶出版第 2 卷第 12 期，編輯兼發行人改為群眾週刊社，地址是重慶蒼坪街 69 呈，總經銷處是新華日報館。

在初創的一個月裏，《新華日報》編輯部集中力量辦《群眾》週刊，「《新華日報》出版以後，才在編輯部裏指定幾個人專門負責《群眾》的編輯工作。」[2] 1938 年 9 月 18 日，《群眾》週刊出版第 2 卷第 11 期，撤離武漢。12 月 25 日，第 2 卷第 12 期的《群眾》週刊在重慶出版。

1939 年 5 月初，重慶因遭到日軍飛機大轟炸，停電、停水，遇難者橫屍街頭。新華日報社編輯部、印刷部搬到磁器口高峰寺，《群眾》週刊在高峰

1　徐邁進：《依靠群眾，克服困難》，《新華日報的回憶》，四川人民出版社，1979 年版，第 142 頁。
2　許滌新：《〈群眾〉史話》，《新華日報的回憶》，四川人民出版社，1979 年版，第 99 頁。

寺的民房裏編輯。在《新華日報》參加《重慶各報聯合版》期間（1939年5月7日至8月12日），《群眾》週刊擴大篇幅，刊載《新華日報》的評論、專論。

《群眾》週刊以「開天窗」、刊登免登啓事等方式抗議當局的新聞檢查。1939年12月21日出版的《群眾》第3卷24期，以「開天窗」的方式抗議稿件被新聞檢查時扣壓。《群眾》週刊經常刊登免登啓事。1944年11月出版的《群眾》第9卷第21期，刊登啓事《爲本刊中止刊載〈中國歷史講座〉簡答垂詢諸讀者》，稱：「尹啓民著《中國歷史講座》……因故不能刊載，雖經種種努力，迄無結果。……至若仲道先生提出『目前政府既稱檢查尺度放寬《中國歷史講座》何竟遲遲未能見面』。本刊同人實無詞以答，只能『苦笑』而已。」同時刊登的啓事稱：「本期沿有香汀先生著《中山先生論國民大會與國民會議》及本刊輯錄《孫中山先生三大政策的三民主義》二文均奉命免登。按：《孫中山先生三大政策的三民主義》一文全部均係輯錄國父遺囑，免登理由，檢查機關謂爲：『內容不妥』。」[1]

《群眾》週刊的篇幅呈現逐漸增長態勢。創刊號爲16頁，之後，除了1943年第8卷第10期、11期爲9頁和第12期爲6頁，雜誌的篇幅緩慢增長，至抗戰末期每期雜誌在三五十頁之間。1945年8月抗戰勝利後，《群眾》週刊繼續出版。

2、《群眾》週刊的內容調整

《群眾》週刊雖是理論刊物，爲了迅速動員全國民眾投身抗日戰爭，提振抗戰勝利信心，創刊後的一段時間裏較多關注的是抗戰實際，批判失敗主義，堅持持久抗戰，宣傳抗日游擊戰爭，反映各地抗戰狀況，隨後，逐漸把理論性的闡述作爲重點。1939年12月21日，發表社論《本刊出版兩週年》，引用列寧的名言「沒有革命的理論，就沒有革命的行動」，指出「本刊所提供給讀者的，不但有與抗戰有密切關聯的一些實際問題，而且在學理上，亦儘量以馬列主義的教育去貢獻給讀者。」以使「每一個讀者，每一個從事民族解放鬥爭的戰士，在這兒能夠找到他所要瞭解的東西，能夠找到他欲找尋的鑰匙，去提高他們解決問題的能力，去提高他們的工作效率。」1942年12月

1　盧毅：《查禁與反查禁：抗戰時期中共在國統區的宣傳策略》，《抗戰史料研究》，2014年版，第二輯。

30 日，編者在《送 1942 年寄讀者》中進一步指出：今後的總任務是克服理論問題與實際問題的困難。理論研究不是單純的理論，要與實際有聯繫的研究理論。強調「要從鬥爭中去學習，學習中去鬥爭！」[1]

　　介紹與宣傳馬克思主義經典和論述。刊載《論馬克思的「政治經濟學批判」》（戈寶權譯），《論馬克思的「雇傭勞動與資本」》（許滌新譯），《恩格斯「論費爾巴哈」一書的介紹》（曾蕪明譯），《恩格斯的軍事經驗》（紀龍譯），《列寧論弱小國家與弱小民族》（徐冰譯），《列寧論無產階級鬥爭的戰略和策略》（許滌新譯），《列寧論黨的文學問題》《斯大林論民族文化》《斯大林論蘇聯文化革命》（戈寶權譯），《斯大林論黨的布爾塞維克化》（師哲譯）等譯文，介紹馬克思主義經典作家和論述，爲國統區讀者學習馬克思主義提供方便。

　　關注與研究大後方的國民經濟。刊載《論戰時金融政策》《論戰時貿易政策》《論戰時農業政策》《經濟近況的透視》（許滌新），《工人失業問題》（辛煥），《工業需要民主》（黃醒），《限價實施後的工作》《論黃金解禁》《論保障佃農》《糧食徵借與庫券處理》等文章與評論，論述國統區的物價、遊資、投機和工業生產等問題，揭露國民政府的財政因惡性通貨膨脹趨於破產和官僚資本的反動性，推動民族資產階級要求政治與經濟的民主。

　　介紹各國共產黨。開設專欄刊載數十篇聯共（布）黨史研究資料，結合 1939 年出版的《聯共黨史簡明教程》，幫助讀者瞭解蘇聯共產黨歷史。刊載《法國共產黨宣言》《意大利共產黨的反戰宣言》《英國共產黨宣言》《美國共產黨宣言》，介紹世界主要國家的共產黨，讓讀者對於國際共產主義運動有所瞭解。

　　關注抗戰結束和戰後中國。發表《加緊作戰努力，爭取最後勝利》《論日寇垂死掙扎的內幕》《歐戰結束的遠東戰局》等評論，號召奪取抗戰的最後勝利。發表《「民主第一」》《人治，法治，民治》《國父論民主與憲政》《工人需要民主》《論知識青年與民主運動》《論所謂封建制》和《兩三年內完全學會經濟工作》（毛澤東），《論世界政局》（於懷）等評論與文章，述說對新生中國的展望。

1　社論《學習，學習，再學習》，《群眾》週刊第 2 卷第 20 期 1939 年 4 月 1 日。

二、《新華日報》：共產黨在國統區團結抗戰的旗幟

（一）籌辦創刊的曲折經過

1、南京籌辦未果

1937 年 7 月 9 日，中共中央決定在國統區辦一張黨報。[1]8 月 18 日，國共談判就陝甘寧邊區人事、紅軍改編和出版《新華日報》等問題達成協議。經中共中央營救出獄的潘梓年，10 月從周恩來那裡接受籌辦《新華日報》的任務。[2]袁冰、章漢夫在南京新街口租到一間鋪面房準備用作營業部，又在附近租到一間房子準備用作編輯部。中共地下黨員沙文威（史永）找同學張爾華出面租到了一家印刷廠。周恩來介紹錢之光請國民黨元老、國民政府監察院院長于右任題寫了《新華日報》報頭。戰局漸顯緊張，日軍進逼金陵，國民黨頑固派在中共辦報之事上設置障礙，致使本來已經談好的《新華日報》1937 年 11 月在南京創刊未能實現。[3]

2、武漢公開出版

1937 年 11 月下旬，《新華日報》籌備人員乘火車離寧，車行 4 天抵漢。在漢口府西一路花了 2000 元購買了停刊的《壯報》的印刷廠，在附近租了一些房屋作爲營業、編輯和宿舍用房。調配的辦報人員陸續到來。印刷工人是張爾華動員來漢的南京《朝報》排字房、澆版房、機印房的全班人馬。

報社派人到湖北省政府申請註冊遭遇了「拖延」。主管人員說，你們共產黨在我們省辦報，要請示中央；拿出國民黨中宣部邵力子部長批准出版的文件也不行，說這不能算數，還得請示。1937 年 12 月 21 日，陳紹禹（王明）、周恩來、秦邦憲（博古）等與蔣介石會談，商談國共兩黨關係、擴大國民參政會及出版《新華日報》等問題。蔣介石表示「對此完全同意」。[4]

1938 年 1 月 9 日，報社爲報紙創刊在普海春設宴，武漢市黨政軍領導人、文化界新聞界 50 多人應邀出席；在《大公報》《武漢日報》等顯著位置刊登創刊廣告，「本報任務是：團結全國抗戰力量，鞏固民族統一戰線，發表正確救亡言論，討論救亡實際問題」；「內容有：社論短評，戰地通訊，電訊要聞，

1　夏衍：《第一次見到周恩來同志》，《人民日報》，1985 年 12 月 17 日。

2　石西民、徐邁進：《懷念社長潘梓年同志》，石西民、范劍涯：《新華日報的回憶‧續集》，四川人民出版社，1983 年 2 月第 1 版，第 4 頁。

3　吳克堅：《艱苦複雜的鬥爭——回憶在〈新華日報〉工作時的情形》，《新華日報的回憶》，四川人民出版社，1979 年，第 83 頁。

4　韓辛茹：《新華日報史（上卷）》，中國展望出版社，1987 年版，第 4 頁。

特約專論，本市消息，警闢副刊，救亡情報，星期文藝」；本報「是抗戰中堅，民族喉舌，是非常時期人人必讀的報紙」。[1]

1938 年 1 月 11 日，《新華日報》創刊於漢口，對開 4 版。報頭下方刊載的報紙出版的法律信息是「本報已呈准中宣部備案中華郵政掛號碼爲第二類新聞紙」。[2]發刊詞宣告創刊宗旨：「本報願在爭取民族生存獨立的偉大的戰鬥中，作一個鼓勵前進的號角。爲完成這個神聖的使命，本報願爲前方將士在浴血的苦鬥中，一切可歌可泣的偉大的史蹟之忠實的報導者、記載者；本報願爲一切受殘暴的寇賊蹂躪踐踏的同胞之痛苦的呼籲者、描述者；本報願爲後方民衆支持抗戰參加抗戰之鼓動者、倡導者。在『抗日高於一切，一切服從抗日』的原則下，本報將盡其綿薄，提倡與贊助一切有利於抗戰之辦法、設施、方針，力求其迅速確實的實現；而對於一切阻礙抗日事業之缺陷及弱點，本報亦將勇敢地盡其報急的警鐘的功用。」「本報願將自己變成一切抗日的個人、集體、團體、黨派的共同的喉舌；本報力求成爲全國民衆的共同的呼聲」。[3]

周恩來、董必武、陳紹禹、秦邦憲、葉劍英、葉挺、徐特立、孔祥熙、白崇禧、于右任、邵力子、張治中、王寵惠、吳國楨、郭沫若、沈鈞儒、沙千里、馮玉祥、方振武、陳銘樞、石瑛等 40 多名各黨派各界知名人士題詞祝賀創刊。創刊號第二、三、四版分別刊發國民黨黨政要員爲《新華日報》創刊的題詞。國民政府行政院長孔祥熙題詞「自強不息」。國民黨第五路軍總司令白崇禧題詞「民族解放戰爭的任務不僅應求民族的生存，並且可促進軍事政治經濟與文化之日益發展與改進，使中國成爲一個嶄新的國家。」國民政府委員邵力子題詞「一心一德貫徹始終」。國民政府外交部長王寵惠題詞「蜚聲江漢」，國民黨中宣部長吳國楨題詞「暮鼓晨鐘」。創刊號第四版「抗戰警語」，摘錄蔣介石《告國民書》中的一段話：「今日則大禍當前，義無反顧，故爲抗戰全局策最後之勝利，今日形勢，毋所謂於我爲有利，且中國持久抗戰，其最後決勝之中心，不在各大都市而實寄於全國之鄉村與廣大強固之民心。」[4]

1　韓辛茹：《新華日報史（上卷）》，中國展望出版社，1987 年版，第 5 頁。

2　唐振君：《〈新華日報〉在武漢的第一次亮相》，http://dangshi.people.com.cn/n/2015/0227/c85037-26606625.html。

3　《〈新華日報〉發刊詞》，張之華：《中國新聞事業史文選（公元 724 年～1995 年）》，中國人民大學出版社，1999 年 1 月第 1 版，第 421～422 頁。

4　唐振君：《〈新華日報〉在武漢的第一次亮相》，http://dangshi.people.com.cn/n/2015/0227/c85037-26606625.html。

3、《新華日報》的領導及編委會

位於漢口府西一路 149 號的新華日報社，受中共長江局領導。長江局成立黨報委員會，加強對報紙工作的領導，以辦好中共第一張公開面向全國的黨報。中共長江局黨報委員會最初由王明、周恩來、秦邦憲、何偉、潘梓年組成。新華日報社建立的編輯委員會，「實行民主發揮編輯部的集體智慧辦好報紙」。這種方式大都被以後的黨報所採取，沿用下去成爲了中共黨報的一種傳統。[1]新華日報社編委會最初由潘梓年、華崗、章漢夫、吳敏、樓適夷、陸詒等組成。1938 年 4 月，新華日報社成立中共支部，10 月成立職工會。[2]

（二）遷移途中的壯烈犧牲

1、分批撤離武漢遷移重慶

武漢是日軍繼南京之後急於攻佔的重要目標。1938 年 8 月，新華日報社將主要精力用於備戰遷移，準備在重慶和西安兩地出版報紙。1938 年 7 月至 10 月，新華日報社人員分批撤離武漢。

1938 年 7 月 14 日，熊瑾玎帶領第一批 23 人（多爲女職工和家屬）撤離。8 月 1 日抵達重慶。[3]第二批 15 人員前往西安，準備出版《新華日報》西安版被拒，何雲率多數人奔赴華北敵後，楊放之等轉赴重慶。[4]第三批撤離的 30 多人，租用 2 隻大木船，押運機器設備和 100 多筒捲筒紙，1938 年 8 月 6 日離開漢口，途中遇到暴雨迷失方向，近 2 個月才到宜昌。華崗等十幾人乘輪船先行趕赴重慶。徐光宵負責繼續押運，1938 年 12 月 24 日抵達重慶。[5]

根據中共中央關於要堅持到最後一天的指示，新華日報社堅守危城出版最後一期報紙的幾個人，1938 年 12 月 25 日清晨在日軍已至城郊、炮彈已達市區時撤離武漢。

2、第四批撤離燕子窩遭炸

第四批撤離的 52 人，1938 年 10 月 22 日與八路軍武漢辦事處人員一起租

1　韓辛茹：《新華日報史（上卷）》，中國展望出版社，1987 年版，第 5 頁。
2　方程：《〈新華日報〉在武漢創刊》，《武漢文史資料》，2011 年版，第 Z1 期。
3　唐正芒：《從平靜中透視血與火的艱難奮鬥——〈新華日報〉的誕生及其從武漢向重慶的遷移》，《黨史縱橫》，1997 年版。
4　唐正芒：《從平靜中透視血與火的艱難奮鬥——〈新華日報〉的誕生及其從武漢向重慶的遷移》，《黨史縱橫》，1997 年版。
5　韓辛茹：《新華日報史（上卷）》，中國展望出版社，1987 年版，第 54 頁。

用約 300 噸的新升隆號輪船離漢。23 日上午 9 時許，船行至嘉魚縣長江北岸的燕子窩（今屬洪湖市），爲躲避日軍轟炸靠岸，少數人員留守，多數人離船，等天黑後再開船。15 時許，日軍 4 架飛機轟炸掃射，新升隆輪中彈，焚燒沉沒，船員與乘客有七八十人遇難。八路軍武漢辦事處死亡 9 人，新華日報社死亡的 16 人是：潘美年、李密林、項泰、程德仁、羅廣耀、陸從道、李鑒秋、胡炳奎、王祖德、羅仁貴、潘香如、季履英、胡宗祥、許厚銀、李元清、易成競。[1]第四批撤離的幸存者 36 人，被一主動言明讀者身份的王姓青年，邀至附近家中休息過夜。[2]第二天一早，他們步行了一段，搭乘漁船到達宜昌，換乘輪船，分批於 11 月 23 日抵達重慶。

1938 年 12 月 5 日，新華日報社在重慶社交會堂爲在燕子窩殉難的同人舉行追悼大會，重慶各界人士四五千人參加，同申憤慨。中共中央、毛澤東、朱德、周恩來、彭德懷致送輓聯，國民黨副總裁汪精衛、國民政府主席林森及于右任、孫科、陳立夫、周佛海等致送輓聯和花圈。吳玉章、董必武、吳克堅、中央日報社長程滄波、《大公報》主筆王芸生、救國會領袖沈鈞儒、日本反戰女士綠川英子、印度救護隊代表巴蘇醫生等致詞。程滄波、王芸生在講話中呼籲社會各界支持報人，16 位同業爲國捐軀是新聞界的光榮，那些賣身投靠日僞的報人是新聞界的敗類。

1938 年 12 月 5 日，《新華日報》加張增版，以第 4 至第 8 版的 5 個版刊出《追悼本報保衛大武漢殉難同志》專刊[3]，發表社論《追悼本報保衛大武漢殉難同志》，刊登 16 個烈士照片和事蹟介紹，刊載潘梓年、華西園、陸詒、漢夫、吳克堅、鄧穎超、戈寶權、吳敏、熊瑾汀、許滌新等報館同人的紀念文章和各地讀者的弔唁來信等。

（四）兩度艱難的出版經過

1、轟炸聲中聯合出版

1938 年 10 月 25 日，《新華日報》於日軍飛機轟炸聲中在重慶與讀者見面。1939 年「五三、五四大轟炸」，重慶市區損失慘重。重慶各報亦遭重創。

1　黃鑄夫：《眞理的力量是無敵的》，《新華日報的回憶》，四川人民出版社，1979 年版，第 161 頁。

2　徐邁進：《依靠群眾，克服困難》，《新華日報的回憶》，四川人民出版社，1979 年版，第 143 頁。

3　韓辛茹：《新華日報史（上卷）》，中國展望出版社，1987 年版，第 57 頁。

　　蔣介石下令由《中央日報》出面召集重慶各報聯合出版。中共南方局、新華日報社對於國民黨要求重慶各報聯合出版高度戒備。周恩來仔細瞭解情況後，表明不得借機關停《新華日報》的基本態度，決定有條件地參加聯合出版。周恩來致信國民黨中宣部長葉楚傖，表示「從大局著想，凡有利於抗戰者，敝黨同人殆無不委曲求全，唯亦望先生堅守對潘梓年同志之諾言，決無意使各報永不復刊也。」周恩來在信中為《新華日報》參加《聯合版》作了兩點聲明：「一、《新華日報》為尊重緊急時期最高當局之緊急處置及友報遷移籌備之困難，犧牲自己繼續出版之便利，同意參加重慶各報暫時《聯合版》，以利團結。二、《新華日報》同人鄭重聲明，一俟各報遷移有定所，籌備有頭緒，《新華日報》即將宣布復刊。」[1]

　　5 月 7 日，《新華日報》作為第十個成員參加了《重慶各報聯合版》的出版，熊瑾玎、華崗代表新華日報社參加重慶各報聯合會的工作。5 月 17 日，中共中央書記處就《新華日報》繼續單獨出版電示南方局：「A、國民黨以各報聯合出版辦法，取消新華日報的出版，對我們黨的政治宣傳和政治影響，是一個大的打擊。你們未徵得中央書記處意見，即同意停版，實屬政治上一大疏忽。現提議你們公開向國民黨說明新華日報是代表共產黨的言論機關，與其他報紙不同，堅持新華日報繼續單獨出版的權利。」「B、在新華日報暫未恢復出版期內，望你們努力，充實和擴大群眾的內容，不僅將過去新華專論一類的論文登載，且須有系統的刊載我黨及八路軍新四軍各邊區情形的通訊和消息，同時，儘量翻印和發行新中華報（從本期起，我們寄新中華報紙版給你們）。」「C、請將交涉新華日報繼續單獨出版情形，隨時電告我們。」[2]

　　《新華日報》在參加《重慶各報聯合版》期間，將評論、專論移至《群眾》週刊發表。編輯出版版面樣式、報頭字體與《新華日報》相仿的油印 4 開 2 版《新華日報壁報》，張貼在市內外交通要道的牆壁，並逐漸地由雙日刊改為日刊。積極開展復建工作，先將機器設備遷至離城外沙坪壩磁器口的高峰寺，辦廠印刷、出版馬克思、列寧和毛澤東的著作等。在近郊化龍橋虎頭岩之間的黃桷灣租借地皮，搭建草房，開鑿防空洞，將編輯部、經理部、印刷廠、排字房遷此。

1　廖永祥：《〈新華日報〉史新著》，重慶出版社，1998 年 7 月第 1 版，第 49 頁。
2　《中共中央關於交涉〈新華日報〉繼續單獨出版給南方局的指示》，《中國共產黨新聞工作文件彙編》（上卷），新華出版社，1980 年 12 月第 1 版，第 89 頁。

1939 年 8 月 12 日，《重慶各報聯合版》結束。13 日，《新華日報》恢復單獨出版。

2、反共聲中縮小版面

1940 年下半年，蔣介石爲日本、蘇聯、英美三大國際勢力所看重，國內政治局勢緊張。11 月 3 日、6 日，毛澤東兩次致電周恩來，要求把重點放在應付投降和內戰方面，準備對付黑暗局面。12 月 24 日，中共南方局致電中共中央書記處及黨報委員會：「《新華日報》在國民黨嚴密檢查和壓迫下，處境日增困難，不僅被扣文章很多，且國民黨中宣部還準備以所謂『群眾』力量，將《新華日報》打掉。爲了能合法存在，《新華日報》從新年起進行改革，不一定天天有社論，刊登多方面材料，而且不要每篇都是政治化面孔，實行烘托宣傳。」毛澤東批示「贊成」。[1]

1941 年 1 月 1 日，《新華日報》自創刊以來第一版固定位置上的社論消失了，代之以整版的廣告，在第二版刊發的社論《努力的方向》，結尾處在送檢時被「斬掉」了 3 段。[2]自此日起，《新華日報》暫時停止逐日發表社論。一些商家受到恐嚇，不敢再在《新華日報》刊登廣告。2 月 1 日至 3 日，《新華日報》在第一版刊登啓事通告：「本報因奉命免登之稿件過多，難於編排，若勉強維持原有篇幅，既虛耗同人之精力，更難副讀者之雅望，因此，特於二月一日起，改出一中張。諸希鑒諒是幸。」[3]《新華日報》的「文藝之頁」、「青年生活」、「工人園地」、「經濟講座」、「自然科學」、「婦女之路」6 種專刊，因縮版全部停刊。皖南事變前，《新華日報》發行 1 萬多份，臨近事變降至幾千份，事變發生後，銳減到幾百份。[4]在最困難的幾天裏，郵寄外埠的《新華日報》全部被扣留，「市郊零售的報紙最低時只賣出二百多份。」[5]中共南方局在皖南事變後爲防遭遇不測，有計劃的統一安排，通過各種社會關係，將新華日報社 200 多名工作人員的大部分進行了疏散轉移，留下 80 多人堅守辦報崗位。[6]

1　廖永祥：《新華日報紀事》，四川大學出版社，1994 年版，第 67～68 頁。
2　廖永祥：《新華日報紀事》，四川大學出版社，1994 年版，第 68 頁。
3　韓辛茹：《〈新華日報〉「方面軍」——在打退第二次反共高潮中的作用》，《新聞與傳播研究》，1983 年版。
4　羅戈東：《在反封鎖鬥爭中成長——重慶〈新華日報〉發行工作回憶》，《新聞戰線》，1965 年版。
5　于剛：《回憶「新華」》，《新華日報的回憶》，四川人民出版社，1979 年版，第 136 頁。
6　于剛：《回憶「新華」》，《新華日報的回憶》，四川人民出版社，1979 年版，第 132 頁。

　　國民黨戰時新聞檢查局在一份《關於新華日報》動態的報告中稱：該報自出版以來，態度本甚積極。1941 年「一月份起，不作社論，二月份起，縮小篇幅，態度轉消極，處處表現弱者態度。雖於一月十八日及三月六日突然違檢，發表周恩來爲前新四軍事件題字及中共參政員不出席本屆參政會之全部文獻，意欲使政府封閉其館，獲取社會同情。然一因受軍紀之制裁，再則受民意之詰責，已處於被動之劣勢」。[1]

　　《新華日報》在縮版出版期間，依照周恩來的指示，秘密出版了 3 份刊物：《解放選刊》刊載延安《解放日報》的重要言論和報導，《海外呼聲》選載海外華僑和國際友人呼籲中國團結抗戰的言論，《他山石》選載外國報刊揭露國民黨消極抗戰、積極反共反人民的文章。

　　1941 年 3 月，第二次反共高潮基本結束。4 月 25 日，《新華日報》將周恩來撰寫的《論時局中的暗流》作爲代論發表，代論標題和本人簽名均按原稿筆跡與違檢刊出的周恩來爲皖南事變挽詞一樣，使用木刻刻印刊出，繼續顯示了非常時期的一種特殊氣勢。5 月 24 日，《新華日報》刊出啓事：以後逢星期日發行增刊，合出一大張，主要刊登評論和專欄文章。1942 年 2 月 1 日，《新華日報》恢復出版對開 4 版。

（五）延展兩端的全程掌控

　　一張報紙的生產流程，分解爲採訪、編輯、印刷、發行四個部分。有的報紙，沒有記者採訪，依靠剪貼方式出版報紙；有的報紙，沒有印刷能力，委託印刷廠代爲印刷出版；有的報紙，捨棄發行業務，委託報販等代爲發行報紙。民國時期的報紙發行，多由派報公會代辦報紙業務發行。《新華日報》是國民政府允許出版、擁有合法地位的報紙，在險惡的政治環境中，難以享受合法報紙應有的權利。迫不得已，《新華日報》高度重視原本不在辦報業務中的紙張生產和沒有給予特別重視的自辦發行，從首末兩端延展報紙生產流程，爲自己創造正常出版報紙必需的物質生產條件。

1、自建紙廠保證用紙充足

　　政府配紙和市場採購原是《新華日報》的紙張來源。新華日報社針對戰時紙張供應困難並不時受到官方配紙的刁難，自己設法開闢紙源克服用紙的困難。1940 年 3 月，新華日報社派蘇芸、王邦澡、謝世榮以普通紙商的身份

1　廖永祥：《〈新華日報〉史新著》，重慶出版社，1998 年 7 月第 1 版，第 97 頁。

到川東梁平縣等地調查瞭解紙張生產運輸等情況，找到贊同《新華日報》抗
日言論的紙商王織森，略為提高一點紙價，請他為《新華日報》秘密購買紙
張。1941 年 8 月，新華日報社派蘇芸以商人身份投資 8 萬元，王織森代表墊
江股東投資 1 萬元，梁平錦屏鎮鎮長歐仲武等地方人士認股 1 萬元，合資 10
萬元創辦川東復興紙廠。川東復興紙廠每天經長壽轉運重慶約 100 擔白報紙，
上等好紙專供《新華日報》和生活・讀書・新知三聯書店，一般紙張隨行就
市公開銷售。同年底，國民政府重慶市社會局局長包國華以「操縱紙張市場、
囤積居奇」等罪名，密令逮捕蘇芸、查封川東復興紙廠、沒收全部紙張。事
先得到中共地下黨的通知，蘇芸及時轉移，王織森將貨棧及船上存紙分別轉
運到化龍橋新華日報館和冉家巷讀書出版社。

　　川東復興紙廠停辦後，《新華日報》又與王織森商定，由他任經理，由墊
江商股集資另行籌辦建華紙廠，為《新華日報》供應紙張，直至抗戰勝利。《新
華日報》經中共地下黨協助，以重慶立信圖書用品社的名義使已經停產的廣
安紙廠恢復生產為其供紙。

2、自辦發行保證報紙行銷

　　《新華日報》的發行以皖南事變分為前後兩個階段。前一階段的發行，
與一般報館基本相當，本埠報紙通過本地報販發售，少數訂戶由報館雇請 12
個報丁發送；外埠報紙通過郵局寄發各地分銷處再分送訂戶，也可由報館通
過郵局直接寄給訂戶。後一階段的發行，面臨嚴峻局面。本埠的報紙發行，
遭到當局控制的派報工會的抵制，不准它的會員販賣《新華日報》，否則開除
會籍，不准再販賣任何報紙，不僅失業斷絕了生活之路，還要被打罵關押。
特務、警察、憲兵一齊出動，恐嚇、打罵、攔截、關押新華日報社為數不多
的報丁，沒收、搶奪、撕毀報紙，威脅讀者訂閱。外埠的報紙發行，郵電檢
查所在重慶郵局和地方郵局，檢扣沒收載有重要言論、重大新聞和他們認為
有不妥內容的《新華日報》郵件，外埠訂戶一個月很難收到半個月的報紙。[1]新
華日報社為了突破准許出版控制發行的封鎖，決定建立與擴大發行隊伍，招
收報童、報丁加強本埠的報紙送賣，採用多種方式躲避報紙郵件的郵電檢扣。

　　在嘗試著請報館附近的幾個流浪兒童叫賣報紙的基礎上，1941 年夏，《新
華日報》有了七八個人組成的第一批報童。招收年齡多在十二、三歲的報童，

1　左明德：《回憶〈新華日報〉的發行工作》，《新聞研究資料》，1989 年版。

報社提供食宿，發給雨傘、草帽、草鞋等日用品，不發津貼，通過賣報獲得收入。招收多爲農村青年的報丁，年齡在 15 到 20 多歲，一般有小學文化程度，爲訂戶送報、發展訂戶，兼售零報和書刊，收入高於報社其他部門工人。

新華日報社的報童、報丁熟悉道路，與車站、碼頭、工廠、學校的讀者和賣香煙、瓜果、稀粥的攤販關係親密。報童將大部分報紙藏在小販的擔子裏，不時拿出幾份報紙沿街叫賣。報丁甚至挎著向同行借來的印有《中央日報》《掃蕩報》字樣的報袋，裏面裝著《新華日報》大搖大擺地去送報。他們在送報賣報時，經常遭到毆打、收報、撕報。報童報丁一旦被抓關押，報社人員立即前去交涉抗議，進行營救，事態嚴重的由報社領導甚至周恩來出面。

爲了解決生活困難來到新華日報社的報童報丁，被告知《新華日報》是什麼樣的報紙，爲什麼受到迫害不准賣報和應付阻撓打罵的辦法。報社職工業餘學習組和發行課共同負責他們的一邊工作一邊學習。總經理熊瑾玎、營業部主任於剛、一些編輯和發行課幹部擔任教員講課，還有報丁教報童的小先生，教他們識字、讀報，「擺龍門陣」，講故事、科學知識，講解時事，激發求知欲望，培養良好品質，總結賣報經驗，激發階級覺悟。他們在特務、警察、憲兵的毆打、辱罵中，在《新華日報》和讀者的關切、幫助下成長，機智靈活地賣報，保守訂戶秘密，開闢新的路線，跑得快而不遺漏地給訂戶送報，延伸著《新華日報》的發行路線。

新華日報社的外埠報紙發行，針對郵電檢扣採取的反封鎖措施主要有：第一，將當天刊載重要內容的報紙送一部分到郵局任他檢扣，其餘的混在後兩天的報紙中再郵寄出去。第二，摸清郵電檢查人員的上班規律，在他們下班之後或上班之前把報紙郵件送去，由郵局的朋友分揀包封寄出。第三，改裝分寄「改裝報」，使用不同的紙張作報紙郵件封皮紙和各種各樣的信封，甚至用《中央日報》《掃蕩報》《大公報》等報紙報頭包在外面，郵寄報紙不用統一印製的發報票籤，發動各部門人員書寫，郵件的落款也大都是假用其他報紙、書店或商號的名義，不在報社所在地的太平門郵局投寄，到市中區、江北、南岸、沙坪壩等郵局、郵筒、郵箱投寄。發往外地分銷處的報紙，「發運時，既付運費當貨運，又與車、船上的服務人員拉好關係，請他們支持掩護轉送。」[1]

1　左明德：《回憶〈新華日報〉的發行工作》，《新聞研究資料》，1989 年版。

皖南事變以後，《新華日報》的發行地域縮小，報紙的銷量有了顯著的增長，1944 年的發行量將近 5 萬份。[1]

（六）面臨檢查的多方應對

1、「遵檢」鬥爭結合「抗檢」鬥爭

《新華日報》面對當局新聞檢查的矛頭所指，堅持有理、有利、有節的原則，運用「遵檢」的合法鬥爭與「抗檢」的「非法」鬥爭相結合的策略，採用聯合同業反對新聞檢查、摸索檢查規律提供送審稿件、將重要長篇稿件拆分短稿送審等方法，靈活地「先奏後斬」、「斬而不奏」，突破新聞檢查的封鎖，發出自己的「聲音」。

1938 年 2 月 10 日，《新華日報》沒有送檢即行刊登《毛澤東先生與新中華報記者談話》。2 月 12 日，武漢新聞檢查所請示對此「應如何辦理？」2 月 14 日，國民黨中宣部指示：「殊屬不合，應予警告處分，並令以後所有副刊稿件，務須一律送檢。」[2]新聞檢查方稱：《新華日報》移渝後「故態復萌，凡社論、專載以及各地通訊等，又不送檢。」[3]「七日所刊《誰抽得第一》《德波談話》，八日所刊《群魔亂舞觀感》，九日所刊《精誠團結堅持國策》《冀察晉區》《壯丁模範》《安吉軍民》等稿，悉未送檢。同時又據新檢所呈報，該報不遵令全部送檢，曾先後予以四次警告，仍未照辦。」[4]1939 年 3 月 23 日至 4 月 20 日，國民黨中宣部致函指出《新華日報》16 篇稿件違檢刊登。[5]1939 年 7 月至 1940 年 2 月，《新華日報》因「抗檢」受到 15 次處分，其中：警告 5 次，嚴重警告 3 次，扣報 1 次，被罰停刊一日 1 次，通知注意 1 次。[6]

1939 年 6 月蔣介石下令軍委會擬定、行政院發布訓令通行的《戰時新聞檢查辦法》，該檢查辦法附錄《抗戰時期宣傳名詞正誤表》，「長征時代」、「爭

1　左明德：《回憶〈新華日報〉的發行工作》，《新聞研究資料》，1989 年版。

2　《白色恐怖下的〈新華日報〉——國民黨當局控制新華日報的檔案材料彙編》，重慶出版社，1987 年 10 月第 1 版，第 3、4 頁。

3　《中執委秘書處密函（1938 年 12 月 23 日）》，《白色恐怖下的〈新華日報〉——國民黨當局控制新華日報的檔案材料彙編》，重慶出版社，1987 年 10 月第 1 版，第 16 頁。

4　《中宣部重申稿件應全部送檢電》，《白色恐怖下的〈新華日報〉——國民黨當局控制新華日報的檔案材料彙編》，重慶出版社，1987 年 10 月第 1 版，第 19 頁。

5　《白色恐怖下的〈新華日報〉——國民黨當局控制新華日報的檔案材料彙編》，重慶出版社，1987 年 10 月第 1 版，第 22～23 頁。

6　廖永祥：《新華日報紀事》，四川大學出版社，1994 年版，第 58 頁。

取民主」、「國共合作」、「爭取抗戰自由」等被列爲「絕對不應採用」的名詞，「抗日聯軍」、「統一戰線」、「聯合戰線」、「革命的三民主義」、「武裝工農」、「各黨各派大同盟」等被列爲「詞氣有語病應加改正」。[1]《新華日報》按照規定將原稿送審，常常遭到刪節、修改、扣壓。

2、《新華日報》高低強度的「暴檢」

《新華日報》長期無視當局新聞檢查不許在文章刪改處標注、在文章檢扣處留下空白的「違檢」規定，以「暴檢」的方式將新聞檢查公開示眾。低強度的「暴檢」，是在文章被刪節處標注「被刪」、「被略」、「中略」、「略」和省略號「……」等。高強度的「暴檢」，是將被檢扣的文章版面上留下空白「開天窗」。作爲版面編排手段的「開天窗」，以空白及簡要文字或口號等吸引讀者的注意力，促使讀者產生聯想以增強傳播效果。

創刊第 8 天，《新華日報》即在第一版開了一個小「天窗」，以示抗議當局不許刊登啓事說明「歹徒」打砸報館。1940 年 1 月 6 日，《新華日報》擬刊登的代論被重慶新聞檢查所以「軍事論文」應由軍令部軍事組審查爲由扣留；第二篇擬轉載《新華日報》華北版的文章又被以「經覈其內容，又有不妥，不能露布」爲由免登。[2]在當日第一版社論欄刊登了 8 個字的口號「抗戰第一！勝利第一！」刊登於同版左側的說明稱：「本日兩次社論（一）論冬季出擊的勝利（代論）（二）起來，撲滅漢奸，均奉令免登，來不及寫第三次稿，故本日無社論。沿希讀者原諒是幸。」[3]

《新華日報》強度最高的「暴檢」，是 1941 年 1 月對於國民黨壓制報導皖南事變真相的抗議。1 月 17 日，國民政府軍委會宣布新四軍爲「叛軍」，取消新四軍番號，將軍長葉挺交軍法審判，通過中央社發布《國民政府軍事委員會關於解散新四軍的通電》《國民政府軍事委員會發言人談話》，強令重慶各報第二天刊登。《新華日報》拒絕當局的這個通電和談話，編輯假的報紙版面騙過登門進行檢查的新聞檢查官，在第二、三版分別刊出周恩來 1 月 17 日夜奮筆爲皖南事變題寫的挽詞「爲江南死國難者誌哀」和四言挽詩「千古奇

1　《白色恐怖下的〈新華日報〉——國民黨當局控制新華日報的檔案材料彙編》，重慶出版社，1987 年 10 月第 1 版，第 724 頁。

2　向純武：《〈新華日報〉的反檢查鬥爭》，石西民、范劍涯：《新華日報的回憶·續集》，四川人民出版社，1983 年 2 月第 1 版，第 500 頁。

3　盧毅：《查禁與反查禁：抗戰時期中共在國統區的宣傳策略》，《抗戰史料研究》，2014，第二輯。

冤，江南一葉，同室操戈，相煎何急！？」爲蒙受冤屈的新四軍伸冤，表達了對國民黨頑固派的無比義憤，公開揭露了當局新聞檢查的霸道。1 月 18 日清晨 6 點多鐘，刊載周恩來爲皖南事變題詞的《新華日報》，已經黏貼在大街小巷的閱報欄上，叫賣街頭，送到訂戶家中。一位英國人出價 80 元才買到他要看的這一期《新華日報》。[1]當天的《新華日報》，銷行 5000 份，比往常增加4 倍。[2]

　　1941 年 2 月 5 日，《新華日報》第一版開了 3 個帶有疤痕的「天窗」，這是被登門的新聞檢查所人員將已拼好的鉛版強行鏟版留下的「傑作」。報社爲抗議昨天國民黨軍憲兵扣押部分報紙、逮捕 4 名報差，準備抗檢刊登的 3 篇文章未能登出。版面上鏟版留出疤痕的空白和劫後餘生的標題《本報重要啓事》《我們的抗議》《法紀何在！本報橫遭壓迫　報差四人竟遭捕毆　報紙亦遭無理沒收》[3]，暴露了當局新聞檢查的蠻橫。

（七）競爭求生的讀者意識

　　《新華日報》在國統區的中心城市出版，報業生存環境完全不同於抗日根據地，面臨著國民黨報紙的政治性競爭和報業同行的行業性競爭的雙重壓力，吸引讀者、服務讀者是其安身立命的基本保證。《新華日報》在整個出版過程，基於中國共產黨群眾路線的底蘊，體現了良好的讀者意識。

1、徵求讀者意見改進報紙工作

　　《新華日報》出版一個月，即在鄭州、武漢召開讀者座談會。1938 年 2 月 17 日刊發《讀者意見表》，更加廣泛地徵求讀者意見。4 月 5 日，發表《答覆讀者意見的一封公開信》，綜述讀者提出的意見，表示讀者提出的意見正準備實行或已經開始實行。[4]由此，《新華日報》開始注意報紙的大眾化和通俗化。接受讀者關於國內外要聞的編輯方法有缺點的批評，改變各報通行的逐條排列顯得零亂而不得要領的國際、戰事消息的編排，增設綜述一周國際時事的專欄「國際一周」（2 月 21 日）和介紹一旬戰局變化的專欄「戰況十日」（3 月 2 日），分類編排稿件，進行概括評析，便於讀者一目了然。還根據讀者提

1　方漢奇：《中國新聞事業通史》（第二卷），中國人民大學出版社，1996 年版，第 672 頁。

2　廖永祥：《〈新華日報〉史新著》，重慶出版社，1998 年 7 月第 1 版，第 94 頁。

3　韓辛茹：《〈新華日報〉「方面軍」——在打退第二次反共高潮中的作用》，《新聞與傳播研究》，1983 年版。

4　朱生華：《武漢時期的〈新華日報〉》，《武漢文史資料》，1997 年版。

議，專門成立了讀者服務部（4月），爲讀者服務。[1]之後，新華日報社在創刊週年之際幾乎逐年徵求讀者意見。

2、希望每個讀者都是本報作者

編委吳敏在《新華日報》創刊號發表文章《我們的信箱》，希望每一個讀者都是本報的作者[2]，他說：「只有工人、農民、店員、兵士、學生，各種各樣的人都把他們的生產，他們的工作，他們所想的所不能解決的問題，都寫出來，然後我們的報紙才能眞正反映出全國在抗戰中的動態」。[3]

有許多工人、學生、教師、機關職員等寄信投稿於《新華日報》，編輯特設「讀者信箱」專欄，選登讀者來信解答問題。1943年，《新華副刊》刊出啓事，舉辦「表揚抗戰中的好人」的「七七」徵文。至7月25日共收到徵文稿198篇，在7月刊用33篇，其中表揚不同對象的篇數是：工人、農民11篇，抗日軍人5篇，工程師、教授、科學家、畫家5篇，中小學老師4篇，公務員、行政管理人員4篇，醫生2篇，民族資本家、抗日保長各1篇。同年10月，《新華日報》在中國副刊史上破天荒地增設「工人習作」專頁，常以「用勞動者流的汗，開闢文學的新天地」、「流汗的人們需要更多的民主和正義」、「失業的狂流向我們卷來」等爲總標題，集納發表大量工人作者的有血有肉的文章。[4]

3、關注讀者切身利益為民呼籲

約從抗戰中期開始，《新華日報》較爲關注國統區讀者的切身利益，報導民眾嚴重不滿的通貨膨脹、物價高昂、特務統治、保甲勒索等，積極地干預社會幹活。物價問題是國統區經濟問題的焦點。《中央日報》曾多次發表評論闡述令當局非常痛苦的物價難題。1941年，《新華日報》刊載《陪都一周來，肉、菜價奇漲，市民叫苦無門》（4月7日），《解決糧食問題的癥結》（4月27日）等消息和文章。許滌新在《當前物價問題的癥結》（10月5日）一文中，使用調查材料說明物價問題是大後方各種矛盾的總匯，是當局戰時經濟政策實質的反映。通貨發行超過了社會的飽和狀態，私人囤積，商業畸形發展，交通增加貨運成本，官僚資本膨脹，導致「工不如商，賈不如囤」。[5]1945年1

1　吳敏：《一年來本報與讀者的關係》，《新華日報》，1939年1月11日。

2　廖永祥：《〈新華日報〉史新著》，重慶出版社，1998年7月第1版，第75頁。

3　吳敏：《我們的信箱》，《新華日報》，1938年1月11日。

4　關世申：《〈新華副刊〉探索》，《新聞研究資料》，1982年版。

5　廖永祥：《新華日報紀事》，四川大學出版社，1994年版，第99～100頁。

月 20 日，電力公司工人胡世合奉派前往中韓餐廳剪斷私自接至變壓器上的電線，被重慶市警察局偵緝隊編外隊員田凱開槍打死。《新華日報》發表《（引題）特務橫行越來越凶（主題）偷電還槍殺工人（副題）特務統治一天不取消，人權就一天沒有保障》等 10 多篇連續報導，緊密配合國民參政會的爭取民主權利的鬥爭。當局懾於強大的輿論壓力，處死殺人兇手，由重慶市長賀耀祖主祭，在長安寺為被打死的工人舉行公祭，8 萬多人前往弔唁與送葬。[1]

4、區分讀者層次討論不同問題

《新華日報》創刊設立的「大眾信箱」，1943 年 3 月更名「新華信箱」。「新華信箱」既注意與廣大讀者開展討論解答問題，更加注意區分讀者層次討論與解答問題。「新華信箱」面對底層民眾，從大量的讀者來信中選擇發表人們關心的「做好人有沒有用處」，「是非善惡有沒有一定標準」，「為失業的朋友設想」，「怎樣做一個不揩油的庶務」，「答一個不願做小偷的青年」，「和一個上了當的女子離婚」等問題進行討論與解答。

《新華日報》面對國統區的知識分子，選擇有代表性的「怎樣擺脫孤獨煩惱的羅網」，「怎樣改造適應環境」，「知識分子怎樣和工人結合」，怎樣正確讀漢字的音，中國醫學值得研究嗎等問題進行討論與解答。答覆一位地主「可以組織集體農莊」，勸告一位破產商人「自殺不得」。[2]

5、瞭解掌握報紙的核心讀者群

確定主要讀者對象，瞭解與掌握報紙的核心讀者群，是辦好報紙的基礎。1938 年 2 月，新華日報社根據第一次徵求讀者意見收到的「讀者意見表」進行身份統計，其中：學生占 24%，工人占 19%，機關職員占 17%，店員和救亡團體工作者各占 11%，軍人和自由職業者各占 5%，外籍讀者占 2%。[3]抗戰期間，沿海大批工廠內遷，重慶市社會人口構成發生變化，工人已經成為市民的主要成份。《新華日報》雖然在創刊第二天的社論《團結救國》中闡述中共全面抗戰主張時，強調「工農是抗戰的柱石」[4]，似乎對大後方中心城市因抗戰發生的人口構成變化缺少敏感。

1　廖永祥：《新華日報紀事》，四川大學出版社，1994 年版，第 200～201 頁。
2　關世申：《〈新華副刊〉探索》，《新聞研究資料》，1982 年版。
3　韓辛茹：《新華日報史（上卷）》，中國展望出版社，1987 年版，第 15 頁。
4　廖永祥：《新華日報紀事》，四川大學出版社，1994 年版，第 23 頁。

　　新華日報社在隨後徵求讀者意見時得到的讀者成份統計數據，改變了新華報人們對於讀者對象的錯覺。《新華日報》紀念本報創刊三週年，於 1940年 1 月 11 日之前一個月，第二次公開在報紙上刊登《啓事》《號召》，發動讀者對報紙提出批評與建議。「這次徵求讀者意見，一個根本性的收穫，是弄清了報紙讀者的成份。原來編輯部以爲學生和知識分子佔據報紙基本讀者的多數。這次調查的結果，卻是工人占 70%。並且很多是國民黨兵工廠的工人。其餘學生占第二位，機關學校公教人員。職員占第三位。」[1]

　　讓新華報人引以爲傲的是皖南事變後各工廠和學校、機關被嚴禁閱讀《新華日報》的情況下，工人仍然是《新華日報》堅挺的讀者。1942 年 1 月，《新華日報》在報紙上刊登《啓事》，發動讀者對改進報紙提出意見。據此所獲得的讀者身份統計數據與 1940 年 1 月的統計數據基本相同。長期在《新華日報》工作後任總編輯的熊復說：「原來我們以爲報紙讀者中知識分子居多數，調查結果卻使我們大吃一驚。重慶地區的讀者中 70%是工人，其中有很多是國民黨兵工廠的工人，還有些屬於民族資產階級遷川工廠的工人；占第二位的是青年學生；占第三位的是國民黨機關中的公教人員和職員。」[2]以工人爲主的讀者，「這些基本群眾仍千方百計訂閱《新華日報》，更加靠近共產黨。」[3]

　　《新華日報》準確地掌握本報以工人爲主體的核心讀者群，並以此爲基本出發點不斷地研究改進。

第四節　延安整風運動與共產黨報業改革

一、《解放日報》改版

（一）改版之前的存在問題

　　《解放日報》改版前存在的問題，主要有內外兩種表述。內部表述是在報社編委會傳達的中央意見，外部表述是《解放日報》改版社論面對讀者的公開概括。

1　廖永祥：《新華日報紀事》，四川大學出版社，1994 年版，第 212～213 頁。
2　熊復：《〈新華日報〉改版與整風》，石西民、范劍涯：《新華日報的回憶·續集》，四川人民出版社，1983 年 2 月第 1 版，第 225 頁。
3　廖永祥：《新華日報紀事》，四川大學出版社，1994 年版，第 214～215 頁。

1、社長傳達中央的意見

1942 年 1 月 26 日，社長博古在報社編委會傳達中央對《解放日報》的意見，「主要是：新聞未能很好地貫徹黨的策略、路線；報紙上很少反映黨的活動和中央的決議；改寫後的外國電訊仍然帶『尾巴』；有些社論讓人看不懂，語言不通俗，常常文白夾雜；國內欄枯燥；文藝欄內容應更廣泛些；新華社以後要編自己的新聞。報社同志要研究新聞學。」[1]

2、社論概括存在的缺點

1942 年 4 月 1 日，《解放日報》社論《致讀者》指出：「應該說，解放日報是沒有能夠完成真正戰鬥的黨的機關報的責任的，它尚未能成為黨中央傳播黨的路線貫徹黨的政策與宣傳組織群眾的銳利武器。我們以最大的篇幅供給了國際新聞，而對於全國人民和各抗日根據地人民的生活、奮鬥，缺乏系統的記載；我們孤立登載著中央的決議指示，領導同志的論文，而沒有加以發揮和闡明，對於政策和決議的執行情形經驗檢討則毫無反映；我們以巨大的篇幅刊登枯燥乏味的論文和譯文，而不能以生動活潑通俗易懂的文字解釋迫切的問題，對於敵對思想缺乏應有的批評。對於我們工作的缺點，沒有嚴格的揭露和幫助其糾正，對於邊區中所進行的各種巨大的群眾運動，我們至多只記載了一些論斷，而沒有能夠全面的反映，更說不上推動與倡導。總之，我們還沒有具備黨報所必須的品質：黨性、群眾性、戰鬥性和組織性。」「尤其重大的弱點是，最近中央號召全黨反主觀主義反宗派主義反黨八股進行思想革命與改造全黨工作的時候，黨報沒有能盡其應盡的責任。一方面，黨報在這個時期中沒有能成為這個巨大的工作的鼓手和先鋒；另一方面，在黨報本身還未能盡除主觀主義宗派主義和黨八股的餘毒。我們在黨報上未能對於整頓三風加以應有重視與地位，蔚成風氣，形成潮流，重要的黨的新聞消息放在極不顯著的地位，有些解釋的論文評述，或則浮泛空洞，辭嚴意寬，或掛一漏萬，損害原意，或則誇誇其談，以八股反八股。」[2]

1　王敬：《延安〈解放日報〉史》，新華出版社，1998 年版，第 29 頁。
2　《中國共產黨新聞工作文件彙編》（下卷），新華出版社，1980 年 12 月第 1 版，第 51～52 頁。

（二）實施改版的準備工作

1、政治局決議給報紙寫稿

1942 年 1 月 24 日，毛澤東在中共中央政治局會議上對加強與改進報紙工作提出了意見。政治局在作出的決議中指出：「同意毛主席指出今後《解放日報》應從社論、專論、新聞及廣播等方面貫徹黨的路線與黨的政策，文字須堅決廢除黨八股。並決定由中央各部委（中央同志在內）及西北局每月供給廣播新聞消息一件，寫社論或專論一篇。」[1]

1942 年 2 月 1 日，毛澤東在延安作報告《整頓黨風、學風、文風》。2 月 11 日，中宣部發出關於進行反對主觀主義、教條主義、宗派主義和黨八股給各級宣傳部的指示，強調務必以極大的力量集中宣傳與解釋中央開展整風運動的這一思想。2 月 21 日，毛澤東在中央政治局會議上指出：《解放日報》還沒有充分表現我們的黨性，要使它成為貫徹我黨政策與反映群眾生活的黨報，必須進行徹底的改革。政治局一致同意毛澤東的意見，並委託博古擬定改革方案，交中央討論。[2]3 月 8 日，毛澤東為《解放日報》題詞「深入實際，不尚空談」。

2、中宣部通知改進黨報

3 月 16 日，中宣部發出《關於改進黨報的通知》，明確指出：「報紙是黨的宣傳鼓動工作的最有力的工具，每天與數十萬的群眾聯繫並影響他們，因此，把報紙辦好，是黨的一個中心工作。各地方黨部應當對自己的報紙加以極大的注意，尤應根據毛澤東同志整頓三風的號召來檢查和改造報紙。」[3]

3、舉行大型改版座談會

1942 年 3 月 31 日，毛澤東與博古在楊家嶺中央辦公廳召開解放日報改版座談會，黨內外各部門負責人和作家 70 多人與會。博古作自我批評，列舉事實說明沒有辦好報紙，沒有盡到責任。毛澤東說：「利用《解放日報》，應當是各機關經常的業務之一，經過報紙把一個部門的經驗傳播出去，就可推動

1　《中共中央政治局關於給〈解放日報〉寫稿與供給黨務廣播材料的決議（1941 年 1 月 24 日）》，《中國共產黨新聞工作文件彙編》（上卷），新華出版社，1980 年 12 月第 1 版，第 118 頁。

2　王敬：《延安〈解放日報〉史》，新華出版社，1998 年版，第 30 頁。

3　《中共中央宣傳部為改造黨報的通知（1942 年 3 月 16 日）》，張之華：《中國新聞事業史文選（公元 724 年～1995 年）》，中國人民大學出版社，1999 年 1 月第 1 版，第 511 頁。

其他部門工作的改造。我們今天來整頓三風，必須要好好利用報紙。關於整頓三風問題，各部門已開始熱烈討論，這是很好的現象。但也有些人，是從不正確的立場說話的，這就是絕對平均的觀念和冷嘲暗箭的辦法。」[1]

中共中央西北局宣傳部也召開座談會，對《解放日報》關於陝甘寧邊區的宣傳報導提出意見和建議。

4、報社傾聽讀者意見

《解放日報》內外聯動，廣泛徵求意見。發動報社全體人員總結報紙工作存在的缺點。

通過記者採訪和依靠「信箱」，收集讀者的意見。記者莫艾訪問不識字農民、識字農民、工人、店員、婦女工作者、女學生、青少年、區助理員、區長、科長、行政教育工作者、財經工作者、秘書、部隊教員、外縣幹部、大學生、中學生、詩人、作家、劇作者、教授、教育廳長、報紙編輯、小學教師約 50 人，1942 年 4 月 2 日《解放日報》發表了 7000 多字《本報革新前夜訪詢各界意見》。

讀者通過「信箱」反映的問題建議主要有：報紙脫離邊區，國際問題的篇幅太大，很少聯繫群眾日常工作和生活；社論不須天天有，不要泛泛而談，要讓讀者深思精讀；多反映黨政軍民的下層生活，聘請義務記者，建立通訊網；把《文藝》《中國婦女》《中國工人》《青年之頁》《軍事》五大專刊合併為綜合性副刊；文白夾雜，晦澀難懂，消息中有些詞句太長，文字應盡量通俗；編輯部不要只重視名人來稿，應眼睛向下。[2]

（三）實施改版的初步改革

1942 年 4 月 1 日，《解放日報》第一版發表社論《致讀者》，宣告進行改版，「改革的目的，就是要使《解放日報》能夠成為真正戰鬥的黨的機關報」。《解放日報》的改版，最初直觀顯眼的變化集中在調整頭條報導內容和版面編排位序的兩個方面。

1　《在本報改版座談會上，毛澤東同志號召整頓三風要利用報紙批評絕對平均觀念和冷嘲暗箭辦法》，《解放日報》，1942 年 4 月 2 日，轉引張之華：《中國新聞事業史文選（公元 724 年～1995 年）》，中國人民大學出版社，1999 年 1 月第 1 版，第 481 ～482 頁。

2　王敬：《延安〈解放日報〉史》，新華出版社，1998 年版，第 31～32 頁。

1、調整頭版頭條內容

抗戰以來，陝甘寧邊區政府所徵公糧數量逐年增加。陝北地產不豐，民眾的負擔逐漸加重。事關陝甘寧邊區廣大民眾切身利益的新聞，改版之前只被刊於《解放日報》的第三版或第四版。改版第一天的《解放日報》頭版頭條，運用大字標題報導陝甘寧邊區參議會召開會議，其中最吸引邊區廣大群眾的內容是會議決定減徵公糧 4 萬石、公草 1000 萬斤。

2、調整版面編排位序

改版第一天的《解放日報》將過去畫地為牢的「一版歐洲，二版遠東，三版國內，四版陝甘寧邊區（上半版）、副刊（下半版）」[1]的編排，改為第一版是以陝甘寧邊區和敵後抗日根據地為主的要聞版，第二版是陝甘寧邊區和國內新聞版，第三版是國際新聞版，第四版是綜合副刊為主的副刊版。

3、以我為主編排版面

《解放日報》改版所帶來的頭條報導內容和版面編排位序的變化，確立了以黨的中心工作和群眾切身利益為重點的主導原則和以我為主的編排原則。從「重國外輕國內，轉到以我為主的方針，即以黨的政策為主，以解放區八路軍新四軍為主，以無產階級和人民大眾為主，一句話：以中國革命為主。」[2]兩年後，報社編委會進一步調整版面安排，促使報紙版面的重點更加吻合實際工作的重點，各版刊載內容的分工為：第一版是要聞、戰況、社論，第二版是生產、政治、戰鬥通訊，第三版是思想、藝術、文化、科學知識，第四版是國際。

4、不許有報紙獨立性

1942 年 9 月 5 日，《解放日報》召開編委會，社長博古傳達了中央政治局對《解放日報》的決定，總編輯陸定一傳達了毛澤東對《解放日報》的意見。陸定一說：「毛主席在會上指出：《解放日報》有很大進步，但尚未成為真正的黨中央的機關報。日常政策必須經常報告中央。……報紙尚未與中央息息相關，雖然總路線是對的。以後凡是新的重要的問題，小至消息，大至社論，須與中央商量。報社內部亦須如此。中央與西北局要極力注意管理報紙。報

1　王揖：《一次重大的新聞改革——延安〈解放日報〉改版工作簡介（上）》，《中國記者》，1987 年版。

2　王揖：《一次重大的新聞改革——延安〈解放日報〉改版工作簡介（下）》，《中國記者》，1987 年版。

紙不能有獨立性，過去有一段是那樣。應當在統一領導下進行，不能有一字
一句的獨立性。這就牽連到工作制度，權力問題。自由主義在報社內部是不
能存在的。爲什麼不允許鬧獨立性？不要以爲某人寫文章著名，就可以自己
負責，這是關係到黨的事情。爲此，必須規定些條例。」[1]

《解放日報》建立稿件送審、簽稿、製版、校對、審閱報紙大樣、退稿、
報紙檢查和辦公等制度，保證辦報思想、宣傳口徑的統一與落實，保證報社
各部門和相關責任人規範有序地開展工作。

（四）實施改版的深入改革

1、雙重身份加強聯繫實際

中共中央決定《解放日報》同時是中共中央和西北局機關報，這一雙重
身份從基本屬性方面加強了《解放日報》同實際的聯繫。中共西北局強調所
屬各級黨委利用《解放日報》及加強對《解放日報》的責任，也有助於《解
放日報》緊密聯繫實際，發揮指導性的職能。

爲了貫徹全黨辦報的方針，1942 年 9 月 14 日，《解放日報》刊載 9 月 9
日通過的《中共西北中央局關於〈解放日報〉工作問題的決定》。決定說：「黨
中央最近決定中央機關報《解放日報》同時又是西北中央局的機關報，這就
是說：《解放日報》今後不僅是代表中央指導全黨全國的報紙，而且應當成爲
西北中央局自己的喉舌，成爲它的宣傳鼓動與組織工作的銳利武器。」[2]

中共西北局爲了更好的利用《解放日報》及加強各級黨委對《解放日報》
的責任，決定：第一，西北局按月討論《解放日報》關於邊區的宣傳方針，《解
放日報》編輯部派人經常參加西北局的各種會議，西北局派人出席報社編輯
部會議。第二，各級黨委要把幫助與利用《解放日報》的工作當作經常的重
要業務之一，定期檢討自己對《解放日報》所做的工作，並將討論情況報告
西北局。第三，各分區黨委及縣委的宣傳部長，均應擔任《解放日報》通訊
員，與報社取得直接聯繫，負責組織所管地區內的通訊員工作，組織同級黨
政負責同志及黨外人士替《解放日報》寫稿等。第四，各機關學校負責同志，
應經常替《解放日報》寫文章，具體幫助本機關建立健全通訊工作，對所屬
人員在報紙發表的稿件均應負審查的責任，並應在稿件上簽字。第五，各地

1　王敬：《延安〈解放日報〉史》，新華出版社，1998 年版，第 40 頁。

2　《中國共產黨新聞工作文件彙編》（上卷），新華出版社，1980 年 12 月第 1 版，第
　 132 頁。

黨的組織與黨員個人，如受到《解放日報》的批評，均應於最短時間內以實事求是的態度，在這個報紙上作負責的答覆，如批評屬實，應說明所指缺點與錯誤發生的原因及改正的辦法，否則，被批評的組織或個人將受到黨紀的制裁。[1]

1942 年 9 月 22 日，《解放日報》發表社論《黨與黨報》，就貫徹執行《中共西北中央局關於〈解放日報〉工作問題的決定》指出：「在黨報工作的同志，只是整個黨的組織的一部分。一切要依照黨的意志辦事，一言一動，一字一句，都要顧到黨的影響。」「黨必須動員全黨來參加報紙的工作。」

1943 年 3 月 20 日，中共西北局發出《關於〈解放日報〉幾個問題的通知》。通知指出：各地黨委對於《解放日報》工作已有很大的注意與進步，不僅改善了黨報的內容，也使它對於黨的工作更加起到了推動和組織的作用。通知要求各級黨委負責同志應當經常向《解放日報》投稿、地委應當加強指導《解放日報》通訊處、各級黨委整頓各地通訊員、各級宣傳部應將組織與教育通訊員作為自己的重要業務等方面，進一步貫徹去年 9 月《關於〈解放日報〉工作問題的決定》。

2、減少社論著眼實際需要

《解放日報》的主要領導因社論問題產生了分歧。對於黨報社論，博古看重的是社論的形式，陸定一看重的是社論的內容，他倆對於《解放日報》社論的分歧由此而來。博古擔任社長領導《解放日報》，蘇聯共產黨中央機關報《真理報》和中國民營《大公報》是他的重要比照對象。《真理報》《大公報》均每天發表社論。《解放日報》創刊後也每天發表社論。博古要求接替楊松擔任總編輯的陸定一也和前任一樣每天寫一篇社論。

1942 年 12 月 7 日，解放日報社召開編委會，重點討論社論問題。陸定一說，社論與時評要分開，不一定每天有，根據需要每週有一定篇數。餘光生說，社論改為不一定每天有，但仍需要有計劃，不能藉此減輕本報社寫社論同志的責任。博古提出，一般的說報紙總要有些論斷，指導方向，瞭解動態。社論內容包括時事評論，闡明政策，思想領導，工作指導，執行結果等。根據今天情況社論與時評可以分開。社論最好每天有，沒有例外。陸定一說，社論每天有一篇是很難的，社論要訂出計劃提到編委會上討論，時評不一定

天天要。[1]陸定一 30 多年後回憶因社論與博古通爭論時說：「博古也要我每天寫一篇社論。……他說：你看《眞理報》----聯共中央機關報，不是每天一篇社論嗎？我們要學《大公報》嘛，每天晚上，王芸生請示老闆張季鸞、胡政之：今天社論怎麼寫，他倆就發命令，今天寫個什麼什麼社論，王芸生就去寫，寫了再在鴉片鋪上商量修改，一篇社論就出來了。張季鸞說：『我們大公報的社論，只管 24 小時，第二天就可以擦屁股。』我對博古說：……我的社論十年以後還要經得起審查，不能像大公報的社論只管 24 小時。他對我也沒有辦法，沒有說我是右傾機會主義或調和路線。」[2]

毛澤東出面解決了《解放日報》自己無法解決的關於社論的分歧。毛澤東說：《解放日報》的社論，必須精心寫作，對黨負責，對群眾負責，最好是經常有社論，如果一時寫不出來，寧可一天不登，也不要粗製濫造，勉強湊數。[3]

3、改進文風力求生動活潑

《解放日報》改版之後，編委會多次開會繼續討論和採取措施改進報紙文風，減少千篇一律生硬呆板的稿件，徹底清除黨八股。繼社論《宣布黨八股的死刑》（1942 年 2 月 11 日）指出「要把黨的政策當成矢，眞正射在群眾今天的需要上」，使用群眾「所喜聞樂見的語言來和他們說話」之後，《解放日報》又發表社論《報紙和新的文風》（1942 年 8 月 4 日），號召「建立新鮮活潑生動有趣的文風」。新文風要有新的形式、內容與材料和民眾語言。打破固定的格式，不拘一格寫文章，可以減少「八股」氣息。緊密結合實際的內容和鮮活的材料，「應當而且只有從群眾的生活中去求得」。寫作是對別人說話，「我們要知道聽話的是什麼人，他們的生活如何，需要的是什麼，想著什麼事情，喜歡什麼，討厭什麼，然後我們才能用他們的語言，去打動他的心弦。」「要使語言豐富，必須學習民眾語言，必須多讀好的文藝作品。」

《解放日報》改進文風注意校正誇大技術作用與只注重政治的兩種偏向，擺正技術與政治的關係。社論《政治與技術——黨報工作中的一個重要問題》（1943 年 6 月 10 日）闡述「政治第一、技術第二」的觀點，針對誇大

1　王鳳超、岳頌東：《延安〈解放日報〉大事記》，《新聞研究資料》，第 26 輯，中國社會科學出版社，1984 年 7 月第 1 版，第 48 頁。
2　陸定一：《陸定一同志談延安解放日報改版——在解放日報史座談會上的講話摘要》，中國社會科學院新聞研究所：《新聞研究資料》，1981 年版。
3　王敬：《延安〈解放日報〉史》，新華出版社，1998 年版，第 48 頁。

技術作用偏向，指出：有些人把技術問題神秘化，以文學性、趣味性作爲對新聞的最高要求，技術第一政治第二是反對黨性、戰鬥性、群眾性的口號，會導致自由主義思想的泛濫，必須反對技術第一的觀念。社論《本報創刊一千期》（1944年2月16日）針對只注重政治不注重技巧和只會平鋪直敘不會生動描寫的偏向，指出「我們要求講技巧，要求講文藝性，要求講求新聞的表現形式，以便把很豐富的內容，表現的更好些，更簡潔明瞭些，更突出一些，更引人注意些，更影響別人一些。」

《解放日報》倡行新文風，還體現在減少社論數量，壓縮社論篇幅。報導國內新聞，減少枯燥的戰報，增加細緻充實的《棋盤陀上五個神兵》《賀龍師長檢閱他的部隊》《晉西北在反蠶食的烈火中》等戰地通訊；擴大報導範圍，刊載《日寇軍馬吃豆麥，北平居民吃馬糞》《大後方公務人員生活困難》《人民政權解下了莊戶的苦》等，引導讀者通過事實對不同政治區域從整體上進行比較。報導國際新聞，徹底改變原電照登替各國通訊社作義務宣傳的狀況，以「我」的觀點、立場改寫外國通訊社和中央社電訊，清掃文言遺存，力求流暢通俗。

3、探索研究中共黨報理論

《解放日報》在改版進程中，結合解決改版遇到的問題，先後發表社論和專文，積極探索中共黨報理論。

發表的社論主要有：《致讀者》（1942年4月1日），《把我們的報紙辦得更好一些》（1942年7月8日），《報紙和新的文風》（1942年8月4日），《開展通訊員工作》（1942年8月25日），《紀念九一記者節》（1942年9月1日），《黨與黨報》（1942年9月22日），《給黨報的記者與通訊員》（1942年11月27日），《政治與技術——黨報工作中的一個重要問題》（1943年6月10日），《本報創刊一千期》（1944年2月16日），《新聞必須完全眞實》（1945年3月23日），《提高一步——紀念本報創刊四週年》（1945年5月16日）等。發表的專文主要有：《報紙是教科書》（胡喬木，1943年1月26日），《我們對於新聞學的基本觀點》（陸這一，1943年9月1日），《蘇聯紅軍的軍事宣傳與我們的軍事宣傳》（八路軍總政治部，1944年3月3日）等。

《解放日報》在改版中發表的這些社論與專文，探索與研究了黨報的性質、任務、作風、記者和全黨辦報等諸多內容，中共黨報的理論體系初步形成。

（五）首次改版的作用經驗

1、推動了整風與大生產運動

（1）推動整頓三風

《解放日報》改版後，以整風運動爲中心開展宣傳。連續發表《整頓三風必須正確進行》《自我批評從何著手》《黨內民主問題》《把矢拿穩，把的認清》《一定要學好 22 個文件》等社論，闡述整風意義，交流整風經驗，指導整風運動。1942 年 4 月 4 日，在第二版開闢專欄「整風運動」，報導學習情況，反映學習問題，推動學習運動。4 月 10 日起，在第四版推出整版的共 6 期《整頓三風討論資料特輯》，刊出由毛澤東、劉少奇、陳雲等有關著作，列寧、斯大林論黨的領導，紀律與民主的文章及《聯共黨史》結束語等構成的 22 篇整風運動的必讀文件。5 月 13 日起，在第四版刊出半月一期的共 24 期《學習》專刊，解釋問題，回答疑難，總結經驗，交流意見，褒貶良劣。《解放日報》版面上的整風運動的學習熱潮滾滾而來。

（2）推動生產運動

《解放日報》改版後，大張旗鼓地宣傳英雄模範，組織勞動競賽，熱火朝天地宣傳生產運動。1942 年 4 月 30 日，《解放日報》集中報導莊稼漢吳滿有開荒種地的模範事蹟，頭版頭條的大字標題是《模範農村勞動英雄吳滿有連年開荒收糧特多　影響群眾積極春耕》，發表社論《邊區農民向吳滿有看齊》，第二版刊載記者莫艾採寫的長篇通訊《模範英雄吳滿有是怎樣發現的》。之後，實現陝甘寧邊區政府號召「耕一余二」的馬丕恩和女兒、邊區第一個女勞動英雄馬杏兒，向吳滿有發出生產競賽挑戰書的退伍軍人、勞動英雄楊朝臣，參加生產競賽的農民勞動模範、共產黨員申長林，工業勞動英雄趙占魁，模範醫生阮雪華，模範小學教師陶瑞予等，先後在中共第一大報的頭版頭條與讀者見面。勞動英雄模範的事蹟，從改版前的邊區新聞版躍上頭版頭條，開創了黨報典型報導和人物報導的先例。

2、全黨辦報是改版成功經驗

1944 年 2 月 16 日，《解放日報》發表社論《本報創刊一千期》，指出：實施改版的一年又十個月，「我們的重要經驗，一言以蔽之，就是『全黨辦報』四個字。由於實行了這個方針，報紙的脈搏就能與黨的脈搏呼吸相關了，報紙就起了集體宣傳與集體組織者的作用，報紙就能經過黨的組織成了在邊區包含六百餘組的廣大通訊網，並能改革了文風，改進了技術。對於農村的環境，我們也漸漸學會了怎樣去適應。」

二、中共其他報紙的改版

《新華日報》和中共在各個抗日根據地的黨報，以《解放日報》為榜樣，貫徹執行中宣部《為改造黨報的通知》，檢查報紙工作，開展自我批評，制定方案措施，先後實施改版，整體性地提高了黨報的工作質量。

（一）《新華日報》的整風改革

1、整風改革的準備

《新華日報》曾於 1938 年 2 月至 4 月、1939 年 12 月至 1940 年 1 月徵求讀者意見，進行過兩次改版。《新華日報》在全黨整風中的改革於 1942 年 1 月至 9 月實施。1942 年 1 月，《新華日報》開展創刊週年紀念活動，報紙的改版開始醞釀並提到報社工作議程上來。隨後，徵求讀者意見、調查讀者成份。9 月 18 日，《新華日報》增闢專刊，改進編排，改寫消息，全面實施報紙改版革新工作。

（1）組織學習文件

1941 年 10 月 5 日，《新華日報》以代論的形式轉載延安《解放日報》社論《加強黨性鍛鍊》，公開昭示全黨黨員尤其是黨的幹部要加強自己黨性的鍛鍊。[1]1942 年 4 月 17 日，《新華日報》全文發表毛澤東 1941 年 5 月在延安幹部會議的報告《改造我們的學習》；4 月 26 日，《新華日報》第二、三版刊載《怎樣辦黨報》，文章第一部分刊載了 2 月 26 日《中共中央宣傳部為改造黨報的通知》；5 月 17 日，全文發表毛澤東的《整頓學風黨風文風》（即《整頓黨的作風》）；7 月 9 日，全文發表中宣部 6 月 8 日發出的《關於在全黨進行整頓三風學習運動的指示》。7 月 12 日，全文發表毛澤東的《反對黨八股》。

新華日報社內部開展的整風學習，編輯部人員除了學習上述文件與報告，還學習了劉少奇的《論共產黨員的修養》。大家坦誠地開展批評與自我批評，對反對主觀主義等提法感到很新鮮，增強了黨性觀念，提高了政治素質；檢查了武漢時期在王明領導下的工作錯誤，「那時長文章很多，文字也不生動，經常全文轉載蘇聯《真理報》的長篇文章，嚴重地脫離了處於抗日戰爭烽火之中的中國的實際，特別是脫離了國民黨統治區人民生活的實際。」[2]

---

1 廖永祥：《新華日報紀事》，四川大學出版社，1994 年版，第 105 頁。

2 熊復：《〈新華日報〉改版與整風》，石西民、范劍涯：《新華日報的回憶·續集》，四川人民出版社，1983 年 2 月第 1 版，第 234～235 頁。

（2）徵求讀者意見

5 月 23 日，《新華日報》發表社論《敬告本報讀者——請予本報以全面的批評》，指出：「在我黨中央及毛澤東同志號召整頓三風以來，本報即遵照決定，準備作全面之檢討，以改進本報來響應及執行號召。」「本報既為中共機關報，又以人民喉舌自期，就更加要切實進行整頓三風的工作。在這個當中，最重要的辦法，就是傾聽各黨友人、各界先生和廣大讀者的批評」，「使缺點得以儘量揭露，使改進得以有所遵循。這樣，就能使本報得以肅清主觀主義、教條主義及黨八股的殘餘，而成為我黨中國化，大眾化，反映人民意志，而又能站在事件前面的黨報，成為更有力的團結抗戰的號角和人民大眾的喉舌」。[1]

5 月 24 日起連續 11 天刊載《本報特別啓事》，從編輯方針、全部編排、社論專論、通信特寫、新聞編輯、專頁專欄、各版版面、友聲外稿等 8 個方面徵求讀者的意見。[2]報社編輯部收到大批讀者來信，批評與鼓勵兼而有之。有的讀者直接來到報館反映改進報紙工作的意見。編輯部人員經過反覆討論，總編輯章漢夫提出了關於改版的 8 個方面的初步設想，並在改版過程中得以基本實現。

（3）研究外國黨報

為了給改版提供參考，報社加強了對外國黨報的研究。由朱世綸介紹法國共產黨的《人道報》，張企程、任以沛介紹英國共產黨和美國共產黨的《工人日報》，戈寶權介紹蘇聯共產黨的《眞理報》。新華日報社懂外語的人員直接翻閱外國報刊，借鑒這些報紙的編輯方針，專欄專頁的設置，版面分工與編排，圖片的運用，怎樣加強同某一方面讀者的聯繫。[3]

2、整風改革的實施

（1）面對讀者坦承缺點

1942 年 9 月 18 日，《新華日報》發表社論《為本報革新敬告讀者》，闡述改版遵循的整風方針，概述本報的性質和任務，誠懇感謝讀者對黨報的深刻

1　熊復：《〈新華日報〉改版與整風》，石西民、范劍涯：《新華日報的回憶·續集》，四川人民出版社，1983 年 2 月第 1 版，第 227 頁。

2　熊復：《〈新華日報〉改版與整風》，石西民、范劍涯：《新華日報的回憶·續集》，四川人民出版社，1983 年 2 月第 1 版，第 227 頁。

3　熊復：《〈新華日報〉改版與整風》，石西民、范劍涯：《新華日報的回憶·續集》，四川人民出版社，1983 年 2 月第 1 版，第 227～228 頁。

全面的批評，坦承「還沒有使報紙充分具有中共黨報的品質，人民大眾喉舌的作用」的主要缺點：「對黨的政策和一些負責人的文章，只是孤立的登載了，有時候只是寫一些原則性的空泛論述，而缺少根據具體材料，更缺少根據此時此地的特點，加以解釋和發揮」；《友聲》專欄「沒有組織好朋友們寫稿，使各方意見，未能有系統地反映出來。報紙的群眾性，是薄弱的」；「還不善於把每天新的東西與當前的政策靈活的聯繫起來」；「各種專頁內容，還沒有跳出狹隘的圈子，與當前現實，缺乏有機的聯繫」；一般的編排技術還不夠熟練，「文字的技巧，還沒有做到通俗簡潔，使一般老百姓都能看得懂或聽得懂」。本報徹底改革的「主要方向，是要使報紙從各方面貫徹黨的政策，從各方面反映人民的呼聲和要求，使《新華日報》真正做到不僅是中共的機關報，同時，要成為人民自己的報紙」。[1]

（2）堅持通俗化大眾化

《新華日報》堅持面向中下層讀者，實施通俗化、大眾化方針。將報紙的文字降到中學水平，一律使用白話文寫作，摒棄半文半白的「新聞體」，對中央社消息和經由它發布的外國通訊社消息，一律使用白話文改寫。使用白話文的改寫改變了中央社瑣碎的按條發布的消息，發展成為一種兼有敘述、分析、評論的綜合報導形式，讀者一看「綜合報導」，即對每天戰局的發展及趨向全然了然。在第三版開闢《讀者園地》專欄，發表讀者關於政治、思想、生活等問題的評論和意見，開展各種社會服務，增強與讀者的聯繫。

（3）調整副刊專頁欄目

《新華日報》改版當天，綜合性的《新華副刊》在第四版刊出，開展劇評、書評，提倡雜文、小品文、報告文學、特寫、短篇小說。具有人民性、戰鬥性和科學性特點[2]的《新華副刊》，「是《新華日報》辦得最好的副刊之一。廣大讀者對它的感情，從它創辦到《新華日報》被查封，歷久不衰。後來許多讀者要求單獨訂閱這個副刊，為適應這一需要，我們以單頁形式專門印發第四版。」[3]5 月 19 日，正式創辦《團結》專頁，周恩來撰寫了發刊詞《「團

---

1 熊復：《〈新華日報〉改版與整風》，石西民、范劍涯：《新華日報的回憶·續集》，四川人民出版社，1983 年 2 月第 1 版，第 231 頁。
2 鄭林曦：《〈新華副刊〉的特點》，石西民、范劍涯：《新華日報的回憶·續集》，四川人民出版社，1983 年 2 月第 1 版，第 259、264、267 頁。
3 熊復：《〈新華日報〉改版與整風》，石西民、范劍涯：《新華日報的回憶·續集》，四川人民出版社，1983 年 2 月第 1 版，第 231 頁。

結」的旨趣》。原有的《青年生活》《婦女之路》《工人生活》3 個專刊繼續保留，停辦適合高級知識分子品味的科學、文化、歷史、經濟問題等學術性專刊。增設「重慶街頭」、「桂林街頭」、「東南西北」、「國際拾零」等欄目。後根據周恩來的指示，開闢「生活一角」、「生活的海」專欄，專門反映下層勞苦大眾的艱難生活和反對飢餓壓迫的要求。開闢「邊鑒」專欄，介紹人民政權下的抗日根據地的經濟生產、民主建設的成就。

（4）增闢新聞活躍版面

採用多種方法開闢新聞來源，發展專電、特寫、通訊等新聞形式，打破國民黨的新聞壟斷和封鎖。在國際新聞方面，專門設置的研究室人員根據從印度加爾各答、英國倫敦、美國紐約寄來的剪報材料，編寫很有特色的「加爾各答通訊」、「倫敦通訊」、「紐約通訊」。在國內新聞方面，根據搜集到的地方報紙材料，編寫「桂林通訊」、「昆明通訊」、「戰地通訊」；將從八路軍辦事處電臺收到的一些從延安發來的內部材料，編寫成各種形式的報導，介紹延安和各個抗日根據地的戰鬥與建設，更加深入地反映國統區民眾的苦難生活和要求。「本報消息」、「本報專電」、「綜合報導」大為增加。版面上較多的變化使用花邊欄線，適當地安排一些橫排，儘量使版面多樣化。

（5）廣交朋友甘苦與共

在整風期間，傳來了毛澤東關於《新華日報》要廣交朋友的指示。報社落實毛澤東的這一指示，改變以往朋友圈較小的狀況，更加主動、廣泛而紮實地團結中間力量和分化右派勢力，團結了重慶新聞界的大多數從業人員。對「友聲」專欄進行改進，增加篇幅和刊出次數，作為重慶各界代表人物發表政治主張的園地。「經過長期的艱苦的工作，《新華日報》與許多進步的乃至中間的社會人士之間，建立了一種肝膽相照、甘苦與共的關係。」[1]同時也解決了報社內部存在的幹部可不可以聯繫出身不好的家庭的疑惑。

（6）調整協調內部關係

成立兩個平行的社務管理和編輯委員會。將報社原有的董事會，改為由社長領導的社務管理委員會，由總編輯、副總編輯、經理和黨務工作人員組成，負責報社日常行政事務的管理。由總編輯領導的編輯委員會，由各編輯部門領導組成，負責報紙日常編輯事務的管理。總編輯之下設有編輯部、採

---

1 熊復：《〈新華日報〉改版與整風》，石西民、范劍涯：《新華日報的回憶·續集》，四川人民出版社，1983 年 2 月第 1 版，第 236 頁。

訪部、研究室、副刊部。編輯部設有新聞編輯室（負責報紙夜班工作）和資料室。後又增設了社會服務處。

新華日報社按照報紙生產流程，從發稿、排字、校對、看大樣與清樣、澆版、印刷、發行等環節實行責任制，制訂了工作定額、編印發行時間表、幹部學習等規章制度，督促保證工作質量，加快出報時間；提出編輯記者要作多面手，能夠使用各種體裁寫作，能夠勝任內勤與外勤工作；成立文藝、經濟、國際等專題研究小組探討相關問題，成立外語學習小組，學習俄語、英語；成立業餘文化學校，組織報童報丁和勤雜人員學習文化；組織的籃球、排球比賽，從報社內部賽到了重慶新聞界和社會各界，密切了同各方面的聯繫；迅速普及的陝北秧歌，在以後的報紙創刊週年紀念會上幾乎成了「保留節目」。[1]

（二）《新華日報》華北版的改版

《新華日報》華北版審判論文中和新聞中的黨八股，檢查主觀主義和重寫作輕採訪、重文藝輕新聞的思想。總編輯陳克寒檢討了報紙存在的問題。時患啞症、空頭議論、大言嚇人、感覺遲頓、虛張聲勢和語言貧乏是評論存在的主要問題。喜用主觀的尺度衡量客觀事物、批判性戰鬥性不強、缺乏敏感千篇一律是新聞存在的主要問題。輕重不分、凌亂散漫、標題老套是版面編輯存在的主要問題。[2]

1942 年 4 月 22 日，《新華日報》華北版進行改版。改版後的變化主要有：報紙評論，減少社論數量，針對國內外時局變動、華北敵後抗戰形勢、對敵鬥爭等重大問題發聲，發表時評或短評評述國內外大事。報紙版面，採取混合編排，第一、四版主要是華北抗日根據地新聞等，第二、三版主要是國內外新聞、華北戰況等。在第四版新設「工作意見」專欄，專門討論根據地的工作。提供一定篇幅，刊載不同觀點的爭論，各黨派人士對根據地工作的批評建議。

（三）《抗戰日報》的改版

1942 年 4 月 25 日，《抗戰日報》編輯部舉行反對黨八股座談會，將報紙

1　熊復：《〈新華日報〉改版與整風》，石西民、范劍涯：《新華日報的回憶·續集》，四川人民出版社，1983 年 2 月第 1 版，第 233 頁。
2　王敬：《延安〈解放日報〉史》，新華出版社，1998 年版，第 55～56 頁。

上出現的「常常聽不見群眾的呼聲」，「看不見群眾的活動和根據地的各種問題癥結」，「說不出群眾的要求，也不能透徹地向群眾解釋黨的政策法令」，「鬥爭性差，對工作中的缺點錯誤批評不夠」等問題，形象地概括爲「聾、盲、啞、軟」4 種病症。[1]

5 月 19 日，《抗戰日報》進行改版。提出和落實「大家辦，大家看」，「做什麼，寫什麼」的口號，倡行寫事實、寫過程、寫典型、寫經驗。吸收讀者提出的報紙的主要內容應是晉西北根據地建設和晉西北人民生活的建議，批評實際工作中的缺點與錯誤，調整報紙版面的刊載內容。第一版改以地方重要新聞和社論爲主的要聞版，第二版是地方新聞版，第三版是國內、國際的混合新聞版，第四版刊登地方工作文章與反映根據地建設、對敵鬥爭的文藝作品。

（四）《大眾日報》的改版

1942 年，中共中央山東分局機關報《大眾日報》進行整風改革，進一步貫徹全黨辦報、大家辦報方針，加強黨委對黨報的領導，提出「群眾寫」和「寫群眾」的口號，以做什麼寫什麼、怎麼做怎麼寫來推動通訊工作；要求一份黨報有 10 個讀者，來推動讀報組活動的展開，充分發揮每一份黨報的作用。[2]

1　邵挺軍：《戰爭年代的〈晉綏日報〉》，《新聞研究資料》，1987 年版。

2　方漢奇：《中國新聞事業通史》（第二卷），中國人民大學出版社，1996 年版，第 839～840 頁。

第四章　民國南京政府中期的
民營報業

　　上海在全面抗戰初期報業陣容迅速擴大。「孤島」「洋旗」報彰顯了愛國報人的智慧和骨氣。陪都重慶在抗戰中後期成爲中國新聞中心。桂林報業興旺一時。中國報業地域分布因戰火來襲而改變整體形態。《大業報》由滬津而漢港再渝桂，頂著轟炸說話，成爲輿論中堅。《新民報》入蜀，中間偏左，逆勢發展，日晚雙報，異地裂變。《力報》《大剛報》動盪播遷，《前方日報》屹立前線，抗戰主旨不變，爲國家和民衆立言。

第一節　抗日戰爭戰略防禦階段的民營報業

一、上海地區的民營報業

（一）抗戰初期上海民營報業簡述

1、新創大批報刊

　　1937 年 8 月至 11 月，上海報業在短期內快速動盪。「七七」事變和「八一三」淞滬抗戰，雖有報紙因戰火驟燃而停刊，新創的數十種報刊，仍使上海報業陣容迅速擴大，成爲全國抗戰宣傳的報業中心。上海淪陷，大批報刊停止出版。

　　距淞滬抗戰打響約 10 天，新創辦的報紙陸續出版，有：《救亡日報》（8月 24 日），《南報》（8 月 31 日），《民衆晚報》（9 月 18 日），《新申報》（10 月1 日），《戰時日報》（10 月 5 日），《上海特寫：燃明新聞》（10 月），《戲劇世

界》（11 月 6 日）。《民眾晚報》編輯室聲明稱：「海上各救亡團體須要披露各項救亡消息，本報更為歡迎。願和各救亡團體密切地握手共進！」[1]

上海消閒小報轉向抗戰。10 月 5 日，4 開 4 版《戰時日報》創刊。由上海《上海報》《小日報》《大晶報》《金鋼鑽》《東方日報》《正氣報》《世界晨報》《鐵報》《明星日報》《福爾摩斯》10 家消閒小報因紙張供應困難停刊後聯合創辦。主編龔之方，經理姚吉光，編輯顧問馮夢雲。發刊詞宣告：「我們不願在這樣大時代進行中，來放棄我們的責任。我們未曾忘記自己是一個大中華民族的百姓」。我們「是有五千年歷史的黃帝子孫，所以我們要幹，幹到敵人的鐵騎不再來踐踏我們的國土為止。」[2]刊載朱德的文章《論西班牙戰爭》《日本並不可怕》，毛澤東的文章《抗戰必勝論》和《朱德、彭德懷訪問記》（安納斯·史沫特萊、辛克萊），《記二萬五千里長征》（莫休、丁玲），《戰士的報紙》（洪荒），《中日關係》、《魯迅先生週年祭》（同慈），姚吉光的文章《雙十誌感》、《今年是可慶之年》，沈西苓的劇本《大家一條心》，漫畫《阿 Q 正傳》（葉淺予、陸志庠、江棟良）。

距淞滬抗戰爆發不及一周，《抗戰》3 日刊 8 月 19 日率先創刊。8 月 24 日，《七月》（胡風等主編）創刊。8 月 25 日，《吶喊》週刊（茅盾、巴金等主編）創刊，由文學刊物《文學》《文叢》《中流》《譯文》合併而成，第二期更名《烽火》。上海抗戰刊物出版在 1937 年 9 月掀起高潮，一個月中出版了 10 多種刊物，分別有：《文化戰線》（9 月 1 日，旬刊，上海編輯人協會，艾思奇、施復亮等主編），《戰時聯合旬刊》（9 月 1 日，由《世界知識》《婦女生活》《中華公論》《國民週刊》聯合創辦，金仲華、沈滋九等主編），《戰時婦女》（9 月 5 日，5 日刊），《戰線》（9 月 13 日，5 日刊，艾思奇、章漢夫等編輯），《前線》（9 月 14 日，5 日刊，章乃器、艾思奇等編輯），《戰時畫報》（9 月 19 日，中華圖畫雜誌社），《救亡漫畫》（9 月 20 日，上海漫畫界救亡協會，華君武主編），《火線》（9 月 22 日，《社會日報》戰時特刊，曹聚仁、陳靈犀主編），《戰時教育》（9 月 25 日，旬刊，國難教育社）。10 月出版的有：《民族呼聲》（10 月 1 日，週刊，柯靈主編），《救亡週刊》（10 月 10 日，上海職業界救亡協會），《戰時大學》（10 月 30 日，週刊），《半月》（10 月，半月刊，上海雜誌公司，鄭森禹、魏友棐等主編），《學生生活》（半月刊，上海學生界救亡協會）等。

1 《上海新聞志》編纂委員會：《上海新聞志》，點睛之筆社會科學出版社，2000 年 12 月第 1 版，第 184 頁。
2 馬光仁：《上海新聞界的抗日宣傳》，《上海黨史與黨建》，1995 年版，第 S1 期。

　　1937 年 8 月 19 日，鄒韜奮主編的《抗戰》（3 日刊）創刊。16 開，12 頁。逢 3、6、9 日刊出。第 2 號起每份由 2 張零售 1 分改爲 3 張零售 2 分。胡愈之、金仲華、張仲實、柳湜、錢俊瑞、沈志遠、胡繩、艾思奇爲主要撰稿人。設「戰局一覽」、「時評」、「社評」、「前方與後方」、「戰時常識」、「新詩」、「隨筆」、「特載」、「戰地通訊」、「信箱」、「短簡」等欄，兼具新聞與雜誌特性。另刊出 6 天一期的《抗戰畫報》。9 月 9 日，迫於上海租界當局的壓力，第 7號至第 26 號改名《抵抗》。[1] 11 月底遷武漢出版。1938 年 7 月 3 日停刊，共出版 86 期。

　　鄒韜奮作爲救國會領袖之一，7 月 31 日獲釋，8 月 13 日返回上海，苦戰五晝夜，在上海抗戰打響的第六天即創刊《抗戰》。鄒韜奮以爲國人提供系統的分析報導與抗戰有關的國內外形勢，反映大眾抗戰要求，貢獻觀察討論所得自勉。實行精編原則，主要刊載政論、述評、戰地通訊，每期附地圖《戰局一覽》。發表《中國人的責任》《上海抗戰的重要意義》《國際形勢與中國抗戰》《對國民黨的懇切希望》《繼承中山先生的奮鬥精神》《怎樣愛護與鞏固統一》《空軍遠征日本與新的抗戰力量》等評論。鄒韜奮在社論《怎樣擁護蔣委員長抗戰到底》中提出，努力鞏固全國的團結，努力充實政府的力量，根除政府與人民的隔閡，使抗戰的軍事力量與抗戰的民眾力量結合起來。刊載《中國共產黨對時局宣言》和朱德、彭德懷聯名發表的抗日通電，連載通訊《邊區實錄》（舒湮，第 59 號至第 72 號），從政治、經濟、文化教育、司法制度、民眾運動等方面介紹陝北抗日根據地，揭露各地抗戰工作受阻受挫的事實，繼續大聲疾呼全面抗戰，積極引導抗戰輿論，維護抗日民族統一戰線，堅持抗戰到底。

　　《抗戰》刊載《空軍鬥士訪問記》《憶中正隊空軍十戰士》《臺兒莊的大勝利》《冀南豫北游擊隊英勇抗敵的一斑》《我空軍長征日本》《隨魯南大軍突圍記》《長江南岸激戰》《羅將軍會見記》《模範軍人——尹團長》《介紹一個戰士——劉軍》等戰地通訊，報導將士英勇抗敵的事蹟。刊載《到前線去》《奔赴前線》《在火線的後面》《星夜上前線》《沒報看的天津》《後方的民眾醒來了》《晉西北動員起來了》《飛機翼下的廣州》《一個抗戰的學校》《日寇蹂躪下的東北》等通訊，較爲詳細的報導新聞事件的始末、一時一地的最新事態。

1　《上海新聞志》編纂委員會：《上海新聞志》，點睛之筆社會科學出版社，2000 年12 月第 1 版，第 347 頁。

2、上海報刊大量停刊

　　1937 年 11 月 12 日，上海華界地區全面淪陷。一些報刊隨國民黨軍的撤離而停止出版。11 月 22 日，《救亡日報》出版「滬版終刊號」遷往廣州。11 月 24 日，《立報》發表停刊啓事遷往香港。11 月 26 日，《時事新報》停刊遷往重慶[1]，《民報》《神州日報》《戰時新報》停刊。11 月 30 日，《抗戰》三日刊遷移武漢。《東方雜誌》11 月停刊後，1938 年 1 月遷至長沙出版，11 月遷至香港出版至 1941 年 12 月，1943 年 3 月復刊於重慶。

　　1937 年 11 月 28 日，日軍強行奪占國民黨中宣部設在公共租界南京路慈淑大樓的新聞檢查所，通知上海 12 家報社：「自 1937 年 11 月 28 日下午 3 時起，原中國當局行使的報刊監督、檢查的權力由日本軍事當局接管。」[2]12 月 13 日，日軍以新聞檢查所名義通知各報刊，自 14 日晚上起須將稿件小樣送檢，不受檢查者不准出版。[3]一批國人主辦的報刊，爲了不受辱，不資敵，主動停刊。12 月 14 日，《申報》《大公報》停刊，遷往漢口出版。《戰時日報》12 月 11 日被上海租界當局強令停刊。《辛報》《戰時聯合旬報》《救亡週刊》等也先後停刊。據 1937 年版《上海公共租界工部局年報》載：「自 11 月華軍退出上海後，出版物之停刊者，共 30 種。」[4]家通訊社關閉。上海日報公會停止活動。12 月 22 日，《新聞報》停刊 5 天後恢復出版，接受日軍的新聞檢查，不再刊載中國抗戰的報導，發行量一落千丈。[5]《時報》《大晚報》等接受日軍的新聞檢查，不再刊登抗戰新聞。《字林西報》《上海泰晤士報》《大美晚報》《密勒氏評論報》等 10 多家外文報紙繼續出版。[6]

（二）抗戰初期的上海大報

　　上海的大型日報，爲適應急劇動盪的戰局加快新聞傳播速率而增加出版頻次。《時事新報》1937 年 8 月 13 日增出午刊，上海《大公報》8 月 14 日（至 11 月 15 日）增出臨時晚刊，《申報》8 月 21 日（至 11 月 19 日）增出臨時夕

1　《上海新聞志》編纂委員會：《上海新聞志》，點睛之筆社會科學出版社，2000 年 12 月第 1 版，第 137 頁。
2　馬光仁：《上海新聞界的抗日宣傳》，《上海黨史與黨建》，1995 年版，第 S1 期。
3　馬光仁：《上海新聞史（1850～1949）》，復旦大學出版社，1996 年版，第 824 頁。
4　馬光仁：《上海新聞史（1850～1949）》，復旦大學出版社，1996 年版，第 826 頁。
5　《上海新聞志》編纂委員會：《上海新聞志》，點睛之筆社會科學出版社，2000 年 12 月第 1 版，第 109 頁。
6　宋軍：《申報的興衰》，上海社會科學院出版社，1996 年 2 月第 1 版，第 197、201 頁。

刊。《民報》的財力、人力匱乏，大量刊載中央社電訊的同時，派出記者進行戰地採訪，連載吳中一採訪羅卓英將軍撰寫的特寫《踏上我們的前線——同行有郭沫若、田漢等人》。醉心於商業經營的《新聞報》《時報》爲了拉住讀者，也儘量刊載和評論讀者十分關心的淞滬戰事，字裏行間少了一些其他報刊的愛國熱情。[1]資深的《申報》，新銳的上海《大公報》，小報中的大報《立報》，它們的抗戰宣傳引人注目。

1、《申報》在抗戰初期

（1）迅即轉向抗戰

「七七」事變發生後，《申報》一改史量才遇刺身亡後的猶疑持重，對於已經打到家門口的侵略戰爭，加強評論，每天發表《又一次侵略行動》（7 月 9 日），《防守華北之必要步驟》（7 月 11 日），《華北戰事中的外交路線》（7 月 15 日），《非常時期中吾人應有之認識》（7 月 20 日），《國際形勢與全民抗戰》（8 月 4 日）等時評，評析日軍增重兵進犯華北、平津形勢、華北戰事的外交路線、予打擊者以打擊、中國救亡圖存之道、建立戰時體系等問題。針對國內的妥協投降暗流，駁斥「和必亂，戰必敗，敗而後和，和而後安」的謬論。揭批有人希望調停解決也被日本人表面上稱之爲地方事件的盧溝橋事變，這是敵人逐步擴大侵略以避免國際譴責的手段。疾呼只有堅決的持久的全面抗戰，給予日本帝國主義的進攻以全面的堅決打擊，才能博得國際同情，轉變國際形勢有利於我們。[2]「八一三」抗戰炮聲在上海炸響的第二天，《申報》在時評《上海大炮聲又響矣》中指出「我國本不希望戰，更不願意戰」，盧溝橋事變以來，我們抱定大事化小小事化無的本旨與彼周旋，豈知，「我們退一寸，他們便進一尺，遂使我們到退無退路的地步」，「唯有拼命戰」，「使敵人受絕大的痛傷」，「以控制帝國主義者的野心」。[3]8 月 17 日，在報頭下方刊載標語「我們要信仰政府，信仰領袖，犧牲到底，抗戰到底」。

《申報》戰前日出外埠版 4 張、本埠增版 2 張 24 個版，隨著戰爭不斷擴大，紙張供應日益困難，逐漸減少每天刊出的版面。1937 年 8 月 5 日，刊出外埠版 3 張半、本埠增版 1 張半 20 個版。8 月 14 日，刊出外埠版 2 張、本埠增版 1 張 12 個版。8 月 19 日，刊出已無外埠與本埠之分的 1 張半 6 個版。副

1　馬光仁：《上海新聞界的抗日宣傳》，《上海黨史與黨建》，1995 年版，第 S1 期。
2　宋軍：《申報的興衰》，上海社會科學院出版社，1996 年 2 月第 1 版，第 193 頁。
3　時評《上海大炮聲又響矣》，《申報》，1937 年 8 月 14 日。

刊專刊全部停刊，廣告收入大幅度減少。[1]加出《夕刊》（8月20日至11月19日），以縮短出版週期提高傳播時效。10月初，增設專論一欄，特約郭沫若、鄒韜奮、章乃器、胡愈之、周憲文、金仲華、張志讓、鄭振鐸、陳望道、沈志遠、孫懷仁等任撰述，發表他們撰寫的《中國經濟基礎與抗戰前途》《抗戰時期的民主集權》《徹底對日本經濟絕交》《從國際的同情談到我們的外交》《戰時的專門教育》《主和者就是漢奸》等文章。刊登延安來電，報導平型關大捷（9月25日）。刊載中央社記者王少桐發自太原採訪八路軍總部、會見朱德、彭德懷正副總指揮的通訊（11月17日）。

申報館如同 1932 年「一二八」抗戰一樣，積極開展社會服務活動。「七七」事變後，受上海市抗敵後援會委託，代收救國捐。「八一三」抗戰後，救濟難民，支持前線，報社職工集資購買牛奶 20 大箱、200 多打毛巾，送往前線慰問抗日將士，參加上海文化界組織的抗戰救國廣播演講會。1937 年 12 月 14 日，《申報》拒絕日軍強行實施新聞檢查的規定，刊登啓事稱因環境關係，本報於 15 日停刊。這是自 1872 年 4 月 30 日創刊以來，《申報》的首次停刊。

（2）遷移漢港出版

1937 年 10 月，爲了能在上海、南京陷落後繼續出版報紙，經理馬蔭良等將一部分印刷設備和物資溯江而上運往武漢。史泳庚帶領幾位編輯赴香港，考察可否刊出《申報》香港版。

1938 年 1 月 15 日，《申報》武漢版創刊漢口，對開半張。社址在漢口特三區湖南街 23 號。發刊詞表示堅守國家立場，不苟且，不屈服，抱定公正精神，不欺騙，不枉曲。沒有副刊、專欄，僅載時評和新聞。7 月 30 日，刊載啓事稱「本報印刷機械已遷桂林，籌備發行桂林版，自 8 月 1 日起漢口版暫行停刊」，本報漢口版尚未期滿的訂戶，自 8 月 1 日起由本報香港版照常寄送。[2]《申報》桂林版因故未能面世。

1938 年 3 月 1 日，《申報》香港版創刊，對開一張。社址在雲咸街 79 號。刊發獻辭表示務求致公無偏，不爲威迫，不受利誘，以保全多年堅守之報格。第一版是廣告、社評；第二版是時評、要聞；第三版，上半版是國際新聞，下半版是華南新聞、國內新聞；第四版是港埠新聞及副刊，連載張恨水長篇小說《游擊隊》。第二至四版也有少量廣告。12 月 5 日，由一大張擴

1 馬光仁：《抗戰時期的〈申報〉》，《抗日戰爭研究》，1995 年版。
2 馬光仁：《抗戰時期的〈申報〉》，《抗日戰爭研究》，1995 年版。

大爲兩大張，擴版獻辭重申爲國家正視聽，爲社會明是非，爲群眾謀福利的方針。12 月 14 日，連載毛澤東的文章《論新階段——抗日民族戰爭與抗日民族統一戰線發展新階段》，編者按語稱這是對時局有重要的分析與啓示的珍貴文獻；12 月 19 日，以本報特訊刊發《葉挺將軍會見記》，記述新四軍軍長的平凡普通的形象。《申報》香港版出版第二天，日本駐香港總領事根據日本政府指令，向港英當局提出抗議，要求將在港出版的幾家華文報紙，「取回其出版執照」，遭到港英當局拒絕。1938 年 5 月 21 日，《申報》香港版第四版頭條「開天窗」，抗議港英當局干涉報紙出版。[1]1939 年 7 月 31 日，《申報》香港版停刊。

　　《申報》在漢港兩地出版，讚頌臺兒莊勝利捷報，提醒讀者不可陶醉小勝，警惕日軍捲土重來。刊載《運動戰在山西》《再評山西戰事》《敬告敵後民眾》《必勝之關鍵——大規模運動戰》等時評和文章，評述敵後游擊戰爭。刊載消息「武漢十六家新聞單位被註銷登記」，發表《報人之當前使命》《戰時言論自由評議》等時評，駁斥戰時開放言論自由恐被奸人利用、中國人幼稚不配言論自由等謬論，在大敵當前，民族危亡之際，更應積極倡導言論自由，動員民眾投身抗戰救國的鬥爭。發表《敵人的財力》《敵開發我國經濟的夢想》《敵物資財力兩缺》《日本經濟危機深刻化》等社評，刊載《華北鐵路　敵已霸佔　由滿鐵經營》《敵圖控制長江航業　籌設航運公司》《敵吞併計劃實施僞準備銀行開幕》等消息，揭露日本掠奪中國經濟的陰謀和動向。

（3）返故里掛洋旗

　　1938 年 10 月 10 日，《申報》以美商哥倫比亞出版公司的名義，在中華民國國慶紀念日以掛「洋旗」的方式在上海復刊。社址仍在漢口路 309 號。日刊對開 4 張。美國人阿特姆斯擔任董事長兼總經理，美國律師阿樂滿爲董事兼總主筆，經理馬蔭良爲報館的實際主持人。改變史量才時期不容納黨派人士的做法，集中了《申報》原來的胡仲持、瞿紹伊、金華亭、伍特公、趙君豪、黃寄萍等爲編輯記者，聘請原《時事新報》總編輯潘公弼主持評論，惲逸群、於玲等撰寫社論、專論，王任叔（巴人）主持著名副刊《自由談》。上述人員中，民主愛國人士、國民黨員、共產黨員兼而有之。

　　《申報》上海復刊詞稱：「在此紛糅錯雜之氣氛中，迄能保持其不偏不黨之精神，利誘在所必拒，威迫亦置罔聞，一意爲多數人民謀福利，盡指導與

1　馬光仁：《抗戰時期的〈申報〉》，《抗日戰爭研究》，1995 年版。

論之天職」。[1]復刊號刊載上海灘大亨黃金榮的題詞，蔣介石表示不惜一切犧牲努力抗戰的國慶告民眾書，《共產黨領袖周恩來談話》《八路軍游擊隊威脅下華北日軍窘態》。時評的愛國立場鮮明，一再強調「主和即漢奸」，「媾和即滅亡」。

時評《闢近衛的謬論》（1938 年 11 月 5 日），駁斥日本散佈的「此次戰事，實是中國親共和反日的結果」的謬論。《論反共》（1939 年 1 月 10 日）指出：日、德、意的反共公約是法西斯混淆黑白的陰謀，以掩飾他們向英、美、法等國進攻的虛偽幌子。今天國內的反共，已成為漢奸進行賣國的幌子、日本軍閥滅亡中國的代名詞，中國人民應當予以極大的注意。社評《上海青年往哪兒走？》（1939 年 1 月 29 日）主張上海青年到內地去，不如到路途較近的四周游擊區去，那裡需要許多人參加軍隊政治工作、民眾運動工作。《申報·遊藝界》專刊，報導電影演員藍萍（後易名江青）前往陝北的經過，刊登她穿軍裝敬禮的照片。援引周恩來接見外國記者的談話，披露他巡視長江南岸的江、浙、皖三省得出的重要結論：游擊隊不僅能在山間作戰，也能在平原作戰（1939 年 5 月）。刊發「中日貨幣戰」座談記錄（1940 年 12 月 30 日）揭露日偽的金融陰謀。1941 年 1 月，刊登合眾社發佈的國民政府軍委會 1 月 17 日關於皖南事變的通令。1 月 31 日，《申報》發表評論引用蔣介石所說皖南事變是軍紀問題不是政治問題，是解散新四軍而不是處分共產黨，指出「此事無論怎樣發展，不會得到國共分裂的當然結論。」[2]

《申報》成為日偽打擊上海愛國報刊的重點目標之一。1940 年 7 月 1 日，馬蔭良、金華亭、胡仲持等人遭到汪偽的通緝。在 1940 年 6 月至 1941 年 1 月的半年間，申報館 3 次遭到汪偽特務投彈襲擊，5 名工友和 4 名路人受傷、1 名工友死亡。記者錢華、金華亭遭暴徒槍擊身亡，編輯瞿紹伊被日偽特務槍擊重傷。太平洋戰爭 1941 年 12 月 8 日爆發的當天上午，日軍進佔上海租界，佔據申報大廈。12 月 9 日至 14 日停刊 6 天後，《申報》在日軍控制下於 15 日復刊，日出一張半。

2、上海《大公報》的抗戰

在「七七」事變的第四天，上海《大公報》在短評《我們只有一條路》中指出時急事迫，「希望當局審時度勢，領導全國，共走此不能不走」的抵抗

---

1 宋軍：《申報的興衰》，上海社會科學院出版社，1996 年 2 月第 1 版，第 193 頁。
2 宋軍：《申報的興衰》，上海社會科學院出版社，1996 年 2 月第 1 版，第 208 頁。

道路。7 月 31 日，刊登廣告稱圖書、史地、憲政等週刊稿件向由平津作者編輯，現北平淪陷、天津交通中斷，稿件來源中斷，上述週刊即日停刊。8 月 14 日（至 11 月 15 日）增出臨時晚刊。8 月 17 日，張季鸞離滬赴漢，上海《大公報》由編輯主任王芸生主持筆政。19 日的社評稱盧溝橋的烽火焚毀了平津，又燒到了上海，還要繼續並擴大燃燒的火焰「照耀出中國的第一次全國對外戰爭」。總經理胡政之宣布把外勤課併入通信課，主任范長江，副主任王文彬；增設范長江、孟秋江、陸詒、張篷舟（楊紀）、高元禮（高公）、徐盈、趙惜夢、戚長城、唐納為戰地特派員；派高元禮駐崑山陳誠總部，唐納駐嘉興張發奎總部，張篷舟負責上海近郊三個軍的採訪。[1]由日出 4 張縮為 1 張，只刊國內國際政治和本市新聞，其餘的包括副刊在內全部停出。王芸生倡議改支「國難薪」，胡政之通告實行職工工資一律半數發給。副刊編輯蕭幹被胡政之喊去談話後，領了半個月的工資作為路費，離開了不養閒人的《大公報》自謀出路。[2]11 月 11 日，上海《大公報》臨時晚刊停刊。11 月 13 日，國民政府發表自上海撤退聲明。

1937 年 12 月 13 日，佔領上海的日軍宣布自次日起對在租界內出版的各報實行新聞檢查。上海《大公報》拒絕送檢，在 12 月 14 日停刊號發表 2 篇停刊社評。《暫別上海讀者》社評指出：「我們中國步入了大時代，踏上了存亡主奴的關頭。為這個時代，為這個關頭，我們國家將付極高的代價，不辭任何的犧牲，以爭國家的生存，以爭民族的人格。」「本報津版已隨國權的中斷而自動停版，今天又到了本報與滬版讀者告別的時候。……我們是中國人，辦的是中國報」，「奉中華民國為正朔的，自然不受異族干涉；我們是中華子孫，服膺祖宗明訓，我們的報及我們的人」，「一不投降，二不受辱。」[3]《不投降論》社評宣告「我們是報人，生平深懷文章報國之志……到今天，我們所能自勉、兼為同胞勉者，惟有這三個字——不投降。」[4]

3、《立報》的上海抗戰

「七七」事變、「八一三」淞滬抗戰爆發，《立報》將大部分採訪人員投入全面抗戰的軍事報導之中。刊載的新聞轉以戰況為主，頭版頭條幾乎都是

1 張篷舟：《我在大公報的經歷》，周雨：《大公報人憶舊》，中國文史出版社，1991 年版，第 32 頁。
2 蕭幹：《我與〈大公報〉》，《新聞與傳播研究》，1988 年版。
3 周雨：《大公報史》，江蘇古籍出版社，1993 年版，第 41 頁。
4 王芝琛：《百年滄桑——王芸生與大公報》，中國工人出版社，2001 年版，第 155 頁。

各地特別是上海的戰況。7月28日起，逐日在報眼刊載截稿時收到的「最後消息」。8月14日，報頭不再套紅，報紙版面縮爲一張，停止出版副刊《花果山》，增加本市新聞，第二版設專欄「戰場小語」，刊載曹聚仁等人來自戰場一線的撰稿。每天發表《動員全國援助廿九軍抗戰》（7月9日），《應戰的時候到了》（7月19日），《只有抗戰是光明的坦途》（7月24日），《速擴大全面戰爭》（8月17日），《武力與民眾的結合》（9月28日），《我們決不讓「喘息」》（10月9日）等評論，呼籲當局應戰，組織民眾武裝民眾，高呼「應」戰的時候到了，斥責和平苟安，主張殊死戰鬥，抗戰到底，中途妥協就是投降自取滅亡。刊載《中國共產黨發布宣言》（9月23日）與「在和平統一團結禦侮之抗日民族統一戰線原則下整編所部受命中央」的《朱德、彭德懷啓事》（10月16日）。披露「晉北我軍收復平型關」的消息，報導八路軍抗戰戰績。刊載《日軍用飛機蓄意挑釁沿平漢路掃射我列車死傷多人》《暴敵滅絕人道竟施放糜爛性毒瓦斯》《殘酷野蠻獸性畢露 敵機 96 架昨五次襲京轟炸我文化衛生機關》《敵人肆意摧毀文化 同濟大學被毀》等報導，揭露日軍暴行。發行量躍升至 20 萬份以上。

上海淪陷，報社同人將早已確定的「寧願玉碎不願瓦全」的決心付諸行動。11月25日，刊文《本報告別上海讀者》，宣告不願做敵人的奴隸，暫時停刊，決不放棄我們的責任。1938年4月1日，復刊香港。報頭上方標明「本報在港出版已呈由中央宣傳部核准登記」。總經理兼總編輯薩空了。對開 4 版。版邊告示，吸引與昭告讀者兼而有之。第 1 版的版邊告示稱「全民動員應先從報紙大眾化做起惟有人人讀報才能共同負擔國家的責任」。第 3 版的版邊告示稱「報紙爲時代先驅消息總匯應憑良心說話拿眞憑實據報告新聞」。第一版是要聞，第二、三、四版，上半分別是國內新聞、本港新聞和國際新聞，下半分別是副刊《言林》（茅盾主編）、《花果山》和《小茶館》（薩空了主編）。[1]社址在皇后大道中175號。太平洋戰爭爆發後，《立報》1941年12月14日停刊。[2]

二、湖北地區的民營報業

（一）湖北地區民營報業簡述

1937年11月、12月，滬寧先後失守。成爲中國政治、文化中心的武漢，

1 侯桂新：《抗戰期間香港的文藝報刊與民族共同體想像》，《海南大學學報》（社會科學版）》，2014年版。
2 錢鋒：《抗戰時期的香港報刊》，《新聞知識》，1997年版。

新創刊了一些報刊，遷入了許多報刊，報刊數量由戰前的 30 多種增至 140 多種[1]。在近一年時間內，武漢替代滬寧成爲全國的新聞中心。

在漢新創辦的報刊中，由政黨和社會團體主辦的《華僑先鋒》（國民黨），《新華日報》《群眾》週刊（共產黨），《國民公論》（救國會），《前進日報》《中華論壇》（中華民族解放委員會），《反攻》半月刊（東北救亡總會），《新中國日報》（中國青年黨），頗爲引人注目。還新創了《全民抗戰》《抗到底》《少年先鋒》《戰地半月刊》《報國》《世界展望》《自由中國》《今論衡》《文藝陣地》《時與潮》《抗戰文藝》《戰時文化》《全民週刊》《戰時日本》等一批刊物。

外地遷漢出版的報刊，來自上海的有《抗戰》《申報》《七月》《新知》《中國農村》《戰時教育》《婦女生活》《世界知識》《文摘》，來自南京的有《戰鬥週報》《創導》《中山週刊》《東北週刊》，《大公報》來自天津，《藝術信號》來自北平。

1938 年 10 月，武漢失守。上述報刊，相當一部分遷移出版。

（二）漢口《大公報》的抗戰

1、十三個月短暫歷程

「八一三」淞滬抗戰第二天，胡政之電令《大公報》南京辦事處主任曹谷冰和天津《大公報》員工，分頭趕赴湖北，籌備漢口《大公報》。1937 年 8 月 17 日，張季鸞以帶病之身離滬赴漢參與籌備。[2]

漢口《大公報》在特殊的 9 月 18 日創刊。經理曹谷冰。人力薄弱，設備簡陋。于右任寫來祝詞，「當我忠勇將士爲國家之獨立與民族之生存浴血苦戰，以抗暴敵之際，諸君爲國服務，於漢市分社發行新刊，舉全國作戰之心，壯前方殺敵之氣，至佩至佩！」[3]12 月 11 日，發表社評《置之死地而後生》。12 月 13 日社評《對於一切愛國者的警告》指出：「中國今後，勢不容再談各黨各派，應當只成爲一個黨，一個派。」[4]12 月 20 日，刊載陸詒奉總編輯張季鸞之命前往延安採訪毛澤東，寄自延安的「陝北通訊」《毛澤東談抗戰前

1 彭南杍：《抗戰初期的武漢報刊》，《武漢文史資料》，2010 年版。
2 王文彬：《重慶談判期間毛澤東主席與大公報負責人的幾次接觸》，周雨：《大公報人憶舊》，中國文史出版社，1991 年版，第 240 頁。
3 鄭連根：《〈大公報〉在抗日戰爭中的遷移》，《炎黃春秋》，2005 年版。
4 張篷舟：《大公報大事記（1902～1966）》，《新聞研究資料》，1981 年版。

途》。經常印發號外鼓舞人心。1938 年春，滬館部分人員經香港抵漢，人力得以充實。[1]

1938 年 6 月 16 日，漢口大公報館提供演出費，與中國抗戰旅行劇團舒繡文等合作組織演出三幕國防話劇《中國萬歲》，報館多人參與演出，4 天連演 7 場的票款收入全部捐獻救濟傷兵，編輯唐納主持劇務並撰寫了整版劇評。武漢外圍逐漸燃起戰火，商業不景氣，漢口《大公報》廣告也不多，談不上盈利，依靠積累維持，銷數竟然高達 5.3 萬餘份，「壓倒一切官私報紙」（曹聚仁），「創武漢報業史上發行最高之紀錄」。[2]

1938 年 10 月 18 日，漢口《大公報》停刊。大部分器材設備同日裝船運往重慶，餘悉棄置，全部人員同時經宜昌轉渝。[3]

2、批判低調和戰論

淞滬會戰，國民政府投入最精銳的嫡系部隊仍然不敵而敗，堅定了一些人的戰必敗，和未必亂的認識。對抗戰失去信心的一些高官坐實了原為戲稱的低調俱樂部，散佈戰亡和存的悲觀論調。周佛海、梅思平是其中的核心成員，汪精衛是他們的靈魂。一股「和」風在抗戰陣營內部飄蕩。

1937 年 12 月 8 日，南京即將陷落，張季鸞在漢口《大公報》發表社評《低調和戰論》，堅持對日不屈，打擊投降，駁斥和謠，抗戰到底之義。[4]社評轉述敵外務省發言人所說歡迎第三者調解，東京已準備 80 萬人預備於佔領中國首都之日舉行遊行慶祝，指出：「這可以知敵人所謂調解之意，只是慶祝勝利後的納降」。進而語出雙關的大聲疾呼「我們以為政府即日即時應當明白向中外宣布，如日本不停止攻南京，如日本佔了南京，則決計不接受調解，不議論和平。我們以為這絕對不是高調，乃是維持國家獨立最小限度之立場。」[5]

3、堅信抗戰必定勝利

漢口《大公報》創刊號刊文指出「日本在政略上，現在已陷於不可挽回

1　王芸生、曹谷冰：《抗戰時期的大公報》，周雨：《大公報人憶舊》，中國文史出版社，1991 年版，第 6 頁。

2　曹谷冰、金誠夫：《抗戰時期的大公報》，周雨：《大公報人憶舊》，中國文史出版社，1991 年版，第 13 頁。

3　曹谷冰、金誠夫：《抗戰時期的大公報》，周雨：《大公報人憶舊》，中國文史出版社，1991 年版，第 13 頁。

4　曹聚仁：《上海春秋》，上海人民出版社，1996 年版，第 128、130 頁。

5　王芝琛、劉自立：《1949 年以前的大公報》，山東畫報出版社，2002 年版，第 127 頁。

的失敗。」社評爲此提出三點根據：第一，中國全民族一致覺悟，斷不屈服，日本軍閥就不能征服中國。第二，中國僅是對日本軍閥一戰，以換得子子孫孫的永遠自由。日本軍閥與世界爲敵，戰無竟日。第三，中國是有理想、有主張，爲世界爭取新秩序而抵抗侵略。我們抗戰必勝。要達到抗戰必勝的結論，還要經過許多必然艱難困苦的過程。[1]社評《我們的認識》（1937 年 11 月 10 日）指出：我們是弱國弱民與強敵拼命。「哀兵與悲民，在理是必勝的」。「現在是艱難的開始，苦鬥的開頭，在這時我們若因一些挫折，便心灰意沮，那根本不配做一個獨立國家的國民。」[2]短評《切莫錯過時機》（1937 年 11 月 8 日）提出「在今日情勢之下，『聞敗勿餒』還不夠，必須做到『聞敗振奮』。無論前方後方，大家必須振作起來，興奮起來，挽回目前的頹勢。」王芸生刊文《再答青年》（1938 年 1 月 23 日）自豪地告知：「在國家遭逢空前危難大家皆似失去定力的時候，我們若能給民族國家，『打一些氣』，堅定信心，奮發勇力，繼續走上爭取生存的大路。這工作還是萬分必要的。」[3]

　　1938 年臺兒莊捷報傳來，漢口《大公報》發表社評《北方健兒吐氣》（4 月 2 日）、《臺兒莊勝利以後》（4 月 8 日）予以歡呼。對正在進行的徐州會戰發表《這一戰》社評（4 月 26 日），樂觀地期待中國獲得這一「準決戰」的勝利，指出：「這一戰，當然不是最後決戰，但不失爲準決戰。因爲在日本軍閥，這一戰，就是他們最後的掙扎，所以這一戰的結果，於日本，於中國，都有重大的關係。」「這一戰我們勝了，就可以充分得到這樣證明，從此以後，日閥就在精神上失了立場，只有靜候末日審判了。」[4]國民黨軍發現日軍企圖在徐州地區實行圍殲，根據蔣介石的命令迅速撤離，留下徐州一座空城給侵略者。

（三）恩施成爲戰時湖北報業中心

　　1938 年 10 月，武漢失守。11 月，湖北省會西遷恩施。1940 年 6 月，宜昌淪陷。國民黨軍第六戰區司令長官部遷至恩施。鄂西大山間的恩施成爲戰時湖北省的政治、軍事、文化中心。

1　謝國明：《漢口大公報簡論》，中國社會科學院新聞研究所：《抗日戰爭時期的中國新聞界》，重慶出版社，1987 年版，第 442 頁。

2　謝國明：《漢口大公報簡論》，中國社會科學院新聞研究所：《抗日戰爭時期的中國新聞界》，重慶出版社，1987 年版，第 444 頁。

3　謝國明：《漢口大公報簡論》，中國社會科學院新聞研究所：《抗日戰爭時期的中國新聞界》，重慶出版社，1987 年版，第 445 頁。

4　周雨：《大公報史》，江蘇古籍出版社，1993 年版，第 111 頁。

　　遷入恩施的報紙有：國民黨中央直屬黨報《武漢日報》（1940 年 10 月 10 日），武漢《大同日報》（1939 年 5 月 27 日），沙市《鄂西新聞報》（1944 年）。武漢民營《大同日報》1938 年底遷入，1939 年 5 月 27 日復刊，社長離漢前往四川沒有隨同前來，由報人童仲賡主持。社址在西後街。發行量最高達 9000 份。1940 年 3 月、6 月，社址兩次遭到日軍飛機轟炸。一度出版油印報。同年停刊。[1]沙市遷至恩施建始縣的《鄂西新聞報》，1944 年 1 月 1 日復刊。社長魏德仁。初遷建始，公私財物及重要對象均被遺棄，由鉛印改為石印，發行僅 20 份。1944 年 7 月受到國民黨中宣部嘉獎，稱該報「在前線艱苦奮鬥，努力宣傳，殊堪嘉慰」。[2]兩次懇請遷至巴東，被巴東縣政府以一縣只辦一報為由拒絕。

　　創刊恩施的報紙有：《施南日報》（1938 年），《新湖北日報》（1941 年），《楚風週報》（1942 年），《工商日報》（1944 年），《新湖北日報和武漢日報聯合版》（1945 年）。新創報紙中，實力首屈一指的當屬 1941 年 1 月 1 日創刊湖北省政府機關報《新湖北日報》。1938 年 6 月，武漢衛戍區司令、軍委會政治部部長陳誠兼任湖北省主席派人創辦。向各縣攤派訂報任務，發行量由 3000 份增至 7000 份。[3]後增出《新湖北日報》的鄂東（黃岡，1942 年），鄂南（崇陽，1943 年），鄂中（松滋）、鄂北地方版（1944 年）。

　　民營報紙經濟實力薄弱，出版之路艱辛。1942 年 7 月 25 日登記出版的 4 開《楚風週報》，社址在北正街 21 號國民書社內。主編曾魯、羅安國（書社經理），社委胡兆和、鄭正，各出 5 萬元法幣為開辦基金。最高日銷六七百份，文章較簡短，文風較幽默。[4]1944 年 11 月 1 日創刊的《工商日報》，恩施人鄭正等私資創辦，主編曾魯，新湖北書店承印，試行 3 期，因不收費又無資金而很快停刊。[5]

　　在恩施出版的期刊數量較多，除了《湖北教育》《湖北訓練》《施政》《國民教育指導》等公告與業務性質的刊物外，還有：湖北抗戰教育委員會的《教育》雜誌（1938 年），第六戰區政治部軍民合作站的《軍民合作》（油印，旬刊），省政府辦公廳的大型刊物《新湖北季刊》（1943 年），省黨部辦的《湖北

1　《抗日烽火下的恩施報壇》，http://www.enshi.cn/20060217/ca41296.htm。

2　《抗日烽火下的恩施報壇》，http://www.enshi.cn/20060217/ca41296.htm。

3　《抗日烽火下的恩施報壇》，http://www.enshi.cn/20060217/ca41296.htm。

4　《抗戰時期的恩施：報刊雜誌》，http://www.enshi.cn/20050705/ca24700.htm。

5　《抗戰時期的恩施：報刊雜誌》，http://www.enshi.cn/20050705/ca24700.htm。

黨務》（1943 年 7 月），吳大宇的《新國風》（1942 年），晏明的《詩叢》（1944
年），朱再庵的《曉風》及《楚軍月刊》（1945）等。

第二節　抗日戰爭戰略相持階段的民營報業

一、上海「孤島」時期的民營報業

（一）上海「孤島」時期民營報業簡述

1、「洋旗報」再次形成抗日報刊陣營

1937 年 11 月 12 日，上海淪陷。日軍沒有進入的上海公共租界和法租界，
在日軍佔領區包圍之中成爲了「孤島」。這一狀況一直延續到 1941 年 12 月 8
日太平洋戰爭爆發，日軍進佔上海公共租界和法租界。國人利用這一特殊地
區出版報刊，開展可歌可泣的抗戰宣傳鬥爭。日軍不對外商報紙進行新聞檢
查，讓想辦報抗戰的國人豁然開朗，利用租界當局的「中立」和「治外法權」，
找外商充當「看門神」，用西洋人對付東洋人，懸掛洋旗創辦華文報紙。一時
間，「孤島」上海出現了一批由國人創辦主持的「洋旗報」。

掛洋旗出版的民營報紙，有：1937 年 11 月 25 日創刊的《華美晨刊》，發
行人美國人密爾士，編輯人石招泰，經理蔡曉堤；1938 年 1 月 25 日創刊的《文
匯報》，董事長兼總主筆英國人克明，總經理嚴寶禮；1938 年 2 月創刊的《國
際夜報》，發行人兼社長爲英籍印度人克蘭佩（D.W.S.Kelambi），總編輯褚保
衡；1938 年 4 月 11 日創刊的《通報》，發行人威廉・韋特（H.T.William Wade），
編輯人歐孝（D.O.Shea），實際主持人胡道靜。拒絕資敵憤然停刊遷移漢口的
《申報》返回上海，以美商哥倫比亞出版公司名義於 1938 年 10 月 10 日復刊。
屈辱的接受日軍新聞檢查的《新聞報》《大晚報》，也掛起洋旗拒絕檢查。《新
聞報》及晚刊《新聞夜報》1938 年 9 月 1 日以美國太平洋出版公司的名義出
版，請回原館主美國人福開森任監督，美國人包德任總經理，李浩然、嚴獨
鶴分任日報晚刊編輯人。《大晚報》1938 年 11 月 21 日以英商獨立出版公司的
名義出版，斯坦利・伊・楊任編輯人，報務由經理王鐺城主持。[1]

掛洋旗出版的與中共有關的報刊，有：1938 年 1 月 21 日創刊的《每日譯
報》，前身爲《譯報》，發行人英商中華大學圖書公司孫特司・裴士、拿門・

1　梅麗紅：《「孤島」時期上海的「洋旗報」》，《檔案與史學》，1996 年版。

鮑納，主筆兼總編輯錢納水，經理王紀華，董事長張宗麟，共產黨人梅益、姜椿芳、王任叔、惲逸群爲編輯，實爲中共江蘇省委機關報；1938 年 4 月 2 日創刊的《導報》，英商中華大學圖書公司發行，經理蔣光堂主持，劉述笙、胡山源先後任總編輯，共產黨人惲逸群任主筆。同年 10 月 10 日，每日譯報社創刊《譯報週刊》，發行 2 萬多冊。

　　掛洋旗出版的國民黨的報刊，有：1938 年 7 月 1 日創刊的《大英夜報》，英商中華大學圖書公司發行，國民黨人翁率平創辦，總編輯褚保衡；1938 年 7 月創刊的《循環日報》，中英出版公司發行，國民黨人耿嘉基主持；1938 年 11 月 11 日創刊的《中美晚報》，美國羅斯福出版公司發行，董事長爲美國商人施德高，社長是國民黨人吳任滄，總經理駱美中；1939 年 6 月 1 日創刊的《華報》，美商華美出版公司發行，國民黨人掌牧民創辦；1940 年 9 月 20 日創刊的《正言報》，美商聯邦公司發行，國民黨上海市黨部主任委員兼三青團上海支團部主任委員吳紹澍主持。

　　至 1939 年 4 月，上海租界內有 17 種以抗日宣傳爲主旨的「洋旗報」。同時，另有數十種抗日期刊和叢刊。[1]國人創辦主持的孤島上海的洋旗報刊，政治立場或政治傾向不盡一致，共同走在抗日救亡的道路上，揭露日寇侵華暴行和日本侵華政策，抨擊妥協投降論調，聲討漢奸賣國罪行，傳播蔣介石的告國民書、廣播演說和中共堅持抗日民族統一戰線的方針政策，發布中國軍隊抗敵捷報，介紹敵後游擊戰爭，形成了一個聲勢浩大的抗日宣傳陣營。

　　1939 年下半年，「洋旗報」遭到了打壓，抗日宣傳活動一直持續到「孤島」上海被日軍完全佔領爲止。1941 年 12 月 8 日，日軍發動太平洋戰爭，佔領上海租界。英、美、法等國與日本在租界對峙交織妥協的局面消失，依託於英美與日本矛盾而生存的「洋旗報」也退出報壇。

2、租界當局協助日本壓制抗日報刊

　　日僞勢力逼迫租界當局壓制上海租界內的抗日報刊活動。英美法和上海租界當局協助日方迫害抗日報刊，初時宣稱中立，有所保留地與日本佔領者合作，不採取激烈的制裁措施，對國人的具有抗日傾向、國民黨當局主辦的報刊還網開一面，發給登記執照。對租界內外國人辦報則實施一體保護政策。1938 年 2 月 7 日，上海工部局警務處長傑拉德（Gerrard），覆信回絕日方提出

1　馬光仁：《上海新聞史（1850～1949）》，復旦大學出版社，1996 年版，第 847 頁。

對掛外商招牌的抗日報刊採取制裁的要求，指出工部局無權處理在華享有領事裁判權國家的僑民事務。[1]

1938 年下半年開始，英、美、法和上海租界當局對待日本的態度進一步軟化，退讓妥協。8 月 1 日，英、美、法領事館發出通知，各報不得登載過於刺激日本人的文字。租界當局明令禁止在 8 月 11 日至 14 日登載紀念「8‧13」淞滬抗戰的文字。12 月 2 日，英國駐華大使館發布《報紙條例》，規定「非先經大使書面批准，英國公民或團體不得印行、或促使印行、或以某種方式參與印行非英語報紙、小冊子或其他出版物」。[2]國人因此失去了利用英商名義出版抗日報刊的可能。1939 年 4 月 12 日，日本駐滬總領事三浦義秋訪晤上海工部局總董樊克令，後又訪晤英、美兩國駐滬總領事，要求租界取締租界內所有抗日報紙。4 月 26 日，日本駐滬總領事館再次向租界當局遞交備忘錄，指責租界報刊特別是以外商名義發行的報刊沒有改變態度，要求租界當局實施日方提出的取締抗日報刊的具體措施，發布布告，禁止國民黨在租界內出版報刊和控制報業，逮捕從事抗日宣傳活動的報人，沒收禁售抗日報刊，警務部門定期實行有日方警員參加的檢查，警務部門建立專職督察報刊工作機構。4 月 29 日，樊克令函覆三浦義秋，答應採取一切力所能及的措施，控制租界內的報業活動。

1939 年 5 月 1 日，上海工部局發出第 5092 號布告，解散意在散佈政治宣傳的團體，禁阻政治宣傳運動。5 月 11 日，工部局與上海法租界公董局發布兩局聯合布告，重申取締抗日報刊及宣傳活動。與此同時，美商《華美晨報》5 月 1 日接到上海工部局警務處勒令 5 月 3 日停刊一日的通知。被罰停刊的理由，是《華美晨報》副刊 4 月 28 日發表《讀褚民誼啓事》，主張殺漢奸，有礙租界安全。5 月 18 日，上海工部局勒令《中美日報》《大美報》，英國駐滬總領事館勒令《每日譯報》《文匯報》，停刊兩星期，理由是 5 月 16 日、17 日刊載了蔣介石在全國生產會議上的演講等文字。之後，勒令停刊成爲租界當局常用的壓制抗日報刊的手段。1939 年、1940 年，上海工部局分別 18 次、13 次處罰抗日報紙停刊。[3]

1　馬光仁：《上海新聞史（1850～1949）》，復旦大學出版社，1996 年版，第 831 頁。
2　馬光仁：《上海新聞史（1850～1949）》，復旦大學出版社，1996 年版，第 859 頁。
3　馬光仁：《上海新聞史（1850～1949）》，復旦大學出版社，1996 年版，第 855 頁。

1940 年 8 月 8 日，上海工部局警務處 6 日設立的新聞檢查部開始工作，檢查出版前的各華文日晚報。1941 年 8 月 18 日，發布經過修正的「新聞禁例」。

3、日偽當局野蠻殘酷迫害抗日報刊

日偽當局除了逼迫租界當局壓制抗日報刊，赤裸裸地採用暴力手段及金錢收買，摧殘上海租界內的抗日報刊活動。日本特務組織興亞會建立的黃道會和汪偽集團的特工總部，是日偽打擊摧殘抗日報刊及報人的主要機構，所採用的野蠻殘忍手段有投寄恐嚇信，攔路搶劫報紙，投擲炸彈，投送死人肢體，尾隨暗殺，殺人懸首，安放定時炸彈，登門襲擊等。

各報及報人收到的恐嚇信難以計數。《每日譯報》收到 10 多封恐嚇信，其中一恐嚇信寫道：「敝團促使爾等改變其面目與評論」，「否則本團自有法律制裁之；且你們全家人口及行動住址等已函一一查明，如再不痛改前非，定以『漢奸』論，『除處極刑外，滿門抄斬』」。[1] 汪偽特工總部寄發恐嚇信的對象，從抗日報館經理、編輯擴大到全體員工，再擴大到廣告客戶。《華美晚報》主持人朱作同 1938 年 2 月 24 日在寓所收到一個紙盒，內有血淋淋的死人手臂。

1938 年 1 月至 5 月，發生了 8 起炸彈襲擊事件，其中，針對《華美晚報》3 起，《文匯報》2 起。6 月 20 日和 8 月 1 日，《大美晚報》館兩次被汪偽特務安放定時炸彈，一次被發現未炸。1939 年 7 月 26 日，《申報》館發報處遭到手榴彈襲擊，1 死 5 傷。1940 年 4 月 27 日，《大晚報》機器房遭到武裝暴徒襲擊，3 名工人受傷，1 名巡捕殉職。《華美晚報》《中美日報》《導報》也遭到了襲擊與破壞。

1940 年 7 月 1 日，偽國民政府代主席、行政院院長汪精衛發布命令，通緝上海租界內 83 位抗日人士，其中抗日報人占絕大多數的新聞工作者高達 49 位：《中美日報》社長吳任滄，總經理駱美中，編輯王錦荃、鮑約翰、胡傳厚、周世甫、張若谷、錢弗公、王晉琦；中央社上海分社主任馮有真；《申報》經理馬蔭良，編輯伍特公、胡仲持、瞿紹伊、唐鳴時、馬崇淦、張叔通、黃寄萍、趙君豪、金華亭；《神州日報》社長蔣光堂，編輯盛世強、張一蘋、徐懷沙、戴湘雲；《大美晚報》董事兼經理張似旭，編輯張志韓、劉祖澄、程振章、朱一熊；《大晚報》經理王錦城，編輯汪倜然、金摩雲、朱曼華、吳中一、高

1　馬光仁：《上海新聞史（1850～1949）》，復旦大學出版社，1996 年版，第 866 頁。

季琳（何靈）；《新聞報》主任汪仲韋，記者顧執中，編輯倪瀾深、王人路、徐恥痕、潘競民、蔣劍侯；英文《大美晚報》編輯袁倫仁；英文《大陸報》編輯莊芝亮、吳嘉棠；英文《密勒氏評論報》編輯郝紫陽。[1]

抗日報人在與日偽鬥爭中付出了沉痛的代價。1938 年 2 月 6 日，《社會日報》經理蔡鈞徒在虹口新亞酒店慘遭殺害，首級被懸掛在法租界薛華立路（今建國中路）靠近薩坡賽路（今淡水一路）南口巡捕房對面的電線杆上，所附白布有「斬奸狀」「抗日分子結果」的字樣。[2]汪偽政權建立後，更加猖獗地暗殺與綁架抗日報人。大光通訊社社長邵虛白，《大美晚報》董事兼經理張似旭、編輯程振章、新任經理李駿英，《申報》記者金華亭，《華美晚報》社長朱作同，先後被汪偽特務刺殺身亡。《正言報》經理馮夢雲被汪偽特務秘密殺害。遭到刺殺幸免於難的有《新聞報》採訪部副主任顧執中，《大晚報》營業主任聞天聲。《新聞報》編輯倪瀾深、《申報》副經理王堯欽被汪偽特務綁架。[3]

美商中文《大美晚報》是「孤島」時期新聞自由的鬥士。社長兼發行人史蒂（Starr,C.V.）針對上海日軍報導部檢查租界華文報紙發表啓事，強硬地表示《大美晚報》英文版與華文版是編輯方針完全相同的一家報紙，服膺報紙言論自由之精神，不受任何方面的檢查。

（二）《文匯報》是「孤島」的抗戰大報

1、合股辦報改為合資經營

上海成爲「孤島」。在日軍嚴密檢查下，上海僅存的少數報紙不能刊載關於抗日的新聞、評論，幾家洋商辦的晚報亦不能滿足中國讀者的需要。新新俱樂部[4]的成員領了遣散費，議論著幹點什麼事。曾經集資打算販運大米維持生計，因上海鄰近地區大米已被日軍控制落空。原來從事新聞工作的人提出，湊集資金辦一張報紙，報導抗戰，對國家、民眾有好處，個人也有了出路。他們商定，合股集資 1 萬元辦報，雇外國人作「保鏢」。每股 500 元，各人自

1　馬光仁：《上海新聞史（1850～1949）》，復旦大學出版社，1996 年版，第 871～872 頁。

2　馬光仁：《上海新聞史（1850～1949）》，復旦大學出版社，1996 年版，第 867 頁。

3　馬光仁：《上海新聞史（1850～1949）》，復旦大學出版社，1996 年版，第 872 頁。

4　上海新新俱樂部，是滬寧、滬杭甬兩路局的嚴寶禮、余鴻翔、馬直山高級職員，長期包租上海南京路新新公司所屬新新旅館 313 號房間，用於公餘休息娛樂的場所。與他們熟悉的上海新聞界的一些人員是此處的常客。

認。認 1 股的是大多數人，認 2 股的是少數，嚴寶禮認了 4 股。實際集資 7000 元。他們高薪雇英國人克明（H.M.Cumine）為名義上的董事長兼總主筆，月薪 300 元，其子也以董事會秘書的名義領取 100 元薪水。報社的編輯、記者，月平均工資約 80 元。

據克明說，他曾在英文《Mercury》（《文匯報》）工作，該報停刊出售，聲明保留華文《文匯報》報名所有權。雙方商定，成立英商文匯有限公司，以《文匯報》（The Standard）名稱向英方註冊。英商文匯有限公司董事會有中英董事各 5 名，中方董事嚴寶禮、胡雄飛（《社會日報》）、沈彬翰（上海佛學書局經理）、徐恥痕（上海招商局輪船大副）、方伯奮（上海跑馬場職員，非股東），英方董事克明（上海地產商）、喬治（某外商輪船公司經理）、愛德華（雷士德工學院教授）、沙埃蒙（怡和啤酒公司董事）、傑克（上海英租界巡捕房探員）。根據英國公司法關於英商企業的 51%以上股份屬於英國人的規定，嚴寶禮將 1 萬元股金中的 5100 元劃歸克明等人名下，再由這些英國人簽寫「讓渡書」將這部分股金「讓」給真正的中國股東。[1]

嚴寶禮與《大公報》留滬負責人談妥，委託處於空閒的原上海《大公報》印刷廠代印《文匯報》，租用愛多亞路（今延安東路）大同坊的廠房樓上作編輯部。另租用福州路 436 號為館址，營業部在樓下，辦公室在樓上。

《文匯報》，1938 年 1 月 25 日創刊於上海。對開 1 張。著名書法家譚澤闓免費題寫的正楷報頭，顏筋柳骨，氣勢十足。總經理嚴寶禮，總編輯胡惠生。設編輯、經理兩部。創刊約一個月，接受《大公報》總經理胡政之提出投資 1 萬元、《文匯報》原有股份升資為 2 萬元的要求。《文匯報》由此從同人合股集資創辦的報紙，變為兩家報社合資經營的報紙。2 月 20 日前後，原上海《大公報》的徐鑄成入館任主筆，成為編輯部實際負責人，編輯要聞版，撰寫社論，過問其他新聞版面編務。胡惠生保留總編輯名義。成立社論委員會，徐鑄成、費彝民、儲玉坤、李秋生、魏友棐等委員，費彝民、李秋生為館外特約撰述。

2、秉持言論自由倡言抗戰

《文匯報》創刊號發表編輯部人員執筆、克明署名的《為本報創刊告讀者》，陳述創刊旨趣：「本報本著言論自由的最高原則，絕不受任何方面有形與無形的控制」。「報紙是人民的精神食糧，其所負的使命，一則為灌輸現代

---

1 文匯報報史研究室：《文匯報史略》，文匯報出版社，1988 年 9 月第 1 版，第 8 頁。

知識，另則爲報導消息，是以報紙的生命，在其獨立的報格，不偏不倚，消息力求其正確翔實，言論更須求其大公無私，揭穿黑幕，消除謠言，打破有聞必錄之傳統觀念。所以本報同人遵此記者紀律，始終不渝，以建樹本報高尚之報格。」「最後，有不得不鄭重聲明者，即本報刊行，絕非爲投機取利，而實爲應環境需要而產生，故必竭本報同人之力，爲社會服務，凡若有利於社會公眾之事業，無不欲先後興辦，以謀大眾之幸福，而副讀者之期望也！」[1]

　　1 月 28 日，《文匯報》發表首篇社論紀念上海「1·28」抗戰六週年。2月 8 日發表社論《告若干上海人》，警告上海工商界欲投敵的梁鴻志、溫宗堯等人，「你們要繼續循著正路前進，切勿戀著曇花一現的幻境，被漫天的風沙，葬送了自己。」2 月 10 日社論《讀蔣委員長演詞後》，給予稱讚：「幾年來，他甘受指謫，委曲求全；到盧溝橋事件爆發後，他知道最後的關頭到了，他毫不游移，決心應戰；幾個月來，雖備嘗痛苦，但決不輕於言和。」[2]3 月 15日社論《西北大戰之展望》，讚揚八路軍：「陝北現爲八路軍之中心，人民經兩年餘之嚴格訓練，抗日思想最爲濃厚；武裝民眾，遍地皆是；彼等已屬兵秣馬，準備保衛故土，獻身祖國。八路軍主力，現集中於陝晉邊境者，無慮20 萬；經多年之苦鬥，萬里之長征，耐勞苦，守紀律，有濃厚之政治意識，高遠之政治理想。每一個士兵，均能成爲一個作戰單位。日兵一旦深入，必遭最嚴重之挫敗。」[3]

　　《文匯報》刊載《平型關一役興奮的回憶》（2 月 7 日）、臺兒莊大捷戰報（4 月 1 日）、《全面游擊戰的山西》（5 月 8 日）、《華軍克復蘭封》（5 月 28 日）、長江南岸總攻大勝（9 月 2 日）等通訊與戰報，刊載《葉劍英將軍素描》（2月 10 日），《在晉東前線訪彭德懷將軍》（4 月 12 日），刊載蔣介石 7 月 7 日發表的《抗戰週年紀念日告全國軍民》的廣播講話、蔣介石《雙十節告全國國民書》和《七年來的東北義勇軍》（9 月 25 日），發表《勝利不會動搖》（4 月23 日）、《何來和平空氣》（4 月 29 日）、《北方之曙光》（5 月 27 日）、《咬牙奮鬥》（10 月 14 日）等社論。沉悶中的孤島讀者，從《文匯報》這扇通往外界的窗戶，呼吸到了全國抗戰的新鮮空氣，堅持抗戰的意志得到了激勵，神情爲之振奮。

1　文匯報報史研究室：《文匯報史略》，文匯報出版社，1988 年 9 月第 1 版，第 11 頁。
2　文匯報報史研究室：《文匯報大事記》，文匯報出版社，1986 年 9 月第 1 版，第 5 頁。
3　文匯報報史研究室：《文匯報大事記》，文匯報出版社，1986 年 9 月第 1 版，第 8 頁。

　　副刊是《文匯報》的鮮明特色。副刊《世紀風》在炸彈襲擊聲中誕生，主編柯靈，在共產黨人和進步作家的支持下，思想性戰鬥性藝術性並重，刊載雜文打破「孤島」初期上海文壇的冷寂，促發其他體裁文學創作的復蘇，成為「孤島」的文學堡壘。在首次遭到手榴彈襲擊第二天的 2 月 11 日，《世紀風》面世。刊載「無花的薔薇」的雜感、《真理的被擊》《暴力的背後》，冷峻回擊，報館被敵人投擲手榴彈是被擊者的光榮，炸彈可使奴隸屈膝，不能使真理低首。不遺餘力揭露譴責日寇暴行，無情鞭笞漢奸叛國投敵。綜合性副刊《燈塔》「問答欄」刊出一則《最臭的》，「問：世界上最臭的是什麼東西？答：漢奸。問：何以知道。答：做漢奸的人『遺臭萬年』，不是最臭也沒有了？」[1] 綜合性副刊《海上行》，是攝取上海包羅萬象的「寫真箱」，「細心的解析分剖」形形色色，「好是怎樣好，壞是怎樣壞，還它一個分明來」。[2]

　　《文匯報》的發行量日見增長。創刊號刊印 1.2 萬份。第 3 天印行 2 萬份。2 月 10 日，銷量超過 3 萬份，廣告亦增加。3 月 5 日由對開 1 張增為 2 張，報紙零售每份由 2 分 5 釐調為 4 分 5 釐。4 月，銷量續增，廣告似潮水湧來。4 月 14 日，刊出 3 張。6 月 21 日，建議召開世界和平大會，制止日本侵略，收拾殘局，重造遠東均勢的社論《一個建議》一經發表，立即激起讀者的強烈不滿。他們致電、寫信給予譴責，懷疑《文匯報》變質，響應日方聲明與談話，主張和平妥協。許多讀者立即停止購買報紙，《文匯報》發行量驟然大幅下降。6 月 25 日發表社論《重申我們的信念》進行了解釋，再加編輯、記者繼續為報紙的抗戰宣傳再接再厲，讀者才逐漸恢復信任《文匯報》，報紙發行量重新回升。7 月 17 日刊出 4 張。銷量躍升至近 10 萬份。[3]《文匯週刊》1938 年 6 月出版未果，4 開 2 版的《文匯報晚刊》12 月 1 日創刊。

3、迭遭日偽打擊決不屈服

　　堅持抗戰的《文匯報》成為上海日偽的眼中釘，軟硬兼施，恐嚇襲擊，接踵而來。1938 年 2 月 9 日，文匯報館接到日本特務與漢奸以所謂「正義團」名義發來的恐嚇信，揚言再有反日情緒，將殺害報館人員。2 月 12 日，再次接到日本特務與漢奸投寄的措詞激烈的恐嚇信。

1　文匯報報史研究室：《文匯報史略》，文匯報出版社，1988 年 9 月第 1 版，第 49 頁。
2　文匯報報史研究室：《文匯報史略》，文匯報出版社，1988 年 9 月第 1 版，第 50 頁。
3　徐恥痕：《文匯報創刊初期史料》，《新聞研究資料》，1981 年版。

1938 年 2 月 10 日下午 6 時許，日本特務與漢奸指使一名暴徒闖入福州路文匯報館投擲一枚手榴彈，發行科職員陳桐軒被炸重傷，廣告科職員蕭岫卿、畢祉芬受傷。2 月 21 日，陳桐軒於仁濟醫院傷重逝世。22 日，為陳桐軒大殮，《文匯報》發表編輯部人員執筆、克明署名文章《悼本報同仁陳桐軒先生》，表示屹立不動的決心：「本報始終抱定一貫之政策，不受任何方面之威脅與恐嚇，以盡報人之天職，決不因陳君之死，而變更本報之宗旨及信條」。[1]

1938 年 3 月 1 日下午 3 時，文匯報館收到日本特務和漢奸指使一位水果店學徒送來一小木箱蜜桔和用紙盒盛裝的一隻已經腐爛的人手臂，並附匿名信稱：「文匯社長，此乃抗日者之手腕，送與閣下。希望閣下更改筆調，免嘗同樣之滋味。」[2] 3 月 22 日晚上 11 時 45 分，日本特務與漢奸指使 3 名暴徒乘小汽車至福州路文匯報館門前，搶奪守門的中國籍巡捕的手槍子彈並開槍將他擊傷，向報館大門內投擲二枚手榴彈，炸傷 1 名過路行人。3 月 27 日下午 3 時許，日本特務與漢奸指使爵祿飯店服務員給文匯報館送來裝有注入毒液的橘子、蘋果、柚子的 3 個花籃，附有 3 封用打字機打印的英文信件，意謂勇敢發言，至堪欽佩，奉上水果三筐，聊表敬意。

1939 年月 1 月 25 日，《文匯報》發表社評《本報一周（年）紀念辭》，無畏宣告：本報「一隻手是正義，一隻手是勇敢」。「我們並沒有雄厚的資本，學識經驗更非常淺薄。所憑藉的，只是一腔熱血和幾根硬骨頭；我們站穩這個崗位，不顧一切困難，不受任何威脅，朝夕苦鬥。」[3]

4、寧為玉碎申請弔銷執照

1939 年 5 月 16 日，《文匯報》第三版頭條刊載蔣介石在生產會議上的訓詞。17 日，社論《生產建國》，讚揚重慶召開的生產會議，響應蔣介石在會議上提出的號召，「在軍事上要整軍建軍，建立我們現代的國防軍備。在生產上也要調整生產，造產，建產，建立我們現代的國防產業。」「也就是要達到『足食足兵』的地位，來爭取勝利，來建立國家。」要聞版頭條刊載蔣介石為「防制（止）日機轟炸」發表的「告各省市政府與全國國民書」。18 日，英國駐上海領事館以上述文字與維持租界安定有所牴觸為由，通知文匯報館，勒令《文匯報》《文匯報晚刊》停刊 2 星期。

1　文匯報報史研究室：《文匯報大事記》，文匯報出版社，1986 年 9 月第 1 版，第 8 頁。
2　文匯報報史研究室：《文匯報大事記》，文匯報出版社，1986 年 9 月第 1 版，第 7 頁。
3　文匯報報史研究室：《文匯報大事記》，文匯報出版社，1986 年 9 月第 1 版，第 38 頁。

　　汪僞勢力對於《文匯報》，先派人收買遭到嚴詞拒絕，繼而收買董事長，英人克明接受賄賂，要把《文匯報》納入汪僞政權之下。《文匯報》同人爲了自己創辦的抗戰報紙不被汪僞賄取，採取寧爲玉碎的斷然措施，主動結束了《文匯報》的「生命」。嚴寶禮、李子寬等趁《文匯報》停刊股票下跌，以低價收購一批股票，湊足三分之一以上股權，根據英國公司法關於企業有三分之一股權反對不得再行經營的規定，向英國駐華大使申請停止經營《文匯報》獲准。英國駐上海領事館弔銷文匯出版公司暨《文匯報》執照。

　　1939 年 6 月 1 日，是《文匯報》被勒令停刊 2 週期滿之日，報紙不僅沒有復刊，反而由徐鑄成、李秋生、儲玉坤、張寄涯、朱雲光、程玉西、余鴻翔、魏友棐、高季琳（柯靈）等 26 人，在《申報》等報刊出《文匯報編輯部全體同人緊急啓事》：「同人等服務《文匯報》一年有半，立場堅定向爲社會人士所深悉，茲因報館內部發生變動，嚴經理去職，特向本報當局提出要求，保證不變本報原來編輯方針，庶得保持本報一貫立場。在未獲得滿意答覆以前，同人等暫不參與編輯工作，一俟交涉獲有結果自當另行聲明。」[1]

　　日僞對《文匯報》的迫害，並沒有因報紙停刊而停止。1945 年初夏，上海日本憲兵隊逮捕原《文匯報》總經理嚴寶禮、副刊主編柯靈、國際新聞編輯儲玉坤、會計袁鴻慶、股東費彝民。經過營救，他們先後獲釋。

二、重慶各報出「聯合版」

（一）爲克服困難出版聯合版

　　1939 年日軍實施「5・3」、「5・4」大轟炸，重慶各家報社遭到了不同程度的損毀，有的門市起火，有的人員傷亡，有的紙張被焚，有的印刷車間被炸。中央社、《西南日報》全部被炸毀，《重慶晚報》在「5・4」大轟炸中化爲灰燼而停刊[2]，《中央日報》《新華日報》《新蜀報》《掃蕩報》被震壞了部分房屋，《大公報》編輯部、印刷廠被炸，《時事新報》《國民公報》未受損失。6 月 7 日，《新民報》總部被焚，文件、帳冊和多年合訂本全部化爲灰燼。8 月 13 日，《益世報》社被炸毀。

1　文匯報報史研究室：《文匯報大事記》，文匯報出版社，1986 年 9 月第 1 版，第 48 頁。
2　郝明工：《抗日戰爭時期重慶新聞事業發展綜論》，《重慶師範大學學報》（哲學社會科學版）》，2006 年版。

1939 年「5‧3」、「5‧4」大轟炸後，重慶各家報社遷離市中區。《新華日報》《國民公報》的印刷機和出報有關的設備等搬到化龍橋附近嘉陵江畔公路邊的紅岩嘴地區。《中央日報》也搬到化龍橋。《新民報》編輯部、印刷廠搬到兩路口附近的大田灣。《大公報》《掃蕩報》《新蜀報》搬到李子壩。此後，各家報社報人，也和重慶市民一樣，跑警報，躲防空洞。王芸生在防空洞內昏倒，新華日報的人及時搶救，送回報社。

《中央日報》《時事新報》《大公報》《國民公報》倡議各報聯合出版，得到報界的肯定。國民黨中宣部奉最高當局「手諭」，5 月 5 日緊急通知，各報館盡快到市郊尋找新址，重建館舍；召集重慶 10 家報社負責人開會，下令各報暫行停刊，商討共同出版一份聯合報。《中央日報》奉令負責牽頭組織各報出版聯合版。5 月 6 日，9 家報紙聯合出版了《重慶各報聯合版》。5 月 7 日，《新華日報》也加入聯合版行列。《重慶各報聯合版》在發刊詞中指出：「我們《聯合版》的發刊，在將來的中國報業史上，永久是慘痛悲壯的一頁。中國現在與未來的新聞記者，決不會忘記這個《聯合版》發刊時的慘痛環境。」[1]

參加《重慶各報聯合版》的各報，背景不一、特點不同。國民黨方面的有《中央日報》（國民黨中央機關報）、《掃蕩報》（國民政府軍委會機關報）、《西南日報》（三民主義青年團所掌握），共產黨方面的有《新華日報》（中共在國統區機關報），同情共產黨的有《新蜀報》，全國性大報有《大公報》，全國性金融財政報紙有《時事新報》，四川地方勢力的有《國民公報》，重慶工商界的有《商務日報》，四川地方報業新銳有《新民報》。這些報紙所持政見各異，能夠擱置紛爭，在抗戰大旗之下，聯手合作，同舟共濟。

（二）《重慶各報聯合版》的組織機構

5 月 8 日，重慶 10 家報社共同組成重慶各報聯合委員會（下簡稱聯委會）。《中央日報》的程滄波，《掃蕩報》的丁文安，《大公報》的曹谷冰，《時事新報》的崔唯吾，《新蜀報》的周欽岳，《新華日報》的潘梓年，《國民公報》的康心如，《商務日報》的高允斌，《新民報》的陳銘德，《西南日報》的汪觀雲，代表各自報紙參加聯合委員會擔任委員。《中央日報》程滄波被選為主任委員。

---

1 唐潤明：《特殊時期的〈重慶各報聯合版〉》，《民國春秋》，1999 年版。

聯委會每週開會一次，下設常務辦事處。公推《大公報》總編輯王芸生、《時事新報》經理黃天鵬、總編輯崔唯吾擔任編撰、經理和遷移三個委員會的主任。各專門委員會分設課科。編撰委員會下設 2 個組，每組由 5 家報社的成員組成，輪流執行編撰業務。出於減少矛盾利於合作，共同商定編輯方針：不發表社論，不刊發各報採寫的消息，採用中央社電訊。6 月 12 日，《重慶各報聯合版》在《嘉陵江日報》報頭下方刊出口號：「有準備不怕敵機，多疏散減少犧牲，敵機多投一個炸彈，我們增加一分力量，擁護救國救民的領袖，擁護救國救民的中央」。

（三）《重慶各報聯合版》的編印發行

《重慶各報聯合版》的版面逐漸增加。1939 年 5 月 6 日第 1 號至 5 月 12 日第 7 號為 4 開 2 版。5 月 13 日第 8 號刊出 4 開 4 版。5 月 31 日第 26 號，改出對開 4 版，每份零售五分。刊出兩個版時，第一版為國內新聞，第二版為國際新聞。刊出四個版的內容結構為兩個版新聞（第二、三版是國內新聞、國際新聞、市內新聞，版面如有空白，填以廣告）加兩個版廣告（第一、四版）。

5 月 6 至 8 日，《重慶各報聯合版》由《國民公報》承印。在上半城的時事新報社傍山而建，位於新街口的報社印刷廠中彈幸未爆炸，設備完好，附近的防空洞也很堅固。5 月 9 日，《重慶各報聯合版》即移到時事新報社編輯出版。「聯委會」經理委員會主任、《時事新報》經理黃天鵬，在報社樓上搭起一個帆布床，整夜守候，隨時協調解決問題。《時事新報》所在的商業繁盛區常遭轟炸，一遇轟炸供電中斷，影響報紙出版發行。「報聯會」決定在城外設立一個印刷廠，由新民報社負責主持。7 月初，《新民報》第二印刷廠籌建就緒，《重慶各報聯合版》遂於 12 日改由《新民報》印刷，編撰委員會也遷移城外的新民報社，經理委員會仍留在交通便利的新街口，直至聯合版停刊。

《重慶各報聯合版》始終處於供不應求狀態。報紙發行量維持在 2 至 3 萬份。初創時 2 萬份，逐漸增至 3 萬多份。1939 年 6 月，發行量因紙張困難降至 2 萬多份。市場上報紙緊缺，一些報販肆意提高售價，有的高出原價數倍。7 月 1 日，「報聯會」經理委員會將《重慶各報聯合版》的定價，由 5 分調至 6 分（批發價由 3 分 2 釐調至 4 分 3 釐），請憲兵警察徹底取締報販加價售報，發行量穩定在 3 萬份，最高達 5 萬份。[1]聯合版的收支，總體上平衡，

1　唐潤明：《特殊時期的〈重慶各報聯合版〉》，《民國春秋》，1999 年版。

並略有盈餘。停刊時，《重慶各報聯合版》經營的發行、廣告兩項收入，扣除紙張、印刷、薪工、庶務用特別費等報紙生產成本支出，盈餘 16168.34 元。[1]

（四）《重慶各報聯合版》停刊

重慶十報在聯合出版期間，各自開展復建工作，積極地準備恢復單獨出版。《新華日報》參加《重慶各報聯合版》，與國民黨人士商談時提出並得到應允以一個月為限。在國民黨中宣部一再拖延下，《重慶各報聯合版》的實際出版時間三月有餘。聯委會開會決定 8 月 13 日各報恢復單獨出版。

1939 年 8 月 5 日、12 日，《重慶各報聯合版》兩次刊載「重慶各報聯合委員會」的啟事：「查本會刊行之聯合版自 5 月 6 日發刊以來，已三閱月。茲以各會員報疏建工作大體就緒，本版發行至 8 月 12 日止，自 8 月 13 日起仍由各報分別出版，諸希亮察。」[2]1939 年 5 月 6 日至 8 月 12 日，《重慶各報聯合版》共出版 99 期。

三、《救亡日報》的聯合抗戰

（一）輾轉滬粵桂三地出版

1、《救亡日報》在滬江

1937 年 7 月 28 日，國共兩黨人士共同參加的上海文化界救亡協會（簡稱上海文救）成立，國民黨提供經費，國民黨人擔任經濟與總務兩部部長，共產黨人、愛國人士擔任組織與宣傳兩部部長。

上海文救原擬創辦的機關報《救亡日報》，在籌備過程中實現了國共合作，國民黨中宣部副部長、上海市政府教育局局長潘公展提議剛從日本回國的郭沫若擔任社長，雙方議定各派人員擔任報紙的負責人。代表共產黨的夏衍、錢杏邨和代表國民黨的樊仲雲、汪馥泉分別擔任總編輯、編輯主任。國民黨另派周寒梅任發行人，張鏞任幹事。其他的記者及工作人員，絕大部分由郭沫若、夏衍決定安排。30 人組成的編委會，有：巴金，王芸生，王任叔，阿英，汪馥泉，邵宗漢，金仲華，茅盾，長江，柯靈，胡仲持，胡愈之，陳子展，郭沫若，夏丏尊，夏衍，章乃器，張天翼，鄒韜奮，傅東華，曾虛白，葉靈鳳，魯少飛，樊仲雲，鄭伯奇，鄭振鐸，錢亦石，謝六逸，薩空了，顧執中。

1　張勇麗、曹愛民：《〈重慶各報聯合版〉的「幕後管家」》，《青年記者》，2016 年 1 月中。

2　唐潤明：《特殊時期的〈重慶各報聯合版〉》，《民國春秋》，1999 年版。

《救亡日報》，1937 年 8 月 24 日創刊上海。4 開 4 版。社址設上海南京路（今南京東路）大陸商場 631 號。署名潘公展的《發刊詞》宣告：「民族全面的戰爭已經發動了，如何使戰爭能夠勝利，國家能從危亡之中得到復興，一方面固有賴於前方忠勇之將士，但他方面亦需要後方民眾能持以堅定，爲其後援。這是所謂全民抗戰之意。當《救亡日報》發刊之始，敢以此意質之海內明達。」[1]四個版的版邊刊載標語「擁護政府，信仰領袖，舉國一致，抗戰到底！」「我們要抱定國存與存，國亡與亡的決心！」「我們要把所有的人力，物力，貢獻給國家！」「勝不可驕，敗不可餒，犧牲到底，爭取最後勝利！」形式同於一般小報，不刊登中央社和外國通訊社消息，刊載特稿、特寫、評論、戰地採訪及文藝作品。報販頭子不相信這樣一張的報紙能夠出版一個星期，銷到 500 份已經很費勁了。陳誠派人訂閱 200 份散發部隊。講眞話的《救亡日報》，每天能銷行千份以上，最多時能銷 3500 份。[2]

因印刷工人要求增加印刷費、委託承印的《民報》收回借用的印刷所，停刊 5 日。9 月 6 日，由下午 3 時出版改出晨刊。11 月 12 日，上海淪陷。同月 22 日下午刊出上海終刊號，發表郭沫若所寫終刊詞《我們失去的只是奴隸的鐐銬》，忍淚離別，預告讀者，「上海克服之日，就是本報和讀者再見之時。」

2、《救亡日報》在珠江

1938 年 1 月 1 日，《救亡日報》復刊廣州。租用廣州長壽東路 50 號民宅爲社址。復刊號刊郭沫若寫的《再建我們的文化堡壘——〈救亡日報〉復刊致詞》，蔣介石題詞「救亡日報，精誠團結」，余漢謀題詞「驅除倭寇 還我山河」。4 開 4 版。第一版是本報特稿、要聞簡報、戰事報導，第二版是本地通訊、論文、救亡短訊，第三版是專論、訪問記、各地通訊。第四版是副刊。2 月 8 日，副刊由上海時的《文藝》更名《文化崗位》。2 月 24 日，副刊《人人看》刊載用粵語唱出抗日決心的廣東童謠《雞公仔》：「雞公仔，尾彎彎。日本矮仔眞野蠻，派齊飛機掟炸彈，想來炸爛我河山。不過我哋唔心煩，無話從前沙咁散。團結抗戰點怕難？出錢出力唔敢慳。雞公仔，尾彎彎。而家世界無得歎，因爲倭奴來侵犯，四圍出錢買漢奸。呢的確係心腹患，我地必要

1　《〈救亡日報〉發刊詞》，張之華：《中國新聞事業史文選（公元 724 年～1995 年）》，中國人民大學出版社，1999 年 1 月第 1 版，第 419 頁。

2　夏衍：《記〈救亡日報〉》，廣西日報新聞研究室：《救亡日報的風雨歲月》，新華出版社，1987 年版，第 7 頁。

將佢鏟……」。[1]3 月 26 日，頭版刊載啓事，自 4 月 1 日起增多戰事消息、救運報導，請全國文化人撰稿，改用新五號字，提早出報時間。4 月，發起「文藝通訊員運動」，建立分站、支站。5 月，廣州遭到日軍大轟炸損失嚴重。夏衍審閱本報記者採寫的《長堤被炸目睹記》，抑制不住心中憤怒，將文中所提到的「敵機」一律改爲「獸機」，說：「這真是獸機！獸機！」連呼「獸機」不已。[2]官祿路報社宿舍附近也落下了一顆炸彈。汪馥泉倉皇逃往香港。不久後，張鏞因貪污問題被揭發而離職。此後，救亡日報社再無國民黨方面的人員。[3]6 月 7 日，日軍飛機狂炸廣州，報社機件損壞，停刊 1 天。

8 月，連載毛澤東的《論持久戰》。10 月 12 日，日軍開始進攻廣東。14日，特派戰地記者歐陽山、草明、胡危舟隨軍出發報導戰事。《救亡日報》在廣州許多報紙相繼停刊，連長堤一帶的報販都已難找到的時候，決定維持至最後一瞬。20 日，出版了在廣州的最後一期報紙，全體人員上街散發。夏衍、林林在報社內的牆上書寫日語標語。夏衍把一張廣州遭到轟炸的一群孩屍的照片貼在牆上，旁邊寫著：「這是日本空軍的『戰績』！你們也是有父母妻子的人，看了這照片有什麼感想？爲著人道，打倒使中日兩國人民陷於不幸的日本法西斯軍閥！」他在另一面牆上又寫道：「即使你們佔了廣州，佔了武漢，我們的抗戰還是不會終止的，你們打算打十年二十年的仗嗎？」在遠雷似的炮聲還夾雜著炒豆似的機關槍聲中，夏衍一行 12 人撤離廣州。[4]

3、《救亡日報》在灕江

1939 年 1 月 10 日，《救亡日報》復刊桂林。4 開 4 版。第一版是要聞、社論或時論，第二版是國內外電訊暨省市新聞，第三版是特稿、通訊、參考資料，第四版是副刊。社址初設桂林市樂群路 63 號，不久遷至太平路 12 號，營業部設桂西路 26 號。

1 月 11 日，副刊《文化崗位》連載日本反戰作家鹿地亘的報告文學《和平村記》，記述日軍俘虜在收容所的生活及其覺醒。三個多月後，在桂南前線

---

1 田桂丹、劉宇雄、蔣雋、鄒蕙鶯：《荔灣區尋訪抗日〈救亡日報〉社舊址》，http://www.xxsb.com/findArticle/7869.html。

2 彭啓一：《廣州時期的救亡日報》，《新聞與傳播研究》，1980 年版。

3 夏衍：《記〈救亡日報〉》，廣西日報新聞研究室：《救亡日報的風雨歲月》，新華出版社，1987 年版，第 15 頁。

4 夏衍：《記〈救亡日報〉》，廣西日報新聞研究室：《救亡日報的風雨歲月》，新華出版社，1987 年版，第 20 頁。

一個日軍士兵被俘後發問，「我可以給送到鹿地亘先生所領導的和平村嗎？」[1]3 月 10 日至 15 日，在第二、三版中縫刊載「讀者訪問表」。8 月 24 日，《救亡日報》創刊兩週年，第一版刊載蔣介石、孫科、黃琪翔、李任仁等題詞。1940 年 4 月 21 日，增出 8 開 4 版《救亡日報星期刊》，隨報附送。

刊出專刊、特輯，發揮雲集桂林的文學藝術家們的特長，《漫木旬刊》刊載黃新波、李樺、陳煙橋、賴少其、劉建菴、陽太陽、特偉、余所亞、廖冰兄、黃茅等的漫畫、木刻和文章，《音樂陣線》結合盛行的歌詠活動顯得活躍，《舞臺面》是演劇活動的園地，《十字街》討論抗戰中的社會問題。[2]從來自香港的日本書刊譯載《火柴也沒有了》（武者小路實篤）、《長處與弱點》（長谷川如是閑）、《榮園夢幻》（神保光太郎）和記載軍官殘暴、收到處在苦境家信、深切懷念家人的日軍士兵日記，還譯載了前來投誠的中山泰德的文章《我怎樣從武漢逃出來的》。[3]開展社會服務活動。1939 年 6 月 7 日至 20 日，爲重慶被炸難胞舉行濟難義賣，獲得義賣款 44413.47 元送繳抗敵後援會。[4]1940 年 12 月 26 日至 1941 年 1 月 7 日，開展爲榮譽軍人添榮活動，收款法幣 1630.83 元（豬肉每斤 1.2 元～1.3 元）慰問榮譽軍人。[5]

1941 年 1 月，桂林新聞檢查處指定全文照登中央社就皖南事變發出污蔑新四軍「叛亂」的稿件。報社研究決定，全文付排中央社電訊，放在頭版頭條位置，像往常一樣送審，新聞檢查處蓋上「審迄」公章。晚上打紙型時將此稿抽掉，開了「天窗」。第二天被發現後，報紙全部被扣押，報社還收到用書面形式送來的一個嚴重警告處分。2 月 28 日，桂林《救亡日報》被禁止出版停刊。[6]

---

1 林林：《記桂林〈救亡日報〉》，廣西日報新聞研究室：《救亡日報的風雨歲月》，新華出版社，1987 年版，第 65 頁。

2 林林：《記桂林〈救亡日報〉》，廣西日報新聞研究室：《救亡日報的風雨歲月》，新華出版社，1987 年版，第 71 頁。

3 林林：《記桂林〈救亡日報〉》，廣西日報新聞研究室：《救亡日報的風雨歲月》，新華出版社，1987 年版，第 65～66 頁。

4 廣西日報新聞研究室：《救亡日報的風雨歲月》，新華出版社，1987 年版，第 269 頁。

5 廣西日報新聞研究室：《救亡日報的風雨歲月》，新華出版社，1987 年版，第 306 頁。

6 彭繼良：《抗日戰爭時期桂林的新聞事業》，《廣西大學學報》（哲學社會科學版）》，1986 年版。

（二）左中右都要看的報紙

1、周恩來指示兼顧左中右的方針

夏衍沒有辦過報紙缺乏經驗，在緊張繁重的辦報實踐中摸索著《救亡日報》這張文化統一戰線報紙的辦報方式和言論尺度。1938 年 4 月，周恩來經穗赴港，夏衍當面請教辦報方針，明晰地釐清了辦好這張報紙的脈絡。周恩來對夏衍說：「這張報紙是以郭沫若為社長的上海文化界救亡協會的機關報，這一點就規定了你們的辦報方針。辦成國民黨的報紙一樣當然不行。辦成像《新華日報》一樣也不合適。辦成《中央日報》一樣人家不要看；辦成《新華日報》一樣，有的人就不敢看了。總的方針是宣傳抗日、團結、進步，但要辦出獨特的風格來，辦成一份左、中、右三方面的人都要看，都喜歡看的報紙……通俗易懂，精闢動人，講人民大眾想講的話，講國民黨不肯講的，講新華日報不便講的，這就是方針。」[1]

2、強勢報導當局抗戰言論與姿態

刊載蔣介石對中國共產黨宣言的談話（1937 年 9 月 25 日第三版頭條），「蔣介石對外國記者談抗戰前途樂觀理由」（1938 年 6 月 11 日第一版）[2]，蔣介石的《抗戰二週年紀念告友邦書》，蔣介石為英國屈從日本停止緬甸運輸線的談話（1940 年 7 月 17 日頭條）。刊載宋慶齡的《對於中共中央宣言蔣委員長談話的表示》（1937 年 9 月 26 日頭條）和《抗戰以後的中國——抗戰二週年告美國友人》（1939 年 7 月 2 日第二版）。刊載陳誠告官兵書（9 月 29 日頭條）和為《救亡日報》的題詞「精神戰勝物質」。刊載宋美齡的題詞「抗戰到底」、《訪問宋美齡印象記》（1938 年 9 月 21 日第一版）和《自湘北前線歸來》（1939 年 12 月 11 日第三版）。

3、揭露與打擊投降派警策頑固派

發表《討汪與肅奸》《汪傀儡政權的成立與我們今後的努力》《把跪像鑄在人民心間》等社論，刊出「討汪肅奸專頁」，轉載郭沫若在重慶的廣播演講《汪精衛進了墳墓》，揭露與打擊投降派，警策頑固派。1940 年 4 月 8 日，10 天連載筆戰生（夏衍）的文章《汪精衛罵汪兆銘》，摘引汪精衛的言語痛快淋

1　廣西日報新聞研究室：《救亡日報的風雨歲月》，新華出版社，1987 年版，第 240 ～241 頁。

2　廣西日報新聞研究室：《救亡日報的風雨歲月》，新華出版社，1987 年版，第 245 頁。

漓地斥責漢奸。以第三者的立場、客觀報導的手法，對待國共摩擦、勞資糾紛，不作正面介入。以孫中山倡導的三民主義和聯俄、聯共、扶助工農的三大政策，呼籲全面抗戰、團結抗戰。

（三）實行改版競爭求得生存

1、注重規律增強新聞品質

《救亡日報》開辦時的人員，被總編輯夏衍稱之為是一群沒有辦報經歷的書生，不懂辦報的基本規律，「登長文章，發空議論，『有啥登啥』，靠『名人』的文章撐場面。」「一、二、三版內容混亂，有時一篇文章佔了第一版，把當天的國內外重要新聞都擠到二、三版，甚至無法刊出」；不懂管理收支賬目，沒有和印刷所、報販打過交道。[1]為了改變在上海、在廣州時既不像雜誌又不像報紙的樣子，《救亡日報》決定在生存環境較為穩定的桂林進行整頓和改革，加強發行管理工作，以便在與《廣西日報》《大公報》《掃蕩報》《力報》等同行競爭中站住腳，「以小勝大」。夏衍向胡愈之、范長江等人反覆請教，虛心聽取桂林《大公報》王文彬、《掃蕩報》桂林版鍾期森等有辦報經驗的同行的意見，在報社召開了幾次請同人出主意的不拘形式的民主會。

《救亡日報》在桂林打破常規，把主要是中央社通發的新聞，簡編成幾百到千字的國內外大事；每天一篇的社論不超過 1200 字。第二版主要刊載國內政情，廣西和桂林的社會消息。第四版除固定的副刊《文化崗位》，刊載音樂、戲劇、美術等專刊，分別約請桂林和外省、香港的有專長卓見的知名人士寫稿。總編輯夏衍在繁忙的工作中撰寫社論、短評、雜文、散文，發揮善寫短文的特長，為副刊《文化崗位》撰寫幾百字的「崗語」和三言兩語的「今日話題」、「街談巷議」。報社同人送給他們尊敬的「老夏」一幅對聯稱「文章懷真理而俱來，腦汁化墨汁而齊下」。[2]改革文風，力求通俗，反對教條，革除新聞中常用的「云云」之類的語彙。「提倡蜜蜂式的文章，形體小，有刺有蜜。用最小的地位給語言，最深廣的地位給意義。」[3]夏衍還根據需要，「造」了「埼」

---

1 夏衍：《記〈救亡日報〉》，廣西日報新聞研究室：《救亡日報的風雨歲月》，新華出版社，1987年版，第34～35頁。
2 戈今：《救亡日報在桂林——夏衍同志鏖戰灕江之濱》，《新聞研究資料》，1981年版。
3 林林：《記桂林〈救亡日報〉》，廣西日報新聞研究室：《救亡日報的風雨歲月》，新華出版社，1987年版，第75頁。

和「搞」兩個新字。試用不久,「這兩個一般字典上沒有的新字,就被其他報刊接受了。」[1]

在報社內部實行評報制度。夏衍每天吃早飯前對剛印出來的報紙,用紅筆批點版面、內容、形式及誤植、衍文,再張貼在通道的牆上,徵求大家意見,讓每位同人行使「評報」的權利。[2]到 1940 年五六月間,《救亡日報》的改版取得了可喜的進展。

2、刊載特稿形成自身特色

《救亡日報》創刊伊始,即以注重刊載特稿在上海報界嶄露頭角。刊載夏衍的《始信人間有鐵軍——張向華將軍會見記》,彭德懷的《論游擊戰爭》,《陳誠將軍對抗戰將士訓話——對於持久戰一點兒認識》《士無鬥志的日本——整理俘獲品得到的結論》等特稿,都是「叫座」之作。復刊廣州,繼續刊載了《敵兵崗田秀夫的日記》(羊山譯),《新四軍在前線》(林植夫),《與朱德將軍對談——〈抗日游擊戰術〉是怎樣寫成的?》(斐琴),《美國輿論與中日戰爭「中國之友」在孤立營壘中》(駐華記者喬納森·懷特) 等特稿。

《救亡日報》進行改版,特稿是「保留節目」。除了如往常一樣,刊載《訪李德鄰先生》《活躍江南的游擊軍——訪葉挺將軍》《敵第五師團被殲詳記》《一個日本兵眼中的朱德》《鍾毅將軍印象記》《活躍在南寧的廣西學生軍》和署名平山(即越南胡志明)的《越南復國軍還是賣國軍》等特稿,還賦予特稿新的內涵。為了引人注意,刊載約請名人所寫稿件,標署「本報特稿」; 刊文介紹時局多變的新聞稿中一般讀者不瞭解的事件、人物、地名,標署「本報資料室特稿」。

(四)多方資助實現經濟獨立

1、多方提供資助

《救亡日報》依靠國共雙方商談創辦時議定的各自提供經費 500 元創刊於上海。經費緊張,對作者沒有分文稿費;對編輯、採訪人員除供應一日兩餐和因公外出報銷車費,也不付一文。沒有固定職業收入的周鋼鳴、彭啓一

1　夏衍:《記〈救亡日報〉》,廣西日報新聞研究室:《救亡日報的風雨歲月》,新華出版社,1987 年版,第 36～37 頁。

2　夏衍:《記〈救亡日報〉》,廣西日報新聞研究室:《救亡日報的風雨歲月》,新華出版社,1987 年版,第 35 頁。

每月可領幾元零用錢。[1]出版一周，承印工廠要求增加印刷費停刊 5 天。經費告罄，得到了何香凝和廣大讀者的支持，報紙得以繼續出版。[2]

復刊廣州，社長郭沫若拜訪在廣東掌握軍事實權的粵系將領余漢謀，余漢謀對《救亡日報》復刊廣州表示歡迎，捐款廣東地方貨幣毫洋 2000 元（1 毫洋折合國幣 7 角）。[3]1938 年 1 月 5 日，《救亡日報》刊登啓事《本報徵募讀者自由捐》。在廣州出版二三個月就感到經費拮据。按照在上海的辦法，工作人員一律不支薪水，寫文章不付稿費，每月發 5 元零用錢（有人記得是 3 元），對外地來的人提供宿舍，大家在一起吃大鍋飯。[4]

遷移桂林出版，周恩來與郭沫若一同拜訪李宗仁、白崇禧，他們表示歡迎《救亡日報》在桂林出版，並答應補助一筆經費作爲開辦費用。[5]夏衍從桂林到香港八路軍辦事處籌到 1500 元港幣。國民黨政府軍委會政治部同意「每月」津貼《救亡日報》200 元，除在 1938 年 12 月領到津貼，以後就「拖」「懶」著不再支付。重慶、香港、桂林的文化戲劇界同人義演夏衍創作的話劇《一年間》，爲《救亡日報》籌款。泰國華僑陳子谷回國參加新四軍投身抗戰，把處理遺產得到的十幾萬元捐獻給了共產黨，經請求，《救亡日報》從這筆捐款中得到了很可觀的 1 萬元。[6]桂林救亡日報社同人的生活費，從總編輯到工友一律每人每月 10 元。

2、依靠發行自立

視發行爲生命線。《救亡日報》原不刊廣告，在桂林出版只在報紙中縫刊登啓事和小廣告，報社收入基本依靠報紙的發行收入。夏衍認爲：不能把批發報紙當作一般業務看待，要將發行網、發行路線看成是報紙的生命線。報販不到報社來批購報紙，那就應該每天把報紙送到「批發點」去，來一個送

1　彭啓一：《救亡日報在上海》，《新聞研究資料》，1980 年版。
2　夏衍：《記〈救亡日報〉》，廣西日報新聞研究室：《救亡日報的風雨歲月》，新華出版社，1987 年版，第 9 頁。
3　夏衍：《記〈救亡日報〉》，廣西日報新聞研究室：《救亡日報的風雨歲月》，新華出版社，1987 年版，第 11、12 頁。
4　夏衍：《記〈救亡日報〉》，廣西日報新聞研究室：《救亡日報的風雨歲月》，新華出版社，1987 年版，第 13 頁。
5　盧毅：《查禁與反查禁：抗戰時期中共在國統區的宣傳策略》，《抗戰史料研究》，2014，第二輯。
6　林林：《記桂林〈救亡日報〉》，廣西日報新聞研究室：《救亡日報的風雨歲月》，新華出版社，1987 年版，第 77 頁。

報上門。[1]《救亡日報》的發行量，上海時期最高為 3500 份，復刊廣州日印 8000 份，復刊桂林不到 2000 份，1939 年底增至令同行刮目相看的近 8000 份。《救亡日報》復刊桂林短缺資金，不得已繼續沿用 1938 年夏季開始的求助長期訂戶的措施，不僅形成了幾乎為穩定的讀者群體，而且由應急而獲得了周轉資金。長期訂戶在報紙發行中的比例逐漸提升。1939 年 6 月 7 日，發行量 7500 份中，長期訂戶 42%，批發與零售 58%。[2]

倡行節流開源。自辦印刷廠、改用土紙，是兩項最大的節流。1939 年 11 月 4 日，建國印刷廠開工，不再支付高昂的印刷費，大幅度提前出報時間。最大項的紙費支出，改用土紙後也大為減少。發行報紙的副產品是最主要的開源。把每天銷剩的報紙累積成冊，按月發售《救亡日報》合訂本。創辦《十日文萃》綜合性刊物，選輯本報、重慶《新華日報》、香港《星島日報》的知名人士文章，刊用吳稚暉批判汪逆的文章，張發奎的抗戰言論，蔣經國視察贛南的報告，孫中山、孔祥熙、蔣介石三人的夫人宋慶齡、宋靄齡、宋美齡對美國廣播和丁玲、劉白羽、何其芳、蕭山等抗日根據地作家的作品。《救亡日報》合訂本和《十日文萃》都有相當數量的銷路。

1940 年，是《救亡日報》的「全盛時期」，報紙發行量超過 8000 份，經濟情況已有好轉，沒有遇到什麼困難，再也不曾有過捉襟見肘的日子，初步奠定了進一步發展的基礎。

四、廣東地區的民營報業

（一）廣東地區民營報業簡述

全面抗戰爆發，以廣州為中心的廣東地區報業迅速轉入戰時宣傳態勢。廣州報業因《廣東合作通訊》（1938 年 1 月 15 日）、《統一戰線》（1938 年 3 月）、《貫徹評論》（1938 年 3 月）等報刊的創辦，上海《救亡日報》的遷入，陣容有所增加。

1938 年 5 月後，廣州遭遇日軍的大密度轟炸。1938 年，廣東有 21 家報紙因日軍轟炸遭到破壞，廣州淪陷時，國民黨廣州特別市黨部機關報《廣州日報》和《救亡日報》《大華晚報》《華風報》《群聲報》等 27 家報紙停刊。[3]

---

1 戈今：《救亡日報在桂林——夏衍同志鏖戰灕江之濱》，《新聞研究資料》，1981 年版。
2 廣西日報新聞研究室：《救亡日報的風雨歲月》，新華出版社，1987 年版，第 270 頁。
3 梁群球：《廣州報業（1827～1990）》，中山大學出版社，1992 年版，第 126 頁。

（二）粵北韶關成為報業聚集地

1938 年 10 月 22 日，廣州不戰而失。廣東省政府經粵北翁源遷至粵西北山區的連江（今連州）。1939 年 2 月，廣東省政府遷至粵北曲江（今韶關）。第四戰區長官司令部、國民黨省黨部等黨政軍機關、報刊、團體、學校逐步向此彙集，韶關成為全省戰時政治、經濟、文教中心。之後，廣東省政府於 1939 年冬、1941 年秋、1942 年 7、8 月和 1944 年 6 月 4 次遷往連縣。1945 年 1 月，韶關棄守。省政府遷設粵東龍川，不久遷至梅州平遠大柘，至抗戰勝利。

廣東民營報業在廣州淪陷後，報紙創辦的數量低於戰前，報紙出版的地點，韶關相對較多。抗戰時期的韶關報業，初期數量較少，中期開始數量逐漸增多。1939 年 5 月 1 日，國民黨中宣部主辦的廣州《中山日報》復刊韶關，由對開 2 張減為 1 張，刊出梅縣分版和廣西梧州分版。1939 年 1 月～5 月，國民黨廣東省黨部在韶關出版《北江日報》。7 月 7 日，廣東省政府機關報《大光報》創刊於韶關。1944 年 1 月 1 日，韶關市政府機關報《韶關市政日刊》創刊。國民黨軍在韶關出版的報紙有第七戰區的《建國日報》（1942 年），第 12 集團軍的《捷報》（1944 年），第 187 師的《雄風日報》（1945 年）。

在韶關出版的民營報紙有：《風采樓》，1941 年 5 月 1 日創刊，4 開 4 版半週刊。《中國報》，1941 年 11 月 27 日創刊，4 開 4 版，初出雙日刊，後改日刊。《市民導報》，1942 年 10 月 13 日創刊，4 開 4 版週刊。《工商日報》，1943 年 6 月 10 日創刊，4 開 4 版。《北江日報》，1945 年 5 月 9 日創刊，對開 2 版日刊。由本省遷入韶關的民營報紙有《先報》（1941 年 5 月 16 日），開平《先鋒報》（1941 年 9 月 1 日創刊，4 開 4 版日刊，1943 年 12 月 31 日），《西南日報》（1944 年 3 月 8 日）。

農工民主黨在韶關 1942 年 2 月 1 日至 4 月出版《時間報》，4 開 4 版，3 日刊。社長梁伯彥，總編輯鄭衡。社址在韶關上後街。發行 3000 份。

（三）從《晨報》到《北江日報》

梁若塵等人創辦《晨報》歷經磨難。1941 年皖南事變後，報人梁若塵、汪鏗、鄔維梓等在韶關創辦的《時報》，被廣東當局以刊載有關香港淪陷消息、破壞軍情的罪名查封，梁若塵、汪鏗被捕入獄。經通過各種社會關係說情，當局也覺得查封的理由不夠得體，既已查封又不能收回成命，暗示可註冊新的報紙出版。登記出版《新報》一個月，又接到未獲得重慶方面批准的命令

而停刊。1942 年 7 月間，梁若塵、吳華胥、鄔維梓、林鈴等再與鍾健合作，創辦《明星報》約一個月，又接到通知《明星報》過去已停刊超過一個月，登記證失效應立即停刊。梁若塵等給予一定的物質利益，獲得《陣中日報》記者潘中時轉讓的早已領到、缺乏資金人力未予出版的《晨報》的登記證。1943 年 6 月 1 日，韶關《晨報》創刊，4 開。社長梁若塵，經理趙元浩，營業主任劉錦漢、陳展謨。以刊載韶關和粵北新聞為主，運用綜合新聞、時事分析、縱橫談等報導國內外大事和形勢變化，使用三分之一的版面，刊載當天市面商品價格和近 300 種較為主要商品的行情表。副刊比較注重知識性、趣味性，力求短小精悍，有諷刺幽默感。1945 年 1 月 21 日，日軍進逼韶關，《晨報》停刊。

　　1945 年 5 月中旬，《北江日報》創刊於粵北山區陽山縣。當地知名人士劉平主持。總編輯梁大任當，莫輝宗當編輯主任，編輯、經理兩部及印刷工人，全部是原韶關《晨報》員工。6 月 16 日由 8 開擴大為 4 開。第一版為國內外電訊、社論和評論，第二版是地方新聞和副刊《北江潮》。在本省的英德和清遠等地派駐記者，採訪北江、西江和省內新聞及推銷報紙。行銷陽山、清遠、英德、連縣、廣寧、乳源等粵北山區和粵西部分地區，通過商人攜帶至敵佔區。因員工要南下出版《廣州晨報》，9 月 30 日發表《告別親愛的讀者》停刊。

五、桂林地區的民營報業

（一）桂林地區民營報業簡述

　　抗戰時期的桂林報刊，數量由戰前的幾家激增為數十家，有在桂林新創的報刊，有從外地遷入桂林的報刊。

　　有《廣西日報》《掃蕩報》桂林版《救亡日報》《戲劇日報》《大公報》桂林版《力報》《新聞簡報》《新聞類編》《國際新聞週報》《自由報晚刊》《桂林晚報》《大公晚報》《廣西晚報》《旦華》《辛報》《工商新聞》《青年日報》《國防週報》《正誼》《民眾報》《小春秋》《劇聲報》等約 20 種報紙。有《國民公論》《自由中國》《野草》《抗戰文藝》《中學生》《文化雜誌》《建設研究》《半月文萃》《創作月刊》《工作與學習》《漫畫與木刻》《救亡木刻》《木藝》《音樂與美術》《藝術新聞》《詩創作》等近 40 種刊物。還有國際新聞社、中央社桂林分社、中國工商新聞社、西南新聞社、戰時新聞社、廣西攝影通訊社等 6 家通訊社。

　　1940 年 7 月創刊的 32 開本雜文月刊《野草》，使用又黃又粗的瀏陽紙印刷，由夏衍、宋雲彬、聶紺弩、孟超、秦似編輯。他們學習魯迅的《準風月談》《花邊文學》，採取外錶帶點「軟性」，文章內容要有幾根骨頭的方針。創刊號首頁刊載漫畫《前方馬瘦，後方豬肥》，抨擊不顧國家存亡，大發國難財而驕奢淫逸的現象。編者在發刊詞中稱：「弄一點筆墨，比起正在用血去堵塞侵略者的槍口，用生命去爭取民族的自由的人們來，正如倍‧柯根所說，是『以花邊比喻槍炮了』。然而，《英倫的霧》以至《美國人的狗》一類東西正在大量印行，這事實教育了我們，即使同是花邊，也還有硬軟好壞的分別，有的只準備給太太們做裙帶，有的卻可以給戰旗做鑲嵌。」[1]1941 年春，桂林生活書店突然遭到封閉，人們敢怒無言。發表聶紺弩撰寫的《韓康的藥店》，把漢朝的韓康和《金瓶梅》裏的西門慶捏在一起，譏諷當局倒行逆施，寫得既生動有趣，又令新聞檢查官無可如何，啼笑皆非，轟動一時。1941 年太平洋戰爭爆發前，科學書店把《野草》紙型寄到香港，出版香港版。1942 年秋，《野草》被當局勒令停刊。

　　1944 年 9 月失守之前，桂林的報刊、通訊社停刊與撤離。

（二）桂林《大公報》的抗戰

1、艱難籌備創業出版

　　1940 年末，總經理胡政之判斷日軍有南進的可能，香港將有不保之危。為了給香港《大公報》留一退路，《大公報》決定創辦桂林《大公報》。1939 年初成立的辦事處幾乎變成了桂林《大公報》籌備處。胡政之在桂林東郊簸箕岩附近的曠野無名小山，租下荒地 37 畝修建報館。[2]籌建人員將一個只有兩三尺深的叫化子洞深挖成很理想的山洞，命名星子岩。在洞內最高的角落修建了三層樓房存儲器材。印刷機安裝在洞內，排字房建在洞口，敵機轟炸時仍能照常工作。在防空洞附近，修建了幾十間臨時性的戰時建築，用作編輯、經理各部門辦公和職工宿舍及「胡公館」。香港《大公報》人員撤至桂林，又擴建了幾幢職工宿舍[3]，自建房屋累計達一百幾十間。將尚餘 20 多畝空地闢為農場，廣種蔬菜豆類。建設規模為抗戰時期大公報社各地館舍之首。

1　秦似：《回憶〈野草〉》，《新文學史料》，1979 年版。

2　鄭連根：《〈大公報〉在抗日戰爭中的遷移》，《炎黃春秋》，2005 年版。

3　王文彬：《桂林大公報記事》，《新聞研究資料》，1981 年版。

　　《大公報》在桂林創業，缺電、缺紙、缺糧。請工程師設計安裝以木炭作燃料的發電機，初步解決了機器設備的動力和照明。桂林市區擴大後接通電路，才根本解決電力問題。職工吃的米和印報用紙的供應大成問題。廣西米價貴於湖南，桂林米質遠不如洞庭湖的米好。桂林各報聯合會多次商討，推代表赴大火燒過、市場交易仍然活躍的長沙買運大量的米，價格比桂林的米還便宜，再分到各報館分售給全體職工。桂林印刷紙張供應不足，質低價高，時有時無。多次派人赴湖南邵陽等地大量買紙。邵陽土紙質高價不貴，印報最清楚，運回桂林，和桂林的紙價差不多。

　　1941 年 3 月 15 日，桂林《大公報》創刊。對開一張。發行人、副經理王文彬。編輯主任蔣蔭恩。《大公報》在香港、桂林同時出版，胡政之在港桂之間往來，統籌兼顧。在創刊前後兩次公開招考職員。1942 年春，來自香港的金誠夫、徐鑄成分任桂林《大公報》經理和總編輯。同年，大批香港《大公報》員工到來，開支陡然增加。2 月 7 日發表聲明，拒絕接受國民黨信貸，依然渡過難關。出版不數月，銷量躍居桂林各報及桂粵湘贛黔等省之首，1943 年銷行 3.5 萬餘份。出版第一年，收支勉強相抵。1943 年下半年至 1944 年 9 月撤退停刊，無不月有盈餘。[1]

　　1942 年 4 月 1 日，桂林大公報館創刊《大公晚報》，本報人員編輯。對開半張。第一版是新聞，第二版是副刊《小公園》。

2、辦報主旨社評基調

　　胡政之撰寫桂林《大公報》的創刊社評《敬告讀者》，自稱本報雖為營業性質不孜孜於「求利」，同人雖以新聞為業決不僅僅於「謀生」，對於不合時宜的黨派鬥爭更加不感興趣。[2]

　　桂林《大公報》專電多，許多重要新聞比其他報紙登的要早。報紙敢言，批評較為犀利。初創時，每週自撰社評一二篇，其餘社評主要依靠重慶、香港《大公報》寄來的社評小樣、航運來的報紙社評，略加修改刊用。特別重要的社評使用專電傳來。「國內問題社評，多採用重慶大公報社評；國際問題社評，多採用香港大公報社評。」[3]香港《大公報》停刊，桂林《大公報》編

1　曹谷冰、金誠夫：《抗戰時期的大公報》，周雨：《大公報人憶舊》，中國文史出版社，1991 年版，第 17 頁。

2　王文彬：《桂林大公報記事》，《新聞研究資料》，1981 年版。

3　王文彬：《桂林大公報記事》，《新聞研究資料》，1981 年版。

輯部人力增強，社評主要由總編輯徐鑄成執筆，較少刊用重慶《大公社》社評。

創刊不久，胡政之出於在廣西辦報要和本地當局搞好關係，要熟悉情況的王文彬撰寫並經他修改，發表了一篇吹捧廣西當局的社評。[1]1941年7月23日，桂林《大公報》發表社評《懇勸第十八集團軍》，籲請在國家與國際利益趨於一致的世局激變的今天，再不應有以門戶之見殘害國家生命的行為。1942年3月14日，依據蔣介石在國防精神總動員三週年廣播講話中提出的發揚民族精神和發展國防科學，發表社評《發展國防科學》。1943年7月6日，發表社評《蔣夫人返國與中美關係》，聲稱蔣（介石）夫人既代表蔣委員長也代表中國人民訪美，友邦朝野如此敬重，「無異敬重我國領袖，亦無異敬重我國人民。所以蔣夫人此行的成就，亦可視為我國人民外交一大成就」。[2]

3、為桂林文新城添彩

桂林《大公報》報導本市新聞，特別重視桂林文化界、教育界、出版界的新聞，關於戲劇的報導較為出色[3]。開設的專欄、特刊，凝聚了以文抗戰的大批文人名流，歐陽予倩、焦菊隱等與之聯繫密切，千家駒、張錫昌、夏衍為之撰寫社評，千家駒的長篇《回憶香港》在桂林《大公報》連載。

桂林《大公報》創刊第二天在第四版刊出每週一、三、五出版的副刊《文藝》，吸引了眾多抗戰文化人的目光。不瞎捧老作家，不埋沒新作者，連載女作者青子的《新時代》，發表西南聯大學生劉北汜的小說與詩歌，連載歐陽予倩的五幕話劇《忠王李秀成》和熊佛西的小說《鐵苗》。1942年春，香港《大公報》副刊《文藝》編輯楊剛抵桂，接編桂林《大公報》副刊《文藝》，設「文藝評論」、「小說」、「詩歌」、「散文」、「中外名作家生活片斷、書簡及語錄」、「中外文藝界近況之綜合及分析的報告」等欄目，很少刊載雜文，老舍、田漢、茅盾、施蟄存、熊佛西、侯外廬等老作家和周為、曾敏之等青年作家，為副刊《文藝》積極撰稿。桂林《大公晚報》副刊《小公園》，每天刊載桂林《大公報》總編輯徐鑄成、夜班編輯郭根等撰寫的雜文，成為作家、作者發揮雜文身手的園地，並「使得桂林大公晚報比桂林大公報更有一種初生之犢

---

1 王文彬：《桂林大公報記事》，《新聞研究資料》，1981年版。
2 王文彬：《桂林大公報記事》，《新聞研究資料》，1981年版。
3 李清芳：《發行工作40年》，周雨：《大公報人憶舊》，中國文史出版社，1991年版，第47頁。

的戰鬥風格，形成了一種頗受稱道的特色。」顯得比重慶《大公報》開明的桂林《大公報》，在進步的知識分子中享有更高的聲譽。[1]

1943 年 5 月 12 日，桂林《大公報》發表社評《大家拿出良心來》，呼籲桂林各報參加良心獻金義賣報紙活動。5 月 29 日，桂林各報聯合發力，舉辦義賣獻金活動，義賣報價一律國幣 2 元，概不多取，共獲得 11 萬多元義賣金，獻於艱難中堅持抗戰的國家。

4、不忍撤離悲痛責問

1944 年 5 月 28 日，湘北爆發戰事。6 月中旬，長沙失守，震動桂林。廣西當局在日軍還在湖南尚未侵入之時，人為地製造極度混亂，荒謬的要在幾天之內，強迫戰時繁榮起來的桂林全市人口疏散，火車站附近人山人海，各種交通工具擁擠到半停頓狀態，遭到日軍飛機轟炸損傷慘重。9 月，一度興旺的戰時文化城幾成空城

桂林大公報館先於 6 月中旬，將大小 5 臺機器、10 副銅模及紙張用具啓運重慶大公報館。後於 6 月 27 日，停刊《大公晚報》，將桂林《大公報》縮小 4 開出版，給資遣散 155 人（職員 22 人，工人 133 人）。9 月 12 日，桂林《大公報》被迫停刊。王文彬和幾十名工人最後撤離，心情非常難過地放棄了 3 臺印刷機、自建的全部房屋、所有的辦公用品和大量的書籍資料。桂林《大公報》在停刊《敬告讀者》中指出：「我們抗戰七年餘，當此世界大局一片光明之際，我們還抵抗不住敵寇的進攻，甚至如桂柳那樣重要的後方，還不得不疏散，不得不作焦土的準備；這樣的局面，決非一朝一夕所致，而政治的原因，更多於軍事。」[2]

第三節　抗日戰爭戰略反攻階段的民營報業

一、四川地區的民營報業

（一）重慶地區民營報業簡述

從 1938 年初開始，原在淪陷地區出版的一些報紙陸續遷渝。重慶報業大致由國共兩黨黨報、內遷報紙和本地報紙三個部分組成。分屬國共兩黨的報

1　羅承勳：《大公報的晚報》，周雨：《大公報人憶舊》，中國文史出版社，1991 年版，第 153 頁。
2　王文彬：《桂林大公報記事》，《新聞研究資料》，1981 年版。

紙有《中央日報》《新華日報》等；外地遷入的報紙有《新民報》《大公報》《益世報》《世界日報》等，及《全民抗戰》《反攻》《戰時日本》等刊物；本地戰前出版的報紙有《商務日報》《新蜀報》《國民公報》《西南日報》《濟川公報》《四川日報》等，本地抗戰爆發後新創的報紙有《西南日報》《重慶快報》《營中日報》《金融導報》《軍中導報》等。另新創《國是公論》《國魂》《民間週報》等刊物。據統計，抗戰期間重慶有 70 多家報紙，900 多種刊物。[1]

重慶報業因外地報刊遷入和新創報刊增添活力，民營報紙之間競爭加劇，政黨報紙之間客觀上也存在著競爭。各報為了爭奪報業市場份額，往往身不由己地提前報紙出版時間。一些報紙改變以前上午 10 時送報的慣例，提前至早晨 6 時上街叫賣、投送訂戶。

1939 年 5 月初，重慶遭到日軍的集中大轟炸，市中區半成焦土。市區居民紛紛遷往南岸、海棠溪、小龍坎、化龍橋、北碚等地。城中的絕大多數報館也遷離市區。化龍橋離城不遠，靠山臨水，交通較為便利，成為重慶主要報紙的聚集地。《新蜀報》在化龍橋頭，《新華日報》編輯部坐落在化龍橋西南虎頭岩下的山谷裏，《中央日報》《國民公報》位居龍隱路兩旁，《大公報》《時事新報》和《掃蕩報》在化龍橋附近的李子壩。[2]

（二）成都地區民營報業簡述

成都報業在抗戰時期的發展，主要集中於 1937 年至 1940 年。抗戰時期成都出版的約 50 種報紙，約占半數的新創報紙大多在此階段出版。1940 年發生「搶米事件」，1941 年發生「皖南事變」。1942 年，四川當局以重慶、成都報社通訊社為數已多，訓令各地暫緩辦理新設報社通訊社。

成都戰前出版的報紙有《成都快報》《大同日報》《新新新聞》《轟報》《華西日報》《復興日報》《新聞夜報》《大聲週報》《成都新民報》等。抗戰期間新創的報紙有《國難三日刊》《星芒報》《捷報》《民生報》《興中日報》《時事新刊》《前鋒日報》《黨軍日報》《飛報》《成都中央日報》《南京早報晚刊》《華西晚報》《新民報晚刊》《成都晚報》《新世週報》等。外地遷入成都出版的報紙有《新中國日報》《南京晚報》《四川日報》等。

1　《抗戰期間重慶有 70 多家報紙 900 多種刊物》，http://chongqing.163.com/15/0805/10/B08EROO502330O41.html。

2　馮克熙：《圍繞在化龍橋周圍——漫憶抗戰時期重慶的新聞工作》，《新聞研究資料》，第 20 輯，1983 年版。

二、《新民報》入蜀逆勢發展

（一）在轟炸中鍛造精鋼堡壘

1、南京《新民報》復刊重慶

南京《新民報》1929 年 9 月 9 日創刊，1937 年 11 月 27 日出版第 2916 號停刊。經過疏散，餘下的 40 多人與機器、設備、紙張，搭乘川軍將領劉湘因病轉往後方休息的協慶輪西上，撤離金陵，遷往重慶。以報社輪轉印刷機、捲筒紙作抵押，向重慶銀行貸款 3000 元，啟動復刊工作。

1938 年 1 月 15 日，重慶《新民報》創刊。發刊詞稱：「目前任何工作莫急於救亡圖存，任何意見莫先於一致對外，凡無背於此原則者，皆應相諒相助，協力共赴。本報以南京舊姿態，出重慶之地方版，相信抗戰既無前方後方之分，救亡安有中央地方之別。戰局雖促，但我們必須堅定最後勝利之信念。社會間雖不免間有磨擦，但吾人則認定民族統一戰線實高過一切。其原則，在能以抗日反帝反封建反漢奸為出發點，而以民主化集中一切革命力量，方能消除內部之矛盾，堅強抗戰之實力，本報今後立言主旨，即本乎是。」[1]

2、遭炸受損鬥志仍然昂揚

1939 年 5 月後，編輯部和印刷廠遷至兩路口附近的大田灣。在日軍飛機逞兇的時日，不時落彈如雨。報社同人戲稱此地為「炸彈灣」。記者、編輯蹲在防空洞裏寫稿、編稿，工人們不顧危險堅持撿字、排版、印報，以堅韌頑強的抗爭回答敵寇的獸行。

重慶《新民報》遭到轟炸一再受損。1940 年 8 月 18 日，排字房被炸毀，設備大部受損，報紙停刊 1 天，縮減篇幅出版 7 天。11 月 5 日，蓮花池後街宿舍被炸，房屋、傢具、衣物毀壞。1941 年 6 月 7 日，七星崗總社 4 層樓房被日軍飛機投擲的燃燒彈焚毀，樓下防空洞內存放的重要文件，發行、廣告、會計 3 個部門的帳冊、單據和部分私人衣物化為灰燼。6 月 30 日，編輯部辦公處被炸，大部分存稿損失，緊鄰的印刷廠機器間和排字房被震毀。8 月，技術精良的排字工人王金才、編輯謝雲鵬、挑水夫和手搖機器印報的主力之一楊清白，被炸殉職。

---

1 陳銘德、鄧季惺等：《〈新民報〉春秋》，重慶出版社，1987 年版，第 21 頁。

《新民報》發表社評《爲本報總社被毀告國人》，以無畏地英雄氣概宣告：「我們將自今日起日益奮發，益加咬緊牙關苦鬥，不但要徐圖復興，還要迅求進步，不使敵人快意，不使愛我者沮喪。我們自信有此鋼鐵的信念，我們必將在戰火鍛鍊之中，必將在此塊奇絢爛的民族解放千秋大業中，成爲屹立的小小精鋼堡壘之一。」[1]

（二）政治高壓之下偏左搖擺

1、政治傾向在皖南事變上搖擺

重慶《新民報》就皖南事變前後變調。1月14日社評《要加緊團結》，籲請「相忍爲國」，發揚儒家「恕」道，約束自己，「萬不可以自己拆自己的臺，遭民族國家以無窮之大患！」[2] 1月18日，製作「抗命叛變」的標題，刊載中央社昨日發布的皖南事變消息。1月21日，在當局強制下發表社評《軍事上不許民主》，避開國共關係和皖南事變，泛論民主是件好事情。1月30日社評《讀委員長訓示以後》稱「新四軍因爲違法亂紀而被解散」，「領袖的演說，很懇切，也很沉痛，我們相信國人讀之無不感動。」「新四軍事件之發生，無論對哪一方面說，都是很不幸的事，所以最高領袖乃作此沉痛之論。我們相信，自今往後，大家必會更爲尊重國家之法令，必會更加體察領袖的德意，一切揣測之論和同樣不幸事件即不致再度限生了。」[3]

2、中間偏左遇礁即避編輯方針

1944年上半年，《新民報》總經理、經理與羅承烈、張恨水、趙超構、張友鸞等報社主要骨幹商討，根據多年辦報經驗，商定並歸納了明確的言論編輯方針。信條是「生存至上，事業第一」，以「中間偏左，遇礁即避」調節發展與生存的矛盾，企求左右逢源。他們認爲：「居國共兩黨之中，而偏向共產黨；遇到國民黨的高壓時，又要暫時退避。所謂『超黨派』、『超政治』、『純國民』的口號，也同時在報社內外叫開。」[4]

3、趙超構曲筆撰寫《延安一月》

1944年，經中外記者長期呼籲與手取，國民黨中宣部組織中外記者團參觀包括延安在內的西北地區。重慶《新民報》最初報名以揭露報導著稱的浦

---

1 陳銘德、鄧季惺等：《〈新民報〉春秋》，重慶出版社，1987年版，第123頁。
2 陳銘德、鄧季惺等：《〈新民報〉春秋》，重慶出版社，1987年版，第34頁。
3 陳銘德、鄧季惺等：《〈新民報〉春秋》，重慶出版社，1987年版，第37頁。
4 陳銘德、鄧季惺等：《〈新民報〉春秋》，重慶出版社，1987年版，第37頁。

熙修參加被駁回，擅長寫小說的張恨水出發前因家人暴病退出，趙超構獲准臨時頂替。讓當局沒想到的是，重聽又說一口難懂的浙江溫州話的趙超構，在同行的中國記者中放了一個震動讀者的「大炮仗」。

1944 年初夏，趙超構隨中外記者西北參觀團往返兩個多月，採寫的 47 篇通訊中，報導延安的有《毛澤東先生訪問記》《標準化的生活》《共產黨員》《秧歌大會》《作家的生活》《延安文人群像》《陝北的巫神》《民主方式的黨治》《執行黨策的軍隊》《關於新民主主義》等 39 篇。7 月 30 日起在報紙逐一刊出，應急不可耐的讀者要求，從 9 月 27 日起，調整版面，騰出位置，由每天刊出幾百字增至 2000 多字，10 月 18 日刊載完畢。成都《新民報》8 月 30 日起進行連載。報社結集出版的《延安一月》，1944 年 11 月至 1945 年 3 月，3 次出版，銷行數萬冊。

趙超構以記者的眼光細察延安，感慨良多。《延安一月》，介紹批評兼而有之，有對於毛澤東號召的魅力似如神符的震撼，也有對於延安人思想標準化的驚詫，再有對於延安新女性不像女人的感歎，還有以「舊民主」看待延安「新民主」的缺憾，較系統地客觀報導毛澤東和中共其他領導人的言行，陝甘寧邊區的軍事、政治、財政、經濟、文教、衛生設施，群眾工作，幹部、土地、教育、文藝等政策，著重報導延安的文化人和豐富多彩的文化活動，繪聲繪色的描述對丁玲、陳波兒、王實味等人的採訪，澄清了「丁玲、陳波兒被延安整風整死了」的重慶謠傳。長篇通訊在發表時，部分章節被檢扣，爲遭到重重封鎖的延安打開了通向外界的窗口，受到了讀者的廣泛歡迎。總經理陳銘德認爲：「《延安一月》的發表就是『中間偏左』這一方針的具體表現。」[1]

（三）依靠社會新聞副刊取勝

重慶《新民報》以社會新聞和綜合性、知識性、趣味性的副刊稱勝。

1、關注民生注重社會新聞

著重報導社會新聞，對於重慶《新民報》來說有點事出無奈。在嚴密的新聞出版檢查管制之下，抗戰前期第一版的軍事政治類要聞，差不多都是中央社播發的國民黨軍戰訊，八路軍、新四軍的消息極少。1939 年起，國民黨軍戰訊也發不出來了。太平洋戰爭爆發後，轉而大量刊載中央社轉

---

1 陳銘德、鄧季惺等：《〈新民報〉春秋》，重慶出版社，1987 年版，第 37 頁。

發的美、英、法等國通訊社消息。《新民報》只得退一步，著重在社會新聞上下工夫。

重慶《新民報》的社會新聞，範圍廣泛，內容龐雜，高官巨賈生活奢靡，公教人員無以為炊，貧民百姓典妻鬻子，鴉片煙館被包庇，黃包車夫受欺負，物價騰飛，市政敗壞，盜竊劫掠，殺人自殺，失業求業，捲逃離異，房屋糾紛，火災水患，惡鼠咬人，懸賞滅蠅，義賣獻金，輪渡開航，櫻桃上市，凡與社會民眾休戚相關、引起眾人興趣之事，都在採訪報導之列。常用曲筆採寫社會新聞，米價高昂，卻說重慶耗米量下降，平民多用雜糧；萬人健康比賽，91 人合格，黨國要人陳立夫在頒獎會上致詞，以收正話反說之效。

關注民眾生活和揭露社會黑暗，是《新民報》社會新聞的報導重點。張友鸞寫了一條《曲線新聞》，記述孔二小姐被盯梢的小鏡頭，惹惱行政院長孔祥熙，陳銘德請與孔家有關的人陪同登門賠罪了結此事。1943 年，一位黃包車夫妻子一胎三女，成都《新民報》晚刊譽為「人瑞」，追蹤報導籲請政府予以救濟，募捐讀者救濟，市政府應允的一點救濟金遲不發出，兩個女嬰夭折。市區野貓咬傷夏夜露宿居民，甚至咬死孩童，刊發的消息《金錢豹大鬧成都》，被成都市長余懷中以「擾亂後方」為名，借題發揮，要封報紙，最終社會新聞版主編張友鸞被驅逐出境。

2、運用副刊替代社評職能

《新民報》重視副刊，除了吸引讀者這一各報通行的舉措，另一用意是在一定程度上替代社評或減輕份量的社評。很多人看重頭版或要聞版上的社評，對於「報屁股」的副刊則低看一眼。1938 年初，《新民報》召集副刊作者座談，羅承烈說：「有些社評上不好講的話，在副刊上就好講了，歡迎各位朋友多多寫稿。」[1] 報社同人認為，如果社評觸犯當局，就有可能被查封報館，傾家蕩產，副刊文字觸犯了當局，即使被迫停刊，還可以「改名換姓」地再來。

盧溝橋事變一個月，尚在南京的《新民報》8 月 8 日將《新民副刊》更名《戰號》，編者稱：不能立刻走上前線衝鋒殺敵，起碼應做一個號兵。1943 年創辦成都《新民報晚刊》，張慧劍主編副刊，借用三國西蜀丞相諸葛亮北伐時上後主的「出師表」為名。1939 年 8 月 15 日，《新民報》從重慶各報聯合版恢復單獨出版的第三天，主編張恨水在《最後關頭》副刊刊出《理學能救國

---

1 陳銘德、鄧季惺等：《〈新民報〉春秋》，重慶出版社，1987 年版，第 37 頁。

乎》，嘲諷蔣介石、孔祥熙、陳立夫等撥款在四川嘉定（今樂山）設立復性書院，大興理學，文稱：「宋元明理學一時，誰也不見王道復興。明亡，讀書人覺得這種空虛哲學，無補實際，早已加以非議。時至今日，我們還憧憬著那白鹿遺風，真讓人莫測高深。」所載俯拾的《游擊隊短歌》是短小精悍的文字範例。「某戰區游擊隊，有一游擊短歌，頗饒深意。其詞曰：鬼子來了，不讓他看清；鬼子去了，打他的背心。」近 40 個字不輸千言之文。

《新民報》大型副刊《西方夜談》，1941 年 11 月 1 日面世，橫跨第二、三版上半部，佔據整張報紙篇幅四分之一以上。無所不談中外古今與天上地下，兼收並蓄陽春白雪與下里巴人，與兄弟副刊共同的中心是堅持抗戰到底，抨擊社會弊端；謳歌抗敵軍民，鞭撻漢奸國賊；關懷民眾疾苦，為民分憂抒憤。由「以品種繁多、營養可口的精神糧食供應食客的廚師」自詡的張慧劍主編，他以素有的樂觀精神和愛國情操，撰寫發刊詞《書扉》，對處於抗戰艱難時期的讀者說：「不斷奮鬥，絕對樂觀；這應該是我們處理當前生活的基本態度。一切向光明，執現實，赴真理的要求，都可以在不斷的樂觀奮鬥中得到實現。」[1]針對現實為民立言。重慶豬肉價格高漲、甚至市面無肉，連出 3 次《豬》專輯，抒發載道怨聲；街頭巷尾常現棄嬰，推出《棄嬰》專輯，展示窮人無力養育子女慘狀，呼籲政府幫助窮苦父母養育子女，列舉富家孩子錦衣玉食的賬單，揭露社會不公。

報紙及副刊連載長篇小說，是吸引讀者的重要手段。張恨水在北平、上海、南京，屢試不爽，被迫入川，不改初衷。重慶《新民報》副刊 1939 年 12 月 1 日至 1941 年 4 月 25 日連載、重慶新民報社 1942 年 3 月出版的長篇小說《八十一夢》，是張恨水在抗戰時期創作數十部抗日小說中諷刺之尖銳、反映之強烈的力作。

抗戰時期，《新民報》副刊所載雜文、小品、小說、詩詞、漫畫等副刊文字，不那麼俯仰由人，有棱有角，時有鋒芒。被當局視為「挖牆腳」，頗有不滿情狀，時有斥言責語。

（四）出版日報晚報異地裂變

1、重慶《新民報》日晚雙報

鑒於當局企圖消滅異己，陳銘德、鄧季惺與編輯部負責人羅承烈、趙超

1　陳銘德、鄧季惺等：《〈新民報〉春秋》，重慶出版社，1987 年版，第 161 頁。

構、張恨水、張友鸞、張慧劍、浦熙修等商定，改變經營方針，發展晚報。[1]1941年 11 月 1 日，《新民報》晚刊在渝創刊，發刊詞稱：「在此國際國內情勢瞬息萬變之時，各方需要情報，更爲迫切，早報消息雖多，但轉眼便成往史，且目前陪都並無任何晚報之發行，本報今以晚刊補此缺撼，自爲事實上所必要。」[2]晚刊新出，官方新聞檢扣頻頻，版面「天窗如林」，不脛而走。銷量由創刊日的 1.5 萬多份，增至最高達四五萬份，發行量數倍於日報，形成了與日報的互動，成爲支柱，並影響到《新民報》的發展戰略以晚報爲重點。

2、成都《新民報》晚日雙報

《新民報晚刊》1943 年 6 月 18 日創刊於成都，由經理鄧季惺率人前往創辦。成都《新民報》1945 年 1 月 2 日創刊。

「成、渝兩地日、晚刊四報，每日銷售最多時達到十萬份以上」，成爲抗戰時期大後方發行最多的報紙。[3]《新民報》入蜀，由一變二，由二變四，渝蓉兩地四報並舉，日報晚刊錯時出版，自覺不自覺地嘗試著報業的多報發展模式，爲戰後的大發展奠定基礎。

三、重慶《大公報》的抗戰

（一）銷量遽增調整機構

1、創業山城銷量顯著增長

1938 年 12 月 1 日，重慶《大公報》創刊。日出對開 1 張。張季鸞主持，經理曹谷冰，總編輯王芸生。籌備工作耗時三月完成。社址在重慶鬧市區下新豐街 19 號。營業部設中山一路 96 號。使用土紙平版機印刷，使用嘉樂紙、白報紙印刷少量報紙。

1939 年 5 月，遭到日軍飛機轟炸，張季鸞病重，王芸生接替主持筆政，胡政之從香港返渝，掌管行政事務。選址於上接浮圖關下臨嘉陵江的李子壩建設新村，投入大量人力財力，建設新館。胡政之命人在離報社不遠的半山腰開鑿兩個防空洞，一個安放印刷機器，一個供員工防空。

重慶《大公報》尤其重視中國空軍、滑翔事業，1939 年、1941 年先後購買 2 架滑翔機，分別贈予中國航空委員會和廣西桂林滑翔分會。1941 年夏天，

---

1 張林嵐：《鷦廬女主人——憶新民報老經理鄧季惺先生》，《新聞記者》，1995 年版。
2 陳銘德、鄧季惺等：《〈新民報〉春秋》，重慶出版社，1987 年版，第 166 頁。
3 趙純繼：《成都〈新民報〉記略》，《新聞研究資料》，1982 年版。

重慶遭到日軍不分晝夜的「疲勞轟炸」，民眾感到鬱悶惶然。重病在身的張季鸞出題，王芸生執筆，1941 年 8 月 19 日重慶《大公報》發表社評《我們在割稻子》，語調平和地說道：在「敵機連連來襲之際，我們的農人，在萬里田疇間，割下了黃金之稻!」「讓無聊的敵機在肆擾吧，我們還是在割稻子，因爲這是我們的第一等大事，食足了兵也足，有了糧食就能戰鬥，就能戰鬥到敵寇徹底失敗的那一天！」不落俗套地通過形象論述，用腳踏大地的中國農民「割下黃金之稻」以爲戰，激勵民眾抵禦敵寇機群日夜襲擾的抗戰鬥志。重慶《大公報》初銷約 3 萬份，本市外地各半。1941 年 10 月 1 日發行 3.5724 萬份，1942 年元旦發行 4.7360 萬份，5 月 31 日發行量突破 5 萬份，1943 年 4 月 4 日突破 6 萬份。報紙銷量穩步上升，凸顯紙張供應的困難。市面紙張短缺，竹製土紙成爲奇貨。重慶大公報社派戴有齡長駐嘉陵江上游產紙地區採購，押船運到重慶，保證印報用紙。1944 年 9 月創辦晚報後，僅在重慶一地出版的《大公報》進入鼎盛之時，《大公報》發行量最多時達 9.15 萬餘份，《大公晚報》發行量最多時達 3.2 萬餘份，「創重慶報業史空前之紀錄」。[1]

2、調整領導體製成立總館

1941 年 9 月 6 日，張季鸞病逝。胡政之返渝路過貴陽，與吳鼎昌商定新的報社領導體制。9 月 15 日，《大公報》在重慶成立董監事聯合辦事處，集體領導渝、港、桂三館，由聯合辦事處主任胡政之總其成[2]；《大公報》正式成立社評委員會，委員有：重慶版的胡政之、王芸生、曹谷冰、李純青、孔昭愷、趙恩源；社外參加社評撰寫的谷春帆（財經問題），王芃生、龔德柏、張廷錚（日本問題）；香港版的金誠夫、徐鑄成；桂林版的蔣蔭恩、王文彬。1943 年 9 月 6 日，胡政之在張季鸞逝世兩週年紀念會，宣布《大公報同人公約》共五條，第一條「本社以不私不盲爲社訓」，將 1926 年 9 月 1 日天津《大公報》復刊第一篇社評宣布的「四不」中的「不黨不賣」剔除。[3]1945 年 6 月 26 日，大公報社新記股份公司撤銷董監事聯合辦事處，成立大公報社總管理處。

1　曹谷冰、金誠夫《抗戰時期的大公報》，周雨：《大公報人憶舊》，中國文史出版社，1991 年版，第 14 頁。

2　王芸生、曹谷冰：《抗戰時期的大公報》，周雨：《大公報人憶舊》，中國文史出版社，1991 年版，第 7 頁。

3　張篷舟：《大公報大事記（1902～1966)》，《新聞研究資料》，1981 年版。

3、積蓄力量著眼戰後發展

1944 年秋，《大公報》渝、港、桂三館人員被迫彙集重慶一地，李子壩的辦公室、宿舍人滿為患，都以重慶版過去五六年裏蒸蒸日上的營業盈餘為挹注。胡政之看到反法西斯戰爭的勝利初見端倪，著眼戰後的發展而不再遣散或裁減人員。先於 6 月 1 日創刊只載新聞不登廣告的《大公報》「國外版」，航運國外發行，後於 9 月增出《大公報（雙周）》，航空郵寄美國紐約發行。[1]將夜班編輯分為兩組按周輪流上班與休息，9 月 1 日創刊半張 2 版的《大公晚報》，每週舉辦時事座談會。1945 年初，胡政之面交蔣介石一信，要求用 400 萬元法幣准售官價外匯 20 萬美元，購買新印報機，作為戰後復員之用，獲得批准。6 月 26 日，聯合國創立會議閉幕。胡政之作為中國代表團代表在美期間，定購美國產輪轉印報機 3 臺，需付美元 20.1 萬餘元，接受旅美華僑李國欽入股美金 5 萬元，並購置通信器材、捲筒紙、辦公用品等。[2]

1941 年 10 月 7 日，大公報社實行董監事聯合辦事處制定的《職員薪給規則》。報社職員薪酬分為月薪、特別費、年終酬勞、生活津貼、年資薪 5 類，每類分等級。月薪從 50 元至 1000 元，年資薪依月薪額，按服務 1～30 年，加發 6%～30%。[3]12 月，重慶大公報社向職工募股 1.5 萬元，開辦消費合作社。1943 年 5 月 20 日至 1944 年 8 月 20 日，大公報社出版 15 期 32 開本《大公園地》半月刊，記載報社情況、同人動態，偶刊新聞學術文章，發給職工，不供社外人閱讀。1944 年 1 月 2 日，重慶大公報社成立同人福利委員會，下設書記室和進修、俱樂、服務三部，消費合作社併入，同月 10 日開辦職員業餘進修班。

（二）辦報方針國家中心

1、以國家為中心堅定抗戰

全面抗戰開始之後，《大公報》迅速地調整言論方針，由隱忍的「明恥教戰」和不輕言戰，「一變而為百折不撓的主戰派」（胡政之），以國家為中心，堅持抗戰，反對投降，對世界戰爭中的國是發表見解，在擁護政府的同時而又有相對的獨立性，依然以「敢言」的姿態立於輿論的風口浪尖，疾言「修明政治」，呼籲「緊縮政策」，倡導「清明廉政」，怒罵、憤罵、痛罵連連。

1　張篷舟：《大公報大事記（1902～1966）》，《新聞研究資料》，1981 年版。
2　張篷舟：《大公報大事記（1902～1966）》，《新聞研究資料》，1981 年版。
3　張篷舟：《大公報大事記（1902～1966）》，《新聞研究資料》，1981 年版。

　　重慶《大公報》創刊社評《本報在渝出版》，重述漢口《大公報》停刊社評《本報移渝出版》的字正詞嚴，表示：我們這些人能夠貢獻國家的只是幾支筆與幾條命，「自誓絕對效忠國家，以文字並以其生命獻諸國家，聽國家為最有效率的使用。」[1]總編輯張季鸞撰發社評《抗戰與報人》，決別自由主義理想，努力宣傳抗戰建國，他說：「自從抗戰，證明了離開國家就不能存在……所以本來信仰自由主義的報業，到此時乃根本的變更了性質。就是抗戰以來的內地報紙，僅為著一種任務而存在，而努力；這就是為抗戰建國而宣傳。所以現在的報，已不應是具有自由主義色彩的私人言論機關，而都是嚴格受政府統制的公共宣傳機關。」[2]

　　《大公報》痛斥汪精衛之流叛國投敵是喪盡天良。1939 年 4 月 5 日的社評《汪精衛的大陰謀》指出：「汪氏的陰謀，既策動如此之久，且是有組織的行動，蛛絲馬蹟，布滿滬渝，豔電發表之後，中央只予除籍撤職的處分，並未發動國法，對於附和之人亦未查究，以致任令等逍遙法外，繼續進行大陰謀，寬大伏容。語云：『姑息養奸』，正汪事之謂。」[3]1940 年 3 月 30 日的社評《漢賊傀儡登場》，痛斥汪精衛以「國民政府」代主席兼行政院院長在南京成立傀儡政權：「今天南京的一幕劇，畢竟是我們抗戰史的醜事。南京是我們淪陷了的首都，敵人在那裡曾大舉屠殺我們的同胞……這深仇重恥，我們還未曾報雪，而汪賊群奸竟在同胞的血屍之上，敵人的刺刀之下，扮演傀儡醜劇，真是喪盡了天良！」[4]

2、維護軍令統一刊載異見

　　在全面抗戰期間，《大公報》對於共產黨，在統一軍令問題上與蔣介石、國民黨保持高度一致，卻又大度的刊載周恩來的辯解來信。

　　1940 年 12 月 24 日，重慶《大公報》發表社評《政治團結與軍事統一》，強調「軍隊只能有一個意志，一個命令，一個行動，在最高統帥的統一指揮下向同一目標進行，軍隊裏面講究服從命令，絕對服從命令」，「絕對服從國

1　王芝琛：《百年滄桑——王芸生與大公報》，中國工人出版社，2001 年版，第 155 頁。
2　社評：《抗戰與報人》，重慶《大公報》，1939 年 5 月 5 日，轉引丁三：《〈大公報〉的淚與血》，《時代教育（先鋒國家歷史）》，2007 年版，第 20 期。
3　王芝琛、劉自立：《1949 年以前的大公報》，山東畫報出版社，2002 年版，第 33～35 頁。
4　吳廷俊：《論〈大公報〉的「敢言」傳統》，《新聞大學》，2002 年版。

民革命軍最高統帥的命令」。[1]對於皖南事變，重慶《大公報》1941 年 1 月
21 日發表社評《關於新四軍事件》，聲稱「就軍紀軍令以言，統帥部的處置
是無可置疑的。」「國家的建軍原則必須是單一的。組織是一個，軍令是一
個，而意旨更必須是一個。」「就法律論，軍令系統絕對不容破壞，軍紀必
須整肅。」希望政府對於新四軍不要另眼看待，並「慎重處理，於整肅軍紀
之外，不可偶或羼入感情的成份。我們懇切希望葉挺氏個人能邀得寬大的處
分」。[2]3 月 10 日，重慶《大公報》發表社評《關於共產黨問題》，除了擁護
蔣介石所說「希望十八集團軍將領能徹底反省，要以國家民族為重，而打破
黨派觀念，服從軍令，嚴守紀律。」強調最要之點「就是『軍隊國家化』；
無論如何，國家的軍隊只有一個系統，而不容有兩個軍令。這一點是絕對不
容撼動的原則。」[3]

　　1941 年 5 月 21 日，日軍進犯中條山，《大公報》重慶版發表社評《為晉
南戰事作一種呼籲》。周恩來見報後連夜寫信，次日一早派人送到大公報館。
周恩來在信中駁斥敵寇謠言，表述八路軍的抗戰業績和中共團結抗戰的誠
意。5 月 23 日，《大公報》全文發表周恩來的來信，同時配發評論《讀周恩來
先生的信》，再次呼籲國共合作，團結抗戰。

　　3、為民請命遭受停刊處分

　　國統區抗戰時期的物價上騰始於 1939 年，後如老虎出押難以抑制。1940
年，通貨膨脹日益嚴重，物價隨之大幅上漲，「米珠薪桂」，貪官奸商大發國
難財，升斗小民苦不堪言。6 月 29 日，重慶《大公報》發表社評《天時人事
之雨》，督促當局關心民眾生活，主張效法曹操借用人頭的辦法，殺幾個囤積
居奇、操縱糧食買賣的奸商，抑制糧價，平息民怒。1942 年冬，記者張高峰
奉派採訪中原，撰寫了 7000 字長篇通訊《飢餓的河南》寄回，被改以《豫災
實錄》1943 年 2 月 1 日刊出，細述河南 3000 萬災民苦於水、旱、蟲、風、雹
等天災和徵兵、徵糧、徵稅等人禍。總編輯王芸生難抑悲憤，翌日發表社評
《看重慶，念中原》，對比河南災民無以裹腹與天堂重慶紙醉金迷，責問「河
南的災民賣田賣人甚至餓死，還照納國課，為什麼政府就不可以徵發豪商巨
富的資產並限制一般富有者『滿不在乎』的購買力？看重慶，念中原，實在

1　周雨：《大公報史》，江蘇古籍出版社，1993 年版，第 117 頁。
2　周雨：《大公報史》，江蘇古籍出版社，1993 年版，第 117～118 頁。
3　周雨：《大公報史》，江蘇古籍出版社，1993 年版，第 118 頁。

令人感慨萬千！」蔣介石爲此被激怒，國民政府軍委會當天送來了《大公報》停刊 3 天的處分。記者張高峰在河南被捕入獄。

1943 年春，中國抗戰仍低迷在最爲艱難的階段。基於耶穌濟世基於愛，馬克思革命社會基於恨，佛陀普渡基於悔，《大公報》連續發表《我們還需要加點勁！》（3 月 29 日）、《提高人的素質》（3 月 31 日）、《提供一個行爲準則》（4 月 7 日）3 篇社評，發起「愛、恨、悔」運動，激蕩沉悶萎靡的人心。社評指出：「我們既生爲人，就必須做一個活潑有力的人，做一個有光有熱有血有淚的人。怎樣激發人性而不使沉淪於獸境？我們認爲需要發揮愛恨悔三種精神元素，愛所當愛，恨所當恨，悔所當悔。……把人的素質提高了，將可衝破一切艱難坎坷，宏開無窮的國運！」[1]愛、恨、悔運動剛開始即被阻止。國民黨元老之一吳稚暉在中央紀念周上說：「《大公報》宣傳愛恨悔，有些形跡可疑。因爲孫總理（中山）的學說只講仁愛，從不講恨……《大公報》恐怕是替共產黨宣傳。」王芸生接到陳布雷的通知：「《大公報》不要再發表說愛恨悔的文章了。」[2]

1944 年 12 月 19 日，重慶《大公報》發表社評《爲國家求饒》，大罵貪官奸商。一些官員「既無主義，又無理想，做官只爲個人的利祿和妻妾子女的供奉。也談不到操守，只要有錢可撈，什麼壞事都敢做，他們做官的秘訣是『推』『騙』，歸納一個字，就是『混』。」「我們抗戰所以那麼艱苦，現在還難關重重，一大部分原因，就因爲有這一類官僚在那裡鬼混的緣故。」「國難商人們，這幾年財也發夠了。他們囤貨居奇，傷天害理，把物價抬得這麼高，把後方經濟攪得這麼亂，國家吃他們的苦，一般軍民同胞都吃夠了他們的苦，而他們窮奢極欲，揮金如土，只知一己的享樂，而把國家抗戰置諸腦後。」「非官非商亦官亦商的……混食蟲們」，「也許嘴里仁義道德，像個人樣，而實際的罪惡暗無天日。」[3]撈錢的貪官、「國難商人」的「混食蟲」們，「你們這些人，假如還有點良心，……先自懺悔。懺悔的第一步，就應克制無窮的貪欲」[4]，「放手吧！請你們饒了國家吧？」

1　社評：《提高人的素質》，重慶《大公報》，1943 年 3 月 31 日，轉引王芝琛：《百年滄桑——王芸生與大公報》，中國工人出版社，2001 年版，第 201～202 頁。
2　張頌甲：《我所瞭解的〈大公報〉》，《傳媒》，2002 年版。
3　王芝琛：《抗戰期間〈大公報〉主張「修明政治」、倡導「緊縮政策」、呼籲「清明廉政」》，《新文學史料》，2000 年版。
4　王芝琛：《百年滄桑——王芸生與大公報》，中國工人出版社，2001 年 9 月第 1 版，第 204 頁。

（三）戰局危急疾呼痛斥

1944 年 4 月，日軍發動豫湘桂戰役。日軍由河南至廣西長驅直入幾千里，國民黨軍再次大潰敗。9 月 10 日，日軍向桂林、柳州發起進攻。22 日，柳州失守。9 月 23 日，重慶《大公報》發表社評《在大艱難中作大努力》，指出：「今天的局面真是艱難了。七年多的大戰，打得人困馬乏。我們明明眼勝利在望，而擺在面前的卻是極爲艱難且帶著若干危險性的局面；敵人明明失敗不遠，它卻垂死掙扎，執拗死纏，咬住我們不放，這局面，真是尷尬，真是令人著急。」[1]

12 月 2 日，日軍侵佔貴州獨山，都匀吃緊，貴陽恐慌，重慶震動。12 月 4 日，重慶《大公報》發表王芸生撰寫的社評《最近的戰局觀》，針對日軍侵佔桂柳，穿入貴州，進逼獨山，國民政府準備遷往西昌，反對以時間換空間的戰法，籲請蔣介石到貴陽督戰，主張革新政治，大拂「人主」逆鱗。[2]社評指出：「我們在抗戰前期，盡可『以空間換時間』，但到了轉振關鍵，我們也應該有我們的斯大林格勒。……我們的斯大林格勒就應該在貴州南部。……希望統帥部進駐貴陽。如此，充分表示出我們的戰鬥精神是前進的，不是後退的，就可以振人心，作士氣。」[3]呼籲「凡國人皆曰可去的人儘量去之……容納黨外人參加國務及政策……」，「在民主統一團結抗戰的大原則上宣布黨派問題解決了」，「宣布與熱誠助我的盟邦更進一步合作」。

重慶《大公報》12 月 22 日發表社評《晁錯與馬謖》，引漢景帝殺晁錯退七國之兵、諸葛亮斬馬謖以正軍法的典故，不點名的直言「除權相」「戮敗將」，社評稱：「當國事機微，歷史關頭，除權相以解除反對者的精神武裝，戮敗將以服軍民之心，是大英斷，是甚必要。」[4]

（四）頂著轟炸堅定辦報

《大公報》在抗戰期間，在多次遭到日軍飛機轟炸、蒙受損失的情況下，無所畏懼地堅定辦報。

1　賀善微：《大公報的抗日言論》，周雨：《大公報人憶舊》，中國文史出版社，1991年版，第 72 頁。

2　李純青：《爲評價大公報提供史實》，周雨：《大公報人憶舊》，中國文史出版社，1991年版，第 305 頁。

3　賀善微：《大公報的抗日言論》，周雨：《大公報人憶舊》，中國文史出版社，1991年版，第 72 頁。

4　賀善微：《大公報的抗日言論》，周雨：《大公報人憶舊》，中國文史出版社，1991年版，第 73 頁。

1、先後六次遭到轟炸

抗戰期間，《大公報》遭受日軍飛機轟炸始於南京。1937 年 9 月，張季鸞率同上海《大公報》編輯經理兩部主要人員冒著炮火離滬赴漢，途經南京遭遇空襲，大公報館南京辦事處的房屋悉爲炸毀，同人幸各平安。[1]10 月 18 日，王芸生率漢口《大公報》全體人員乘船溯江而上撤離武漢西遷重慶，運輸工具不足，勉強地將大部分設備、器材和紙張裝運上船，棄置了不少辦公用品。裝運器材和紙張的船隻在宜昌附近江面遭到日機轟炸，造成巨大損失。[2]在《大公報》各館中，重慶《大公報》遭遇轟炸最爲嚴重，先後 6 次被炸。

1939 年的 5 月 3 日，重慶《大公報》第一次被炸，位於重慶下新豐街的大公報館在火舌與煙霧飛卷飄散中掙扎，只搬出了一點印刷器材、書籍和存稿，工友王鳳山被炸身死。5 月 4 日第二次被炸，已成瓦礫堆的大公報館再遭蹂躪，幾乎被夷爲平地。8 月 30 日和 9 月 15 日兩次被炸，炸毀重慶近郊李子壩新建的經理部辦公樓，印刷廠第二車間蕩然無存。1941 年的 7 月 10 日第五次被炸，李子壩的經理部大樓直接中彈，半遭焚毀，半成瓦礫，編輯部大樓屋頂被震裂。全部員工在炸後大雨露宿兩夜。7 月 30 日第六次被炸，印刷廠中彈，印刷機架被毀，紙張和其他器材損失不貲。[3]

2、搬進山洞鎮靜辦報

全國輿論重鎮的重慶《大公報》，依託開鑿的防空洞，頂著日軍飛機長期轟炸，使用 9 臺平板機印報出報。電力供應不足時，印刷工人就用手搖動印刷機印報。大公報人爲此深感自豪。1941 年 8 月 19 日的社評《我們在割稻子》中寫道：「三年來的經驗，已使重慶人學會怎樣在敵機空襲中生活，人們既不曾因空襲而停止呼吸，而許多工業照樣在防空洞中從事生產。就拿本報的情形來說，在我們的防空洞內，編輯照樣揮筆，工友照樣排版，機器照常印報，我們何嘗少賣了一份報？」

美國密蘇里新聞學院 1941 年頒給《大公報》最佳新聞服務獎的獎狀稱：「該報能在防空洞繼續出版，在長期中雖曾停刊數日，實具有非常之精神與決心，且能不顧敵機不斷之轟炸，保持其中國報紙中最受人敬重最富啓迪意

1　曹谷冰、金誠夫：《抗戰時期的大公報》，周雨：《大公報人憶舊》，中國文史出版社，1991 年版，第 13 頁。
2　王芝琛：《百年滄桑——王芸生與大公報》，中國工人出版社，2001 年 9 月第 1 版，第 195 頁。
3　方漢奇：《抗日戰爭時期的大公報》（下）》，《青年記者》，2006 年版。

義及編輯最為精粹之特出地位，……已在中國新聞史上放一異彩，迄無可以
頡頏者」。[1]

（五）特派記者奔波戰場

1、始終派出記者採訪戰地

1937 年「八一三」上海抗戰後，《大公報》總經理胡政之宣布把外勤課併
入通信課，主任范長江，副主任王文彬，派高元禮駐崑山陳誠總部，唐納駐
嘉興張發奎總部，張篷舟負責上海近郊三個軍的採訪。後又陸續增派記者赴
戰地採訪。

在整個抗戰期間，或由報社負責人指派，或由個人提議獲准，《大公報》
的戰地記者、特派記者奔波在國內抗戰的各個戰區，國外反法西斯戰爭的歐
洲戰場、印緬戰場、太平洋戰場。在抗日戰爭和世界反法西斯戰爭的炮火硝
煙中，不時閃現《大公報》戰地記者出生入死的身影：抵達盧溝橋事變現場
的方大曾，佇立在距臺兒莊火線僅三里的范長江，匍匐在山西青紗帳邊的孟
秋江，從娘子關到延安的陸詒，穿梭於武漢斷壁殘垣和屍體血肉之間的彭子
岡，從山西五臺山到雲南怒江跋涉千里的徐盈，從芷江到南京一路見證日軍
投降的張鴻增，由孤守倫敦觀戰到渡過英吉利海峽深入德國南部採訪的蕭
幹，隨同中國駐印軍採訪反攻緬甸的呂德潤，從太平洋戰場到美國戰艦目擊
日本簽字投降的朱啟平，從緬甸戰區到採訪投降後的日本東京的黎秀石……大
公報的戰地記者們，在血與火的第一線，冒著生命危險，用血淚交融的筆記錄
了中華民族解放戰爭中最為生動、最為悲壯、最為榮耀的一個又一個瞬間。

2、戰地通訊佳作流傳後世

戰地通訊及特寫，是抗戰時期民營報紙競爭、顯現自身特色的重要手段。
重慶《大公報》及津、滬、漢、桂、港《大公報》，都以本報記者從重大戰事前
線發回戰地通訊而自豪，記者採寫帶有炮火硝煙的戰地通訊獲得了讀者的喜愛。

出自《大公報》戰地記者、特派記者筆下的戰地通訊，《察哈爾的陷落》
《從娘子關到雁門關》《血戰居庸關》《退守雁門關》《大戰平型關》《平型關
勝利之光榮回憶》《朱德將軍在前線》《臺兒莊殲滅暴敵血戰的一幕》《臺兒莊
血戰經過》《二次長沙會戰之前後》《常德戰績永在》《常德英雄群》《浙贛戰
役中的敵情》《萬木無聲待雨來》《血肉築成的滇緬路》《銀風箏下的倫敦》《活

1　方漢奇：《抗日戰爭時期的大公報》（下）》，《青年記者》，2006 年版。

寶們在受難 空襲下的英國家畜》《閃擊密支那》《隨 B-25 轟炸機轟炸記》《解放瓦城之路》《鷹揚大海》《落日——記日本簽字投降的一幕》……為《大公報》在抗日戰爭、第二次世界大戰期間報導戰事烙下了特色鮮明的印記。

3、戰地記者也是民族戰士

鄒韜奮在《歡迎戰地記者徐州歸來》的一文中指出：「在中國抗戰禦辱的今天，最高的崇敬當歸於不顧個人犧牲為國奮鬥的民族戰士，最可崇拜的道德當屬於不顧個人犧牲為國努力的辛勤工作。戰地記者雖不是在前線直接參加作戰，但是在前線冒萬險，把我們將士英勇作戰的可歌可泣的行動，宣傳於全國的民眾，鼓勵前方將士的再接再厲，鼓勵後方民眾的熱烈贊助，增強抗戰力量，對於民族解放戰爭有著很大的貢獻。所以在我國這次神聖戰爭中的戰地記者，不僅是戰地記者而已，其實也是民族戰士的一員。」[1]《大公報》總編輯張季鸞讚揚抗日戰爭中的中國戰地記者，他說：「國家民族的境遇，戰地記者看的最清楚，軍民做犧牲，城鎮成焦土。諸君在敵人炮火中，在戰士血跡上，認識了國家，認識了民族，也認識了自己，這種鍛鍊，是有無上價值的。中國民族新生命之發揚，主要靠戰地記者血淚交融的幾枝筆。」[2]

《大公報》1945 年 8 月 16 日發表社評《日本投降了》，回顧本報八年艱辛。「七七變起，平津失陷，我們的津版先斷；八一三變起，大戰三月，淞滬淪陷，我們的滬版又停；翌年，武漢撤退，我們的漢版遷渝；太平洋戰起，我們的港版淪陷；去年敵軍長驅入桂，我們的桂版也絕。八年來顛沛流離，只剩渝版，堅衛抗戰大局，以迄最後勝利的到來！八年來所想望的勝利到來了，為今日的中國人民真是光榮極了！」[3]

四、湖南地區的民營報業

（一）湖南地區民營報業簡述

1、抗戰初期的長沙報業

抗戰爆發，因政府停發津貼和紙張供應困難，長沙停刊了一些不合時宜

1　鄒韜奮：《歡迎戰地記者徐州歸來》，《抗戰》三日刊 1938 年 5 月 19 日，轉引朱生華：《鄒韜奮在武漢的戰鬥歲月》，《武漢文史資料》，1994 年版。

2　馬浩亮：《大公報人抗戰：血淚揮筆劍 烽火著文章》，http://news.takungpao.com/hkol/topnews/2015-08/3131265.html。

3　陳達堅：《六度遷館堅拒日寇鐵蹄：抗戰吶喊從未停，昂然挺立展骨氣》，http://wemedia. ifeng. com/ 18140046/ wemedia.shtml。

的小報。長沙除了戰前已出版的省政府機關報《國民日報》和《大公報》《晨報》《全民日報》《晚晚報》《楚三報》《衛報》《生報》《天風晚報》《長沙市晚報》《婦女報》等，本地抗日救亡團體、文教界人士和從華北、華東入湘的文化人，創辦了《大眾報》《觀察日報》《抗戰日報》《正中日報》《市民日報》《新聞晚報》《今日》《湘流》《前進》《民族呼聲》《聯合週刊》《火線下》《現階段》《現實》《文藝新地》《湖南婦女》《聯合旬刊》《中蘇》《客觀旬刊》《婦女》《農友報》《農村工作週刊》《明日社刊》《動員》《殺敵旬刊》《新湖南》《閱讀生活》《時事動態》等 30 多種報刊。[1]另有南京《中央日報》、上海《東方雜誌》《教育雜誌》等外地報刊遷入。

張治中擔任湖南省主席期間，為提倡讓人民說話，特別授意省府公報室出版、委派秘書王茨青主編月刊《湘政與輿情》，並為之題詞「人民的話是一把天秤!」。這一民國官場少見的雜誌，封面以湖南地圖為背景加上一把天秤，彙集省內 40 多家報刊的文章，分列省政與輿情、改進基層政治機構、各地情況彙報等 18 大類內容，其中不乏揭露徵兵、徵稅、修堤的弊端報導。編者鄭重聲明：「只要是人民說出的話，不論怎樣怪俗，我們一概願意搜羅。」[2]

2、文夕大火後的湖南報業

1938 年 11 月 13 日，長沙文夕大火。1939 年 2 月，薛岳替代張治中接任湖南省主席。湖南報業散佈各地形成幾個中心。「百年締造，可憐一炬」的長沙，仍有省府機關報《國民日報》、第九戰區《陣中日報》和《大公報》《正中日報》。在西南交通中心的湘中衡陽有從河南遷入的《大剛報》，從本省茶陵遷入的《開明日報》和《力報》《正中日報》。在湘西沅陵有《抗戰日報》《力報》《國民日報》沅陵版和常德遷入的《新潮日報》。[3]

本省知名的長沙《觀察日報》《抗戰日報》1939 年、邵陽《力報》1940 年、衡陽《開明日報》1941 年陸續被封閉。邵陽《力報》的康德、嚴怪愚、馮英子及《大剛報》的華恕被捕。[4]國民黨人劉岳厚與中共地下黨員黎澍等 1939 年 8 月合創於湘東茶陵的《開明日報》，1940 年遷至衡陽。1941 年 1 月 17 日

1 《抗戰爆發後湖南創辦的進步報刊、書社》，http://www.krzzjn.com/html/7931.html。
2 《抗戰救亡的長沙新聞出版事業》，http://www.krzzjn.com/html/2883.html。
3 諶震：《抗日戰爭中的湖南報紙》，中國社科院新聞研究所：《抗日戰爭時期的中國新聞界》，重慶出版社，1987 年版，第 279 頁。
4 諶震：《抗日戰爭中的湖南報紙》，中國社科院新聞研究所：《抗日戰爭時期的中國新聞界》，重慶出版社，1987 年版，第 279 頁。

深夜，駱何民，編輯陸田、魏奇英、高山，經理袁紹先及會計、校對、刻字工、廚工 12 人被捕。劉岳厚向薛岳提出抗議。3 月 27 日，《開明日報》使用 2 個版的篇幅公開遭受迫害的經過，發表劉岳厚個人的啟事，社論、快郵代電和駱何民的獄中來信，公開揭露國民黨頑固派蹂躪人權、摧殘輿論。礙於劉岳厚在湘聲望，新聞檢查所以「違反新聞檢查」為名，處罰停刊 5 日。劉岳厚陸續將被捕諸人營救出獄，駱何民在看守的幫助越獄逃桂。10 月，《開明日報》被封閉，劉岳厚被停止國民黨黨籍。[1]

據國民黨湖南省黨部統計，1943 年 12 月湖南全省有 89 家報紙。其中 75 家是各縣市黨部主辦的民報（除衡陽市、縣及懷化縣外均辦有民報）。[2]1944 年 6 月，國民黨軍在日軍發動的 1 號作戰進攻下潰敗，湖南大半土地淪為戰場。衡陽《力報》《大剛報》遷移貴陽，湖南《中央日報》遷移武岡。1945 年 1 月 1 日，對開大報《中國晨報》創刊於湘黔邊境的湖南晃縣，發行 3000 份。王耀武任司令的第四方面軍司令部訂閱 1100 份。4 月下旬停刊。5 月 1 日，《中國晨報》在辰溪復刊。8 月下旬停刊。[3]

（二）《力報》：三省六報共一名

全面抗戰時期，湖南的長沙、邵陽、衡陽、沅陵，廣西的桂林，貴州的貴陽，在不同的時間先後出現了 6 家《力報》。它們「既各自獨立而又有一定的關係」[4]，「有的是一脈相承；有的則有聯繫又沒有聯繫，反映了當時報紙的特點和它的錯綜複雜的關係。」[5]

1、省主席青睞的長沙《力報》

1936 年 9 月 15 日，《力報》創刊於長沙。社長雷錫齡，總編輯康德，總經理藍肇琪，編輯主任戴哲明，副刊兼採訪部主任嚴怪愚，新聞編輯陳楚。第一版是報頭、廣告，第二版是社論，第三版是要聞，第五版是國內新聞、省內新聞，第四、六版是專刊等，第七、八版是副刊、特刊。設「經濟界」、「教育界」、「小新聞」、「藝術生活」、「科學建設」、「社會服務」等欄目。因紙張供應困難，三個月後由對開 2 張縮為 1 張。

1　諶震：《抗日戰爭中的湖南報紙》，中國社科院新聞研究所：《抗日戰爭時期的中國新聞界》，重慶出版社，1987 年版，第 289 頁。

2　《湖南抗日戰爭日誌（1943 年 12 月）》，http://www.krzzjn.com/html/6592.html。

3　馮英子：《中國晨報始末》，《新聞與傳播研究》，1981 年版。

4　馮英子：《關於桂林〈力報〉的評價問題》，《黃河》，1994 年版。

5　馮英子：《力報十年》，《新聞研究資料》，1980 年版。

抗戰開始不久，率先在湖南報界派出嚴怪愚，繼而派出方家達、伏笑雨、譚天萍分赴徐州、贛東、湘北、湘西戰地採訪。連載嚴怪愚的長篇通訊《隴海東線》《憑弔臺兒莊》《黃河防線》，在讀者中產生很大反響。沿海文化人雲集長沙。郭沫若、田漢等為之撰稿，周有光、金克木等為之撰寫社論，沈從文、王魯彥、周達甫、向培良等參加副刊編輯工作。省主席張治中對聲譽日隆的《力報》給予經濟與人力的支持，投資 5000 元，委派秘書黃稚琴出任《力報》總經理。張治中又撥款 3000 元，派出兩輛汽車將全部設備運到邵陽，使得《力報》在文夕之前離去免受大火之災。

2、《力報》在抗戰中開枝散葉

（1）邵陽《力報》

1938 年 12 月 15 日，《力報》創刊於湘中重鎮邵陽（原寶慶府治）。租住儒林街軍閥陳光中的公館為社址。[1] 報頭、版式、版面數量如舊，報紙出版序號銜接長沙《力報》。對開 4 版。第一版是報頭、廣告，第二版是國內要聞、社評，第三版是國際新聞、本省新聞、短評，第四版是副刊、廣告。

1939 年春，報社領導層發生變動。總經理黃稚琴帶走主筆歐陽敏訥等部分人員前往桂林辦報。主筆劉虛、沈光曾隨後也前往桂林。6 月中旬，由社長負責制改為經理負責制，康德為總經理，嚴怪愚為總編輯，雷錫齡為名譽董事長。西南特派員馮英子升任主筆兼採訪主任。80%的刊用稿件，來自塘田戰時講習院和國新社。同年秋末，嚴怪愚感到評論部力量單薄，強邀老友、原《觀察日報》唐旭之（時任中共邵陽中心縣委書記）擔任首席主筆，對於他所說邵陽特務都知道其政治面目也不為所動。

1939 年 4 月 7 日，刊載特派記者嚴怪愚根據范長江提供的材料撰寫的稿件，揭露汪精衛與敵人簽訂「汪平沼協定」，準備到南京組織漢奸政權的罪行。同年秋，嚴怪愚前往桂南前線採訪，由國新社供應材料，撰寫發表雜感性報導《春草遙望近卻無》，揭露了廣西模範省的內幕。被惹怒的國民黨軍副參謀總長兼軍訓部部長白崇禧，在廣西擴大行政紀念周上指名道姓責罵嚴怪愚。派出記者赴各縣採訪，揭露社會黑暗，批評抗戰不力。經常遭到當局警告，聽之任之，不變初衷，不作解釋。風聲緊急時，將唐旭之藏匿於小東鄉渡頭橋寫社論，隔天派人去取。

1　馮英子：《力報十年》，《新聞研究資料》，1980 年版。

　　先後刊出隨報附送的《力報半月刊》《論持久戰》雜誌。2 次舉辦徵文比賽，選錄作品在副刊發表。1939 年冬成立文化俱樂部，設讀書會、工人文化學習班、書報販賣部，出售桂林生活書店、文化供應社等提供的《聯共（布）黨史簡明教程》《政治經濟學》等新版書刊及《三民主義》等，約一個月即被查封。1940 年春，2 次舉辦抗日根據地油印報紙展覽。報紙發行量由 3000 份增至 1.2 萬多份。[1] 臺對開平版印刷機每天要開機印刷好幾個小時。徐特立曾於 1939 年春親自到儒林街力報營業部訂了 8 份報紙，由商務印書館韋蘭生代寄延安。[2]

　　1940 年 4 月底，發表康德撰寫的短評《邵陽縣黨部在幹些什麼》，輿論一時譁然。5 月 13 日，寶永警備司令部依據薛岳的批語「內容荒謬，內部複雜」，查封邵陽《力報》。第二天，逮捕康德、嚴怪愚、馮英子入獄。邵陽警備司令岳森較爲開明和幾位有聲望的老前輩勸說，由自告奮勇的潘乃光、曼明秋冒名頂替嚴怪愚、馮英子坐牢 8 個月。[3] 被查封後，邵陽力報社要給訂閱者退費，訂閱者不肯接受，他們說：「《力報》一定可以復刊，我們要看這麼一個抗日的報紙！」[4] 防備長沙一些人接管《力報》生財，嚴怪愚經與康德商量，將報社全部生財轉移農村，工作人員暫時離去。之後，使用報社積餘，開辦大華印刷廠，至 1944 年日軍進攻邵陽停業。[5]

（2）桂林《力報》

　　1940 年 3 月 10 日創刊。對開一張。總經理張稚琴因人事不諧，帶著張治中投資《力報》的錢[6]，離開邵陽《力報》，另行創辦而成。爲與邵陽《力報》相別，從碑帖集字而爲報頭。總經理張稚琴，總編輯歐陽敏納、馮英子。主筆劉盧、沈光曾、邵荃麟、楊承芳、宋雲彬、儲安平等。社址設城郊的社公岩，自建樹皮蓋頂的房子辦報。第一版是要聞，第二版是省市新聞，第三版是國際新聞，第四版是副刊《新墾地》。堅持抗戰，堅持眞理，討伐汪僞組織，支持進步團體。對於新聞檢查所審查刪節之處，或置之不理，或有意開點天窗。聶紺弩、邵荃麟葛琴夫婦、王西彥、孟超等先後編輯的《新墾地》副刊，成爲「桂林當時最吸引人的副刊，田漢、歐陽予倩、孟超、艾蕪、駱賓基、

1　嚴農：《嚴怪愚和堅決抗日的〈力報〉》，《今傳媒》，2005 年版。
2　嚴怪愚：《〈力報十年〉匡補》，《新聞與傳播研究》，1984 年版。
3　嚴農：《嚴怪愚和堅決抗日的〈力報〉》，《今傳媒》，2005 年版。
4　嚴農：《嚴怪愚和堅決抗日的〈力報〉》，《今傳媒》，2005 年版。
5　嚴怪愚：《〈力報十年〉匡補》，《新聞與傳播研究》，1984 年版。
6　馮英子：《力報十年》，《新聞研究資料》，1980 年版。

司馬言、文森、余所亞、樓棲、秦似等等在桂林的進步作家，沒有一個沒有作品在《新墾地》上發表。」[1]1944 年 11 月 10 日桂林淪陷前停刊。

（3）衡陽《力報》

1940 年 7 月 1 日創刊。沿用邵陽《力報》報頭，重新編印出版序號。一再聲稱承繼長沙《力報》、邵陽《力報》。社長為原邵陽力報社名譽董事長雷錫齡，總經理戴哲明，總編輯李幻如，1943 年春聘劉思慕為總主筆。對開 4 版。第一版是廣告，第二版是國內新聞、社評，第三版是國際新聞，第四版是副刊。社址設在衡陽市魏家坪民生工廠內。自設電臺，接收中外電訊。8 月，日軍飛機多次轟炸衡陽。炸彈多次落於距社址幾十丈處，營業處被焚燒。

1944 年 6 月 17 日，在衡陽保衛戰中改出 4 開。7 月開始輾轉流徙，先遷湖南零陵，又遷貴州獨山，繼遷遵義，再遷貴陽，復刊續出。1946 年 1 月 23 日，重返衡陽。

（4）沅陵《力報》

1943 年 6 月 10 日創刊。沅陵稅務局局長李宗理出資並任董事長，沅陵群力印刷老闆朱德齡任社長，沅陵民眾大戲院老闆陳永言任總經理，副社長嚴怪愚，總編輯馮英子。聲稱承繼長沙《力報》和邵陽《力報》。社址在沅陵近郊校場坪，陳永言設計並建造一幢一排五間的房子作為報館。對開 4 版。言論潑辣，內容豐富。針對經常找麻煩的分屬國民黨中央和第九戰區的沅陵兩個新聞檢查所，寫了幾篇文章以他們的名義發表，有些事就容易通過了。[2]取意唐詩「野火燒不盡，春風吹又生」，定名副刊《草原》。9 月 20 日，刊載柳亞子贈馮英子及讚揚《力報》的長詩引起轟動。柳亞子詩稱：「創刊力報始長沙，一炬無端易星斗。鼎足三分魏蜀吳，詎比陳思泣箕豆。邵陽衡陽復桂林，不信弟昆異肥瘦。巍王監謗尚年年，邵陽壽命憐非久。卻看薪盡火還傳，沅陵又繼邵陽後。正統由來天命尊，安同衡桂爭身手。」[3]日銷 4000 份，為省政府機關報《國民日報》、第六戰區《前衛日報》和中央社沅陵分社社長匡文炳創辦的《中報》所不及。1944 年夏，經營不善，內部紛爭，報社領導層分化，李宗理、嚴怪愚、馮英子離去，另創《中國晨報》，陳楚繼任總編輯。1945 年 11 月遷回長沙。

---

1 馮英子：《力報十年》，《新聞研究資料》，1980 年版。
2 嚴怪愚：《〈力報十年〉匡補》，《新聞與傳播研究》，1984 年版。
3 馮英子：《力報十年》，《新聞研究資料》，1980 年版。

（三）《大剛報》輾轉四省出版

《大剛報》不同於其他民營報紙。「一無資金，二無固定的政治背景，三無強有力的財團支持。它只是少數知識分子和別的一些人結合起來辦的一張報紙。」[1]在全面抗戰期間，《大剛報》顛沛流離，始終堅持抗戰。

1、官方報紙改民營報紙

駐防保定的國民黨軍第二集團軍總司令劉峙和國民黨中宣部部長邵力子決定合作在保定共創報紙，以改變平津失守整個北戰場沒有一張像樣報紙的不利局面。河北省政府出資開辦費 2500 元，中宣部月給津貼 2000 元作爲固定經費，以劉峙在河南辦的和平通訊社爲班底，選定中山南路 1 號爲社址，第二集團軍政治部黨務科長毛健吾上校奉命籌辦。準備一月，一切就緒。日軍進攻保定，社址被炸，毛健吾的床頭落下的一顆炸彈幸而未爆。匆忙撤至邢臺，張貼「9‧18」出報廣告。保定、石家莊在幾天內接連失陷，邢臺岌岌可危。撤至河南開封的毛健吾，迭遭打擊，信心動搖，遠赴南京，請求停辦。邵力子不僅堅持必須辦報，而且指定在平漢、隴海兩條鐵路線交匯點的鄭州出版。毛健吾重整旗鼓，準備 11 月 15 日在鄭州創刊報紙。周佛海接替邵力子擔任部長，國民黨中宣部突然致電毛健吾，經費太少，報紙如辦不好，不如不辦。毛健吾趕忙在 11 月 8 日試版、9 日創刊，然後覆電中宣部，稱電報由開封轉至已遲，報紙已經創辦。取意「至大至剛」的《大剛報》，生不逢時。

1937 年 11 月 9 日，《大剛報》創刊於鄭州。1938 年 5 月 31 日早上，接到電話通知，日軍迫近鄭州，限令當日撤退。6 月 8 日，復刊豫南信陽，改出 4 開，依靠中宣部的每月津貼維持。8 月底，日軍陷潢川、羅山，信陽朝不保夕。退到洛陽改任督練公署主任的劉峙，發來通知不再管報紙。毛健吾與中宣部聯繫報紙撤遷湖北襄樊、湖南芷江或貴州貴陽，沒有確定。9 月 18 日，日軍已到信陽外圍，報紙停刊。突然接到中宣部電報，停發經費，無必要遷往他處，著令停刊。毛健吾心有不甘，與員工反覆商量與鼓勵，最終大家決定「流自己的汗，吃自己的飯，辦自己的報」。毛健吾宣布：從現在起，《大剛報》就是大家的共同事業，凡參加工作的，都是報紙的主人。有福同享，有難同當，再苦也不怨悔。[2]《大剛報》由此從一張官辦報紙變爲合作社式的民營報紙。

1　歐陽柏：《大剛報史話》，《新聞與傳播研究》，1984 年版。
2　歐陽柏：《大剛報史話》，《新聞與傳播研究》，1984 年版。

2、顛沛流離的辦報之路

《大剛報》尚在籌備，即從河北保定撤至河南開封，創刊半年，又從鄭州遷移信陽。南遷湖南衡陽，脫離襁褓期的《大剛報》迅速成長壯大。

毛健吾選擇交通中心和經濟重鎮的衡陽安營紮寨。1938 年 10 月 25 日，會計告知僅剩 1.4 元，第二天的伙食開不出來了。報社主要人員商量後，決定先出臨時新聞版應急。臨時新聞版刊載了電臺抄收的「我軍撤出武漢」的消息，與「我軍誓死保衛大武漢」的宣傳聲浪形成巨大反差，幾千份臨時新聞版被讀者一搶而光。衡陽當局卻稱《大剛報》散佈謠言，擾亂人心。國民黨軍撤出武漢的消息被證實，提升了《大剛報》的聲譽。使用電臺抄收電訊出版臨時新聞版，較順利地解決了伙食費和紙張費用，讓通過剪貼長沙報紙新聞的當地兩家小報只能望其項背。11 月 1 日，《大剛報》如期在衡陽復刊。按照約定，全社人員不拿工資，社長工友一律每月 5 元零用錢，報社每天供給兩餐素菜飯，每月初一、十五兩次改善伙食。後經濟情況好轉，按照信陽的標準，支取 80%的工資。

長沙文夕大火，整個湖南被恐怖所籠罩。處於極度恐慌與混亂的衡陽，機關西遷，商鋪關門，有幾日簡直成了死城。11 月 13 日晚，毛健吾召開職工大會，討論決定，不再搬家，出到最後一張報紙，必要時將機器破壞。毛健吾激動地表示，衡陽不守，帶領大家打游擊，「不成功，便成仁」。大家一致贊同並集體宣誓。全體人員鎮靜地繼續出版報紙。「不但長沙衡陽一線沒有別的報紙，由於廣州淪陷，湘、桂、粵、贛四個省區，都靠大剛報提供精神食糧，因此銷數大增，一個月之內，發行量由幾千份躍到萬份以上，以後更遞增至一萬五六千份」[1]，刷新戰時湖南報紙發行紀錄。

長沙大火後，三青團在報社發展人員加入其組織，康澤要他們對報紙多起控制作用。1939 年，《大剛報》與范長江領導的國新社建立了聯繫，一方面獲得大批稿件，另一方面接收於友、俞勵挺、歐陽柏、李龍牧、傅白蘆、黃明、高旭明、李凌冰、梁中夫入社工作。後 4 人是中共地下黨員，三青團人員不得不退出報社。報社營業部的國民黨特務崔明春多次和毛健吾吵，說某人很危險，某人是共產黨。毛健吾對他說：「你吵什麼？我幹這個工作幾十年了，還不知道誰是什麼人！可是他們能幹，又肯幹，能夠吃苦。除了他們，

---

1 歐陽柏：《大剛報史話》，《新聞與傳播研究》，1984 年版。

我還能找到什麼人？」[1]毛健吾也害怕眞正的共產黨，把覺得可疑的人一一找去談話。

1940 年 8 月至 10 月，報社 3 次遭到日軍飛機轟炸。8 月 10 日經理、評論、社會服務三部和大剛印書館全部被毀，同人奮力，第二天的報紙照常出版。8 月 15 日編輯部、印刷廠連中 3 彈，機器損毀大半，人員 1 死 7 傷。同人咬緊牙關，暫出 4 開 2 版，趕修機器，清理鉛字。9 月 1 日，恢復對開大報，在第二、三版套印紅色大字「至大至剛，愈炸愈奮」。將大剛印書館的設備遷移郊外，建立第二印刷廠。10 月 12 日編輯部、機器房、排字房連中 5 彈，房屋倒塌，鉛字紛飛，機器埋沒瓦礫。編輯部人員趕到郊外第二印刷廠，點亮馬燈，坐在石塊磚頭上編報，報紙在第二天照常與讀者見面。《大剛報》連續被炸，報社職工自願停薪共渡難關。社會函電紛來，慰問之人盈門。湘桂鐵路機器廠幫助修理舊機器、趕造新機器。報社使用湘潭的一位讀者捐助的 30 方木材，在加雁峰佛寺大殿旁邊蓋起了資料室和職工宿舍。拓展經營，辦造紙廠，自用有餘；建印書館，承攬業務；成立書店，銷售圖書，出版一套《大剛叢書》和《大剛手冊》。

1944 年夏，日軍攻佔長沙、株洲、湘潭，逼近衡陽。6 月 19 日，出了 4 天 4 開版的《大剛報》停刊撤離。至廣西柳州，借用柳江南岸魚峰山下屏山小學的 2 間教室。7 月 10 日《大剛報》復刊柳州。特約記者楊統美、張人驊從緬甸寄來的前線通訊成為特色。邀請何家槐主編副刊，面貌一新。事先得知守軍不多，難以堅守。8 月 21 日改出 4 開，9 月 5 日停刊。員工隨難民洪流逃亡，千里流離，風餐露宿，饑飽不定，衣錢被竊，幾十次像千腳蟲般推著火車爬坡，傷心淒慘黔桂路。

10 月 15 日，《大剛報》復刊貴陽，借用龍井巷江西會館萬壽宮為社址。金仲華撰文《堅持在新聞工作的崗位上》，讚揚《大剛報》「像一支堅強的軍隊，在艱苦的戰鬥中轉進。大剛報由衡陽而柳州，由柳州而貴陽，始終以保持其完整的陣營。」「在這樣局勢動盪中間，大剛報能迅速把機器鉛字紙張運到貴陽，整整一個月又十天，就恢復出版，是眞正可佩的。在抗戰中間，我們站在新聞戰線上的人，是多麼需要堅持在崗位上的奮鬥精神啊！」[2]《大剛報》發表社論《穩戰局、安後方》，充滿期待的指出：黔桂路上積滯數十百萬

1　歐陽柏：《大剛報史話》，《新聞與傳播研究》，1984 年版。
2　歐陽柏：《大剛報史話》，《新聞與傳播研究》，1984 年版。

難胞，候車無望，風吹雨打，度日如年。「我們國家底子貧弱，走到今天這一步，歎息無用，嗟怨少功，既往不必深究，但遙觀遠景，近察實情，穩戰局，安後方，實是全民一致要求。」貴陽中央日報社長王亞明宴請大剛報社負責人，不無酸意地說：「我們這裡原來是一潭清水，你們一來，把這潭水給搞得沸騰起來了。」[1]

1943 年底至 1944 年 6 月，《大剛報》刊出 8 開敵後航空版，每週出版一次或多次，刊載精選壓縮的新聞和精短評論，由美國空軍代運，專供敵後軍民閱讀。1944 年 7 月 18 日，《大剛報》加印報紙 300 份，特地刊有社論《致敬衡陽》和專文《北望衡陽》，委託美國空軍投送，給予衡陽守軍精神鼓勵。

3、代表國家與民眾說話

1940 年 8 月 15 日，《大剛報》第二次被炸，毛健吾發表文章《愈炸愈奮之本報》，他說：「本報是讀者的，大眾的報紙。我們有兩個立場：一個是國家，一個是民眾。所以本報一方面要代表國家說話，一方面要代表民眾說話。……本報今後要造成一種真正的輿論，所說的話，不是為政府而說，就是為民眾而說。政府應該說的話，我們就替政府說，應該替民眾說的話，就要替民眾說。絕對不偏不倚。」[2]

《大剛報》奉行「言論本位」。一貫重視報紙評論工作，基本上日發一論，間或一天兩論，星期天以星期論文代替社論。每天必有一到兩則短評。還刊有專論。初由英國留學生侯栽菊、美國留學生毛禮銳（毛健吾哥哥）擔任主筆。在信陽刊登廣告招聘評論家，聘原安徽蕪湖民眾教育館長嚴問天為編撰，撰寫社論，主持筆政。後調整報社機構，在編輯、經理兩部之外增設評論部。1940 年，嚴問天升任主筆，主管評論部。嚴問天與社長毛健吾、總編輯劉人熙、楊潮、俞頌華及接替者葉啓芳等是撰寫社論的主要人員，王淮冰、俞勵挺、於友等也寫過社論。楊潮、俞頌華任《大剛報》總編輯為時不長，都給編輯部同人留下深刻印象。楊潮為文，明快犀利，單刀直入，邏輯嚴謹，行文流暢，說服力強。俞頌華為文，迴環曲折，較為含蓄，帶有幽默。星期論文，內容廣泛，范長江、胡愈之、劉尊棋、張鐵生、梁漱溟、張友漁、金仲華、羊棗（楊潮）、劉思慕、黃藥眠、王亞南、千家駒等名家是常見的作者。

1　歐陽柏：《大剛報史話》，《新聞與傳播研究》，1984 年版。
2　歐陽柏：《大剛報史話》，《新聞與傳播研究》，1984 年版。

　　《大剛報》的評論，對全面抗戰期間的國內外局勢發表政見，時有驚人之言。創刊鄭州不久，發表李蕤的專論《抗戰不是算命》，駁斥陶希聖在《論目前國際新均勢》一文中散佈中國「孤軍抗戰」「只有敗亡」的論調，指出：「中國人是有志氣有骨氣的。既已決心抗戰，決不會中途妥協。即便萬一不幸失敗，我們也寧爲玉碎，不爲瓦全。目前決不應散佈這種失敗論調。」[1]發表侯栽菊的星期論文《世界大戰前夜》，把中國抗戰與世界大戰相聯繫，認爲中國抗戰必然引起世界性的全面戰爭。[2]

　　1940 年發表社論，《起碼應該再打三年》（4 月 9 日）指出：「這次中日戰爭，是中華民族求生存、獨立、自由的戰爭，是一個不達目的誓不罷休的戰爭。所以戰端一開，我們就預備長期的和敵人周旋到底。三年不成打五年，五年不成打十年，乃至二十年、一百年。」《人生觀與抗戰前途》（9 月 24 日）倡言：「我們要做頂天立地、堂堂的中華國民，堅持抗戰到底，爭取最後勝利。……什麼是革命人生觀？首先要徹底認識的就是寧爲自由國民奮鬥以死，決不甘作亡國奴而生。」[3]

　　1944 年發表社論，《展望國內戰局》（4 月 29 日）不無悲憤地指出：「抗戰將滿七年了，我們雖不能發動反攻，收復失地，我們也應該一改挨打的作風，作主動的有效的防禦。『放開口袋捉老鼠』，我們得一定捉住老鼠，『關門打虎』，我們得一定打死老虎。不然，將何以慰國人殷殷之望。」《再論軍事勝利的保證》（4 月 28 日）話中有話地說道：「今日國家管制經濟的法規雖然具備，而經濟問題之嚴重並不減少。誰實爲之，誰令致之？大家都罵奸商作祟，殊不知法網森嚴，奸商何以能幹法？國家有官執法，又何以國法難行？我們嘗謂『社會上有一個奸商，其背後必隱藏著一個污吏』。左思右想，實非過言。」[4]貴陽《中央日報》附和上峰，主張 1937 年選出的 1200 名國民大會代表有效，再增加若干名額吸收其他黨派代表即可。1945 年 7 月，《大剛報》連發 2 篇社論加以駁斥，強調「國民大會具有極完滿之代表性」，堅持「還政於民，即國民黨放棄一黨專政，將政權公諸全國之謂。」「還政於民，並非還政於土豪劣紳」，「不能一手包辦，不能只是還政於部分人。」[5]8 月 24 日，發

1　歐陽柏：《大剛報史話》，《新聞與傳播研究》，1984 年版。
2　歐陽柏：《大剛報史話》，《新聞與傳播研究》，1984 年版。
3　歐陽柏：《大剛報史話》，《新聞與傳播研究》，1984 年版。
4　歐陽柏：《大剛報史話》，《新聞與傳播研究》，1984 年版。
5　歐陽柏：《大剛報史話》，《新聞與傳播研究》，1984 年版。

表社論《和平團結救中國》，提出「勝利已臨，今後的問題，在於如何把握戰果，乘勝建國。而其前提關鍵，又在於內部之團結統一。」[1]

社長毛健吾撰寫的社論，表達了他這位原國民黨黨務幹部和國民黨軍軍官的政治見解。1941 年，他不滿於已發表嚴問天撰寫的關於皖南事變的社論，自己又寫了一篇，把事變責任推給新四軍，稱「該軍長葉挺好亂成性，破壞抗日陣線，陰謀實已非一日。」「對就擒之禍首罪魁葉挺，應予從嚴，殺一儆百，以杜效尤。」1944 年，湘桂大撤退，黔桂鐵路沿線一片怨聲載道。《大剛報》10 月 15 日復刊貴陽不幾日，毛健吾撰寫了要殺黔桂鐵路局局長的社論《請殺侯家源之頭以謝國人》，被新聞檢查所檢扣，又撰寫社論《實在不能再退了》，主張不再使用「以空間換時間」的口號，他說：「抗戰初期，我們的口號是『以空間換時間』，不在乎一城一地的得失，而在於爭取時間，爭取最後勝利。……現在不同了，我們不是單獨對日作戰，而是三十四個同盟國並肩作戰了；我們不再是弱國，而是愈戰愈強，被人尊稱四強之一了。……我們領土雖大，而精華之地，三分天下已去二，我們決不可退向西北。我們必須確保西南。『以空間換時間』的口號再不能用了，現在我們應該高呼『把守時間，爭取空間』。」[2]

4、與湘黔當局時有齟齬

1941 年 9 月，第三次長沙會戰期間，《大剛報》刊出記者王淮冰描述自己迎著外逃人流徒步走到長沙，未聞槍聲，未遇敵人的通訊《奔赴長沙》，披露第九戰區司令長官薛岳確實放棄了長沙。惱羞成怒的薛岳下令逮捕記者王淮冰。毛健吾到長沙，親自向薛岳道歉才了結此事。1943 年 6 月，《大剛報》發表社論《論安便足》，戳穿薛岳治湘提出的「安民、便民、足民」的謊言，列舉物價不穩、光榮的兵役義務變成了不平的迫害、偏僻縣城也要拆房建馬路等擾民之事，指出：「我們談政治，與其好高騖遠，毋寧是能『安』便『足』，只要我們能『安』，一切也就心滿意足了。」[3] 1944 年 4 月，《大剛報》刊出記者華恕採寫的通訊《貪污及其他》，揭露湖南省田賦管理處貪污、湖南省銀行召開行務會議揮霍公款大吃大喝，戳到了薛岳高喊「勵精圖治、整肅貪污」的痛處。薛岳下令，《大剛報》停刊 3 天，記者華恕被捕，繫獄經年才被保釋。

---

1 歐陽柏：《大剛報史話》，《新聞與傳播研究》，1984 年版。
2 歐陽柏：《大剛報史話》，《新聞與傳播研究》，1984 年版。
3 歐陽柏：《大剛報史話》，《新聞與傳播研究》，1984 年版。

1942 年，《大剛報》兩度創辦發行量很大的《大剛晚報》，前一次 4 月 15 日創刊，不足一月停刊。後一次 10 月 20 日復刊，12 月 30 日停刊，皆因創辦手續特別是刊載內容無法得到官方的認可。湖南新聞檢查處稱《大剛晚報》「未經核准，擅自發刊，內容複雜」，「言論欠妥，違檢頻仍」，遭受處罰，「仍不改善」。[1] 1943 年 3 月 24 日，《大剛報》發表被湖南新聞檢查處刪得七零八落的社論《青黃不接念豫災》，強硬地在被刪處開天窗，以示抗議。

1945 年 1 至 2 月，《大剛報》遷移貴陽出版三四個月，因發表社論多次受到貴州新聞檢查處的處罰。刊出社論《論民主前途》和《解除新兵的痛苦》受到警告，刊出社論《陪都婦女界呼籲團結民主》受到嚴重警告。

5、開展多樣化社會活動

《大剛報》注重開展社會活動。1941 年初開始，在版面上設置「讀者法律顧問」、「醫藥顧問」和「讀者信箱」專欄。5 月，成立讀者社會服務部，下設福利、服務、諮詢 3 處，為讀者和赤貧患者診病，介紹職業和婚姻，經辦讀者顧問專欄。舉行文化座談會、時事討論會、論文競賽和「我與抗戰」徵文。

開展聲勢浩大的捐獻活動，產生良好的社會效應。1939 年 1 月 15 日，舉行義賣獻金，賣得 5000 餘元捐獻前方。多次發起捐募寒衣活動，於深夜直接把所募 3000 多件寒衣披在難民身上。報社從戰地通訊中發現，前方許多負傷戰士沒有得到及時包紮而犧牲。1940 年 3 月，《大剛報》發起捐獻 10 萬個救急包活動，實際收到 15.5 萬個救急包，當即分送前方部隊。1941 年初，募得 3 萬多元，捐獻大剛報讀者號滑翔機。1943 年春，《大剛報》發表社論發起拯救豫災活動，募得 50 多萬元即寄豫災救濟委員會。

1942 年 10 月 10 日，《大剛報》在國內破天荒的開展民間測驗活動，引起社會各界人士廣泛關注。《大剛報》著眼於讀者關心的戰中和戰後、國內和國外的大事列出 10 個測驗題請讀者回答：一、你認為中國抗戰究竟能否得到最後勝利？二、你主張聯合國家先以全力解決德國，還是先以全力解決日本？三、你認為聯合國家應否有一個統轄全體的最高統帥？四、關於英印糾紛，你是同情英國還是同情印度？五、一旦獲得最後勝利，我們當否平等與日本相處？六、你認為在抗戰勝利之前，有無召開國民大會之必要？七、在聯合

1　歐陽柏：《大剛報史話》，《新聞與傳播研究》，1984 年版。

國未全力打擊日本之先，你認為我們要不要先行反攻？八、你覺得公務員和學生，今後應否服常備兵役？九、對因戰爭而獲利者所獲利部分，你主張加重徵稅，還是全部徵發？十、你認為在抗戰勝利之後，中國應實行一黨政治還是多黨政治？

　　遍及工、農、商、學、軍、政各界讀者熱情參加測驗。共收到 1.1 萬多件測驗答案。11 月 19 日，公布測驗結果。第一題，認為中國能獲得抗戰最後勝利的占 99.6%。第二題，主張「先以全力解決日本」的占 69.4%。第五題，主張戰後與日本平等相處的占 58.1%。美國《紐約時報》發表社論稱：「對於《大剛報》測驗結果，表現 30%以上認為聯合國應先以全力解決德國；且有 58%以上，認為中國戰勝之後，應與日本平等相處，深表驚奇和讚佩。」[1]

五、其他地區的民營報業

（一）昆明地區的民營報業

1、昆明地區民營報業簡述

　　全面抗戰爆發後，雲南省以昆明地區為中心的報業進入繁盛時期。除原有的雲南省政府機關報《雲南日報》、國民黨雲南省黨部機關報《雲南國民日報》和《義聲報》《雲南新商報》《社會新報》《大無畏報》等報刊繼續出版外，1938 年 10 月，南京《朝報》遷入昆明出版。12 月，泰國歸僑在昆明創辦《暹華日報》（後改《僑光日報》）。1939 年 5 月，《中央日報》昆明版創刊。

　　抗戰初期，各種抗日救亡等團體創辦了《前哨》《南方》《文化崗位》《戰時知識》《新動向》《青年公社》《新雲南》《抗戰週報》《殲寇》《蘇音》《抗戰》《救亡》《火山》等幾十種刊物。抗戰中期，雲南報刊出版陷入低潮，新創了《文化週報》《新民畫報》和簡舊的《曙光日報》《詩與散文》《微波》《蕩寇誌》，彌渡的《滇緬日報》，大理的《滇西日報》《麗江週報》《昆明週報》《西南週刊》及《金碧旬刊》等。1940 年後，資源短缺，物價飛漲，白報紙來源斷絕，昆明各報改用本地產雲豐粗紙或土紙印報。

　　抗戰後期，雲南報業再次振興，恢復和新創一些報刊。1943 年，新創《文化半月刊》《中南報》《群報週刊》《正義報》《觀察報》和昆明《掃蕩報》。1944年，新創《真報》《自由論壇週刊》。同年 12 月，中國民主同盟雲南支部創刊

1　歐陽柏：《大剛報史話》，《新聞與傳播研究》，1984 年版。

《民主週刊》，指出：「『一二‧九』我們的民主週刊誕生。我們認爲抗日與民主，是目前的中國不可分離的兩種奮鬥」。[1] 1945 年，《中正日報》2 月由柳州遷入雲南，《海鷗週刊》5 月 26 日創刊，紀念戴安瀾將軍殉國三週年，讚揚他的愛國精神。[2]

在全面抗戰期間，雲南出版的報刊數量，據統計有 312 種，其中：「在雲南境內出版的報紙有 56 種，期刊有 60 種，軍事單位所辦報刊有 58 種，黨政機關所辦報刊有 40 種，社會團體、行業協會、群眾組織等所辦報刊有 23 種，學術類刊物有 31 種，學校所辦刊物有 18 種，文藝、教育、衛生類刊物有 16 種，青年、婦女、兒童類報刊有 10 種」。[3]

2、晚報改變昆明報業結構

昆明報業的積極發展，不僅催生了報童這一售賣報紙的專門群體，而且在抗戰中後期出現的晚報，亦改變了昆明的報業結構。

戰局動盪，瞬息萬變。一天出版一次的日報，已經不能滿足戰時讀者急切獲得信息的需求。從抗戰中期開始，戰前在沿海城市和京津寧等地出版的晚報，相繼出現在重慶、成都、桂林。1939 年 1 月，天津遷入昆明的《益世報》增出《益世晚報》，與接踵而來的《朝報晚刊》和 1943 年 9 月創刊的《昆明晚報》、1944 年 7 月創刊的《雲南晚報》、1945 年 2 月創刊的《中央晚報》，使昆明報業產生了一條可以與日報分道揚鑣的發展之路。

晚報除了重點運用時間差與日報展開競爭，著力經營副刊也是晚報生存屢試不爽的法定。《雲南日報》增出的《昆明晚報》使用一半篇幅，推出頗有生氣的《樂園》《萬象》《世紀》等副刊。

3、金陵《朝報》遷入春城

南京《朝報》1934 年 3 月 23 日創刊，發行人兼社長王公韜。張慧劍、趙超構、施白蕪等編輯。新聞詳盡，批評直率，副刊有趣，「銷量爲南京各報之冠」。[4]因遭日軍飛機轟炸停刊[5]，1937 年秋撤離金陵，全部設備由香港轉運春

---

1 徐繼濤：《抗戰時期的雲南報刊》，《雲南日報》，2017 年 9 月 20 日。

2 王作舟：《抗戰時期的雲南新聞事業》，《思想戰線》，1996 年版。

3 王勇、李琰、李揚：《抗戰期間雲南境內出版的報刊》，《雲南檔案》，2013 年版。

4 富曉春：《趙超構的第一本書》，http://epaper.oeeee.com/epaper/C/html/2017-09/12/content_69510.htm。

5 南京市地方志編纂委員會：《南京報業志》，學林出版社，2001 年版，第 209 頁。

城，自設印刷廠，配備無線電臺。1938 年 10 月 10 日，復刊昆明。自稱擁護國家利益，發展事業基礎。4 開 4 版。刊載國際、國內要聞和本省市新聞。設「小言論」專欄。第四版是副刊，刊報告文學、詩歌、雜記、書評等。

《朝報》擅長經營，積極擴大發行，廣泛接受商業廣告，努力開拓零售業務。以出報早、消息靈通見長，與以黨政機關公教人員為主要發行對象的《民國日報》《雲南日報》錯位競爭，逐漸成為以市民和商人為主要發行對象的日報。1943 年下半年增刊 8 開 4 版副刊一張，專門刊載側重於趣味性的短文和平劇掌故，為生活艱困、思想苦悶的公教人員、店員等，提供了精神慰藉。[1]

4、《戰國策》形成學術流派

《戰國策》半月刊 1940 年 4 月創刊於昆明。由雲南大學、國立西南聯合大學的林同濟、雷少宗、陳銓、何永佶等創辦。主持人林同濟作為秘書，說服雲南省財政廳廳長繆雲臺出資。聘賀麟、費孝同、沈從文、朱光潛等為特約撰稿人。以物資和經營問題於 1941 年 7 月停刊後，12 月在重慶《大公報》開闢《戰國副刊》，至 1942 年 7 月停刊。

《發刊詞》開宗明義：「本刊有如一『交響曲』（symphony），以『大政治』為『大母題』（letpotif），抱定非紅非白，非左非右，民族至上，國家至上之主旨，向吾國在世界大政治角逐中取得勝利之途邁進。此中一切政論及其他文藝哲學作品，要不離此旨」。[2]刊載《戰國時代的重演》（林同濟），《地略與國策：意大利》（洪思齊），《滇緬關係鳥瞰》（陳碧笙），《新的文學運動與新文學觀》（沈從文），《流行文學三弊》（朱光潛），《五倫觀念的新檢討》（賀麟），《義與利》（馮友蘭）等文。主張婦女回到家庭去，引起全國各地婦女界的反對。公開宣揚法西斯思想，時常刊載「希特勒語錄」。

《戰國策》的總體基調是「宣揚斯賓格勒的文化形態史觀、尼采的『超人哲學』，抨擊官僚政治、檢討傳統理論，強調國民性改造和中國文化重建。」[3]儘管主要撰稿人員的觀點與主張不盡一致，甚至南轅北轍，沒有完整的組織

---

1 甘友慶、李佐娟：《抗戰時期雲南期刊報紙出版研究》，《雲南圖書館》，2006 年版。
2 何翹楚：《抗戰時期雲南新增報刊初探——以〈戰國策〉為例》，《長江叢刊》，2018 年版。
3 何翹楚：《抗戰時期雲南新增報刊初探——以〈戰國策〉為例》，《長江叢刊》，2018 年版。

結構和清晰傳承關係的這群人，被視為一個單獨的學術派別「戰國策派」，受到中國文化思想界的重視。

（二）江西地區的民營報業

1、江西地區民營報業簡述

江西在抗戰爆發後新創了一些報刊。黃埔系學生 1937 年 12 月 24 日在南昌創刊《劍報》。南昌抗日救亡團體得到新四軍的幫助，創辦了《青年團結》（青年團結社），《婦聲》半月刊（婦聲社），《戰時農村》半月刊（江西戰時鄉村工作研究會）。[1]

1939 年 3 月，日寇向南昌進發，江西省會機關南遷，吉安、泰和、贛縣先後成為戰時江西文化的三大據點。在南昌出版的公營民營《江西民國日報》《大眾日報》《捷報》《華中日報》《光華日報》《新聞日報》《工商報》等，遷往吉安、泰和、贛縣等地出版。1939 年至 1941 年，江西的報紙數量，據「程其恒的《江西新聞事業概攬》一文中統計，『江西全省報紙有六十一種』，實際上遠遠超出此數。」江西「1939 年至 1940 年，經過審查登記的雜誌有 105 種」。[2]蔣經國 1939 年 6 月就職江西省第四行政區（轄贛南 11 縣）行政督察專員和保安司令，提出口號「建設三民主義新贛南」，要實現人人有工做、有飯吃、有衣穿、有屋住、有書讀。「一縣一報」、「人人看報」也是贛南新政的內容之一。1944 年 8 月，偏於贛南的贛州有《正氣日報》《民國日報》《新贛南報》《民眾日報》4 家大報和 10 多家小報，這與 5 年前絕大多數的民眾斗大的字難識一擔形成了明顯的反差。

江西民營報業薄弱，上述 166 種報刊中真正屬於獨立的民營報刊為數很少。徐喆仁集資 1934 年在南昌創辦的《華光日報》，出版至 1938 年南昌疏散，奉令遷至贛西江西省第二行政區的分宜縣。一度由第 9 戰區第 19 集團軍政治部接辦。1944 年 5 月 1 日，以午報形式在吉安復刊，不久改為日報對開 4 版。1945 年 3 月 1 日創刊於上饒的對開《民鋒日報》，「由國民黨江西六區行政專員會署和所轄 7 縣巨商合辦」。[3]

1　龔小京：《江西省建國前報刊概述》，《江西圖書館學刊》，1989 年版。
2　龔小京：《江西省建國前報刊概述》，《江西圖書館學刊》，1989 年版。
3　龔小京：《江西省建國前報刊概述》，《江西圖書館學刊》，1989 年版。

2、《前方日報》屹立前方

（1）無所畏懼堅守戰地出版

1939 年 5 月 9 日，《前方日報》創刊於江西吉安。由救國會七君子之一王造時[1]接手吉安商人劉章甫個人辦的《日新日報》改名而成[2]。社長兼發行人王造時，經理劉章甫、朱透芳（王造時夫人），王泗原、劉九峰、姚士彥、馮英子、陳楚等歷任總編輯。不設專職記者，編輯、校對兼做採訪工作。聘請的特約記者中，有 3 位基本上是盡義務的中央社記者：中央社南昌分社記者宗友幹駐江西泰和，中央社特派員、蔣經國所辦《正氣日報》社長曹聚仁駐江西贛州，中央社南昌分社戰地特派員胡西霖負責聯繫羅卓英任軍長的第 19 集團軍總部。接收中央社、新華社電訊，刊用范長江主持的國際新聞社、穆欣主持的聯合通訊社的新聞稿和專論。設「民族英雄錄」、「戰區通訊」、「血債記錄」、「閒話天下最近事」、「每週文摘」等欄目。所刊《如何回答敵人的暴行》《贛北游擊戰區巡禮》《游擊在新建》《克服西山》等文被國內報刊轉載。發表社論《開展討汪運動》，刊出《討汪宣傳特刊》，7 天連載王造時撰寫的長篇評論《汪逆怎樣把我們賣了？》（1940 年 1 月 29 日起），銳利剖析汪精衛與日本秘密簽訂的賣國條約《日支新關係調整綱要》。王造時在 1940 年 1 月 24 日社論《舉國公憤》中痛斥：汪逆是要「把我們中華民國的領土與主權，把我們中華民族的自由與生存，賣得乾乾淨淨。其無廉恥，無忌憚，無心肝，比世界上最卑鄙的動物還不如。」[3]

為了籌措辦報資金，改變經費嚴重欠缺的困境，王造時與親屬等，分赴川、桂、湘及江西袁州等地，向親朋故舊以及安福籍富戶大賈求助。至 1939

---

1 王造時，（1903 年～1971 年），江西安福人。1917 年入北京清華學校中等科。1919 年參加五四運動。1925 年清華大學畢業，就讀於美國威斯康星大學，1929 年獲政治學博士學位。同年 8 月任英國倫敦經濟學院研究員，主要研究國際政治。1930 年，回國受聘擔任上海光華大學（今華東師範大學）文學院院長兼政治系主任、教授，創辦《主張與批評》半月刊、《自由論壇》雜誌。1936 年，被選爲全國各界救國聯合會執行委員、常務委員。1938 年，任江西省政治講習院教育主任兼教授，創辦《前方日報》，被聘爲國民參政會參政員。抗戰勝利後，創辦上海自由出版社，兼任私人法律顧問。1951 年，任復旦大學歷史系教授、世界史教研室主任。1957 年，被錯劃爲右派分子，1960 年平反。1971 年病逝。

2 一說《前方日報》「是從接收劉章甫所辦的《吉安日報》開始的」，姚士彥：《王造時在江西辦〈前方日報〉的一段史實》，《檔案與史學》，1996 年版。

3 轉引劉雅麗：《試析王造時的「堅持抗戰和民主廉政論」》，《江西社會科學》，2003 年版。

年 10 月，使用老 5 號字印製的版面，與湖南、桂林使用新 5 號字印製的緊湊俊秀的報紙相比，顯得有點醜陋。廣告仍然很少，經費十分困難。江西省政府主席熊式輝叫省建設廳長楊綽庵讓戰時貿易處出面，給報社代購印刷機、鉛字等全套印刷設備，配置電臺，建立東南印刷廠。社址初設吉安西街棲鳳巷 1 號，編輯、經理兩部擠在一起，印刷所在西郊離城 7 里的青塘，夜班編輯擠在印刷所的辦公室上班，夜間遞送電訊、稿件實在不方便。1940 年春，在青塘修建 3 幢簡易木板平房，將編輯部和宿舍遷去，經理部仍留在市區。

《前方日報》受到某些特別的關照。1941 年初夏，國民黨中央調查統計局江西負責人馮琦叫張太風通知他的連襟姚士彥，必須立刻離開《前方日報》，否則就要送入遂川馬家洲的集中營。接替姚士彥擔任總編輯的馮英子，到任不到一個月，即被江西的中統特務綁架，身陷囹圄 26 天。1943 年秋，馮英子離職而去，重要原因之一，即是「不願就國民黨的撫，當然也不願意失去自由」。[1]

1942 年夏，日軍發動浙贛戰役。6 月中旬，吉安外圍的吉水、宜黃、樂安相繼不守。轟轟炮聲，人心惶惶，吉安的專員公署、警備司令部等大小機關及《江西民國日報》《明恥日報》等官方報紙紛紛南撤。王造時與馮英子商定，由王造時攜帶主要設備和家屬撤往泰和，由馮英子帶領 30 個青年和一臺 4 開印刷機堅守吉安出報，敵人進東門，他們出西門，敵人進北門，他們出南門。每人發 100 元應變費，若被敵人衝散，相約在湖南茶陵集中。馮英子率人到第 9 戰區吉安前方指揮部抄錄前線戰報，發動編輯、工人上街賣報。他們「30 個人信心百倍，覺得這樣的報，才真正是前方日報，這樣的報，才夠得上稱為前方日報。」[2]《前方日報》在前方堅持出版到日軍退卻，聲勢大振，發行和廣告蒸蒸日上。視它為眼中釘的江西省政府，對於在敵人面前真正站得起來的《前方日報》，也不得不發出通令嘉獎。1942 年，短期刊出重點在副刊的 8 開 4 版《前方晚報》，隨日報贈送訂戶，不另收費。巡迴舉辦新聞圖片展覽，展示中國軍民抗擊日寇、德軍狼狽敗退和日本簽字投降。

1　馮英子：《江右辦報記》，《新聞大學》，2001 年版。
2　馮英子：《江右辦報記》，《新聞大學》，2001 年版。

《前方日報》初創，發行不足 2000 份，經濟困難。1943 年秋，發行 5000 份，報社已經可以自給自足。1945 年 7 月，日軍流竄吉安，《前方日報》緊急疏散時期改出「臨時版」。[1]

（2）呼籲提供支持反攻敵人

王造時非常關注國際政治問題，連續發表《近歐洲變局的分析》《對越採取自衛措施之時至矣》《由英美攜手看國際動向》《羅斯福、邱吉爾大西洋宣言析評》《由敵閣改組看國際動向——十月十九日在吉安青年交誼會的講演》等評論與文章，分析研判國際時勢，提出自己獨特見解。

他在《為同盟國當局進七解》（1942 年 3 月 29 日）一文中進言：第一，同盟國當局要正確估計敵人，估計過低過高都會犯錯。第二，英美現應統籌整個戰局，火速增援中蘇，再不可因循坐誤時機。第三，反侵略國家應加緊團結密切合作，再不可同床異夢，為敵人所乘。第四，同盟國當局為增強自己，打擊敵人，應根據大西洋憲章第三點對於民族問題下重大決心，急謀合理解決，萬不可依戀過去的特權貽誤大局。第五，策動被征服國家的復國運動，第六，積極策動敵人國內的革命運動，從內部瓦解敵人。第七，「無論政略戰略，都應反攻。……我們現在需要迅速的反攻，主動性的反攻，大規模的反攻。」[2]

王造時以參政員、前方日報社長長名義寄發《致美國羅斯福總統的一封信》（由國民參政會秘書長王世杰轉交美國駐華大使，刊於《前方日報》1942 年 6 月 7 日）。他表示站在中國國民的立場，希望美國「用最迅速的運輸方法，以大量的飛機大炮接濟中國」；「能趕快出動大量飛機，去轟炸日本本國，粉碎東京、大阪等要地」，促使日本空軍回撤大部分保衛本土和日本人民懼戰、厭戰、反戰；「開闢海上第二戰場……直搗日本海」；「大膽發動政治攻勢，引用大西洋憲章的精神，滿足各弱小民族的急迫合理期待，使他們共同為反侵略而奮鬥。」[3]

（3）倡言憲政揭露社會弊端

王造時秉持社會學家的責任，發表《這是中國革命的歷史任務——民主憲政》《憲政與人民的基本權利義務》《訪王造時先生談憲政問題》《唐貞觀之治——政治史上之好榜樣》《擁護賽恩士先生必須打倒賽先生的敵人》等文

---

1 肖麗萍、曾勤生：《江西發現〈前方日報〉史料》，http://www.jx.chinanews.com/2015/0309/1739221.html。
2 姜平：《王造時抗戰時期佚文一組》，《民國檔案》，2003 年版。
3 姜平：《王造時抗戰時期佚文一組》，《民國檔案》，2003 年版。

章，要求改革政治，結束一黨專政，實行民主憲政，才能發揮人民作為國家主人的抗日積極性和犧牲精神，是長治久安的大計和抗戰建國的根本。發表《政治家與政客》，籲請當權者要做政治家，不要做政客；《唐貞觀之治——政治史上之好榜樣》，希望當權者借鑒唐太宗李世民，「仁民愛物」，「虛心求知」，「獎進諫諍」，「誠心公道」；《改革政治之道》，要從健全機構、提拔人才入手；《揮淚望中原》，主張「削富濟貧」，以絕跡「朱門酒肉臭，路有凍死骨」的社會現象；《今日所應提倡的道德——正義、氣節、廉潔》，倡導「君子道長，小人道消，是非顯明，正氣乃彰」；《挽轉頹風》，提出均苦樂，平負擔，懲貪污，辦奸商，禁奢侈，行節約。

　　總編輯姚士彥、編輯主任陳楚和特約記者宗有幹、胡西霖四人合用筆名「四戰友」，每天為副刊《筆林》撰寫雜文，配合正刊，揭露貪污，懲治奸商，批評奢侈，提倡節約，抨擊曲線救國謬說。

（三）河南地區的民營報業

1、河南地區民營報業簡述

　　河南省報業相對分散。全面抗戰開始後，省城開封只有 2 種報紙，一是國民黨河南省黨部的機關報《河南民國日報》，一是河南省政府的機關報《河南民報》。《風雨》《大時代》《抗日》《抗敵》《爭存》等抗日救亡刊物先後創辦。[1]鄭州有國民黨市黨部的《鄭州日報》。新鄉有《豫北日報》。開封、鄭州等地淪陷，有的報刊遷移出版，有的報刊停刊。1938 年 2 月 12 日，《豫北日報》在新鄉淪陷的前一天停刊。《河南民國日報》《河南民報》隨省黨政機關遷南陽，致《苑南民報》銷量從抗戰初期的五六千份減至 2000 多份。[2]

　　豫西洛陽，因第一戰區司令部（1938 年 6 月）、河南省政府（1939 年 10月）遷入，人口由七八萬增至十幾萬，一度成為戰時全省中心。在洛陽同時出版的有《河洛日報》（1932 年創刊），《陣中日報》（1937 年 10 月創辦），《行都日報》（1938 年 1 月 15 日創刊），《中原日報》（1941 年 10 月 1 日創刊）。洛陽的這幾家報紙都是 4 開報，使用黑麻紙印刷。還出版了《中原晚報》（1941年 11 月 1 日創刊）。1942 年，《行都日報》《中原日報》《河南民國日報》等，報導豫災或轉載重慶《大公報》報導和社評受到當局處罰。

1　《戰鬥號角奏響凱歌》，http://news.163 頁。com/15/0901/07/B2DLPO9100014AED.html。

2　張建偉：《建國前南陽報刊概況（1926～1949)》，《南都學壇》，1984 年版。

1944 年，河南會戰失敗。5 月 25 日，洛陽失守。《中原日報》《行都日報》等停刊。8 月，《行都日報》由經理梁之超主持在陝西寶雞恢復出版，仍為 4 開 4 版。

2、豫報「前鋒」積極介入救災

（1）《前鋒報》出版簡述

1942 年 1 月 1 日，《前鋒報》創刊於河南南陽。前身是《苑南民報》。實行社長負責制，設編輯、經理兩部。社長李之靜兼發行人。總編輯傅恒書。編輯部主任孫良田。經理張明甫。編輯部設報務、編輯、校對、資料 4 室和記者組。經理部設印刷廠、營業部。社址在南陽西城外梓潼廟。

報名取自孫中山「咨爾多士，為民前鋒」。報頭字集於岳飛《請停止班師奏草帖》。社評《再自策勵》申明辦報立場：「以商業報紙，公民資格，站在人民立場，從事新聞事業，為國效忠，為人民服務。無論何人，其言行有利於國家，造福民眾者，擁護之，揚譽之；有害於國家人民者，批評之，糾正之」。[1] 4 開報 2 版。第一版基本上是中央社電訊稿，第二版一半是副刊。綜合性文藝副刊《前鋒附鑴》，1945 年夏改名《燧火》。發行範圍覆蓋豫西南、鄂西北、陝東南三省交接的幾十個縣。發行量在河南省國統區日蹙縮於豫西南一隅的情況下迅速增長，由創刊時的 3000 份增至 1943 年 6 月後的萬份以上。1944 年底改由麻紙印刷。印刷中小學課本，兼售紙張。

1944 年 4 月，日軍發動豫西作戰，南陽瀕危。《前鋒報》於同月初遷移，5 月底至戰時河南最後「省會」內鄉的天寧寺宛西鄉村師範學院院內。6 月復刊。8 月，聘李蕤為主筆兼文藝副刊編輯，成立社評委員會。1945 年 3 月，日軍西犯內鄉，部分人員遷至天寧寺以西山區，堅持出版簡報和石印的《前鋒報》臨時版，直至日本投降。8 月 29 日，頭版頭條使用特大號字標題刊出《一行足使萬人歡（引題），毛澤東飛重慶（主題）》。9 月 28 日，遷回南陽原址正式復刊。

（2）連發評論倡導救災

1942 年夏，河南遭遇百年罕見大旱，由春至秋，赤地千里。夏秋之交，蝗災接踵而至，遮天蔽日的蝗蟲齧光禾苗。

1　韓愛平：《李蕤與〈前鋒報〉》，《新聞愛好者》，2003 年版。

　　《前鋒報》在一年多時間裏，每月七評八論，發表數十篇社評及時論積極介入救災。1942 年發表《趕快作防災的準備》《災象已成迅謀救濟》《豫省府應速統籌備荒救濟辦法》《中央撥款三百萬救濟豫省災黎》《維持治安與徹底救災》《如何切實救災》《敬向中央勘災委員貢獻兩點愚見》《從這次災荒裏我們所得到的教訓》《天寒矣，再爲災民請命》等；1943 年發表《哀鴻遍野》《戰鬥中的河南，飢饉中的河南》《一切施政要配合救災》《喜雨雪，念災民》《一面救災一面防疫》《籲請鄰省速解糧禁》《放斗餘，貸公糧》《我們的一點哀怨》《此時還不行善還待何時》《救助災民，迅速歸耕》《嚴刑峻法督導救災》《豫省府急應辦的一件大事》《四爲災童請命》《統收統支以減民負》《省府應速派大員分區督導救災》《論平抑糧價》《目擊蝗螟心念民教》《救災更要鋤奸》等。發出「災象已成，迅謀救濟」的警報，直面災情，呼籲政府急籌救濟，倡導全國各界人士救濟豫災；提出在集鎮村莊爲災民設過夜臨時宿所，及時種植菜蔬，組織婦女災民紡織土布，以工代賑，勸募勸借等救災建議；呼籲防疫，救濟災童，爲國家民族保留幾分元氣；揭露「災情空前嚴重，田賦竟無蠲免」的尖銳矛盾；聲討奸商、官僚、高利貸者，「不輸捐、不恤貧的爲富不仁的人就是災民公敵，等於漢奸」；籲請縣長敢於負責，不須請示開倉放賑，爲了救災丟了烏紗帽也值得，「嚴懲救災不力及舞弊徇私之人」。

　　（3）連載通訊報導救災

　　1943 年 4 月，《前鋒報》闢「災區通訊」專欄，連載特派記者李蕤（流螢）採寫的《喑啞的呼喚》《走出災民的「大聚口」》《風砂七十里》《從鞏縣到氾水》《驚人的「古董集」》《雨天絕糧記》《「死角」的弦上》《糧倉的骨山》《友情的巨手》《災村風景線》等通訊，如實記述災情與救災。前鋒報社將通訊彙集成冊，刊印《豫災剪影》，發行 2000 冊。社長李靜之作序指出：「對這慘重的災情，我們不但呼籲救濟，而實地看看，據實擇要記載，寫成實錄，使遠方人，後代人藉以明瞭河南災情的實相，並替國家保留幾片段史料，也是我們義不容辭的職責。」[1] 5 月 5、6 日連載流螢的文章《鄭州救災運動的春潮》，報導鄭州政府官員的救災成績。[2]

1　劉海永：《〈前鋒報〉與河南大災荒》，http://blog.sina.com.cn/s/blog_40c3b0890100
　　mvrf.html。

2　《1942 大饑荒是如何結束的》，http://news.ifeng.com/opinion/gundong/detail_2012_
　　12/06/19913783_0.shtml。

第四節　民國南京政府中期的海外及香港地區報業

一、民國南京政府中期的海外華文報業

（一）東南亞華文報業簡述

東南亞各地華僑在七七事變前創辦了 59 種報紙，其中，華文報紙 41 種，英文報紙 3 種，華文馬來文混合報紙 10 種，荷蘭文報紙 1 種，泰文報紙 4 種。[1]

1、新加坡、馬來亞華文報業

新加坡、馬來亞的抗日救國運動在東南亞地區最爲活躍，所出版的抗日報刊也最爲集中。1937 年至 1941 年，共出版的 29 種華文報刊[2]中，主要有《南洋商報》《星洲日報》《新國民日報》《星中日報》《總匯新報》《光華日報》《檳城新報》《現代日報》《星檳日報》《馬華日報》等報紙，《南洋週刊》《星洲半月刊》《現代週刊》《文藝長城》《勝利半月刊》《青年月刊》《人生月刊》《南潮月刊》《文化叢報》《熱帶文藝》等刊物。

馬來亞在 20 世紀 30 年代主張抗日救國的華僑報刊有：檳城《民國日報》《中南晨報》《電訊新聞》《南洋雜誌》《華僑月報》《現代日報》《現代晚報》《現代週刊》《星檳日報》；吉隆坡《新益群報》《馬華日報》；怡保《雷報》《霹靂日報》《中華晨報》《建國日報》及《古晉新聞日刊》《砂拉越日報》。1939 創辦的詩巫《詩巫新聞日刊》《錫江日報》，1940 年合併爲《華僑日報》。清末革命黨人 1910 年創辦的《光華日報》，1939 年購入《檳城新報》同時發行，並增出晚報。

1937 年 11 月，馬來亞檳城《現代日報》主編曾聖提倡組 7 人華僑戰地記者通訊團前往中國，他們採寫的徐州會戰的報導，通過漢口記者站發往南洋報界。[3]同年《星洲日報》《南洋商報》等 10 餘家僑報派出由 15 名記者組成南洋華僑戰地記者團，來到中國內地進行長時間的戰地採訪，向華僑報導中國抗戰消息。《星洲日報》特派女記者黃薇在華北敵後奔波 3 個月，足跡遍及 40 多個縣，採訪了聶榮臻、賀龍、蕭克、左權等八路軍將領，白求恩大夫、地

1　方漢奇：《中國新聞事業通史》（第二卷），中國人民大學出版社，1996 年版，第 966 頁。

2　方漢奇：《中國新聞事業通史》（第二卷），中國人民大學出版社，1996 年版，第 966 頁。

3　《烽火憶當年——訪抗日華僑戰地記者莊明崇》，http://news.sina.com.cn/o/2003-09-01/0126665192s.shtml。

方政權負責人和抗戰中的英雄模範等，撰寫了《活躍在華北敵後》《晉察冀邊區訪問記》百餘篇敵後通訊，1939 年在新加坡《星洲日報》《星洲晚報》連載 6 個多月，許多華僑報刊紛紛轉載。一些華僑日後回憶說：「當年就是讀了黃薇的那些文章而回國參戰的。」[1]回國採訪的海外華僑記者，一些人經歷了戰地的生死考驗，菲律賓《華僑商報》記者張幼庭在九江戰役中被炸死江中。[2]

2、東南亞其他地區的華文報業

在東南亞其他地區，全面抗戰前創辦、戰爭初期續出較有影響的華僑報紙有：菲律賓馬尼拉《公理報》《華僑商報》《新聞日報》；荷屬東印度（印度尼西亞）巴城（雅加達）《新報》《天聲日報》，泗水《大公商報》；暹羅（泰國）曼谷《國民日報》《華僑日報》《曼谷日報》《中國報》；緬甸仰光《常民日報》《仰光日報》。[3]全面抗戰爆發後新創的報紙很少，暹羅（泰國）曼谷《中國報》、越南堤岸《全民日報》、緬甸仰光《中國新報》創辦於 1938 年。在日軍佔領印尼期間，熱血華人青年出版了《血海》《鋤奸》《陣地》等地下刊物。

泰國鑾披波政府實行排華政策，嚴格控制華文報紙。《曼谷日報》1939 年 7 月刊文《敵侵潮州我們當前應有的認識與任務》，認定妨害泰日邦交，影響漢字，牴觸出版法，被弔銷出版執照，《華僑日報》《中國報》《中華民報》及其姊妹報共 9 家報紙均遭同一命運，僅存《中原報》。日軍佔領泰國期間，華僑左派在曼谷創辦了《眞話報》。[4]抗日青年爲了報導國內消息，出版了 8 開或 16 開的《中國人報》《反攻報》《同聲報》《警報》《自由人報》《青年報》《建國報》《重慶報》等地下報。

越南華僑救國總會 1938 年在西貢創辦機關報《全民日報》，吳敬業主編，經常轉載祖國報刊文章，擁護國共合作，堅持抗戰到底，反對妥協投降，發行 5000 份。1939 年底被勒令停刊後，改刊《華南日報》，出版三個月再次被勒令停刊。1940 年 9 月，法國殖民當局，迫令停辦大部分華僑報刊，親日的《中國日報》《中國晚報》繼續出版。緬甸 1938 年 8 月創辦《仰光日報》，1941 年 12 日遭到日軍飛機持續空襲，仰光幾成空城，自行停刊。1939 年創辦的《曼

1　黃峭幫里：《以筆爲劍的抗戰女記者——黃薇》，http://www.jxhzw.org/whdg/881.html。

2　王大龍：《抗戰烽火中的中國青年新聞記者學會》，《縱橫》，2007 年版。

3　方漢奇：《中國新聞事業通史》（第二卷），中國人民大學出版社，1996 年版，第 966 頁。

4　方積根：《泰國華文報業的歷史和現狀》，《東南亞》，1988 年版。

德禮指南》週刊，旨在抗日救國，1940 年擴大爲《緬京日報》，1941 年 12 月改名《僑商報》，1942 年 4 月停刊。印度的華僑報紙《印度日報》，在日軍 1942 年佔領東南亞廣大地區後銷路廣泛，日銷 3000 多份。1944 年，顧執中奉派擔任總編輯，繼續堅持團結抗戰方針，改變該報不發社論的慣例，每天發表社論。

3、《南洋商報》《星洲日報》的抗戰

（1）《南洋商報》的抗戰

全面抗戰初期，《南洋商報》1937 年 11 月 20 日創刊晚報，後於 1939 年 4 月與《新國民日報》合併，組成南洋報業有限公司，兩報同時發行。[1]

《南洋商報》雖有關注國內問題被英國當局關停的經歷，仍然堅持中國立場，不遺餘力旗幟鮮明地宣傳抗戰。與《叻報》一起在「9·18」國恥日停刊以抗議日本侵華，稱日本爲「敵國」。頭版常載中國抗戰的圖片。大力支持陳嘉庚任主席的南洋華僑賑災祖國難民總會，開闢專版刊載各分會捐款者的姓名、金額，協助徵募司機、技工回國抗戰。

1938 年 10 月武漢撤退後，胡愈之、沈茲九、王紀元、邵宗漢等先後就聘於《南洋商報》。[2]1939 年 4 月，《南洋商報》特派記者高雲覽抵達日軍轟炸集中地的重慶。5 月 3 日日機轟炸重慶，高雲覽在《空中野獸在重慶殘酷轟炸，徒增我復仇之決心》文中寫道：「我在人群中鑽著，血沸燙了一身，淚忍住了又湧出來——我在這時候，已經失掉一個新聞記者應有的鎮靜了，我被這大慘殺的一幕，刺激到支撐不住自己。」[3]

胡愈之 1940 年 12 月 1 日受聘就任編輯主任，進行改革。加強言論，每天一篇社論，聯繫華僑民眾關心的事件、華僑救亡運動中的問題，以通達簡練的語言，深入淺出地闡述抗日民族統一戰線的方針政策，要求團結抗戰，反對投降分裂，要求民主進步，反對專制倒退。胡愈之很早就預感到戰爭即將逼近南洋，1941 年 2 月 14 日至 2 月 28 日，他連發 6 篇《論保衛南洋》的社論，闡述各種應對日本南侵之策。[4]實行採編合一，開掘本地新聞，加大來

---

1 方漢奇：《中國新聞事業通史》（第二卷），中國人民大學出版社，1996 年版，第 972 頁。
2 郁風：《郁達夫在星洲日報》，《新聞研究資料》，1980 年版。
3 林澤貴、林世雄：《高雲覽：用筆尖抗戰的文人戰士》，http://dangshi.people.com.cn/n/2015/0908/c85037-27558255.html。
4 《胡愈之誕辰 120 週年，其侄胡序威光明日報談少有公開的故事》，http://news.163.com/16/1006/08/C2M9UNBV00014SEH.html。

自祖國和世界各地的特稿。制止副刊和《星洲日報》副刊之間的筆戰。通過老友郁達夫和俞頌華，大力加強兩大報系之間的聯合抗日。組織馬來亞僑胞籌賑獻金簽名運動等活動，發起 3 周時間有 20 萬人參與的紀念抗戰 4 週年的「七七籤名運動」。太平洋戰爭爆發後，配合英國當局，宣傳「保衛大新加坡」。一年間，報紙銷量由 2 萬份增為 5 萬份，成為南洋最為暢銷的報紙。

1942 年 1 月，日軍進攻馬來亞和新加坡，主要編輯人員外出避難，《南洋商報》停刊。[1]

（2）《星洲日報》的抗戰

《星洲日報》在「七七」事變後增出「星期特刊」，大力報導祖國軍民抗擊敵寇和新加坡、馬來亞等地的籌賑，協助華僑團體開展支持中國抗戰賑濟的消息，揭露日本侵華罪行。1939 年 12 月，每日「本坡要聞」、「馬來亞要聞」、「南洋要聞」刊載的捐輸消息佔據 2/3 以上篇幅。每日早晚兩報刊載籌賑報導，推動了東南亞僑胞捐輸救國[2]，代匯回國的捐款超過了百萬元。

1938 年底，僑商胡文虎和《星洲日報》社長胡昌耀邀請中國著名作家、詩人郁達夫主編早報副刊《晨星》和晚報副刊《繁星》，後兼編《文藝》《教育》週刊和《星洲半月刊》，1940 年下半年暫時替代主筆職務撰寫社論，1941 年兼任新加坡英國當局新聞情報部的《華僑週刊》主編。郁達夫在《星洲日報》工作三年，從作家變成了一個激進的新聞工作者和地道的政治評論家。《敵我之間》發表於 1940 年 6 月 3 日、4 日《星洲日報》副刊《晨星》，傳誦一時，「海外論者認為是代表泱泱大國風度，不亢不卑，正義凜然，痛快淋漓的傑作。」他在幾個副刊上大量刊載和轉載國內的抗戰文藝作品，溝通了南洋與祖國文化的聯繫。[3]郁達夫每天伏案工作十小時以上。新加坡出版的《郁達夫抗戰論文集》，收集了郁達夫 1939 年到 1941 年發表的 400 多篇政論、雜文、散文、文藝雜論等。[4]郁達夫還兼任青年政工幹部訓練班大隊長，晚上熬夜編輯 3 個副刊，白天眼裏掛著紅絲，用沙啞的嗓音作報告。年青同事張楚琨覺得他瘦弱的身軀迸發著火一般的生命力，不無感慨地說「我彷彿看到一個為

1　徐蒙：《新馬華僑對於祖國抗戰的貢獻——以〈南洋商報〉為中心的考察》，《青年記者》，2014 年 10 月中。

2　方漢奇：《中國新聞事業通史》（第二卷），中國人民大學出版社，1996 年版，第 972 頁。

3　郁風：《郁達夫在星洲日報》，《新聞研究資料》，1980 年版。

4　《「文人戰士」郁達夫的筆尖抗戰》，http://zj.people.com.cn/GB/187016/372624/372915/index.html。

希臘自由而戰的拜倫」。[1]日本宣布投降後，1945 年 8 月 29 日，郁達夫在蘇門答臘被日本憲兵殺害。[2]

1942 年 2 月 15 日，日軍佔領新加坡。《星洲日報》停刊。

4、日軍對東南亞華文報業的摧殘

中國全面抗戰前夕和抗戰初期，海外華僑報刊擱置原來的政治分歧，站在抗日救國的立場，發表評論、文章，刊載報導，揭露日寇侵略陰謀與罪行，傳播祖國軍民抗擊侵略的消息，動員華僑支持祖國抗戰。日軍侵佔東南亞地區後，抗日的華文報紙和報人成爲了野蠻摧殘的對象。

1941 年 12 月，太平洋戰爭爆發。日軍在幾個月時間內侵佔了泰國、馬來亞、菲律賓、新加坡、沙撈越、沙巴、荷屬東印度（印度尼西亞）和緬甸，封閉佔領區的華僑報刊，逮捕並殺害新聞工作者。海外華僑報業嚴重受挫，報刊總數和發行數量銳減。第二次世界大戰結束之前，東南亞地區只有 12 種華文報紙在日軍直接或間接的控制下出版，分別是：新加坡《昭南日報》，吉隆坡《興亞新報》，檳城《披南日報》，怡保《霹靂新報》，古晉《久鎮日報》，仰光《正誼報》，西貢《新東亞報》，河內《華南日報》，巴城《共榮報》，馬尼拉《華文馬尼拉新聞》，曼谷《中原報》《泰華商報》。汪僞駐越南河內領事館出版了《華商日報》。曼谷《中原報》被日軍強行接管續出，面目全非，華僑斥責它是「僞中原報」。1943 年，華裔泰國人阿里‧李維臘（李一新）創辦了華文《泰華商報》。[3]

1942 年 2 月 15 日，日軍佔領新加坡。第二天，日軍司令官山下奉文宣布改新加坡爲昭南島，意爲南方之光。日軍接管了新加坡所有報紙，嚴禁出版華文報刊，2 月 21 日創刊華文《昭南日報》和英文《昭南新聞》。《中國報》成爲新加坡「壽命」最短的報紙，在 1945 年 8 月至間出版。在 1945 年 8 月日本宣布投降、英軍尚未登陸接收之際，新加坡華人創辦《中國報》，售價一份 10 元，被讀者爭購至百元一份。僅出版兩天，被日軍查禁。英軍接管後復刊，又只出版了 5 天。[4]

1942 年菲律賓失陷，當地發行量最大的華文日報《華僑商報》社長于以同等人被捕。日軍脅迫他復刊已經停刊的報紙，充當宣傳工具，遭到于以同

---

1 永志：《張楚琨憶郁達夫流亡歲月》，《僑園》，1995 年版。
2 方漢奇：《中國新聞事業通史》（第二卷），中國人民大學出版社，1996 年版，第 971 頁。
3 方漢奇：《中國新聞事業通史》（第二卷），中國人民大學出版社，1996 年版，第 977 頁。
4 方積根：《新加坡華文報刊的歷史與現狀》，《新聞與傳播研究》，1988 年版。

的嚴詞拒絕。4 月 15 日，于以同在華僑義山從容就義。上了日軍黑名單的泰國曼谷《中原報》創辦人蟻光炎，被日本特務指令漢奸刺殺。馬來亞檳城《光華日報》書記陳文彬遭到日軍施灌水酷刑身亡。日軍情報機構將新加坡定爲「全南洋華僑抗日援國民政府運動的基地」，佔領新加坡後進行了大屠殺，殉難的華文報刊從業人員中，僅供職於《星洲日報》《總彙報》《南洋商報》的華文報人就有 10 多人。

抗戰期間已知被日軍殺害了 43 名東南亞華文報刊工作者，其中，菲律賓有 15 人：郁達夫，蟻光炎，于以同，顏文初，黃鳳翔，蔡及時，陳雨長，黃世祖，陳烈德，楊孫鑄，何管鮑，曾滿麟，李景埕，葉國炘，虞澄華；新加坡有 12 人：紀楚維，鄭卓群，彭佐良，林朝平，沈良牧，林道盦，莊朝松，陳重慶，葉時候，許貽瑤，王君實，陳應楨；馬來西亞有 11 人：陳文彬，謝國仁，陳毛豬，謝佚，江晃西，方壯志，謝永吉，溫志新，楊克，饒雙火，戴清才；越南有 3 人：呂棠，霍健來，許誠；印度尼西亞 1 人，李莫成；柬埔寨 1 人，彭銓宗。[1]

（二）歐美華文報業簡述

1、美洲華文報業簡述

美國在抗戰期間較有影響的華僑報紙，有紐約《美洲華僑日報》《紐約公報》《民氣日報》《紐約新報》和舊金山《世界日報》《國民日報》等 10 多種，較有影響的期刊是《中美週報》《大華旬刊》《抗日週刊》《留學生月報》《學生週刊》等。美國在二戰期間，新增加的 3 家華僑報紙，分別是 1940 年 7 月 8 日創刊的《美洲華僑日報》，1943 年 4 月 9 日創刊的《紐約新報》和 1943 年 11 月 12 日創刊的《美洲日報》。[2]

加拿大華僑出版的抗日報紙有維多利亞《新民國報》和多倫多《醒華日報》。中、南美洲華僑在抗戰期間出版了 13 種報紙、15 種期刊，較有影響的有古巴《華文商報》《民聲日報》，巴拿馬《共和報》，秘魯《民醒日報》，牙買加《華僑公報》。[3]

1　《研究顯示：至少 43 位東南亞中文報刊工作者在抗戰中犧牲》，http://www.chinanews.com/hr/2015/08-19/7477623.shtml。

2　方漢奇：《中國新聞事業通史》（第二卷），中國人民大學出版社，1996 年版，第 968 頁。

3　方漢奇：《中國新聞事業通史》（第二卷），中國人民大學出版社，1996 年版，第 967 頁。

洪門致公黨系統的美國《紐約公報》，加拿大溫哥華《大漢公報》、多倫多《洪鐘時報》，古巴《開明公報》，秘魯《公言報》，在宣傳抗日，聲援祖國，動員僑胞支持抗戰方面發揮了積極作用。

2、《美洲華僑日報》的抗戰

1940 年 7 月 8 日，《美洲華僑日報》創刊於美國紐約。對開 8 版。社長唐明照，總編輯冀貢泉。一年後，冀貢泉離去，唐明照兼總編輯。1942 年，唐明照應徵入伍，梅參天接任社長，林棠接任總編輯。嚴清榮、譚聯藹先後任經理。經費困難，員工待遇很低，帶有半義務性質。社址在紐約勿街 105 號。1939 年末開始以籌集股金爲主要內容的籌備工作。與紐約華僑衣館聯合會關係密切，每週工資僅五六美元的洗衣工人也踴躍認購。如期在 1940 年「七七」事變三週年之際創刊。

《美洲華僑日報》發刊詞：「際茲世界戰爭，更趨緊急，祖國傀儡，亂黑白之今日，華僑……自益加奮勉『求知』之發展，與世界人群共求進步，使眞相自明，眞理自顯，則正義賴以存續，復運因而早臨」；華僑日報「爲美國華僑所組織」，「乃欲盡其分子之義務，負茲時代的使命」。「美國華僑之中，不少享有美國籍民權者，其愛護祖國，是屬天職；而矢忠美國，亦有義務在焉」。[1]

設要聞、中國國內新聞、美國新聞、國際新聞、華僑社區新聞版。率先安裝使用接收美聯社稿的電傳打字機，接收要聞比其他華文報紙快一天，刊載有特色的國內通訊。重視言論，長時間做到天天有社論，經常發表專論、來論和讀者來信。敢講眞話，爲華僑說話，由華僑說話，說華僑的話。社長兼總編輯唐明照認爲：「最有意義的，是華僑輿論的提倡和言論自由的培植。我們的讀者信箱及來論兩欄，使僑胞有機會提出種種問題來討論，自由地發表任何觀點和意見。」[2]發表《抗戰三年之回顧與前瞻》《華僑與抗戰》等文章。披露皖南事變眞相，發表社論《加緊呼籲團結》。摘刊重慶《新華日報》、延安《解放日報》、美國共產黨的《工人日報》、《工作週刊》和《美亞》雜誌的文章。轉載署名葉林的文章《關於朱毛的片斷》，介紹毛澤東的七律《長征》《清平樂・六盤山》，朱德的詩《移太行側》（即《寄語蜀中父老》）、《住太行春感》（即《太行春感》）、《賀友人詩》（即《贈友人詩》），被中華民國駐美大使胡適寫進了自己的日記。1941 年 2 月 1 日、2 日，胡適在日記中黏附與抄

1　王士谷：《〈美洲華僑日報〉的創建和發展》，《新聞與傳播研究》，1991 年版。
2　王士谷：《〈美洲華僑日報〉的創建和發展》，《新聞與傳播研究》，1991 年版。

錄《美洲華僑日報》介紹的毛澤東詩詞和朱德的 3 首詩。[1]1943 年，集中連續報導美國討論移民法，發表一系列評論，為廢除排華法案大聲呼籲。努力經營副刊《新生》，開設專欄「想說什麼便說什麼」，推動華埠文學運動。

　　《美洲華僑日報》的發行量，初創時訂閱零售合計不足千份，最旺時超過 4000 份，除在本地紐約發行，還發行到美國西海岸、加拿大、南美洲。

　　3、歐洲華文報業簡述

　　在歐洲的法國、英國、比利時、德國、蘇聯的旅居華僑和留學生創辦了一批宣傳抗日救國的華文報刊，有法國《救國時報》《三民導報》《全民月刊》《聯合戰線》《中國青年》《人民戰線》《祖國抗戰情報》，英國《解放》《民主陣線》，比利時《抗戰消息》，蘇聯《工人之路》，德國《抗聯會刊》《反帝戰線》《反帝鬥爭》《海外論壇》《中國出路》《動員》《救亡》《蹶起》《鐵血》《呼聲》。

　　旅德華僑抗日聯合會 1937 年 28 日創刊小型日報《抗戰情報》。旅德華僑抗日聯合會與柏林中國學生會團結抗戰，共同創辦《救國週報》。全歐華僑抗日救國聯合會 1938 年在法國巴黎創辦日刊《祖國抗戰情報》，期發 1000 多份。楊憲益等人 1944 年在英國倫敦自編自印小型刊物《民主陣線》。

二、民國南京政府中期的香港地區報業

（一）民國南京政府中期香港報業簡述

　　香港報業至太平洋戰爭爆發前獲得空前發展。戰前創刊的《華字日報》《華僑日報》《工商日報》《工商晚報》和《天光報》等報繼續出版。內地一些報紙為了躲避戰火和動盪不定的政治局勢，上海的《申報》《立報》《大公報》《大眾生活》等，先後遷港復刊。新創《星島日報》《成報》《華商報》《光明報》等。1939 年 5 月 1 日創刊的《成報》，由幾位從廣州流亡到香港的報人與香港報人合辦。社長兼督印人何文法。不久由 3 日刊改為日報。集早報晚報精華於一身，文字淺近通俗，大量使用廣東俗語，新聞講求精編主義，副刊風趣，地方色彩濃鬱，連載連環畫極受讀者歡迎。出版半年，暢銷香港。30 多種報紙群聚一地，大報小報匯聚，早報日報晚報齊全，政治立場各異，抗日親日同城「對壘」。港英當局對於創辦報紙不加干涉，對於報載內容緊把新聞檢查尺度。

1　李傳璽：《在「胡適日記」中記錄的美國〈華僑日報〉》，http://dangshi.people.com.cn/GB/85040/13313390.html。

1941 年 12 月 8 日，日本發動太平洋戰爭，日軍進攻香港。港英當局下令封閉了親日本、親汪精衛的《香港日報》《南華日報》《天演日報》《新晚報》。12 月 25 日晚，日軍佔領整個香港，大批報紙停刊。之後，《香港日報》《南華日報》《天演日報》《自由日報》復刊。《華僑日報》《星島日報》等被迫與日軍合作，繼續出版。

日軍以白報紙供應不足爲由，強迫香港各家報紙合併。1942 年 6 月後，只有《香港日報》《南華日報》《華僑日報》《香島日報》（《星島日報》《成報》等合併改名）、《東亞晚報》5 家華文報紙。1945 年 3 月，《東亞晚報》停刊；4 月，《華僑晚報》創刊。1944 年 8 月 22 日，各報由原來日出 1 張減爲半張，新聞來源依賴於日本的同盟社和汪僞的南京中央社。

（二）《星島日報》的抗戰

《星島日報》1938 年 8 月 1 日創刊香港。香港永安堂老闆胡文虎主辦。主編金仲華，副總編輯邵宗漢。胡文虎在創刊號發表《創辦本報旨趣》，聲明協助政府的辦報宗旨，提倡學術發展科學，公正地作民眾喉舌，供給新聞批判問題。[1]

儘量延長截稿時間，設「最後消息」專欄，首創加新式標點，使用新五號字印刷。與香港《大公報》密切協作，每天比較彼此短長，互相補充電訊抄收，詢問消息，交流社論內容。派特派記者趙家欣赴內地，在閩、浙、贛東南戰地採訪報導戰事。[2]8 月 13 日創刊《星島晚報》，編輯主任郭步陶。11月 11 日創刊《星島晨報》，主編葉啓芳。1939 年 5 月 14 日創刊《星島週報》。聘請楊潮爲軍事評論員，讀者爭相閱讀他撰寫的軍事述評。批判汪逆散佈的失敗主義言論。[3]

1940 年，胡文虎同意國民黨的要求，更換報紙主要編輯人員，重慶派來的程滄波、吳頌臬接替金仲華、邵宗漢擔任正副總編輯。編輯部以主編金仲華爲首的 14 人辭職引退，在報紙刊出《告別讀者書》，以示不對以後的言論負責。[4]香港《大公報》從此不再與之來往。《星島日報》的銷路大跌。[5]日軍佔領香港後，被迫與其他報紙合併改出《香島日報》。

---

1 胡文虎：《星島日報創刊紀念》，http://history.stnn.cc/xdrbjm/2016/0408/303694.shtml。
2 毛策：《抗戰時期浙、閩、贛三省新聞出版業述論》，《抗日戰爭研究》，1998 年版。
3 錢鋒：《抗戰時期的香港報刊》，《新聞知識》，1997 年版。
4 郁風：《郁達夫在星洲日報》，《新聞研究資料》，1980 年版。
5 徐鑄成：《競爭與互助——回憶金仲華與「孤島」報紙》，《新聞大學》，1982 年版。

（三）香港《大公報》的抗戰

1、三年艱難歷程

1938 年 8 月 13 日，香港《大公報》創刊。總經理胡政之率數人同年春赴港籌備。社址在香港鬧市皇后大道中 33 號。《大公報》總經理胡政之在港時間較多，總編輯張季鸞也不時來港，許萱伯、金誠夫歷任經理，許萱伯、金誠夫、徐鑄成歷任編輯主任。

創刊號刊發胡政之撰寫的《本報發行香港版的聲明》，稱：發行香港版，「純因廣東地位異常重要，中國民族解放的艱難大業，今後需要南華同胞努力者，更非常迫切。」「我們擇地於香港，只因商業上的便利。我們信賴中英兩國的親善關係，欽佩一年以來英國輿論一致對中國神聖自衛的同情，特別認識香港政府對於促進中英親善港粵共存共榮的熱心與好意」。[1]對開 2 張。第一版是是報頭、廣告，第二版是社評、廣告及專文、文件，第三、四版是要聞、短評、「特欄」，第五版是地方通信，第六 版是本港新聞，第七版是「體育」、「經濟界」、「交通界」，第八版是副刊，《小公園》（逢週一、三、六刊出），「文藝」（逢週二、四、五、日刊出）。第五至八版的內容視廣告數量多少而定。傚仿香港中文大報附出晚報，11 月 15 日增出一大張只銷本地的《大公晚報》。1939 年 9 月歐洲戰事爆發，10 月在港復刊大公報社副業《國聞週報》的計劃落空。[2]

蕭幹被招回主編副刊《文藝》，申明「《文藝》過去從不登萎靡文章。現在僅僅那樣就不夠了，我們要把文章變成信念和力量。」刊載《囚綠記》《小山崗上》《夜哨》《我站在地球中央》《退到後方的人》《成渝路上》《在轟炸中過日子》《女國士》《湘西》《跳動在歷史過程中》《追記一頁》《最近的山西》《藍河上》《夜歌》《抗戰期中的「日後」文藝》等。舉辦「文章下鄉」的討論，刊登中央大學討論魯迅的《阿 Q 正傳》。設「文藝新聞」欄，溝通作家聲息，報導大後方、延安、上海「孤島」文藝動態。刊出《我們的大後方》《不打仗的作家們幹什麼》等特輯，輯錄《文藝》所刊的 43 篇揭露日本的文章，出版發行《清算日本》。[3]蕭幹、楊剛前後主編的《大公報》副刊《文藝》，逐漸由文藝性轉向綜合性。

---

1 楊紀：《大公報香港版回憶》，《新聞研究資料》，1981 年版。
2 楊紀：《大公報香港版回憶》，《新聞研究資料》，1981 年版。
3 蕭幹：《我與〈大公報〉》，《新聞與傳播研究》，1988 年版。

香港《大公報》創刊當天，有香港同業雇用孩童，口出不遜，搶報撕毀。1938 年 10 月下旬，日軍佔領廣州。香港《大公報》迫於不想與日本交惡的港英當局的壓力，在新聞裏用「某軍」代替「日軍」。香港《大公報》刊行不到兩個月，銷行 5 萬餘份，位居香港報界前茅，國內遍及粵桂閩滇及湘南贛南，國外遍及南洋各島及暹羅、越南。[1]香港報業的報紙批發價格和廣告刊費低廉。香港《大公報》的發行收入不足以抵償紙價，廣告收入也不足以應付各項開支，營業始終虧損。[2]後為節省開支，社址遷到利源東街。[3]不料經理部職員徐國振 1940 年 1 月 12 日吞沒庫存價值 8000 元白報紙 86 卷潛逃。[4]1941 年 1 月，約 40 人調往桂林新創《大公報》，經濟狀況隨開支緊縮而有所好轉。[5]

香港《大公報》揭露日偽刊出假報。1940 年 1 月 11 日第 4 版刊文《揭發日偽陰謀》及附 2 幅銅版照片，揭露日軍指使漢奸組織 1939 年「在廣州出了一種冒牌的大公報」。[6]「想不到魔手下的廣州，會出現冒牌『大公報』」。「看到『反共』『和平』等等謠言怪語，便知道這些決不會是大公報登載的，便可證明它是日偽的冒牌報。」「日偽的陰謀，當然是想利用讀者對我們的愛護，來欺騙淪陷區的同胞。」[7]

1941 年 12 月 8 日，日軍進攻香港。羅便臣道和西摩臺的香港《大公報》兩處員工宿舍遭到日軍的炮擊，幸未傷人。[8]12 月 12 日，日軍佔領香港的前一天，香港《大公報》在停刊的《暫別讀者》社評豪邁地宣稱「我們要吃下砒霜，毒死老虎，以報國仇」，並引文天祥《正氣歌》中的名句「人生自古誰

1　曹谷冰、金誠夫：《抗戰時期的大公報》，周雨：《大公報人憶舊》，中國文史出版社，1991 年版，第 17 頁。

2　曹谷冰、金誠夫：《抗戰時期的大公報》，周雨：《大公報人憶舊》，中國文史出版社，1991 年版，第 6 頁。

3　曹世瑛：《從練習生到外勤課主任》，周雨：《大公報人憶舊》，中國文史出版社，1991 年版，第 142 頁。

4　李滿星：《毛澤東給〈大公報〉題「為人民服務」》，http://hongse.haiwainet.cn/n/2017/0913/c3543030-31115032.html。

5　楊紀：《大公報香港版回憶》，《新聞研究資料》，1981 年版。

6　楊紀：《大公報香港版回憶》，《新聞研究資料》，1981 年版。

7　李滿星：《毛澤東給〈大公報〉題「為人民服務」》，http://hongse.haiwainet.cn/n/2017/0913/c3543030-31115032.html。

8　曹谷冰、金誠夫：《抗戰時期的大公報》，周雨：《大公報人憶舊》，中國文史出版社，1991 年版，第 17 頁。

無死，留取丹心照汗青」[1]自勵。香港《大公報》全部資產悉數損失。[2]胡政之被困香港，作最壞打算，在棉袍下襟角裏藏了 3 顆圓形銅紐扣，萬一被日軍發現，即預備吞服，以免受辱。1942 年 1 月 7 日，胡政之冒險乘舢板渡海，歷經艱苦回到重慶。[3]

2、揭露汪逆賣國

香港《大公報》大力揭露與抨擊汪精衛叛國賣國罪行。發表社評《國府明令嚴緝汪兆銘》，指斥汪精衛「躬親赴日，何異自縛請降，靦顏事敵，罪直浮於王（克敏）梁（鴻志）」（1939 年 6 月 10 日）；《汪兆銘的正體》，「他是十足不扣的漢奸，日本軍閥的特務」（1939 年 7 月 11 日）；提出《如何消滅汪逆的毒菌》（1939 年 9 月 14 日）；駁斥《何謂「局部的和」？》（1940 年 1 月 19 日）。

香港《大公報》一次使用近 4 個版的篇幅集中揭露汪精衛的投敵賣國陰謀，引爆了一顆重磅炸彈。1940 年 1 月 22 日，香港《大公報》頭版頭條大字標題《高宗武陶希聖攜港發表 汪兆銘賣國文件全文（主題）集日閥多年夢想之大成！極中外歷史賣國之罪惡！從現在賣到將來，從物質賣到思想（副題）》。第一版報頭旁刊有廣告「汪兆銘與日方所訂亡國條約揭露。請閱本報第三版所載全文及第九版、第十版原件圖片。如有遺漏，請向送人索取。」第二版發表社評《揭露亡國的「和平條約」日閥的毒辣汪兆銘的萬惡》。[4]要聞版（第三版）刊登的是賣國文件的漢澤全文，第九、十兩版刊登的是賣國文件日文原件的銅版照片。這份由汪精衛和日本陸軍、海軍、外務省的代表簽署的《日支新關係調整要綱》，是一份嚴重出賣中國利益的文件，汪精衛向日本承諾禁止一切抗日活動，承認僞滿洲國獨立，日軍可以長期佔領華北、長江中下游和華南地區，暴露了日本妄圖滅亡中國和汪精衛徹底賣國投降的陰謀。1 月 23 日，發表陶希聖撰寫的揭露日汪勾結內幕的專文《日本對所謂新政權的條件》。[5]香港《大公報》公布汪精衛賣國逆舉，國人齊聲撻伐。[6]

1　《暫別港九讀者》，香港《大公報》，1941 年 12 月 13 日，轉引方漢奇：《抗日戰爭時期的大公報》（上），《青年記者》，2005 年版。

2　曹谷冰、金誠夫：《抗戰時期的大公報》，周雨：《大公報人憶舊》，中國文史出版社，1991 年版，第 7 頁。

3　鄭連根：《〈大公報〉在抗日戰爭中的遷移》，《炎黃春秋》，2005 年版。

4　楊紀：《大公報香港版回憶》，《新聞研究資料》，1981 年版。

5　周雨：《大公報獨家發表日僞「密約」經過——大公報雜憶之五》，《新聞記者》，1991 年版。

6　《〈一份報紙的抗戰〉：大公報榮摘密蘇里新聞獎》，http://news.takungpao.com/mainland/focus/2016-05/3315695.html?zh_4fwoh。

（四）《華商報》《光明報》的抗戰

全面抗戰中期，香港同時存在著國民黨的《國民日報》，共產黨的《華商報》，中國民主政團同盟的《光明報》，還有張君勱、張東蓀等創建的國家社會黨的《國家社會報》。並且，《華商報》《光明報》與《國民日報》，同在香港擺花街毗鄰而居，彼此的社論、短評、副刊往往論戰不休。[1]

1、《華商報》創刊香港

1941 年 4 月 8，創刊於香港。對開 4 版，晚報。香港八路軍辦事處主任廖承志籌建創辦。廖承志的表兄、香港華比銀行買辦鄧文田任督印人兼總經理。副總經理范長江，總主筆張友漁，總編輯胡仲持。編輯主任廖沫沙，採訪主任陸浮。為中共創辦的統一戰線報紙。蒐集孫中山的字作為報頭。創刊號第一版正中位置，刊載香港商人何東爵士的題詞「喚醒僑胞」。創刊第二天，在第一版刊載宋慶齡、何香凝的題詞，宋慶齡題詞「為堅持抗戰作有力之後盾，為保持團結作有效之喉舌，為實現民主作正義之呼籲，為人民幸福作公正的申述，給予侵略者以嚴重之打擊。」何香凝題詞「團結抗戰，抗戰必勝，真誠合作，建國必成。」

創刊社論闡述喚起僑胞團結抗日的主旨，要求團結、民主、抗戰，反對分裂、獨裁、投降和法西斯侵略，批評英美對日的綏靖政策。在抗戰 4 週年紀念日的 7 月 7 日，發表郭沫若、巴金、茅盾、夏衍等文化名人給羅曼羅蘭、愛因斯坦、史沫特萊、斯諾等 30 多位作家的聯名信，呼籲民主力量大團結，建立國際反法西斯侵略的聯合陣線。連載鄒韜奮、茅盾、范長江、千家駒的文章。7 月 3 日社論《響應一碗飯運動》，動員民眾踴躍參加宋慶齡以保衛中國同盟名義發起救濟傷兵難民的一碗飯運動。發表《當心日本向南侵略前後的攻勢》《不要對日存幻想》《太平洋上的暗流》《遠東暗流依然存在》等社論，反覆揭露日本南進既定政策，一天也不會放棄「八紘一宇」的妄想，美國援華制日是上策，援華縱日是中策，迫華協日為下策。[2] 9 月 7 日，在頭版頭條發表特別啟事，揭露港九暴徒昨日撕毀本報的事件，決定改由報童派送本報。1941 年 12 月 8 日，太平洋戰爭爆發。連續發表《一致打倒日寇》《擁護政府對日宣戰》《為反侵略加緊團結》《團結動員抗拒日寇》等社論。12 月 12 日，《華商報》停刊。1946 年 1 月 4 日，《華商報》復刊香港。

1　朱慶洽：《1941 年在香港〈光明報〉的工作》，《世紀》，2012 年版。

2　梁洪浩：《人民喉舌抗戰號角——香港〈華商報〉的創辦及其在抗日戰爭中的功績》，《暨南學報》（哲學社會科學）》，1992 年版。

2、《光明報》創刊香港

1941 年 9 月 18 日創刊。中國民主政團同盟機關報。中國民主政團同盟常委兼宣傳部長梁漱溟任社長，副社長張雲川，督印人、總經理兼副刊編輯薩空了，副經理李炳海，總編輯俞頌華。民生印務公司承印。梁漱溟與范長江商議，確定了容易上口的響亮報名。[1]

中國民主政團同盟由農工民主黨、國家社會黨、青年黨和職業教育派、鄉村建設派、人民救國會三黨三派組成。創刊前訂立出版公約，共 5 條：「（一）抗戰建國為國人共勉之大業，抗戰建國綱領亦為公認之南針。在此大前提下，舉國之內，義不當有政敵而不可無諍友。吾人本此信念，於任何方面不取敵對態度，而竊願附事諍友之義，貢其諍言。（二）眼前最初之要求為加強國內團結，本報言論是以此為目的，其討論措詞，有不利於團結者，均所不取。（三）民主精神為團結之本，其義甚近，並不在遠，吾人以政治上實現民主為基本，而先以言論之民主精神自勉。（四）國內如有力之黨派難抒發其言論，而大多數國民顧未得自建其言論機關，本報願貢獻國人為言論抒發之公共園地，凡無背上列原則者悉為刊載。（五）凡代表本報之言論例不具名外，其餘皆以具有姓名或筆名為原則，以明責任。」[2]

宣傳抗戰、民主、團結。10 月 10 日以廣告形式發表《中國民主政團同盟對時局的主張綱領》《中國政團成立宣言》，增加印數和降低收費，以期增加本期報紙銷量。發表社論《中國民主政團同盟成立的宣言》（10 月 16 日），介紹民主政團同盟的組織與宗旨。連載梁漱溟的《我努力的是什麼》《中國問題》等文。孫科奉國民政府派遣到港，向港英當局施壓。香港政府非法搜查梁漱溟的住宅，傳訊督印人薩空了，華民司新聞檢查處刪節評論與新聞，文章被刪節得支離破碎，不成句讀。報紙版面常開「天窗」。受到國民黨在港報紙的圍攻。薩空了主編的副刊《雞鳴》與王新命編輯的《國民日報》副刊天天對壘。

太平洋戰爭爆發，形勢緊急，提前發放 12 月的月薪並又加發半個月薪金，以便員工應急。日軍進攻香港，炮戰激烈。承印公司工人避走一空，報紙無法印刷。放棄繼續出版的打算，12 月 14 日停刊《光明報》。薩空了提議與香

1　梁漱溟：《赴香港創辦民盟言論機關〈光明報〉前後》，《群言》，1987 年版。
2　薩空了：《創辦香港〈光明報〉的回憶》，《新聞與傳播研究》，1986 年版。

港《大公報》《華商報》《立報》《國民日報》等報出版聯合版得到響應，香港政府情報部人員陪同察看了準備用於安放印刷機的大樓地下室，因日軍佔領香港未能實現。[1]1948 年 3 月 1 日，《光明報》復刊香港。

1　薩空了：《創辦香港《光明報》的回憶》，《新聞與傳播研究》，1986 年版。